本书为国家社科基金青年项目“社会转型中的改革文学研究（1979－1985）”（13CZW078）最终成果。

改革文学研究

苏奎◎著

1979—1985

中国社会科学出版社

图书在版编目（CIP）数据

改革文学研究：1979—1985 / 苏奎著. —北京：
中国社会科学出版社，2019. 8
ISBN 978-7-5203-4867-6

Ⅰ. ①改… Ⅱ. ①苏… Ⅲ. ①中国文学-当代文学-文学研究
Ⅳ. ①I206.7

中国版本图书馆CIP数据核字（2019）第178147号

出 版 人	赵剑英
责任编辑	慈明亮
责任校对	闫 萃
责任印制	戴 宽
出 版	中国社会科学出版社
社 址	北京鼓楼西大街甲158号
邮 编	100720
网 址	http://www.csspw.cn
发 行 部	010-84083685
门 市 部	010-84029450
经 销	新华书店及其他书店
印 刷	北京明恒达印务有限公司
装 订	廊坊市广阳区广增装订厂
版 次	2019年8月第1版
印 次	2019年8月第1次印刷
开 本	710×1000 1/16
印 张	17
插 页	2
字 数	253千字
定 价	88.00元

凡购买中国社会科学出版社图书，如有质量问题请与本社营销中心联系调换
电话：010-84083683

目　录

导论：转型、改革与文学

一 社会转型与改革

1978年年底召开的中国共产党第十一届三中全会，做出了把全党工作的重心从阶级斗争转移到社会主义现代化建设上来的决议，这掀开了改革开放的大幕，也推动了中国社会进入了社会转型的新时期。十一届三中全会是具有里程碑意义的会议，自此“我国进入了从传统社会向社会主义现代化社会转型的新时期。”① 从封闭保守、强调意识形态领域的斗争到认同现代化大趋势而对内改革、对外开放，这无疑是一种巨大的转变。在这种理念倡导下，当代社会也自然开始了由旧向新、由传统向现代的转型，中华民族由此重新接续了近代开启的现代化的探索潮流。转型是社会存在形态、运行方式的改变，是指“社会经济结构、文化形态、价值观念等发生的转变”②，这是《现代汉语词典》给出的释义，它所强调的是转换前后的质变特性与新旧更替的历史过程。裂变性与持续性是转型的根本属性，任何事物凡具有转型意义的变化，都要历经一个持续性的自我否定与重构过程，才能完成“型”的转变。新时期的中国社会明显呈现出一种带有裂变性的转型，既定的价值观念、发展伦理、运行机制等所有层面，都在现代化的关照下开始重新建构。

---

① 郑杭生、郭星华：《中国社会的转型与转型中的中国社会——关于当代中国社会变迁和社会主义现代化进程的几点思考》，《浙江学刊》1992年第4期。

② 中国社会科学院语言研究所词典编辑室编：《现代汉语词典》，商务印书馆2012年版，第1710页。

“社会转型”一词源自西方社会学现代化理论，是英文Social Transformation的译释，“西方社会学家借用此概念来描述社会结构具有进化意义的转换和性变”。[①]台湾社会学家蔡明哲在《社会发展理论》一书中，直接把英文Social Transformation译为社会转型，并指出：“发展就是由传统社会走向现代社会的一种社会转型与成长过程。”[②]社会转型中的“型”可以理解为具有整体意义的社会要素，包括政治、经济、文化、价值观念与精神心理等，它们的结构方式与运行模式的变化意味着社会全方位的变革。“社会转型是一个复杂的历史变化过程，它反映了一个社会由初级到高级、由落后到先进的演变，它体现着时代不断前进、不断进步的历程。”[③]“它是社会发展理念和价值的变迁、社会发展主导力量和决定因素的转移、社会结构的质的变化、社会运作方式和机制的根本转变和社会特征的显著变化。”[④]近代以来，中国社会的转型就是指从传统型向现代型转变的过渡过程，即从农业社会向工业社会、从封闭性社会向开放性社会的变迁和发展。现代化是人类社会不可逆的潮流与趋向，中国的现代化是后发外生的。西方的政治、经济、军事、文化等方面的强势介入与刺激起着相当重要的作用，而西方现代化的图景也激发了我们民族的现代化热情。在求强求富的愿望与梦想的激励下，由封闭保守的传统社会形态向现代化的迈进，是从1840年到当下中国社会发展的核心线索。

与近代以来的历次转型相比，20世纪70年代末80年代初的社会转型，对现代化的追求指向更为明确。如果说“中国近代社会转型没有按照常规，即先开始进行经济转型，再进行政治转型，再进行思想文化的近代化转型。而后是先思想观念转变，再经济变化，再政治体制变革。这样一种演进特点，反映中国近代化缺少内在原动力，难以完成社会转型的重心——经济近代化的目标”[⑤]。那么，新时期的变革就是要解决转型的基础

① 朱平：《从改革到转型——中国现代化的历史逻辑》，《安徽师范大学学报》（人文社会科学版）2001年第4期。

② 蔡明哲：《社会发展理论》，巨流图书公司1988年版，第72页。

③ 张宪文：《论20世纪中国的社会转型》，《史学月刊》2003年第11期。

④ 韩庆祥：《当代中国的社会转型》，《现代哲学》2002年第3期。

⑤ 刘莹：《中国近代社会转型之我见》，《人文杂志》1999年第3期。

性问题——以经济建设为中心。从这个意义上来说，以党的十一届三中全会为开启标志的社会转型，不仅符合社会结构与运行机制转变的“程序”，而且把转型落在了实处，因为最终决定上层建筑形态的是经济基础。

新时期的社会变革以工业经济代替传统的农业经济，以市场经济取代计划经济，并且把对人的价值利益满足放在核心位置，使得这一转型具有社会裂变的性质，它决定并影响了中国社会的未来走向。如果说社会转型是包括政治、经济、文化、思维方式、价值观念等在内的综合性转折，那么新时期的社会转型，虽然由政治变革所引发，但是经济却是这场社会变革的“主角”。早在1975年邓小平复出主持中央工作时，就强调了经济发展的重要性，他指出全党都要服从一个大局，那就是“把我国建设成为具有现代农业、现代工业、现代国防和现代科学技术的社会主义强国”①。到了党的十一届三中全会，更是以决议的形式明确了经济发展的战略地位。在“文革”后国民经济陷入窘境的局面下，这个现代化建设主要着眼于经济领域，而且也只有发展经济，才能使社会的整体性变革有坚实可靠的基础。

经济形式与经营方式的变革必然导致社会关系结构的变迁，经济发展也会使整个社会面貌随之改变。恩格斯认为：“一切社会变迁和政治变革的终极原因，不应当在人们的头脑中，在人们对永恒的真理和正义的日益增进的认识中去寻找，而应当在生产方式和交换方式的变更中去寻找；不应当在有关的时代的哲学中去寻找，而应当在有关的时代的经济学中去寻找。”② 对于现代社会来说，经济的重要性不言而喻，西方社会如果没有18世纪工业革命积累下巨大的财富，就无法在制度、教育、医疗等社会各个层面实现现代转型，也无法摆脱封建传统而走向资本主义。经济基础的变化必然导致上层建筑的重构，一切生活方式与思维方式，也将随之改变。反过来说，社会转型的前提正是生产方式与经营形式的变革。新时期的社会变革使经济的地位得以凸显，这不仅是政治、经济哪个更重要的问题，

① 《邓小平文选》（第2卷），人民出版社1994年版，第4页。

② 《马克思恩格斯选集》（第3卷），人民出版社1972年版，第424—425页。

而且也是事关社会发展合理性的问题。在这一认知变化的背后是意识观念、价值取向、现代思维的一种变革，这是社会转型内涵中带有根本性的东西。“八十年代初是中国现代性转型进程中具有重要意义的年代，其主要标志是所谓‘第二次思想启蒙运动’的发端和市场化经济体制改革的启动。”[①]虽然经济体制改革是这场变革的核心主题，但这并不意味着只关乎生产力的提高，经济的发展需要社会方方面面的协调，所以新时期以现代化为旨归的变革“是一场广泛、深刻的革命”[②]。

值得注意的是，这场具有革命性的社会转型必然是一个长期的过程，不可能一蹴而就。新时期中国社会的变革，“是偏向现代型的，但是中国现代化的纪录常常是向前迈两步，向后退一步。中华人民共和国跨入国际生活领域，一般是不可逆转了，但是在某些特定的方面会有出入”[③]。转型的复杂性与艰巨性，不仅拉长了这个过渡期的时间跨度，而且也使新旧更迭的社会充满了斑驳的色彩。陈祖芬在报告文学《活力》中用狄更斯《双城记》的语式来概括转型时代：“这是一个发奋成才的年代，这是一个立志享受的年代；这是一个充满活力的年代，这是一个积习深重的年代；这是一个求才若渴的年代，这是一个互相扯皮的年代；这是一个鼓励成名的年代，这是一个嫉贤妒能的年代。各种矛盾的力量彼此排斥又彼此掺和，彼此抗争又彼此依附，形成社会的特定的结构。”[④]各个层面的新与旧、保守与激进、传统与现代糅合在一起，以剧烈的矛盾冲突左右着社会的重建与民族的新生。社会转型虽然是一种不可逆的历史必然，但是旨在现代化的社会变革也一定会在不同观念、意识与势力之间的纠葛中前行。同时，任何社会任何时代都会有维持现状的惰性心理，这是“在历史发展中的一种维持现状、不思创新的思想状态……有了维持现状、不思创新的思想情绪，就只能依靠惯性的力量前进，而不搞变革”[⑤]。中国传统的小农意识更

① 秦晓：《现代性与中国社会转型》，《经济观察报》2009年8月17日第16版。
② 《中国共产党第十一届中央委员会第三次全体会议公报》（1978年12月22日通过）
③ ［美］费正清：《伟大的中国革命》，刘尊棋译，世界知识出版社1999年版，第421页。
④ 陈祖芬：《活力》，《当代》1981年第6期。
⑤ 董大中：《从顾荣的形象塑造看〈新星〉的成就和不足》，《山西日报》1985年2月7日第7版。

加重了这种维持现状的保守心理，阻碍着社会的转型进程。在现代化已经成为世界性的潮流之时，改革与否依然困扰着新时期之初的中国社会，就是这种惰性思维的最典型体现。如果说社会转型是历史发展规律使然，那么新时期中国社会的转型则带上了鲜明的时代与民族特色。“极左”政治思维的泛滥僵化了民族的观念，“文革”也使法制废弛、权力缺乏监管、民主氛围稀薄，这一切与现代化的差别无异于天壤。从伦理到法理、从人情社会到商品社会，甚至看似最容易的从意识形态的纠缠中挣脱出来，都会因为民族与时代的现实而拉长转型期。这也是改革开放于今 40 年，我们依然处在社会转型期的根本原因所在。

社会转型的实质是一种文明的嬗变，它体现出的是精神、物质与制度全方位的革新。虽然社会转型是不可阻挡的历史潮流，但是这并不意味着社会革新可以自动实现，而是需要强大的推动力。如果说革命推动了近代中国社会转型，那么促动新时期民族走上现代化轨道的动力则来自改革。改革推动着社会转型，而改革本身也是转型的题中应有之义。新时期的社会转型意味着要把民族从“文革”“极左”政治的泥淖中拖曳出来，所以无论政治、经济、文化，还是观念意识，都需要一种带有革命性的转变。在这种情景下，改革成了最富有时代色彩的词汇、最富有现代意义的举措，它寄托着民族的梦想与希望。改革尤其是经济体制领域的改革，是最具新时期色彩的社会运动，它深刻地影响并改变了中国人与中国社会。邓小平不止一次地指出这场改革的革命性特质，“我们把改革当作一种革命”[①]，“改革是中国的第二次革命”[②]，“改革的性质同过去的革命一样……改革也可以叫革命性的变革。”[③]这是执政党从全局的高度来认识与理解以经济体制变革为核心的改革的。改革的革命性特质意味着这场变革的深度、广度与难度。

新时期中国的改革是中国共产党的执政举措，是迎合现代化潮流的正确路线政策，同时它体现了人民群众的心声与诉求，也就是说改革成为一

① 《邓小平文选》（第 3 卷），人民出版社 1993 年版，第 82 页。

② 同上书，第 113 页。

③ 同上书，第 135 页。

种从上到下的共识，具备了广泛的接受与认同基础。英国学者罗纳德·哈里·科斯指出，变革的力量来自于人民群众，而激发他们变革渴望的是对现状的不满情绪："在毛泽东时代，一次次政治运动并没有将中国带向承诺的共同繁荣社会。强烈的沮丧和不满的气氛在社会中蔓延，对于在毛泽东时代丧失权力的党内老干部，被打为'右派'的知识分子，以及大部分在农业集体化之后艰难求生的八亿农民来说，这样的感受尤其明显。他们迫不及待地要求变革。"[①]随着"文革"的结束，被"极左"政治压抑的民族求富求新的渴望再次被肯定，而这种渴望与面临崩溃的经济、失序的社会局面之间的矛盾，促成了全社会变革心理的生成，并逐渐汇聚成了改革的力量。我们还要注意到，新时期的这场改革虽然是自上而下的，但是人民群众对变革的意愿与呼声，却是促动执政党改革政策出台的直接动因，或者说这也是一种"倒逼"的改革。以农村为例，家庭联产承包责任制是农民探索性实践在先，在备受争议与质疑之后终于获得了制度的保障。正是因为"这些从底层发起的改革确实帮助解决或改善了国家面临的许多紧迫的经济问题，例如粮食生产不足、农村贫困化严重及城市失业率高等"，[②]中国政府才认可接纳了切实可行的经济方式与路线并加以推广。从这个角度来看，人民群众不仅呼唤着改革，而且也以自身的智慧推动着社会变革，这是改革深入人心的一种体现。由此我们不仅能够看到大众对于改革的强烈认同感，而且也能够看到改革的力量与希望。

马克思指出："物质生活的生产方式制约着整个社会生活、政治生活和精神生活的过程。"[③]在经济对于社会重要性的强调超越意识形态、阶级斗争、路线斗争的语境下，新时期文学表现出明显的裂变与演进的态势，"改革开放经济先行的政策与实践决定性地造成了经济一统江山的格局，由此给文学带来了一系列影响深远的变化。"[④]这种变化虽然不同于新文学

① ［英］罗纳德·哈里·科斯、王宁：《变革中国——市场经济的中国之路》，徐尧等译，中信出版社2013年版，第205页。

② 同上书，第95页。

③ 《马克思恩格斯选集》（第2卷），人民出版社1972年版，第82页。

④ 张岩泉：《社会转型与文学媚俗》，《中国文学研究》1997年第2期。

对古典文学的否定，还有着对“十七年”文学相当程度的继承，但却构成对“极左”政治语境下文学生产的颠覆与否定。孙犁说：“一定的政治措施可以促进文艺的繁荣，也可以限制文艺的发展，总起来说政治是决定性的。”[①] 当经济发展成为首要政治任务之后，既有的对文学构成束缚的政治话语逐渐失去效力，文学创作、传播与接受的自由氛围由此形成。这使得新时期文学能够按自身演进规律向前发展，随着社会转型的开启而呈现出欣欣向荣的景象。“文学在社会生活中的突出位置持续了上世纪整个80年代。有时一部小说出版立刻成为街谈巷议的话题，小说人物、小说情节成为人们衡量身边生活的标尺，成为人们自觉不自觉的模仿对象，这是文学史上难得的善缘。”[②] 文学的社会中心化表明了文学的繁荣态势，也展现了文学作为一种力量对于社会转型的推动，改革文学正是在这个方面体现出了它的价值意义。因为直面并近距离地把握社会现实，改革文学往往被贴上强调社会功用、艺术性欠缺的标签而被文学研究者所忽视。重新审视改革文学，我们却能发现这种文学样式不仅有着文学经验上的贡献，而且作为一种话语形态，它参与了改革意识形态的建构，并有力地推动了转型进程。从这个意义上来说，“改革题材文学”是应时代潮流而兴起的新的文学浪潮，是不以人的意志为转移的历史必然。

二　改革与改革文学

以改革为表征的新时期中国社会转型，更像一台充满了矛盾纠葛的大戏，每种势力、每种观念都在自己角色下，尽可能使这场戏剧充满跌宕起伏的情节、波澜壮阔的色彩，以及耐人寻味的细节。转型时代的每个人都是这场大戏的观众，同时也是置身其中的参演者，这也是改革这一社会话题吸引人的原因所在。如果说改革是一场大戏，那么改革文学则是这场戏剧生动而翔实的脚本，它记录了转型过程中丰富的社会信息与民族心理脉

① 孙犁：《文学和生活的路——同〈文艺报〉记者谈话》，《文艺报》1980年第7期。

② 李书磊：《文学与人民广泛接触》，《人民日报》2008年10月10日第16版。

动。“在作家的笔下，历史的变革是一个闪烁着新的希望、纠缠着旧的梦魇、夹杂着无数新的误解、苦恼、惶惑、忐忑不安而又不可逆转的复杂过程，在这个过程中，各式人物彼此交织着，浸透着悲喜剧因素的命运，所反映的社会生活，都不是一般的政治统治关系，甚至也不限于伦理观念和社会心理，还包括最基本的生活方式和更为久远的文化传统。”[①] 可以说，改革文学全景式地展现了转型的社会图景，并且淋漓尽致地表达出了中国人对于现代化的期冀与渴望，以及对纠缠于新旧之间的改革的忧与思，这基本上能够概括改革文学的内涵。我们认为无论是建构转型期经济、政治、文化，还是思想、观念、意识等方面新旧冲突与变革的叙事，都应该属于改革文学。陈思和认为：“凡是反映这一时期各个领域的改革进程以及由此而引起的社会变化、人的心理和命运变化的文学作品，都在此列。”[②] 在文学史上，对于如何界定“改革文学”争议不大，毕竟这一样式的文学面目还是比较清晰的，容易识别。“凡是深刻地反映了新时期、特别是十一届三中全会以来的中国当代现实生活的作品，它就不可能不触及改革，它就不可能不是改革文学。”[③] 当然，有的批评家认为应该从文学的社会效果来判定改革文学，“判断作家的创作是否属于‘改革文学’之列，应该从创作动机与社会效果辩证统一的角度，看作家是否意在通过自己的创作对改革大潮起到推波助澜的作用，同时也要看其作品是否在客观上起到了这种作用。”[④] 很显然这一观点不仅在实践上缺乏可操作性，而且只追问文学的社会效应，那么也势必丢弃文学的艺术性本质。改革文学首先应该是文学，在此基础上才可以衡量其社会价值，这也是保证文学既有感染力又有影响力的根本。

辩证唯物主义认为，唯有变化是永恒的，任何形态的僵化都与历史逻辑背道而驰。从这个角度来说，转型与改革是人类社会永恒的话题，对于社会变革的书写，也自然是任何时代文学的必然性主题之一。“文革”后

① 季红真：《文明与愚昧的冲突》，浙江文艺出版社 1986 年版，第 261 页。

② 陈思和主编：《中国当代文学史教程》，复旦大学出版社 1999 年版，第 231 页。

③ 金健人：《“改革文学”的改革》，《文艺理论研究》1988 年第 2 期。

④ 谭好哲：《从文学的本质看改革文学》，《文史哲》1988 年第 1 期。

的中国社会进入剧烈变革的新时期，百废待兴的民族期冀复兴而呼唤改革，改革文学准确而及时地表达了民族心声，成为新时期之初最为主流的文学话语。我们看到，文学是社会转型的最直接受益者，率先呈现出了摆脱“极左”政治的新气象。无论是伤痕文学，还是反思文学，与“十七年”文学、“文革”文学的最大差异，就在于真实性的回归——文学敢于建构真实的人，敢于表达真实的情感，敢于揭示社会真正的病灶。从刘心武的《班主任》开始，文学重拾现实主义的伟大传统，以生动而形象的方式表达了作家对于历史、现在与未来的理解与认知。虽然对于历史的反思是必要的，但是人类社会的目光永远都是向前的，唯有如此才能实现社会的发展与文明的进步。“随着国家经济建设高潮的到来，文学建设的高潮也已到来；随着拨乱反正任务的胜利完成，文学描写的题材也已重点转移。文学走出了‘伤痕’，获得了解放，奔向改革，面向新人，走向新的世界。”[①] 即使伤痕文学、反思文学契合了大众对于民族灾难的控诉与个体创伤的哀怨心理，然而作为文学潮流，它们不可能成为一种具有持续性的表达。悲痛与创伤确实需要抚慰，如何面对已然重新开始的生活，才是最为紧要的问题。在这种情势下，改革文学取代伤痕、反思文学而成为文学主潮，也具有了时代历史的必然性。

以蒋子龙 1979 年发表的《乔厂长上任记》[②] 为肇始的改革文学一出现，就改变了批判和反思历史的文学单一面貌。虽然改革文学无法超越、脱离转型时代，它在某些方面依然沾染着转型期的色彩，比如改革小说对“极左”政治的反思，对公权力不受约束的为所欲为，以及私欲泛滥等方面的描述，是与伤痕文学、反思文学相一致的。但是改革文学还是以开阔的艺术视野、现代化眼光与强烈的未来指向，取代了伤痕与反思叙事潮流，使新时期文学开始了真正意义的“转向”。改革文学“以它澎湃的涛声很快掩盖了对十年灾厄和几十年‘左’倾危害的哀伤与悲叹，表现出一种雄壮、磅礴的气概和奔放、明朗的色调，从历史的严峻回顾中鼓舞人们

---

① 阎纲:《文学八年》，花山文艺出版社 1987 年版，第 533 页。

② 《人民文学》1979 年第 7 期。

去变革历史”[①]。如果说伤痕文学、反思文学以“批判”来建构叙事，那么改革文学在揭示社会问题的同时，更多地具有了建设性意义。而且在思想性与艺术性方面“比起同时期其他作家的‘伤痕小说’‘反思小说’来，都显示出一种‘新的风格、新的气质’。”[②]同时，改革文学从1979年兴起、高涨，到1985年走向衰落，持续六年时间，作为一种文学潮流来说，这个时间跨度与新时期的伤痕、反思，以及先锋、寻根潮流相较显然更为持久。改革文学的生命力足以证明它之于民族、时代以及受众的意义。

新时期的改革被视为民族的又一次长征，而且改革题材创作最早以工厂、车间为表述对象，所以“改革文学”这一文学史名词，是从“新长征文学”“工业变革文学”演化而来的。当“改革”成为时代最流行的词语之后，这一文学潮流也自然找到了恰切的名字。然而，无论哪一种命名其实都体现了改革文学直面现实的特性，也正是因为贴近社会生活，并关注转型期的种种社会问题，才使其备受大众的认可与追捧。所以改革文学究其实质还是一种问题小说，“表现社会改革的小说，从小说的艺术形态看，大多属于在20世纪中国小说中颇为发达的‘问题小说’类型。”[③]作家试图以此来揭示影响和阻碍社会前进的诸种现实，在“文革”后积弊丛生的时代，这种表述无论从感性层面还是从理性角度来说，都是一种最为合理的文学形态。新时期初期的改革文学，基本上都表达了对经济体制、人事制度、权力政治，以及一些传统的陈规陋习的批判与否定。社会转型是由旧向新的过程，在新的理念关照下，旧有的现实充斥着应该革新与调整的问题，这是转型期带有必然性的社会现实。如果说从启蒙与现代化的角度来看，新时期文学接续了“五四”新文学的精神特质，那么在表达“问题”上，也同样存在这样的承继，冰心、王统照等人的问题小说在新时期产生了回响。当然，与“五四”时代“问题小说”所揭示的问题过于宏观而抽象相比，改革文学更注重对具体社会问题的展现，这体现出相对于近代社会的凌空蹈虚，新时期则更追求实际效果。这也是作为一种“问题小说”，

---

① 张炯：《论“改革文学”及其深化》，《福建文学》1987年第9期。

② 李达三：《中国当代文学史略》，浙江大学出版社1989年版，第296页。

③ 洪子诚：《中国当代文学史》，北京大学出版社1999年版，第260页。

改革文学更有其市场的原因之一。

文学是时代的产物，社会转型让改革走进了文学领域，也使改革文学与改革理论一样，成为社会变革不可或缺的组成部分。在改革作为中国政府的政策路线出台之前，要求社会变革的声浪已经潜流暗涌，而且也出现了敢于冒险的改革实践者，比如安徽凤阳县小岗村的十八户村民。1979年兴起的改革文学不仅改变了文坛的景象，生成了一种新的文学潮流，而且它也成为民族心声的表达窗口，使汹涌的变革情绪得以抒发。笔者认为，改革文学是先于改革理论与政策的，它要完成的不是对社会运动的总结性描述，而是对社会变革的一种观念上的引领。当改革文学出现并迅速吸引社会各方面的关注之后，实际上它已经有效地引发了时代的共鸣。我们还应该注意到的是，“文革”实际上是一场文化灾难，这使得浩劫之后的文化园地呈现出荒芜景象。大众精神享受的需要与文化贫瘠之间的矛盾，也是造成新时期文学社会中心化的重要因素，人民群众把文学作为最主要的食粮以填补饥饿多年的精神之“胃”。所以像《伤痕》这样的小说虽然在艺术上还比较粗糙，但是依然能够赢得受众的欢迎。这并不是文学本身的力量，而是文学被特殊时代所赋予的光环，也就是说“文革”后的转型期最大限度地放大了文学的魅力。这体现了文学恰逢其时的境遇，也是新时期之初文学潮流繁盛的社会时代背景。

像蒋子龙这样的作家，因为一篇作品而一夜之间名播天下①，在当时是有其合理性的。当一种文学真实展现了民族的变革渴望并承载了大众的梦想，那么这一文学形态便具备了改变社会的力量。“‘改革文学’将人民对改革、发展的强烈愿望传递给国家，又将改革、发展的国家意志传达给人民，成为一种强有力的动员力量，表达了鲜明的时代意识，使读者感奋而起。”②转型期的社会发展证明，改革文学之于现实的促动意义。如《乔厂长上任记》倡导的工厂人事与技术改革；《彩虹坪》呼唤的家庭联产承包责任制；《新星》所揭示的基层政治生态，等等，都不同程度地推动了

① 与蒋子龙有同样际遇的作家并不少，如《新星》的作者柯云路，《祸起萧墙》的作者水运宪，《春天变奏曲》的作者程树榛，《赵镢头的遗嘱》的作者张一弓，等等。

② 李书磊：《文学与人民广泛接触》，《人民日报》2008年10月10日第16版。

执政党改革举措的出台。“面对百废待举的社会的改革热情，显然不是由政策所激活的情绪，而是在历经浩劫之后民族自我反思所必然得出的结论，这是对旧的抛弃、也是对新的渴望。这种不安于现状而力图超越现状的追求，是源于每个人（包括作家们）的心理的，因此很难说，它是在十一届三中全会以后才出现的，相反，这种普遍的社会心理在一定程度上促使了改革政策的出台。”① 改革文学不仅呼唤改革，为改革鸣锣开道，而且也从实际意义上推动了体制变迁的进程，“因为作家所关注的现实问题与人民群众的意志和愿望是完全一致的，因而对现实的变革产生了极大的鼓舞和推动力量”②。

从《乔厂长上任记》开始，改革文学就带上一个种姓特征，那就是强调对现实生活的介入功能。改革文学在揭示社会问题的同时，通过弃旧扬新表达自我价值立场，并在此基础上提出作家对于社会重构的理解与认识。对于“文革”后的转型期来说，宏观上的现代化大方向是没有争议的，然而从什么角度去发现并解决问题则会因人而异。如果我们把改革看作是一幅完整的“清明上河图”，那么每一部改革题材作品都是这幅图的一个局部映像，从不同侧面透视着转型期的中国社会。在由众多局部构成的改革图景中，我们可以看到“新时期中国社会关系和精神风貌的深刻嬗变，可以听见历史新旧交替、艰难转折中的痛苦呻吟与欢乐呼喊，可以领悟种种悲壮的美和含义深厚的人生哲理。”③ 对于作家来说，他们选择何种叙事对象不仅要着眼于文学建构，而且取决于他们对社会病灶的认知与改革理念的理解。有评论者指出，柯云路的《新星》，“是要回答中国是否有希望和以什么方式实现‘四化’的宏伟目标。”④ 陆文夫说，他创作小说《围墙》就是达到对改革者支持的目的，“在先进与落后的较量中，他们是这样地需要社会各方面的力量来支持，我们作为文艺工作者，当然是责无

① 彭子良：《从激情的宣泄到冷静的审视》，《文艺评论》1988 年第 5 期。

② 於可训：《中国当代文学概论》，武汉大学出版社 2003 年版，第 146 页。

③ 张炯：《论“改革文学”及其深化》，《福建文学》1987 年第 9 期。

④ 董大中：《从顾荣的形象塑造看〈新星〉的成就和不足》，《山西日报》1985 年 2 月 7 日第 7 版。

旁贷的了”[1]。以文学的方式来参与改革的合唱，是新时期之初作家创作的出发点，这既是中国传统的“文以载道”观念的体现，也展现了身处社会转型期的作家的担当意识。一些作家对改革文学的贡献无疑是巨大的，他们不仅是以改革文学创作登上文坛，而且一直致力于为改革“鼓与呼”。蒋子龙之外，还有我们耳熟能详的作家名字：柯云路、张一弓、陈冲、张锲、程树榛、水运宪，等等。

作家对文学社会效应的自觉意识，使改革文学始终洋溢着民族国家的情怀，所以改革文学一出现就成为“新时期文学中的历史进行曲，时代进军号。”[2]正是因为自觉定位于为改革服务，改革文学对改革的期冀、对人物的爱憎、对社会沉疴的呈现等方面，所体现出来的情感基调也就具有了群体性特征。“新时期开始几年的文学创作从作家到作品都不是‘沙龙的’，它们属于整个时代的社会心理。”[3]这在改革文学叙事上体现得最为充分，作家接续了“十七年”文学关注现实的传统，并摆脱“瞒和骗”向真实回归，使文学书写最大限度地贴近社会生活，把握民族心理的脉动。同时，我们看到改革文学的独特性还在于，作家预设读者的范围扩大了，他们不再只为那些有欣赏、批评能力的人而创作，他们以大众为文学接受对象的倾向是非常明显的。“求仁得仁”，改革文学被广泛地接受与认可，是与作家的这种创作情怀直接相关的，这也是中国知识分子的精英意识在转型期的典型体现。

改革文学之所以能够成为“文革”后最主流的文学形态，除了作家的创作准确地把握了时代潮流、塑造了契合大众审美心理的人物形象，以及迎合了后者的变革渴望之外，来自主流意识形态的支持也是其繁盛的重要因素。“回到80年代的语境中，‘改革’无疑是民心所向，政府的规划、民心的向往、文学的理想基本上是合一的，在那一时刻文学的想象与现实的逻辑也是合一的。”[4]转型期的改革首先是一种经济意义上的变革，或者

① 周克芹、谌容、刘心武等：《新时期获奖小说创作经验谈》，湖南人民出版社1985年版，第115页。

② 张炯：《论“改革文学”及其深化》，《福建文学》1987年第9期。

③ 彭子良：《从激情的宣泄到冷静的审视》，《文艺评论》1988年第5期。

④ 黄平、金理、杨庆祥：《改革时代：文学与社会的互动》，《南方文坛》2012年第3期。

说围绕经济体制的变革是70年代末80年代初改革的核心主题。而对于濒临崩溃的经济局面的拯救、对于物质文明追求的渴望，不仅来自于人民群众的内心深处，同样也来自于执政党。作为国家主旋律文学，改革文学与“十七年”文学的不同之处在于，它无须主流意识形态的宣传推广，就能与读者大众融为一体。虽然大众的阅读被“极左”政治下的“瞒和骗”文学弄坏了“胃口”，但是他们却没有丧失对于文学的渴求，而且这种被压抑的文学需要的爆发，也为新时期文学发展提供了强大动力。“文革”后，伤痕、反思文学因为触及了最为直接的民族创伤，所以在接受上也是具有普遍性的，但是于主流意识形态建构来说，这两种文学样态由于其批判性特质，是不受主流欢迎的，尤其是在刚刚“解冻”的转型时期。

改革文学出现并迅速取代伤痕、反思潮流，终结了所谓的“缺德”“向后看”的文艺，这也比较符合主流对于文学发展的期望。“‘改革文学’或‘改革题材小说’既切合对于创作贴紧现实，与社会生活同步的要求，又能平衡对于‘伤痕’揭发在创作上的比重，因而受到指导创作的部门的重视、提倡。”[①] 所以当蒋子龙与他的《乔厂长上任记》被天津市委以反对“揭批查”为由进行大肆批判之时，中宣部、中国作家协会对这种批判进行了直接的干预，后者极力地肯定蒋子龙并确认其小说的价值意义。主流媒体对于改革文学的态度，也能反映出这一时期执政党对于这种文学的评价倾向。《人民日报》上不仅刊载了对于像《乔厂长上任记》《燕赵悲歌》等具体作品与改革文学潮流的肯定性评价[②]，而且还对一些改革小说加以推荐[③]。这些无疑都体现了主流意识形态对改革文学的认可。我

① 洪子诚：《中国当代文学史》，北京大学出版社1999年版，第258页。

② 代表性文章有宗杰：《改革的浪潮与文学的探索》，《人民日报》1984年7月2日第7版；宗杰：《四化需要这样的带头人——评短篇小说〈乔厂长任记〉》，《人民日报》1979年9月3日第3版；李希凡：《一个农村开拓者的典型形象——读中篇小说〈燕赵悲歌〉》，《人民日报》1984年10月15日第7版；童大林：《及时反映当前的变革生活——读长篇小说〈改革者〉》，《人民日报》1982年12月29日第5版，等等。

③ 例如《人民日报》曾刊载推介《各领风骚》这部改革小说集的文章，不仅大致介绍了小说集的作品篇目，而且极力地肯定其价值：“这些作品从不同角度、不同侧面透视了各条战线各个阶层发生的新的变化，写出了新的人物、新的矛盾、新的思想、新的感情；揭示了这场伟大变革的复杂性及深刻的历史意义……这些作品给人以鼓舞，也引人深思。”见文品《反映改革的小说集〈各领风骚〉》，《人民日报》1984年7月2日第7版。

们看到，改革文学虽然也有对权力滥用与不良政治风气等方面的批判，但是它毕竟对社会转型更具建设性价值，而且对于政治、历史的追问显然并不是改革文学的核心主题。生逢社会转型期的改革文学具备了文学传播与接受上的所有优势，从“文革”文学到新时期文学真正觉醒的这一过渡阶段中，似乎也只有改革文学才能承担起继往开来的职责。

三 改革文学的潮起潮落

文学史已经基本形成一种共识，那就是改革文学肇始于蒋子龙发表于《人民文学》1979 年第 7 期的《乔厂长上任记》。其实，在此之前，《鸭绿江》1979 年第 1 期发表的熙高的《一矿之长》，无论在主题内容还是在价值观念上，与《乔厂长上任记》都是一致的，甚至在情节上也比较相似。“走资派”丁海川获得“解放”后，以饱满的热情投入到生产建设之中。他以献身精神与领导才能拯救濒临破产的铁矿，在短时间内改变了矿区生产停滞的局面。在丁海川身边有石敢那样的老战友老搭档乔伯元，也有冀申那样的一心谋私干扰改革之人吴立。可以说丁海川与乔光朴在形象、性格、际遇与作为上，差别甚微。但是，《一矿之长》却显然没有取得《乔厂长上任记》那样的传播效果与文学史地位，甚至被淹没在了改革文学潮流之中。这里有《人民文学》与《鸭绿江》两本杂志不同影响力的关系，也与《乔厂长上任记》因被天津市委及其机关报《天津日报》批判反而起到的宣传效果相关。虽然纠缠于哪一篇小说是改革文学的开端并没有意义，但是重新发现《一矿之长》这样的作品，可以使我们对改革文学进程有更完整的把握。同时，我们由熙高的小说也能够得出这样的结论：改革文学并不是对政治路线的图解。1979 年年初发表的作品，其酝酿写作时间，不会晚于十一届三中全会召开的 1978 年年底。所以改革文学显然不是“极左”语境下文学“写中心”的另外一种翻版。

如果说文学潮流都是一定历史阶段的产物，那么任何文学的命名都应该具有历史范畴，所以改革文学的发展进程也不可能具有开放性，有发端、兴盛就必然会有衰落。我们认为改革文学自 1979 年肇始，到 1985

年大体走完了阶段性历程。1985年对于中国当代文学来说，是一个具有分水岭意义的时间节点，向形式层面探索的先锋文学、向文化层面掘进的寻根文学兴起，迅速改变了新时期文学的面貌。改革文学“一家独大”的格局由此被颠覆，事实上这也宣告了改革文学的发展告一段落。陈思和指出：“到1985年之后……描写改革已经很少那种理想主义的色彩，而是交织着多种矛盾和斗争，具有更加强烈的悲剧性。其实从文学发展的整体来看，‘改革文学’已无法涵盖许多新的现象，或者说，对社会改革敏感和表现已经融入作家们的一般人生观念和艺术想象之中，作为一种文学思潮和创作现象则已经结束。”① 黄发有认为：“‘改革文学’的时间范围应当限定在1979年到1985年之间。”② 虽然1985年之后，依然会有改革题材作品问世，像孙力、余小惠的《都市风流》、路遥的《平凡的世界》、贾平凹的《浮躁》，等等，但是它们与《乔厂长上任记》《新星》等作品之间的差异还是比较明显的。“在中国当代文学史中，20世纪90年代也有一批作家创作了一系列反映改革的作品，被称为‘新改革小说’……这一时期的改革小说与80年代初期的改革小说既有一定的继承性，但也有很大不同。”③ 这种不同体现在创作指向、传播广度与社会效应等各个层面上，而且前者虽然依旧还可以称为改革文学，但是已经不再具备时代共名的特性。

改革文学从1979年兴起到1985年走向衰落，大体上经历的三个发展阶段，基本上能够体现这一文学潮流与社会转型、现实改革运动之间的契合。以蒋子龙的《乔厂长上任记》为代表性作品的改革文学在起步阶段，比较明确地宣告了这样一个真理，那就是僵化意味着死亡，改革则能带来民族新生。然而，改与不改的纠缠却是这一阶段改革文学的主题。虽然十一届三中全会决定把工作重心转到经济建设上来，但是并没有对体制改革给予明确，经济发展被赋予了合理性却并不意味着可以触动现行的制度与政策，也就是说改革尚未取得合法性。在这样背景下出现的改革文学，必然面对经济发展的欲望与改革不被认可之间的矛盾，改与不改也就

① 陈思和主编：《中国当代文学史教程》，复旦大学出版社1999年版，第233页。
② 黄发有：《“改革文学”：老问题与新情况》，《天涯》2008年第5期。
③ 陶东风、和磊：《中国新时期文学30年》，中国社会科学出版社2008年版，第74页。

自然会成为作家必须直面的东西。这一时期，在作家的笔下，即使披坚执锐的改革者取得了阶段性胜利，也不意味着他们的改革事业就此一片坦途，被中断而失败的可能性依然很大。所以改革小说大都设置了一个开放式的结尾，比如《乔厂长上任记》《三千万》《龙种》等作品中，作家对于改革者及其改革的成败都没有给出一个明确的交代。笔者认为，这并不是作家的艺术技巧或叙事模式使然，而是由于改与不改尚属于一个悬而未决的政治问题。《乔厂长上任记》《男人的风格》等城市、工业题材作品，对于改革的表达能够取得合法性，是因为作家在小说中表达了不触及根本制度、路线就能够盘活经济的可能。与此相对，农村的改革一开始就显现出了“剑拔弩张”的紧张态势。因为家庭联产承包责任制不是对现行体制“零敲碎打”的调整，而是要颠覆集体生产为个人化经营，是带有根本性的制度变革。而且在僵化的意识观念中，集体经济形式又与社会主义直接相关，革新制度便意味着改变社会性质，这又牵扯到意识形态问题。在此背景下，改与不改就会对直面农村变革的改革文学形成更为巨大的困扰。这样的矛盾也会在文本中构成强烈的冲突，甚至会使身处旋涡之中的改革者付出生命的代价，比如《赵镢头的遗嘱》中的赵镢头。这一时期的农村改革题材小说基本上都呈现出一种惨烈的色彩。张一弓的《赵镢头的遗嘱》、鲁彦周的《彩虹坪》、叶辛的《基石》，这些小说均围绕改与不改来结构小说，正面描写两种观念、势力的剧烈冲突。在对意识形态认识僵化的年代，改革者往往不是在对抗保守的势力、顽固的观念，而是在对抗整个时代，这无疑使他们的改革事业显得相当悲壮。因为关于改革与否的文学表达，契合了大众对于时代的思考，而使改革文学迅速被接受并成为民族想象改革的主要载体。

改革是一场波及整个社会的运动，这不仅是变革普遍性的体现，也意味着改革要面对来自各个层面的阻力与挑战，而社会转型期本身就加重了这场变革的难度。当关于推进改革的政策决议出台之后，改革与否的争议很自然便解决了，于是纠缠改革的主要矛盾随之发生了变化，改革开始正视自身所面对的重重阻碍。改革文学发展的第二个阶段，是以展现改革负重前行为核心主题的，体现出了转型期社会变革的曲折与艰难。张洁以

“沉重的翅膀”来命名她的长篇小说，其象征意义非常明显，民族新生的起飞翅膀是带着沉重的负担的，也就意味着这场改革进程无法如想象那般顺风顺水。坚定改革必胜的信心，高扬对民族未来的理想，这是改革文学的基本特质，也是获得大众认可的要素之一。然而如果改革文学罔顾具体的社会时代环境，那么自然会失去以真实性为根本的生命力，而且书写变革之难也是改革文学赢得时代认同的重要原因。“就对改革时代的历史把握而言，改革文学最深刻之处是对横亘在现实关系中的那层厚重的、障碍改革前行的历史沉积物的挖掘，对‘艰难的起飞’主题的揭示。”[①] 新时期的社会转型是在“文革”所造成的烂摊子基础上起步的，与经济濒临崩溃相应的是政治思维僵化、文化发展停滞，以及理想的沦丧与信仰的真空。如果说改革是一场现代化运动，那么涤荡这些与现代化所格格不入的东西，也自然是改革的题中应有之义，而改革文学中这些带有负向意义的势力、观念也是建构小说冲突所不可或缺的。作家身处转型时代，他们敏锐地观察捕捉现实中对改革构成负向拖拽的东西，并以文学化的方式加以展现，在批判的同时更多的是对民族过去与现在的一种反思。

但凡改革文学都会有关于“沉重的翅膀”的表达，只不过在以张洁的《沉重的翅膀》为代表性作品的这个书写阶段，对这一主题的揭示更为着力，比如蒋子龙在《拜年》中反思传统的风俗习惯对生产效率的影响；柯云路《新星》对于官僚主义的质疑；陆文夫《围墙》对“懒政”与“枪打出头鸟”的批判；张一弓《瓜园里的风波》对不受监管的公权力的抨击，等等。在改革文学中，无论是官僚主义还是保守思想，都要由具体的人来展现，通过对观念保守且满身私欲之人的刻画，作家实现了对改革对立面最生动的揭示。“那些不合时宜的旧体制，以及与旧体制唇齿相依的旧传统、旧意识、旧习惯势力、旧伦理道德，它们都不是与人游离、独立存在的，人们不可能像对待一双穿烂了的臭袜子一样脱下来扔进垃圾箱，它们的物质载体是活生生的人。当这些人的利益被侵犯时，他们会反抗、撕

---

① 滕云:《青春作赋 壮岁长歌——从一代作家的蝉蜕看新时期文学》,《当代作家评论》1987年第2期。

打、咬啮或动用种种的心计、手段、法术。”[①] 无论是《耿耿难眠》中的董乃鑫、《生活变奏曲》中的刘志伟、还是《花园街五号》中的丁晓、《燕赵悲歌》中的李峰，他们的存在不仅有代表性，而且也具有普遍性，改革也因为人性的难以快速改变而更为艰难。在此改革文学也提出了一个具有历时性的问题，即如何用制度约束人性恶、约束干部、约束权力。这是改革也是民族现代化所必须直面的课题，从这个意义上来说，改革文学具备当下性意义。

改革文学深化的一个标志，就是作家不再过度纠缠改革与社会时代之间的冲突，而是把改革作为一环放在民族发展过程中加以审视，在肯定改革推动社会进步的同时也探究它对于传统道德伦理与价值观念的影响。第三阶段的改革文学明显带有文化上的反思意味，这是文学主体意识觉醒的体现，也表明了作家文学观念的更新。文学对于社会改革的呼应来自于作家对历史潮流与民族心理的准确把握，也就是说他们首先认定改革是正确的取向，反对改革的任何举措与主张都是错误的，这使得他们先天获得了一种道德优越感与对错的裁判权。这种权力很容易使作家对于人物事件做简单粗暴的评判，从而忽视现实的复杂性。以王润滋的《鲁班的子孙》、周克芹的《晚霞》为代表性作品的这一阶段的改革文学，不仅淡化了改革与保守两种势力、观念的矛盾冲突，而且作家不再扮演正确与否的裁判者，这使文本呈现出多元而开放的形态。改革毕竟有其具体的历史场域，“文革”后的社会转型是从传统到现代的剧烈变动，那么传统道德伦理与现代价值观念之间势必短兵相接。对这样一种冲突，任何轻易的道德判断或历史判断都可能过于武断与偏颇，善恶两分的评价方式在此并不适用。《鲁班的子孙》生动地诠释了因为剧烈的社会转型，传统与现代之间的无法兼容。传统道德伦理充满情义，但解决不了生存困境；现代商品经济的追求，又往往会丢弃良心道义，这是很难寻找到平衡点的两难选择。作家正是通过建构这样的无法兼容的选择困境来表达对于改革的认知。显而易见，改革文学已经摒弃剑拔弩张、你死我活的建构模式，而且所塑造的主

① 金健人:《“改革文学”的改革》,《文艺理论研究》1988 年第 2 期。

人公也不再是一呼百应的改革明星，最终的指向也从道路选择上升为一种文化思考。从这个意义上来说，改革文学开始向文学回归，毕竟作家的独特性在于对社会问题的敏锐，而对于相应问题的解决，他们并不比普通读者高明多少。

改革文学从为改革进程“鼓与呼”转向关注文学自身建构，开始注重叙事技巧、艺术风格与美学品质，体现了作家自觉突破藩篱扩展着改革文学的视野。然而吊诡的是，改革文学在深化之后却失去了改革文学作为生命的理想气质。作品的审美指向重了，作家开始注意叙事技巧，体现在叙事上，从艺术形象的外貌刻画趋向人物深层心理的展示，这样一来文学的社会效应追求自然就被降低了。也就是说，把改革文学只当作文学来经营是不行的，因为它的种姓特征偏重于社会功用，罔顾这一特质也就意味着放弃了改革文学追求的核心价值。

与1979年以来的兴盛相比，1985年的改革文学呈现出明显的落潮态势。虽然改革题材的小说还在接连问世，但是已经罕有作品能像《乔厂长上任记》《新星》那样产生强烈的社会轰动。大凡物之存在，多盛极而衰，改革文学作为一种文学潮流发展到1985年，基本上实现了它之于社会转型与文学面貌更新的价值。黄发有认为：“‘改革文学’作为一个独立的潮流在1985年之前完成了其历史任务。”[①]我们看改革文学的落潮，或者说改革文学被读者大众所厌弃，其中的原因是多方面的，正如它兴起源自各方合力一样。首先是社会现实的剧烈演进，到1985年，不仅改与不改不再是问题，而且改革的道路方向都已经大致确定，剩下的只不过是政策方针的推广实践而已。对于改革文学来说，致使其兴盛的那个社会境况发生了巨大变化，也就是说大众不再需要通过文学来了解社会，也不需要用文学来抒发自己的渴望，文学再也无法使他们有共鸣感了。这是改革文学落潮的外部原因之一。其次与文学整体的发展态势相关。“文革”后的文化荒芜、精神食粮缺乏使文学备受推崇，逐渐走向社会中心。然而随着社会变革经济发展，文艺得到了长足进步，群众能够各取所需；而且商品经

① 黄发有：《“改革文学”：老问题与新情况》，《天涯》2008年第5期。

济的潮流像政治运动一样重新裹挟了大众，对物质的欲望已经可以取代精神慰藉的需要。在这样的情况下，文学也就自然地失去了神圣的光环与十足的魅力，由社会中心重归边缘。一份统计数据显示："我国近七百种文学期刊订数普遍下降，一九八四年文学期刊发行总数近三亿三千万册，一九八五年降至二亿零四千多万册。目前文学期刊的订数继续呈下降趋势，有些刊物订数下降至一、二千份。"[①] 落潮是文学的整体性现象，也是社会回归理性的一种体现，改革文学的衰落是大势所趋。改革题材文学社会反响减弱和读者市场的缩小是与整个文学的发展密切相关的，并不是改革题材文学所独有的现象。另外，改革文学潮流到1985年已经有六年的时间了，在读者出现审美疲劳之际恰逢先锋文学、寻根文学，以及通俗文学的兴起，陌生而新鲜的文学样式迅速"抢班夺权"而成为主潮。

改革文学潮流的衰落除了外部原因，其自身的一些问题也对它持续制造轰动效应构成了障碍。改革文学经过几年的发展形成了几种模式，比如"改革加恋爱"模式、"清官"模式、"父子冲突"模式等。但凡一种文学潮流势必会生成几种比较常见的叙事套路，这无可厚非，但是对于那些偷懒而完全沿袭这些模式的作家来说，他们的创作必然受到局限，作品的构思跳不出既成的框框。缪俊杰认为："从文学创作自身来说，我们有些改革文学陷入困境，不为读者欢迎，往往是因为作家的思维方式陈旧，审美视野狭窄和表现技巧低劣。"[②] 对于既成模式的普遍性借鉴也就形成了可怕的模式化问题。模式化使改革文学陷入了简单的重复之中，"这些模式的存在，不仅影响着改革者形象的塑造，而且也影响着读者的阅读兴趣。"[③] 当文学不再具备读者需要的陌生化与新鲜感，那么也就意味着这种文学失去了吸引受众的魅力，被后者抛弃自然也在情理之中。改革文学的模式化现象是被评论者诟病最多的地方。模式化一方面是因为一些作家投机取巧，试图"多快好省"地赶上改革文学"畅销"的大好"商机"；另一方

---

① 刘明睿：《"〈新星〉热"引起的思考》，《信阳师范学院学报》（哲学社会科学版）1986年第4期。

② 缪俊杰：《期望用更多的心血浇灌这片热土》，《文艺报》1987年7月25日第8版。

③ 张树骅、陈宝云：《当代文学50年》，山东文艺出版社1999年版，第178页。

面也是因为作者脱离社会生活，对变革的现实是陌生的。但凡优秀的改革文学作品，其作者都有丰富的现实生活经验，像蒋子龙、柯云路、程树榛、水运宪等人，他们往往都来自工矿车间等生产一线。然而当改革文学成为“热门”之后，一些作家虽然没有现实经验，却还要赶时髦，所以也就只能想象改革，凭借他们的阅读体验、对读者阅读心理的揣摩，以及对现实一星半点的认识来建构叙事。这样的改革文学难以超越既往的创作，陷入模式化也就不可避免了。

第一章

改革文学的兴起及其价值意义

中国新时期的改革，之所以能够引发强烈的社会反响，是因为改革契合了历史发展的潮流，同时也符合了大众期待变革的心理。作为新时期在创作、传播、接受与反馈等方面最具普遍性与广泛性的文学形态，改革文学的出现不仅有着文学自身发展演变的内在动因，而且更在于它准确地把握了时代的脉搏，比较恰切地反映了民族心理。同时，改革文学高扬的以理想主义为核心的正向价值观念旗帜，也为它赢得了文学市场。大众对改革文学的接受、认可与追捧，体现的是对社会转折与变革的一种热望。改革文学也以应有的姿态，参与了社会转型的进程，它同改革理论一样，都是改革事业的重要构成要素。改革文学的兴起带有历史必然性，一方面，它直接源于社会现实的促动与民族的现代化追求；另一方面，它是中国知识分子积极入世、家国意识、匡扶天下的担当意识的体现，也是对“文以载道”传统在新时代的继承与发扬。20 世纪 70 年代末 80 年代初，作家怀着强烈的问题意识，及时而准确地传达了民族渴求变革的心声，描述了社会变革的图景，更为重要的是，在“文革”后的信仰真空与理想沦丧的境况下，改革文学重新呼唤并试图建构理想主义观念。改革文学对社会变革与民族发展有着重要的价值，不仅如此，它对中国社会诸多问题的揭示与追问，对当下依然具有参考与启示意义。

一　改革：思想观念领域的一场革命

新时期的社会转型，对现代化的追求指向更为明确。以工业经济代替传统的农业经济，以市场经济取代计划经济，并且把对人的利益满足放在核心位置，使得这一转型具有社会裂变的性质，它决定并影响了中国社会未来 40 年的路径选择与走向。1975 年邓小平复出主持中央工作的时候，就强调了经济发展的重要性，全党都要服从一个大局，那就是："把我国建设成为具有现代农业、现代工业、现代国防和现代科学技术的社会主义强国。"[①] 党的十一届三中全会明确了经济发展的战略地位，做出了"把全党工作的着重点和全国人民的注意力转移到社会主义现代化建设上来"[②] 的重大决策。在国民经济陷入窘境的局面下，这个现代化建设主要着眼于经济层面，而且也只有发展经济，才能使社会整体性变革有坚实的基础。

从新中国成立到 70 年代末的 30 年里，中国人虽然致力于社会建设与经济发展，但是因为热衷于政治，以及过于纠缠姓"资"与姓"社"的意识形态问题，导致生产力严重落后，有些领域停滞不前，甚至出现倒退的现象。经济永远都是一个基础，它是上层建筑的根基，也是衡量一个民族文明发展程度的重要尺度。人类的历史证明，任何忽视发展经济，以及违反经济规律的政策与路线，都是违背历史潮流的，与现代化追求格格不入。经济的长足发展是现代化的必要保障，也是现代化的内涵之一。无视经济落后现实的本身，体现了"极左"政治的不合理性；社会凋敝与民生潦倒的现实本身，就是对旧时代的否定与对理性社会发展道路的呼唤。在党的十一届三中全会之后的几年中，"对'生产力发展'的作用成了判断改革政策与实践的主要标准"[③]。邓小平指出，要以是否促进了经济发展来衡量领导与执政能力，"各条战线的各级党委的领导，也都要用类似这样的标准衡量。这就是今后主要的政治。离开这个主要的内容，政治就变成了空头政治，就离开了党和人民的最大利益。"[④]1978 年"两报一刊"的元旦社论《光明的中国》指出："建设的速度问题，不是一个单纯的经济问

① 《邓小平文选》（第 2 卷），人民出版社 1994 年版，第 4 页。

② 《中国共产党第十一届中央委员会第三次全体会议公报》（1978 年 12 月 22 日通过）

③ ［英］罗纳德·哈里·科斯、王宁：《变革中国——市场经济的中国之路》，中信出版社 2013 年版，第 57 页。

④ 《邓小平文选》（第 2 卷），人民出版社 1994 年版，第 150 页。

题，而是一个尖锐的政治问题。”[①] 正视并把经济发展作为首要问题，体现了执政党的现代化视野，以及对汹涌澎湃的大众物质欲求的积极回应。唯有鼎新革故，及时做出制度与政策上的改变，才能拯救经济落后与破败的局面，进而促动社会政治、文化与价值观念等各方面趋向现代化的变革发生。“经济活动是人类社会活动的主要构成部分。如何看待经济活动，如何看待经济利益，这对一个社会的文明，不仅不是无足轻重的，而且是整个价值观念系统的一个核心问题。”[②] 所以，改革是社会转型的推动力，改革的深度与广度，直接影响民族的现代化进程。

改革文学感应时代而生，并对时代精神有着较完整而准确的把握。在共和国文学，乃至整个中国文学中，改革文学第一次明确地表达了对物质财富的欲求，并肯定了这种欲望与追求的合理性。几乎所有改革小说，甚至像柯云路的《新星》这样表达政治体制改革的作品，都有对经济改革与发展的表述。来自政府振兴经济的呼唤，与民众的物质富足的渴望，促动了改革文学的兴起。正因为改革文学的叙事内容与指向，契合了大众的心声，它才获得了充足的发展动力，同时这也使改革作为一种意识形态被普遍接受，最终成为全社会的共识。转型时代的中国作家把关注目光投向经济层面，描写人的经济活动，把人放在经济利益纠葛中加以展现，由此探讨经济观念的变化给中国人以及社会结构带来的深刻影响。

中国人对财富的态度很有意思：一边拼命追逐财富，一边对财富避而不谈，因为传统观念中，不仅有“君子固穷”舆论上的清高，而且也有“为富不仁”道德上的压力。体现在文学上，追求个体物质财富欲望，从来都没有成为文学表述的核心内容。尤其在阶级斗争语境下，财富与立场之间被画上了等号，拥有财富即反动，更使经济地位与阶级立场直接相关；20 世纪 50 年代，主流文学作品中则完全剔除了个人富裕的任何冲动与诉求。“只要翻一下建国后到 1979 年的小说，就可以看到，经商就是罪恶，致富必然变坏，不安心农业生产的人一定是二流子，不得人心而且

① 《人民日报》，1978 年 1 月 1 日第 1 版。

② 宇文华生：《论新时期小说中的经济意识》，《齐鲁学刊》1988 年第 4 期。

注定失败。”[1] 在文学参与建构的这种意识形态中，任何个体的利益欲望都是不被允许的，因为在“极左”观念中，追求个人富裕与物质报酬会造成阶级分化，进而抽空社会主义的基础。我们认为，经济观念意识的裂变以及新萌芽的出现是历史的必然，新时期为这种裂变提供了适合的环境，执政党的政策与民众涌动的物质欲望，从根本上终结了既有的保守观念，“随着阶级斗争向现代化建设的转变，社会对物质报酬也逐渐接受……《十一届三中全会公报》对物质激励进行了肯定。”[2] 物质利益追求背后的道德与政治压力不复存在了，这意味着解除了束缚人追求财富的枷锁，只有在这个基础上，才能有以经济叙事为核心内容的改革文学的兴起。

改革小说为新时期提供了众多致力于改革、有着理想与奉献精神的英雄形象，如乔光朴（《乔厂长上任记》）、及羽（《生活变奏曲》）、陈抱帖（《男人的风格》）、丁壮壮（《雷暴》），等等。这些改革者毫无例外地拥有收拾烂摊子、搞活集体经济的能力与素质。作为改革文学的开拓者，蒋子龙从《乔厂长上任记》开始，就致力于塑造具有领导经济发展才能的改革者。无论是乔光朴、车篷宽，还是牛宏、武耕新，他们身上最显眼的标签就是发展经济的能力。“纵观蒋子龙的作品，从《乔厂长上任记》开始，到《开拓者》《锅碗瓢盆交响曲》《燕赵悲歌》，始终贯穿着一条经济线，经济高于政治。”[3] 乔光朴在新中国成立之初就曾经任电机厂厂长，而且是很有作为的领导，他有学识、有能力，把电机厂搞得有声有色。“一九五八年，乔光朴从苏联学习回国，被派到重型电机厂当厂长，石敢是党委书记。两个人把电机厂搞成了一朵花。”[4] 在“文革”后复出的乔光朴身上，那种领导工业生产的卓越才华，并没有随着岁月流逝而褪色，他依然能够有效地带领濒临崩溃的电机厂走出困境。乔光朴的人才观、质量观、品牌观与市场观，无一不是具有现代意义的生产与经营理念，在他的领导下，电

---

① 宇文华生：《论新时期小说中的经济意识》，《齐鲁学刊》1988 年第 4 期。

② ［英］罗纳德·哈里·科斯、王宁：《变革中国——市场经济的中国之路》，徐尧等译，中信出版社 2013 年版，第 55 页。

③ 宇文华生：《论新时期小说中的经济意识》，《齐鲁学刊》1988 年第 4 期。

④ 蒋子龙：《乔厂长上任记》，《人民文学》1979 年第 7 期。

机厂扭亏为盈自然是情理之中。“如果我们对乔光朴这一曾有广泛影响而颇受读者欢迎的形象加以分析，也很容易看到，政治不是他之所长，或者说，在政治意识方面，他没有多少值得赞美之处。他所关心、强调的是经济效益。”[①]《燕赵悲歌》中的武耕新与乔光朴相比，在发展经济的能力方面，显然有过之而无不及。乔光朴面对的电机厂虽然衰败，但还是有设备基础与生产能力的，而武耕新所处的大赵庄则一穷二白，是远近闻名的穷困之所在，正如当地的歌谣所唱：“大赵庄，穷光光。/盐碱地，土坯房。/苦水灌大肚，/糠菜半年粮。”[②]武耕新披荆斩棘，创造了中国农村经济发展的奇迹，大赵庄最终成为农工商联合发展、人均财富达到小康水平的富足之地。在《锅碗瓢盆交响曲》中，蒋子龙塑造的改革者牛宏，以迎合市场的发展思路拯救了入不敷出的春城饭店，使这个行将破产的烂摊子重现生机，进而成为同行业中创收最多的单位。20世纪70年代末80年代初的改革小说，基本上是以改革者理顺、发展经济为核心叙事内容，这一时期每一个我们耳熟能详的改革者形象，都是搞活经济的专家。无论是“文革”后复出的老一代，还是新时期才登上历史舞台的年轻一代，这些改革者肩负着民族经济富足的梦想。他们迎合了时代的需要，也引领了时代的潮流。

如果说在改革的浪潮之中，引领时代进步的人是时代的英雄，那么这也意味着在社会转型的背景下，英雄的内涵被注入了领导经济发展能力这一元素。新时期的社会舞台上，像步鑫生这样的改革者备受推崇，他们获得了政府与民众的一致性认可。新时期之初的改革小说，着力表现的是经济发展的必要性与合理性，所以作家一方面深入地挖掘并表现改革者发展经济的才能；另一方面也在围绕着经济发展来建构文本。揭示并解决经济困境，以经济发展来实现集体与个人的双重收益，是改革文学的基本叙事套路。改革小说不仅有对局部经济发展的微观透视，如水运宪的《雷暴》、焦祖尧的《跋涉者》、张贤亮的《龙种》等，而且也有像张洁的《沉重的

① 宇文华生：《论新时期小说中的经济意识》，《齐鲁学刊》1988年第4期。
② 蒋子龙：《燕赵悲歌》，《人民文学》1984年第7期。

翅膀》、鲁彦周的《彩虹坪》、张锲的《改革者》等这样从宏观经济政策上来描写改革的作品。从这个角度来看，20世纪70年代末80年代初的改革小说，是一种以经济为叙事核心的文学表述形态，这种文本建构的动力与指向，直接源自于转型时代社会思潮的变化。新时期重新肯定人、承认人的价值，这种肯定与承认首先是从经济层面实现的。只有满足人的物质利益诉求，才能进而使人的自由、权利与尊严得到保障。“中国经济改革的一个重要组成部分就是释放利益的力量。在毛泽东时代的中国社会里，极端理想主义和平均主义没有给物质利益留下什么空间。”[①]社会转型初期的改革小说，虽然对物质利益欲求的表述依然“羞羞答答”，往往把个体的财富追求包裹在集体经济发展的框架之中，体现出了过渡时代的特色。但是，以个体物质利益为核心的价值认可，已然是不容回避的文学事实。所以，从根本上来说，改革小说的兴起是社会思潮变动的外在体现，同时它也推动了这种社会思潮走向深化。

二　作家：感应民族心理　顺应历史潮流

邓小平在第四次文代会的祝辞中指出：“我们的文艺，应当在描写和培养社会主义新人方面付出更大的努力，取得更丰硕的成果。要塑造四个现代化建设的创业者，表现他们那种有革命理想和科学态度、有高尚情操和创造能力、有宽阔眼界和求实精神的崭新面貌。要通过这些新人的形象，来激发广大群众的社会主义积极性，推动他们从事四个现代化建设的历时性创造活动。”[②]中国共产党历来重视文艺对社会现实的价值意义，虽然新时期文学摆脱了作为政治附庸的地位，但是其社会功能一如既往地被重视。邓小平在祝辞中对文艺社会功能的强调，是新时期主流文艺政策的集中体现。主流的理念与倡导，仍然有影响力、号召力。“文革”结束，作家重新获得了创作的自由，激发了这一群体对执政党的认同感，由

① ［英］罗纳德·哈里·科斯、王宁：《变革中国——市场经济的中国之路》，徐尧等译，中信出版社2013年版，第132页。

② 《邓小平文选》（第2卷），人民出版社1994年版，第210页。

此也从根本上保证了文代会的政策路线得以贯彻。当然，这并不是意味着如果没有主流的倡导，就不会有改革文学的兴起。第四次文代会召开前的1979年7月，蒋子龙的《乔厂长上任记》就已经发表，甚至熙高的《一矿之长》[①]在这一年的年初就问世了。在改革文学滥觞之际，也就是蒋子龙的《乔厂长上任记》引发广泛社会轰动效应的时候，主流对文学参与现实并促动现代化建设的号召，也自然能够顺理成章地被作家群体所接受，成为他们创作的理念与旨归。或者说，新时期的文艺政策契合了作家的创作心理，两者实现了有效的共鸣，促成了改革文学的兴起。

摆脱作为政治附庸的地位，是新时期文学的明显特征，作家创作拥有了更多的自由。如果作家没有对社会现实表达的主动性，那么即使主流再如何倡导，也未必会形成一个文学创作的潮流。所以作家对现实积极介入的普遍性态度，是改革小说成为新时期最繁盛的文学景观的根本性因素。一直保持对现实关注的作家刘宾雁说："改革的浪潮正在敲击中国作家的心扉。它给予我们的，将不仅是取之不竭的题材。投身到现实的变革过程中去，将使我们的感情不致衰老，感觉不致迟钝，思想不致枯竭，这才能写出无愧于这个伟大时代的作品。"[②]作家对时代的变化与动向异常敏感，他们积极地回应时代的召唤，以文学的方式表达对社会现实的认知与判断，并以此表达自身对民族国家的关怀，体现出了中国知识分子的强烈入世情怀。对于新时期作家来说，改革不仅是他们文学表述的题材，书写改革更是他们关注并介入现实的一种方式。他们力图以文学来参与转型时代的改革进程。所以，转型期的作家在文本建构中浸透了一种责任感与使命感，"我们对1985年以前的一些'改革文学'作品做一个简单的扫描，其中感受最深的是当时作家的责任感，他们敢于为改革'鼓与呼'的精神。那个时期的'改革文学'总有一种'铁肩担道义'的一股正气，让人明显感到作家的一种历史使命感。"[③]蒋子龙的《乔厂长上任记》发表

① 《鸭绿江》1979年第1期。

② 刘宾雁:《文学面临生活的挑战》,《人民日报》1984年11月5日第7版。

③ 梅疾愚、程戈:《表现时代与叩问灵魂——对"改革文学"的回顾与反思》,《时代文学》1997年第3期。

后，在天津《新港》杂志为之举行的座谈会上，作品体现出来的作家责任感被一致肯定："这篇小说最大收获是感到了一种强烈的革命责任感，即为国家前途和命运担忧的责任感，一心奔'四化'的责任感，无情地揭露缺点、错误的责任感，扶植正气，恢复党的光荣传统、革命精神的责任感。"[①]我们看到蒋子龙、柯云路等作家以创作实践加入了改革文学的合唱，他们从不同角度透视了转型中的中国社会，并以强烈的时代感与昂扬的激情，达到了为改革"鼓与呼"的目的，从而推动了改革的进程。正如蒋子龙所说："我们就是要通过新人的形象，激发广大群众的社会主义积极性，推动他们从事现代化建设的历史性创造活动。"[②]

作家对社会现实的积极关照与切实参与，促成了新时期改革文学的兴起。如果说社会思潮是改革文学的外在诱发因素，主流的文艺政策提供了宽松环境，那么创作主体的态度与选择，则是这一主题创作形成波澜壮阔潮流的关键。一些作家历经五六十年代的各种运动，不断被打击、被排斥，甚至被划为异类，但是新时期大幕拉开后，他们能够放下个人得失而投身到社会转型与重建的洪流中去。新时期作家感应时代律动与社会现实，力图用自己的书写来表达民族的沉疴与病灶、悲凉与希冀、未来与新生，这使改革文学体现出来的是对现实的忧虑与对现代化的建设性思考。"改革文学并不是改革政策，而是遍及社会各个角落的经济大变动、大协调的产物，它乃是作家们身处社会变革心理潮流中而又不能超越这种社会心理的产物。"[③]无论是复出作家，还是新时期伊始登上文坛的年轻一代，他们在创作上接续了现实主义的伟大传统，对民族的兴衰投射了强烈的关注目光。与伤痕文学、反思文学这种书写民族历史伤痛的文学潮流相对，改革文学有着更强烈的现实意义与未来指向。如果说作家对于伤痕的揭示、对民族历史的反思，是社会现实直接促动的结果，属于人对外界的应对式反应，那么改革文学的创作，更多地带有作家对现实的主动性思考与

① 《一篇深受读者欢迎的小说——本刊编辑部召集部分业余作者座谈小说〈乔厂长上任记〉纪要》，《新港》1979年第10期。

② 蒋子龙：《不惑文谈》，上海文艺出版社1984年版，第75页。

③ 彭子良：《从激情的宣泄到冷静的审视》，《文艺评论》1988年第5期。

表达。蒋子龙在《我的文学触角一直关注着现实》一文中谈及了《乔厂长上任记》的创作动机。

> 不是我找到“乔厂长”，而是他主动找到了我。当时我刚“落实政策”当上车间主任，攒足力气想大干一番，却到处碰壁。有定单没工艺，搞出工艺又缺材料，找来材料设备因年久失修又出了问题，修好设备人又不听使唤，找到上边也没有人给你帮忙。我感到自己像天天在“救火”，经常昼夜连轴转，身心俱疲，苦不堪言。甚至还不如蹲牛棚。
>
> 1979年初春，《人民文学》杂志社来约稿，我便用三天时间完成了《乔厂长上任记》。我写得很容易，脑子里根本没有想要把握什么脉搏，就写自己的苦恼和理想，如果让我当厂长会怎么干。所以我说“乔厂长”是不请自来的，是他自己找上了我的门。[①]

书写改革者以及改革事业是发自作家心底的冲动，他们把创作作为参与社会变革与现代化建设的一种方式，急切地表达自我对于民族重构的热望。有评论者指出：“正由于作家们是在和全民族成员一样激动的心态下进行改革文学的创作，因而他们的作品与不同层次的读者的心态产生同构对应，发生了强烈共鸣。”[②] 来自生命需要的写作中，融入了作家对现实的见识与判断、希冀与热情，使改革文学不仅真切地反映了社会现实，而且更高扬了理想主义的旗帜。

改革文学代表性作品《花园街五号》的作者李国文说：“我一直认为文学应该进入生活，在现实面前闭上眼睛，或掉过脸去专谈风花雪月，对于作者的那颗公民良心来说，实在有些难以交代。而以社会主义文学为己任，不去把正在发生着急剧变化的社会主义的现实生活，写进自己的作品

---

① 蒋子龙：《我的文学触角一直关注着现实》，《中国艺术报》2008年11月28日第1版。

② 李晓峰：《改革者形象演变的纵向考察——兼对一种流行观点的质疑》，《文艺评论》1989年第3期。

里去，也是说不过去的。”[①] 对于身处“文革”后转型时代的作家来说，再没有比改革更为重大的社会主题了。虽然刚刚从“极左”政治中走出来，一切都尚待确定，但是感受着民族涌动变革热情的作家，专注而投入地为改革者与改革事业放声歌唱。“改革的现实生活吸引着越来越多的具有时代感和使命感的作家。尽管他们深知在历史的漩流里荡舟，需要有改革家同样的魄力和勇气，但是他们以艺术家的胆识注视着这关系国家前途的大事。”[②] 中国知识分子身上的入世精神，历经民族浩劫依然熠熠生辉，他们的坚韧与执着，也昭示了一个民族的新生。1981 年，张洁创作发表了她的第一部长篇小说，也是改革文学的代表性作品——《沉重的翅膀》。小说问世后，获得了读者与批评者的广泛认可。但是，与读者批评者态度截然相反的是僵化的思维观念对她的责难，并要求作家对作品进行修改。张洁没有抵制也没有抱怨，而是尽力“完善”作品，以期这部长篇在被政治接受的基础上产生更大的影响。在小说修改后谈创作的文章中，张洁说：“我们幸运地赶上了这样一个大变革的时代。这个变革，为我们的创作提供了广阔的前景。文学应该义不容辞地反映这个历史年代和这个年代里的重大历史事件，以及这个年代的主角。否则，我们将愧对于这个时代，以及我们的子孙后代。”[③] 对于作家来说，被责令修改已经公开发表的作品，是比较难接受的，因为这无异于对自己的精神劳动进行某种程度的否定。但是作家的社会责任感压倒了个人的得失荣辱，那种“虽九死其犹未悔”的担当精神依稀可见。

新时期的作家队伍中，一些人并非职业作家，对文学的热爱，以及丰厚的生活体验，使他们逐渐成长为专业的创作者。这种情况在改革文学的创作领域体现得最为明显，像蒋子龙、张一弓、程树榛、邓刚，等等，都来自于生产的第一线。在没有成为作家之前，他们或是普通工人，或是基层领导，亲眼目睹了转型期的社会现状，亲身体验了现实的困境。责任感与担当精神，使他们试图以文学化的方式来反映改革、参与改革，表达

① 李国文：《为改革者呐喊》，《十月》1983 年第 6 期。
② 李树声：《时代弯弓上的响箭》，《读书》1984 年第 8 期。
③ 张洁：《创作思想的新飞跃》，《人民日报》1984 年 11 月 26 日第 7 版。

自我对这场变革的思考。蒋子龙曾经是天津重型机械厂的车间主任，在1984年的文章中，蒋子龙说："九年前尚未离开工厂的时候，我确有一套关于企业经营管理的设想，想试验一下，施展一番。但，跟当厂长没有缘分，只当到一个有一千多人的车间主任，便被另一种缘分拉扯着，鬼使神差地成了作家。"[①]而且蒋子龙对自己的工作能力非常自信，"我和我周围的人都不怀疑，我似乎天生是一个巧匠能工，理应从事一种创造物质财富的劳动，不用费太大的力气，就能安居乐业。"[②]那种在工厂生产中没有做的试验，却在文学的叙事空间中得以施展。蒋子龙通过乔光朴、车篷宽、牛宏等开拓者的创业实践表达了自己的"企业经营管理的设想"。《生活变奏曲》的作者程树榛，在富拉尔基重型机器厂生活了26年之久，他说："对二十余年来我国工业发展中的曲折、坎坷、失误而又艰难前进的历程，对这个历程中每个环节上的重大事件，我都有直接的感受与体验。"[③]程树榛是工厂生产生活的参与者，工厂的现实直接触发了他的思考。"改革的每一步，其兴衰成败都蕴含着他的欢欣与苦恼，党和人民的事业驱使着他的笔去描绘当代生活的壮丽图画。因此，炽热的情感冲动和高度的责任感，成了作家创作的原动力。"[④]1980年年初，张一弓在河南省登封县卢店公社工作，亲身感受了农民对于变革的热情，以及农村社会围绕家庭联产承包责任制论争的激烈。作为驻队干部，张一弓无法回避现实中涌动的改革浪潮，他必须给出自己对于这场变革的认知与立场。"假如那时我仅仅是一个业余作者，那么，我完全可以避开这一大有争议的生产关系的变革，去写一些远离这场变革、而且绝不会被人责之为'急功近利'的文学作品；但是，作为一个驻队干部，我却不能绕开它，而必须抱着一个农村工作者的严肃的责任感，绝不是怀着文学雅兴，首先从政治经济学的角度，对它做出判断，迅速确定自己的态度。"[⑤]在农村社会变动的现实与农民改革的

① 蒋子龙：《蒋子龙自述》，大象出版社2002年版，第91页。
② 同上书，第103页。
③ 程树榛：《从〈人约黄昏后〉谈创作中的点滴体会》，《文艺评论》1984年第1期。
④ 蒋原伦：《厂长的故事与作家程树榛》，《人民日报》1985年12月16日第7版。
⑤ 张一弓：《听命于生活的权威——写自农村的报告》，《文艺报》1984年第6期。

强烈期冀面前，张一弓不仅是一个领导乡村的基层干部，也是一个在场的表达者，他试图寻找到一种展现农村变动样态的方式，借此传达时代精神。最终，张一弓选择了文学，只有文学才能恰切地展现转型时代的农村社会与农民心理，也只有文学才能有力地表达作家的价值立场。

陈思和指出："在'五四'传统下成长起来的中国作家本来就视'齐家治国平天下'为正途，经过'文革'的悲惨历史阶段以后，执政党纠正'文革'错误、否定'极左'政治路线和制定一系列实现现代化的措施，使知识分子重新看到了国家和民族的希望，同时又激发起他们强烈的社会责任感，在他们看来，用文学为社会、经济、政治的改革推波助澜，是义不容辞的。"① 像蒋子龙、程树榛一样，在张一弓由基层干部成长为作家的道路上，对现实的敏感与责任感，是促动他拿起笔来写作的主要因素。张一弓说："如果没有生活对我的直接教育，没有这场变革的实践给我带来的认识上和感情上的变化，便没有我从《赵镢头的遗嘱》开始的、反映农村现实生活的十多个中短篇习作。"② 在改革文学的创作队伍中，有着蒋子龙、程树榛这样创作经历的人，还可以列举出好多，比如柯云路、邓刚、水运宪、陈国凯，等等。而且，这些作家都为改革文学贡献了有价值的小说，无论是蒋子龙的《乔厂长上任记》《燕赵悲歌》、柯云路的《三千万》《新星》，还是邓刚的《阵痛》、水运宪的《祸起萧墙》，都产生过广泛的影响，这些作品引领甚至决定了改革文学的潮流与态势。所以从创作主体的角度来说，新时期作家对现实的关注态度，以及对民族国家的责任感使命感，促动了改革文学在社会转型时代的兴起。

三　传播接受：文学与时代共鸣

任何文学潮流的兴起，无论其动力源来自哪些方面，读者的广泛接受都是必不可少的。唯有被读者大众认可，文学才能获得强大的生命力，才

① 陈思和主编：《中国当代文学史教程》，复旦大学出版社 1999 年版，第 230 页。
② 张一弓：《听命于生活的权威——写自农村的报告》，《文艺报》1984 年第 6 期。

能作为一种潮流而载入文学史。同样地，一旦失去了读者的追捧，任何文学，即使有强大的国家意识形态支撑，都会不可避免地走向消亡。以20世纪80年代昙花一现的先锋文学为例，因为过于热衷形式实验而忽视小说的故事性建构，被读者抛弃后便归于沉寂。改革文学的兴起，不仅在于这一叙事迎合了转型时代的社会潮流，喊出了民族渴望变革的心声，而且在于它符合了大众对改革、改革者的想象与期待。改革文学“往往不自觉地充当了社会或民众普遍情绪的代言人，它常常提出相当尖锐的政治、伦理或现实主题，引起一阵又一阵的‘轰动’效应”。[①] 同时，改革文学高扬的理想主义旗帜，更使正急切寻找民族未来出路的中国人倍感鼓舞，重拾民族复兴与现代化的信心。

“文革”后，中国虽然进入了现代化建设的新时期，但是改革共识却并非朝夕之间形成。就农村的家庭联产承包责任制而言，这一政策的确立着实经历了一番论争与波折。对于改与不改存在广泛争议的时代，作家能够率先发出迎合大众改革的呼声，这使改革文学一出现就“俘获”了广大读者。作为改革文学的开山之作，蒋子龙的《乔厂长上任记》在读者中获得了广泛认可，甚至《乔厂长上任记》、“乔厂长”分别成为改革文学与改革者的代名词。“《乔厂长上任记》强烈的感染力，主要来自作品的思想倾向——对实现四个现代化强烈的渴求。这种渴求，涌现在作者的笔端，凝聚在作品所颂扬的主要人物身上，却发端于全国人民的心底。”“人民的理想，人民的意愿，人民的忧虑，人民既激奋又急切的心情，被作者大声呼唤出来了，这就拨响了人们最敏感、最强劲的心弦，因而产生了强烈的反响。”[②] 如果用一个词来概括改革文学与时代，尤其是与读者之间的关系，那只能是“共鸣”，文学与大众的变革欲望在共鸣之下的相互激荡，推动了改革这一意识形态的建构。

虽然理想的社会图景尚不清晰，但是当下的路线、制度与生产局面都需要变革，这是毫无疑问的，因为目前存在的一切确实构成了对人性与人

---

① 陈思和主编：《中国当代文学史教程》，复旦大学出版社1999年版，第231页。

② 夏康达：《〈乔厂长上任记〉人物漫笔》，《语文教学通讯》1980年第1期。

的完满追求的压抑。当每个人都意识到唯有变革，才能摆脱自我当下不如意的境地的时候，改革便成为了时代的主潮，“改革的呼声已经成为我国社会生活中的最强音。”[①]改革文学不仅表达了改革的势在必行，而且在没有任何现成经验的前提下，作家也为改革提供了想象化的设计与路径。比如在《乔厂长上任记》中，乔光朴改革工厂的方案是裁汰冗员、培养技术人才、起用有能力的干部、改革分配制度，以及引入现代化的管理手段；《男人的风格》中，陈抱帖给出的策略包括有效调动人的生产积极性、改革人事制度使能者上庸者下、培养及发掘技术人才；《雷暴》中，丁壮壮从市场规律出发找到了解决公司死结的办法，等等。无论这些手段方法是否具有可操作性，能否真正有效地促进现代化建设，都会被读者认可。因为在他们看来，改与不改比如何改更为重要。从这个角度来说，大众追捧改革文学在于后者契合了他们变革现状的渴望，至于理想的社会图景应该是什么样子的，他们并没有深入的考虑。

对于中国人来说，改革不仅要实现经济富足民族兴盛，还要完成对旧东西的批判与否定。所以改革文学的批判性叙事往往多于对现代化的建设性内容，这明显地体现了过渡时期的民族心理。虽然作家由于对时代的敏感而较早地发现并指出社会问题，但是这一群体并不承担，也没有能力提出解决问题的办法。体现在改革文学中，相比那些想象化的改革方式方法，作家对社会积弊的表达更为贴近现实，“‘改革文学’大胆触及当时尖锐的社会问题，成为人民现实诉求的代言，在社会转型期起到独特作用。”[②]从《乔厂长上任记》开始，改革小说就从未停止过对负面人物、负面现象进行批判的步伐，这一叙事内容是改革文学书写必不可少的组成部分。从现实的角度看，如果没有带有负面价值的人和事，那么改革也就没有了指向性与必要性。对社会问题带有否定性的展示，使改革文学更像是转型时代的社会批判书。作家描述的那些社会肌体上溃烂的东西，往往是大众生活中所直接面对的。读者因痛恨这些负面东西，而认可改革文学。

① 宗杰：《改革的浪潮与文学的探索》，《人民日报》1984年7月2日第7版。

② 李书磊：《文学与人民广泛接触》，《人民日报》2008年10月10日第16版。

大众在现实中无力改变的情况，被作家在文本中解决掉了，他们由此感到欣慰。比如《新星》《改革者》《燕赵悲歌》等小说都直面的官僚主义问题;《三千万》《生活变奏曲》等作品反思国有资产严重浪费的问题;《耿耿难眠》《一个工厂秘书的日记》等文本体现了人情关系损害制度建设问题，等等。正如当年的一位工人所言，改革小说“严肃地批判了不正之风。说出了我们工人的心里话。在现实生活中，这类不正之风确实不少，影响很大，造成了一些对党产生不应有的怀疑。因此，这样的作品我们大伙爱看。”[①] 改革成功的指标中不仅仅有生产力的提高，更应该包括对社会不合理现象的清理程度，以及大众对此的满意指数。

改革文学被读者广泛接受的另一重要因素，是改革小说展现出来的那种奋发图强的精神与昂扬向上的理想主义。十年浩劫压抑了生产力的发展，更使价值失范、理想泯灭、信仰亦陷入迷茫。对于中国社会来说，转型年代在改革、发展经济、追求民族现代化的同时，还要寻找理想、信仰，重构民族的自信心与凝聚力。改革文学一出现就给文坛、给社会注入一股昂扬之气，“以《乔厂长上任记》等作品为标志的‘改革文学’，迅如大潮，以它澎湃的涛声很快掩盖了对十年灾厄和几十年‘左’倾危害的哀伤与悲叹，表现出一种雄壮、磅礴的气概和奔放、明朗的色调，从历史的严峻回顾中鼓舞人们去变革历史。”[②] 昂扬向上的气概是改革小说的灵魂，这种饱含沉郁顿挫的昂扬，给精神心灵饱受动乱折磨的中国人，以慰藉和鼓舞。

舒婷在诗歌《会唱歌的鸢尾花》中写道:“理想使痛苦光辉”。正是因为有了理想，才能超越苦难，才能使一个民族从灾难中重新站立起来。改革文学正是要以独特的方式，建构并传播关于理想、关于未来的坚定信念，为改革事业与现代化建设提供精神支撑。20 世纪 80 年代中国社会理想主义的重新勃发，是与改革文学存在关联的。改革文学中鼓舞感染大众的昂扬的理想与坚定的信念，主要是通过改革者形象的塑造来完成的。改革文学，可以称为改革者文学，作家基本上都会以人物为核心来建构叙

---

① 刘锡诚:《在文坛边缘上——编辑手记》，河南大学出版社 2004 年版，第 345 页。

② 张炯:《论“改革文学”及其深化》,《福建文学》1987 年第 9 期。

事，甚至这些作品表述的故事被遗忘之后，那些改革者的名字依然鲜活。在作家着力塑造的改革者身上洋溢着蓬勃的生命力、坚韧的态度、忘我工作的牺牲奉献精神。他们是新时期舞台上的英雄，受到大众的追捧，就像当时有人呼唤道："乔光朴，盼你快到我们中间来呀！"[①] 几乎每一篇改革小说，都会为转型时代提供一个可供膜拜与效仿的英雄形象。"中国悠久的人治传统和根深蒂固的人治观念，促使人们企盼着出现一批有魄力有铁腕精神的改革英雄，出现一批新'包公'、新'海瑞''快刀斩乱麻'，重整祖国山河。这在当时，是一种普遍的社会心理。"[②]《乔厂长上任记》中的乔光朴、《新星》中的李向南、《燕赵悲歌》中的武耕新、《祸起萧墙》中的傅连山、《沉重的翅膀》中的陈咏明，等等，他们标示了民族的精神高度，他们的存在价值在于使大众看到了改革的可能性并愿意相信未来。"因为作家所关注的现实问题与人民群众的意志和愿望是完全一致的，因而对现实的变革产生了极大的鼓舞和推动力量。"[③] 乔光朴、李向南一类带有浪漫传奇色彩的人物填补了偶像与英雄的真空，成为人们寄托理想的载体，激励了身处转型时代并期待变革的中国人。

改革小说得到读者广泛接受，除了这一主题叙事契合他们的精神需要之外，还有一个因素，那就是其自身的艺术特征。与伤痕文学、反思文学相比，改革文学的艺术视野更为开阔。改革文学的出现改变了文坛上只有伤痕、反思文学题材的狭窄局面，拓展了文学的审美领域，为读者提供了更为贴近他们生活的文学样式。在题材上有开拓性的同时，改革文学也基本上终结了"极左"政治下文学的模式化与概念化。以工业题材为例，"过去写工业题材的作品，总是跳不出反右倾、反保守的主题。写工厂搞技术革新，知识分子总是保守的，厂长往往是迷信专家的，工人总是技术革新的闯将，背后又总有阶级敌人搞破坏，最后又总是党委书记正确，他

① 《"乔光朴，盼你快到我们中间来"——小说〈乔厂长上任记〉在干部工人中引起强烈反响》，《工人日报》1979 年 9 月 10 日第 3 版。

② 吴圣刚：《论新时期文学观念的嬗变》，《信阳师范学院学报》（哲学社会科学版）2007 年第 1 期。

③ 於可训：《中国当代文学概论》，武汉大学出版社 2003 年版，第 146 页。

一出来抓，问题就解决了”[①]。文学被简化两种取向、两个立场之间的较量，鲜活的工厂生活被抽空了。这样贫乏单调、荒芜至极的文学图景，无法给读者带来任何阅读乐趣。在文学市场上，供求关系比例失调，然而“人们对文学的需求就不亚于干裂的土地之于甘霖。整个社会迫切需要文学去抚慰心灵的伤痕，去帮助正确认识濒于破碎的生活，去重建精神世界不可缺少的信仰，去滋育欣赏领域久已荒芜和枯萎的美感。”[②]所以，无论伤痕、反思文学在艺术上多么粗糙，仍然能够被广泛地传播。从这个角度看，突破“极左”思维下文学建构的概念化、价值立场的政治化，是改革文学赢得读者的一个重要原因。

不可否认的是，改革小说都有着很强的故事性，这种可读性满足了大众对小说最基本的阅读期待。改革文学往往都是以改革者为中心来建构一个故事，在这个叙事中，故事情节因为改革与保守势力之间的斗争而显得跌宕起伏，趣味横生。同时，改革小说中的人物虽然突破了“高大全”的塑造模式，但是他们往往都具有英雄特质与传奇色彩，这无疑使改革文本具备了迎合读者阅读期待的优势。在乔光朴身上，与其引领现代化建设的能力相比，作家显然赋予了他更多传统英雄铁肩担道义的侠义色彩。另外，我们看到改革小说叙事也继承了传统文学的表述模式，比如善恶两分的斗争模式、清官模式、父子冲突模式，以及大团圆模式，等等。与这些模式内在关联的是中国人的审美心理。以被“极左”政治排斥的叙事模式重新建构小说，不仅接续了传统，也完全能够契合读者的需要。当然，这并不意味着改革文学有意迎合读者大众，也不意味着改革文学的叙事在这些模式的“车辙”中循环往复而毫无创新。改革文学想要保持生命力，作家就必须超越自身局限，使自我的创作与笔下的改革者一样拥有现代意识。

改革是任何民族更新的动力，也是社会转型的重要内容，唯有改革，才能使社会不断调整，趋向合理。“文革”后，中国社会进入了现代化建设的新时期，被压抑百年的民族富强梦想得以释放。20 世纪 70 年代末 80 年

① 王若水：《文艺·政治·人民》，《人民日报》1982 年 4 月 28 日第 5 版。

② 中国社科院文学研究所当代文学研究室编：《新时期文学六年》，中国社会科学出版社 1985 年版，第 35 页。

代初，大众变革欲望的洪水，剧烈冲击着尚待拓宽的社会河道，要求改革的热望奔腾在每个人的心底。在这样的社会背景下，要选择一种方式来表达民族的整体性愿望与诉求，那只能是文学。唯有文学既能反映社会现实境况，又能展现民族的心理脉动，进而表达出人心变动背后的历史趋向。以此来说，改革文学的兴起是带有历史必然性的，它不仅是文学自身演进的规律使然，更是作家对时代的主动回应。改革文学因为顺应了转型时代的历史潮流，契合了大众的变革渴望，符合了主流对现代化的判断认知与政策道路选择，从而引发了社会各方的强烈共鸣，获得了充足的发展动力。在 1985 年之前，改革文学是中国社会最主流的文学话语，而且作为被主流意识形态肯定并提倡的文学，不需要国家舆论力量的支撑，就获得了读者大众发自内心的欢迎。十年浩劫之后，中国社会无论物质上，还是精神上，都处于极端贫乏的状态。虽然物质富足的愿望最为强烈，但是在生产力解放、经济长足进步还无法一蹴而就的情况下，精神空间的需要就显得更为迫切，而通过文学、电影等文艺形式，他们的诉求能够得到想象化的满足。伤痕文学与反思文学，并没有给读者的生活带来任何实质性的改变，只是由于满足了大众控诉与宣泄的精神心理需要而轰动一时。改革文学更是如此，无论它的主题、模式，还是人物、故事，几乎它所有的叙事元素与价值取向，都与读者大众的需求相一致，满足了他们对于社会变革与自我救赎的精神需求。改革文学的兴起给在新与旧之间徘徊探索的中国人以理想、信心与勇气，使他们获得鼓舞，这无疑有利于他们在物质依然匮乏的时代能够走出民族灾难的阴影，进而完成民族心理的重建。社会转型、大众需要与文学自身演进，促动了改革文学的兴起，而改革文学又直接激发了包括社会思潮在内的多层面的变动，成为改革事业的重要组成部分。

第二章

蒋子龙与改革文学

虽然任何文学潮流的出现都有深刻的社会、历史动因与时代的必然性，但是优秀作家在其中起到的推动作用是不可忽视的，他们的引领与示范也是一种文学思潮兴起不可缺少的要素。文学潮流的肇始之初往往都站立着具有开创性意义的作家，他们影响甚至决定着这一文学样式的大体面貌，正如鲁迅之于现代乡土小说，刘呐鸥之于新感觉派，赵树理之于山药蛋派，孙犁之于荷花淀派。对于20世纪70年代末80年代初的改革小说来讲，蒋子龙同样具有开创性贡献，他以《乔厂长上任记》典型而集中地展现了中国大地上涌动着的变革热望，以及改革的可能性与必要性，由此拉开了改革文学的大幕。无论从哪个层面上来研究改革文学，蒋子龙及其创作都是绕不过去的存在，他在某种程度上已经成为改革文学的标识。我们重新审视改革文学的历史景象与当下意义，也需要从蒋子龙及其作品入手，这样才能厘清改革文学的源流，并确认蒋子龙被文学史所忽视的价值意义。

一　从工人到作家：蒋子龙的文学历程

蒋子龙是以业余作者的身份登上新时期的文学舞台的，在成名作《乔厂长上任记》发表之时，他还是天津市重型机械厂生产一线的车间主任。因为小说的接连发表并引发轰动，他的身份很快从工厂的中层领导转换成了专业作家。在1979年《乔厂长上任记》创作问世之前，蒋子龙已经有多年的文学创作经历，储备了比较丰富的艺术经验。同时，他长期工业基层的生活与工作，也为其写作积累了厚实的现实素材与生活体验。1976年复刊的《人民文学》第1期，发表了蒋子龙的《机电局长的一天》。虽然在机电局长霍大道这个形象的刻画上，依然还有某种程度的“高大全”色彩，但是却能够大体反映出蒋子龙的艺术水准。这篇小说也体现了蒋子龙对已经僵化的工业题材文学某些方面的超越①，比如霍大道虽然还是主要英雄，作家借其歌颂了工业战线上的具有共产主义理想信念的实干家，但这个人物却有了人性色彩，起码他也会生病而不是钢铸铁打的；反面人物副局长徐进亭也不再是阶级异己分子，只不过私心过重、公心欠缺而已。蒋子龙在正反人物之间建构起来的冲突，也不是你死我活的针锋相对，在“促生产”的主题下，矛盾集中在如何提高劳动效率完成生产任务。《机电局长的一天》虽然不可避免地遭遇“极左”政治话语的苛责，被扣上“唯生产力论”的帽子，但是这并不是对蒋子龙由此而显现出来的对于工业题材驾驭水平的否定。这是《乔厂长上任记》创作与发表的背景，如果缺少了《机电局长的一天》这一环节，那么改革文学可能会是另外一番面貌了。

我们应该注意到，《乔厂长上任记》的问世过程与作家投稿、刊物认可发表的一般性流程不同，它是蒋子龙在编辑约稿激励之下完成创作的。“1979年初春，《人民文学》杂志社来约稿，我便用三天时间完成了《乔厂长上任记》。”②“文革”后，文学能够迅速恢复生机并呈现出蓬勃景象，与文学刊物的努力是分不开的。编者主动寻找话题引领创作潮流，体现了文学杂志对于社会转型的积极参与。《人民文学》也同样在寻求着一些题材领域的有效突破，向蒋子龙约稿的意图很明显，那就是这本杂志试图以卓有成效的作品来实现对工业题材小说的革新。为什么选择蒋子龙而不是其他作家，原因不外乎两个方面：一是，《机电局长的一天》让《人民文学》的编者们见识并认可了蒋子龙的艺术水准，以及突破固

① 《机电局长的一天》是《人民文学》向蒋子龙约的稿子。蒋子龙决心要“对得起《人民文学》这块牌子”，决心突破路线斗争、高大全等模式套路，来点不一样的“绝活儿”。见《蒋子龙自述》，大象出版社2002年版，第84页。

② 蒋子龙：《我的文学触角一直关注着现实》，《中国艺术报》2008年11月28日第1版。

化模式的可能性，正是因为有了《机电局长的一天》，才使《乔厂长上任记》成为可能；二是，蒋子龙的工厂生活阅历，也是编辑所看重的，丰富鲜活的直接经验使他能够更容易摆脱旧有文学思维的束缚，因为他的创作是来自于现实生活而非某种理念。事实证明，《人民文学》的选择是正确的，他们找到了一个善于写而且乐于写工业题材的作者。对于《人民文学》来说，《乔厂长上任记》是符合他们理想的作品，而对于蒋子龙来说，《乔厂长上任记》不仅是一篇小说，更是他表达自我理念与认知的载体。

> 我写得很容易，脑子里根本没有想要把握什么脉搏，就写自己的苦恼和理想，如果让我当厂长会怎么干，所以我说“乔厂长”是不请自来的，是他自己找上了我的门……其创作过程很简单，简单到甚至可以说不是我找到“乔厂长”，而是他主动找到了我。①

编者与作者在《乔厂长上任记》的创作上，可以说各取所需，一拍即合，这种高度的“默契”其实是拜时代所赐。“极左”政治不仅钳制窄化了文艺，而且也搞乱了社会生产。所以在“文革”后，无论文化还是经济都需要改革调整。当发展文艺的责任意识与拯救经济的使命感结合在一起，也就必然会催生出《乔厂长上任记》这样的文学作品。我们往往强调这篇小说引发读者大众的共鸣，其实这种共鸣首先是发生在文学工作者——文学杂志编辑与作家之间。

从《乔厂长上任记》开始，蒋子龙一直致力于改革小说的创作，在文学天地中描写他所熟悉的工厂生产生活，以及工厂领导与工人等各种形象。在不同矛盾交织的冲突中展现人物灵魂，并由此书写时代精神。这体现出了一个作家的抱负，“现代工业文明是现代人精神文化的物质载体。不敢直面现代工业生活的文学是不健全的，更谈不上强大。”② 如果说 1980

① 蒋子龙：《我的文学触角一直关注着现实》，《中国艺术报》2008 年 11 月 28 日第 1 版。
② 蒋子龙：《中国当代产业文学散论》，《当代作家评论》1992 年第 2 期。

年前后这一段时间里改革小说是文学主潮，那么蒋子龙就是这个时期最有代表性的作家。在《乔厂长上任记》获得1979年全国优秀短篇小说奖之后，《一个工厂秘书的日记》《拜年》分别获得1980年、1982年全国优秀短篇小说奖，《开拓者》《赤橙黄绿青蓝紫》《燕赵悲歌》先后获取1977—1980年、1981—1982年、1983—1984年全国优秀中篇小说奖。在这个阶段，蒋子龙以文学创作实绩赢得了来自政府、评论者与读者大众的广泛性关注与认可。“在文学战线上，工业战线上，同时在各条战线上，蒋子龙的名字和霍大道、乔光朴紧紧联系在一起；他们都是生活的进取者、四化的闯将。对于一位工人作家来说，这是莫大的荣誉。”① 虽然蒋子龙的创作有题材契合时代主潮的优势，但是能够持续获奖还是源于这些作品自身的魅力。作家在追求作品社会效应的同时，在审美上也做出了卓有成效的探索。

蒋子龙显然不愿意简单地重复自己，他没有停留在《乔厂长上任记》的“成绩”上停滞不前，而是追求超越，力求文学的丰富性。“蒋子龙并未按某种生活和创作的模式翻制自己的作品，而是依据变化中的现实生活所提供的材料，力求在每篇作品里写出一点新意，不断超越自己。”② 这体现的是一个作家的野心，像乔光朴那样把民族工业带向现代化的野心。从1979年的《乔厂长上任记》到1984年的《燕赵悲歌》，蒋子龙一直屹立在改革文学的潮头，他的创作不断给改革文学带来新鲜而有价值的艺术经验。“蒋子龙是一个在创作道路上大戒原地踏步，力求不断地超过自己的永远进击的作家。置身于文学发展的长河中，他既注意顺乎正常发展的艺术潮流，又勇于保持自我，从而给予潮流以一定影响。”③ 在蒋子龙的厂长形象系列中，既有大刀阔斧的乔光朴、呼从简，也有不疾不徐、善于学习、锐意革新的高胜武，甚至还有大搞关系学的“滑头”金凤池，等等，构成了转型时代丰富多样的厂长形象画廊。同时，他的“开拓者”家族，也没有把人物简单地固定在某一身份或某一层次上，这里有上至省委副书

① 阎纲：《文学八年》，花山文艺出版社1987年版，第174页。
② 李达三：《中国当代文学史略》，浙江大学出版社1989年版，第310页。
③ 夏康达：《蒋子龙创作论》，《文学评论》1982年第3期。

记的车篷宽，下至春城饭店经理的牛宏；有工业领域追求效率的乔光朴，也有推动农村转型的武耕新。虽然他们精神性格中都充盈着“开拓”，但是在每个人迥异的故事中，“开拓”得到了多样的阐释。

蒋子龙的改革小说试图在倡导经济发展之下，治疗十年动乱给这个民族造成的“政治衰老症”和“精神萎缩症”。他以开拓者主动肩负起时代重任的强悍性格来激活民族精神。蒋子龙不仅展现了开拓者的卓越能力与坚毅性格，而且以他们面对的不同处境来反映转型期中国社会的种种现实。如果说乔厂长面对的还仅仅是以冀申为代表的保守力量的阻挠，那么在《乔厂长上任记》之后的小说中，开拓者则遭遇着越来越多带有转型期色彩的困境。《拜年》中的冷占国，一方面要应对尊重民族传统习俗与追求生产效率之间的矛盾，这基本上是一个人在与时代相对抗；另一方面他还要面对“奖庸罚能”的人事制度的捉弄。《锅碗瓢盆交响曲》中的牛宏虽有际遇垂青但更多的却是要迎接挑战，在“不患寡而患不均”的平均主义思维下，牛宏俨然是“出头的椽子”。他的突出成绩映照了领导和同事的无能，这显然不被当时的环境所允许；另外，作为饭店经理，牛宏属下那些有着“铁饭碗”的落后员工，亦阻碍着他主导推进的改革。《燕赵悲歌》中的武耕新在领导乡村走向富裕的同时，还要应付来自夹杂着私欲的权力的掣肘。从《乔厂长上任记》到《燕赵悲歌》，蒋子龙不断地拓展改革小说的视野，通过开拓者来透视当下的社会，敏锐地发现问题并试图唤起“疗救”的注意。从这个意义上来说，蒋子龙的改革小说也是一份转型期社会的真实的精神档案，记录了“文革”后民族重新奋发图强之际的改革与保守、希望与失落、进步与徘徊、坚定与游移等相互冲突的精神心理。蒋子龙的改革小说超出了文学范畴，成为一种社会文本，“像一面镜子，可以照见我们社会生活的某些方面，照见许多人的灵魂。”[①] 这是宗杰对《乔厂长上任记》的评价，显然也适用于蒋子龙的整体创作。

蒋子龙坦承自己对文学社会效应的追求，“我们就是要通过新人的形

① 宗杰：《四化需要这样的带头人——评短篇小说〈乔厂长上任记〉》，《人民日报》1979年9月3日第3版。

象，激发广大群众的社会主义积极性，推动他们从事现代化建设的历史性创造活动”[①]。虽然以文学的方式来参与社会转型变革，强调小说的现实意义，但是这并不意味着蒋子龙忽视文学的艺术性满足。他对于文学的价值有着清醒的认知与定位，文学要承担起社会职责，但是文学在实现自身艺术性建构的基础上，才能实现社会价值。一味追求社会功用，使文学沦为政治的传声筒，无论艺术性还是社会功用都存在无法达成的可能。蒋子龙是在文学极力摆脱“极左”政治束缚的时代登上文坛的，他对于文学的工具性有着自觉的抵抗，“文学只姓‘文’，不姓工，不姓农，也不姓商或其他”[②]。对于改革文学来说，改革不过是文学的主题，落脚点依然是文学，而不是以文学的方式写改革路线、政策与方案之争。对此，蒋子龙以《乔厂长上任记》的创作为例加以阐释。

> 我写乔厂长，乔厂长改革的成败与否，不影响乔厂长的感情，因为他的感情纠葛在他周围的人，包括上级、战友、对立面以及同他有过一段关系现在结成夫妻的人。而不在于他上任以后是否改变厂子的面貌。作品中有关这方面的情景，完全是虚晃一枪，厂子改变不改变，我也不知道，也许今年改变了，明年又坏了，作家管不了那些，更不打那个保票。[③]

确保改革小说的文学属性，不仅要避免写改革路线、方案的对错，而且要把改革进程中的人作为叙事的核心。“要反映当前这一伟大的历史转折，不反映人民群众的心愿、理想、情绪和要求是不行的。”[④]蒋子龙在创作谈中也表达了这样的观念：“我写《开拓者》和《乔厂长上任记》时，我国机械工业面临调整和改革，阻力很大，我不想对改革出谋划策，我写的

---

① 蒋子龙：《不惑文谈》，上海文艺出版社 1984 年版，第 75 页。
② 蒋子龙：《要不断地超过自己》，《人民文学》1982 年第 4 期
③ 蒋子龙：《作家要全身心地拥抱生活》，《民族文学》1982 年第 9 期。
④ 蒋子龙：《不惑文谈》，上海文艺出版社 1984 年版，第 63 页。

是人。”①

纵观蒋子龙的小说创作，给读者印象最深刻的是开拓者形象——那些充满能量而又深具人性色彩的人物。蒋子龙的作品每每引发轰动效应，被广泛地接受与认可，一方面得益于作家始终对文学艺术性的坚守，另外一方面也在于他从来没有放弃深入生活，也就是说他不是在书房里想象改革的。蒋子龙“近几年来创作了不少工业题材的好作品。他热爱工厂，热爱生活，去年在创作任务繁重，接待、会议很多的情况下，还抽出四个多月的时间回车间劳动。”② 深入生活才能把握社会现实，才能使创作真切地展现时代精神面貌，反映民族心理动向。正是因为蒋子龙有着工厂生活经验，而且在成为职业作家后依然没有远离生活，才使得他的作品能够突破车间文学的僵化模式，进而在创作上不断超越自己，引领改革文学走向深入。“我国社会主义文学反映工业战线的努力和摸索中，在‘救救企业’的经济大转折时期和建设四化的最新奋斗中，蒋子龙的小说创作是个显著的标志。这个工人出身的作家，把‘工业文学’的现实主义水平大大地提高了。”③ 所以从改革文学整体上来说，蒋子龙的改革题材创作不仅参与了改革意识形态的建构，而且更具备了文学史价值。

二 《乔厂长上任记》与改革文学

中国文学近代转型以来，工业题材文学创作一直比较薄弱，这与民族工业不发达的事实直接相关。新中国成立以后，作家虽然出于响应主流工业化建设号召而创作了一些工厂主题作品，诸如周立波的《铁水奔流》、草明的《原动力》、艾芜的《百炼成钢》等。然而，这些小说基本上是把阶级斗争简单地搬到了工厂的舞台上，叙事的核心线索是敌我斗争或者先进与落后的冲突，而没有展现工业发展状况与工人的精神面貌。周立波等作家虽然也深入工厂体验生活，但在政治主导之下，创作上的斗争理念不

① 蒋子龙：《不惑文谈》，上海文艺出版社1984年版，第130页。

② 《作家近况》，《文艺报》1982年第10期。

③ 阎纲：《文学八年》，花山文艺出版社1987年版，第236页。

仅大于人物，而且也遮蔽或掩盖了真实，“车间模式”的僵化使文学丧失了对现实的表达与关照。新时期文学在批判否定“极左”政治的同时，也在摆脱各种僵化的思维与理念，体现在工业题材小说方面，主要表现为冲破“车间模式”的桎梏，呈现工厂生产生活的丰富性。《乔厂长上任记》是一种本质上有别于“车间模式”的工业文学，它的出现“标志着原先处于薄弱地位的工业题材作品，如今已经上升到了足以同其他任何题材优秀作品相媲美的新水平”。[①]同时，民族工业在十年动乱破坏之后普遍陷入生产窘境。技术落后、设备陈旧、人才短缺，而且工人集体主义精神丧失，这些都使工业病入膏肓、濒临崩溃，需要及时而有效的医治。“经济建设战线上的散乱状态摇撼着我们国家的经济命脉，现实生活迫切地要求着改变此种状态，乔光朴这个人物的出现带着现实生活发展的必然性。”[②]工业生产的现实与文学自身的演进，都向作家提出了要求，《乔厂长上任记》是作家对时代呼唤的积极回应，也表达出了一个民族追逐现代化的心声。

阎纲对于蒋子龙工业题材小说创作的评价是很高的。他认为，蒋子龙的创作尤其是《乔厂长上任记》具有重要的意义，“仅就工业题材的创作领域而言，我以为：蒋子龙文起当代之衰。”[③]这很容易让人想起苏轼对韩愈“文起八代之衰”的评价，阎纲正是从文学史的角度肯定了蒋子龙对于工业文学的价值。即使没有蒋子龙的《乔厂长上任记》，改革文学也会形成蔚为壮观的潮流[④]，但无法否认的是，《乔厂长上任记》的出现改变了文坛景象——改革小说取代了伤痕、反思小说而成为时代的主流文学话语。所以说，《乔厂长上任记》在中国当代文学史上“有着一个非同一般的重要地位。”[⑤]这一方面在于《乔厂长上任记》自身的艺术魅力，蒋子龙塑造的人物、建构的情节，以及表达出来的以改革解放生产力、繁荣经济的思

① 中国社科院文学研究所当代文学研究室编：《新时期文学六年》，中国社会科学出版社1985年版，第170页。

② 洁泯：《现实的图画和理想的光辉》，《文艺报》1983年第1期。

③ 阎纲：《文学八年》，花山文艺出版社1987年版，第179页。

④ 像熙高《一矿之长》这样明显具有改革文学色彩的作品，在1979年的春天已经问世。

⑤ 中国社科院文学研究所当代文学研究室编：《新时期文学六年》，中国社会科学出版社1985年版，第170页。

想，不仅契合了读者的审美心理，而且更迎合了他们对于社会变革的渴望。《乔厂长上任记》为什么受到那么热烈的欢迎？“我以为，主要一个原因，就是它在今天提出了救救企业的重要问题。”[①]另外一方面是因为《乔厂长上任记》所引发的剧烈争论，也加速了它的传播。蒋子龙在小说中塑造了“文革”时期曾经是造反派头头的郗望北这一形象，作家没有按照时代流行的写法把他定性为“四人帮”分子并受到揭发批判清查，而是尝试了对这种人物的多样化表达——郗望北不仅没有被清算，反而继续当副厂长。在绝对化思维依旧左右对人事判断的时代，蒋子龙的这种文学探索必然要与被批判的命运遭遇。[②]《天津日报》在1979年9月、10月集中抛出了几篇批判性文章，对《乔厂长上任记》中“反对”“揭批查”的情节罗织“罪状”大肆讨伐。《乔厂长上任记》发表后获得了各层面的广泛性认可，如《人民日报》就已经在《天津日报》的批判文章前给出了肯定性评价。[③]被天津市委批判的蒋子龙，在天津之外却获得了一致性的声援，甚至时任中宣部副部长的朱穆之，就批评《天津日报》对《乔厂长上任记》的批判是“戴帽子、打棍子、揭作者老底”。对于《乔厂长上任记》的争

---

① 阎纲:《文学八年》，花山文艺出版社1987年版，第12页。

② 郗望北这一人物的身份、言行与生命轨迹，是《乔厂长上任记》招致批判的根本所在。如果没有这个形象，或者他没有得到乔光朴的重用，那么这篇小说应当不会受到非难，蒋子龙也不会承受巨大的压力。当然，在郗望北身上，确实寄托了蒋子龙对于“揭批查”运动的一些思考，有着作家比较明确的叙事意图。一方面，蒋子龙试图以郗望北的塑造打破此类人物僵化的表述模式，“我在郗望北这个人物身上也是费了周折的。在我写《乔厂长上任记》之前，许多作品都已描写过王洪文、张铁生类型的造反派头头。我如果再把郗望北也写成那种类型的人物，就毫无意思了。”另一方面，蒋子龙认为现实并非铁板一块，同一类人物也是千差万别，一刀切是不合理的，“把这些人全写成王洪文式的坏分子，显然是不符合实际情况的。造反派中确有王洪文式的人物，也确有和‘四人帮’直接有联系的坏分子，但是这类人毕竟是少数。更多的人是受了骗，当然其中许多人抱有个人的什么目的，也有的是沿着这条线发迹起来，变坏了的。”“我还认为，如果把‘文化大革命’中提拔的干部全部当成‘火箭’干部，当成‘双突’式的干部，一律赶走的话，将给我们国家造成不可收拾的局面……如果现在把他们都说成是‘四人帮’提拔的干部，是‘火箭牌’的，一律赶下台，将给生产造成很大影响，加剧新老干部之间的对立。”基于以上考虑，“出于一个共产党员的责任感，所以，我冒着被打棍子的危险，向党进一言。”以此看来，单纯从反对“揭批查”运动这个角度来批判《乔厂长上任记》，是有根据的，“棍子”也一定会落到蒋子龙的头上。见蒋子龙《不惑文谈》，上海文艺出版社1984年版，第58—59页。

③ 宗杰:《四化需要这样的带头人——评短篇小说〈乔厂长上任记〉》，《人民日报》1979年9月3日第3版。

论，不论是天津方面的批判还是其他方面的支持，都带上了极端化色彩，最终使之变成了一个吸引整个文坛以及读者大众目光的事件。

其实，《天津日报》对于小说《乔厂长上任记》的批判，不是针对要不要改革，而是纠缠于蒋子龙对于当时“揭批查”运动的态度是否正确，所以，两种声音的指向是不一样的。持否定意见一方认为《乔厂长上任记》的政治倾向不明，对于郗望北这样的人的态度不正确；而肯定的则认为小说的题材、主题、模式，不仅有着文学史意义，而且对于社会变革能够产生有效影响。很显然，双方争论的焦点并不在同一层面上。《天津日报》的批判最终要达到对《乔厂长上任记》彻底否定的目的，迫使蒋子龙就范——检讨、表态、承认错误，走的还是因文废人的那一套既定程序。高层领导的干预拯救了蒋子龙与《乔厂长上任记》，不仅使小说的价值得以确认，而且也从客观上起到了扩大文本传播范围的效应。“这次争论的胜利，一定程度上是以未来的承诺而诉诸当下的改革和行动，现状虽然不尽如人意，但人们无疑在小说的叙述中感受到了未来的美好前景。这场争论的结果，与其说是蒋子龙和广大读者的胜利，毋宁说是时代的改革意识形态的全面胜利。”①《乔厂长上任记》从一开始，在阅读、接受与评价上就超出了文学的范畴，成为一种具有社会性的文本。它以想象化的改革点燃了大众的梦想，在对《乔厂长上任记》的追捧与认可之下，改革文学自然成为了取代伤痕、反思文学的新文学样式。

正如我们用刘心武的《班主任》、茹志娟的《剪辑错了的故事》分别标示伤痕文学、反思文学的肇端，《乔厂长上任记》也毫无疑义是改革文学的开篇之作。这不仅是因为《乔厂长上任记》所引发的强烈轰动，而且更在于蒋子龙用形象的方式阐释了现代化的路径。如果说党的十一届三中全会把民族之舟调整到了最合理的航向上，那么如何给这艘以现代化为目的地的巨轮提供动力，在转型时期依然还是一个亟待解决的问题，无论对于农村还是城市都是如此。乔光朴所有着眼于现代化的治厂举措都是具有

① 徐勇：《“改革”与“四个现代化”是如何成为意识形态神话的——在历史的视域中重读〈乔厂长上任记〉及其引起的争论》，《文化现代化的战略思考——第七期中国现代化研究论坛论文集》，北京，2009年8月，第320页。

长远目光的，决不是解决工厂一时经济困境的权宜之计。在摸着石头过河的年代，这种以文学想象方式的道路探索不仅具有价值，而且也能更为准确地把握民族心理。徐勇认为："《乔厂长上任记》之所以被视为改革文学的开山之作，其意义也就在把改革和'四个现代化'完美地糅合起来，它们之间是一种互为前提和结果的关系，而也正是《乔厂长上任记》，第一次真正地树立起改革和现代化的神话。"[①]唯有改革才可以破解现实的窘境，才能把民族之舟从泥淖之中拖曳出来。《乔厂长上任记》让人看到了希望，使人受到了鼓舞，也温暖了那些不满现状矢志革新的创业者。

对于改革文学，甚至对于新时期文学来说，《乔厂长上任记》都是不可以避而不谈的存在。蒋子龙的创作掀开了改革文学潮流的大幕，也使"文革"后文学走出对历史的"纠缠"而放眼未来。《乔厂长上任记》的典范价值在于它为改革文学提供了一个可供参考的"原型"——无论是人物形象建构，矛盾冲突的营造，还是主题基调与情感立场，它都深刻地影响并决定了改革文学的大体面貌。从1979年《乔厂长上任记》发表到1985年改革文学落潮这几年间，蒋子龙的这篇小说及其塑造的乔光朴，不断出现在其他改革小说中，体现出《乔厂长上任记》的影响与"经典"意义。在这一时期作家的创作中，乔光朴往往会成为一个参照物，作为衡量改革者"成色"的标准。王继在《喷红的地平线》中塑造的厂长曲维克，以乔光朴为标杆检验自己。对比之下，他在心里谴责自己的优柔寡断，痛恨自己不能像乔厂长那样有大刀阔斧的魄力与敢为天下先的气质。李朝行《未来厂长和他的妻子》中的卢晋敏也以乔厂长为榜样，声言要当乔光朴那样的领导者。张博文的《太阳每天都是新的》也以乔光朴为标杆来评价改革者，销售中心党委书记仇亦秀肯定改革者圣其粟——"乔光朴和他比简直算不了什么。"[②]也有的作家是从避免人物过于理想化的角度提到了乔光朴，比如陈世旭《天鹅湖畔》中的改革者章友法，就以乔光朴式改革者过于理

① 徐勇：《"改革"与"四个现代化"是如何成为意识形态神话的——在历史的视域中重读〈乔厂长上任记〉及其引起的争论》，《文化现代化的战略思考——第七期中国现代化研究论坛论文集》，北京，2009年8月，第321页。

② 张博文：《太阳每天都是新的》，《人民文学》1985年第7期。

想化而表达出对于现实困境的认知；吴启泰《没有结束的对话》中的矿长临长河也是从这个角度来反思现实，他说：“提起我让工人读《乔厂长上任记》，我赞成他的精神，就乔厂长本人，我觉得太欧化，他要处在我的位置上可能比我还惨！”[①]我们看到，乔厂长不仅是改革者的“代名词”，而且也成为改革小说的一种元素，承担了一定的叙事功能。当然，作家在这里预设了一个前提，那就是阅读他小说的人，也一定是读过《乔厂长上任记》的。或者说在同时代的作家看来，即使有人没读过《乔厂长上任记》，也一定会知道乔光朴这个形象。由此可见，乔厂长在20世纪80年代初深入人心的程度。

周扬在1979年10月召开的第四次文代会上的报告，是把三个月前也就是1979年7月问世的《乔厂长上任记》，与《班主任》等作品同样作为新时期文学创作实绩提及的。[②]虽然没有经过太长时间的检验，但是蒋子龙的创作还是得到了读者、评论者的认可，而且也获得了主流的肯定。《乔厂长上任记》由此便出现在各种文学场合的讲话与报告之中，仅仅是周扬就多次提及这篇小说。在1980年全国优秀短篇小说评选颁奖大会上，周扬指出：“我们的文艺创作要致力于培养社会主义新人。但什么是我们所需要的社会主义新人呢？他应当具有社会主义思想和现代科学文化知识，他敢于解放思想，破除迷信，富于实干精神、改革精神、创业精神。他们是新人，但并不是‘完人’。这种新人在某些人眼中来看，可能还是‘异端’。‘乔厂长’式的人物所以受到广大读者的称赞，主要就是由于作者表现了这种精神。”[③]在1981年的另外一个场合，周扬把《乔厂长上任记》作为创作标杆来激励文艺工作者，他热情希望新上任的北京儿童电影制片厂厂长于蓝发扬延安革命精神，像“乔厂长”那样，为儿童电影事业作出一番成就来。[④]同时《人民日报》这样的主流媒体，以及中国作协

---

① 吴启泰：《没有结束的对话》，《钟山》1982年第4期。

② 在第四次文代会上，茅盾在其报告中专门谈到《乔厂长上任记》，对这个作品也予以了肯定性的评价。见茅盾《解放思想，发扬文艺民主》，《人民文学》1979年第11期。

③ 周扬：《文学要给人民以力量——在一九八〇年全国优秀短篇小说评选发奖大会上的讲话》，《人民日报》1981年4月21日第2版。

④ 《北京儿童电影制片厂成立》，《人民日报》1981年6月2日第2版。

机关刊物《文艺报》等，都对《乔厂长上任记》给予了不遗余力的肯定与支持，使这篇小说一直活跃在评论文章中。这种肯定，一方面是《乔厂长上任记》本身价值意义的体现；另一方面也是主流在以树立典型的方式，来推动新时期文学的深入发展。任何作家都会在乎受众的评价，在乎主流的臧否。能够得到政府与民间的多方认可，无疑是创作理想所系。那么主流对《乔厂长上任记》的极力褒扬，也自然会对这一时代作家的创作构成促动，使他们把《乔厂长上任记》视为典范与榜样，这在一定程度上影响了改革文学的大体风貌。

作为关注现实并试图参与变革的文学，社会效应是改革文学追求的目标之一，也是作家构思创作的主要动机。而能否引发社会轰动自然成为衡量改革题材作品优劣的一个标准。在文学艺术性追求基础上注重社会功用的达成，不仅无可厚非，而且也体现了作家对于民族国家的责任感与使命感。孟繁华认为，《乔厂长上任记》能够产生轰动效应，不仅因为它“满足了主流话语重建希望的意图”，而且“也满足了深受理想主义培育的读者对允诺的期待。”[①] 读者大众的态度是检验作品成色的最有效标准。蒋子龙在创作中没有回避自己以创作来参与工厂实践的设想，“当时，我曾狂妄地幻想，要是把全系统的厂长们召集到一块，让我把这篇小说念一遍多好……党培养我那么多年，我看出了问题，写进了小说，多少会对厂长们有一点启发，我也算尽了一个党员的责任。”[②] 因为蒋子龙相信自己对现实问题的观察把握与判断分析，相信自己解决问题方案的实践效果。我们可以这样认为，《乔厂长上任记》是蒋子龙以文学化的方式实践自己治厂革新的方案，之所以这篇小说能在几天的时间内创作完成，是因为好多想法在他头脑中早已酝酿多时了。也就是说《乔厂长上任记》来自现实，又指向现实，这使它获得了旺盛的生命力，产生了强烈的社会影响。刘锡诚认为《乔厂长上任记》的意义“不仅表现在对文学创作本身的推动与发展上，而更重要的也许是表现在对现实生活的能动的影响上。”[③] 蒋子龙在

① 孟繁华:《1978激情岁月》，山东教育出版社2002年版，第152页。
② 蒋子龙:《不惑文谈》，上海文艺出版社1984年版，第60页。
③ 刘锡诚:《乔光朴是一个典型》,《文艺报》1979年第11、12期合刊。

《乔厂长上任记》发表后收到了数以千计的读者来信，对他的创作予以肯定与鼓励。而对于乔光朴这个人物，他们则高声呼唤，甚至有的厂长居然按图索骥，将文学作品当作治理工厂的教科书。1979 年 9 月 10 日《工人日报》的第 3 版，刊登了《乔光朴，盼你快到我们中间来》一文，副标题是“小说《乔厂长上任记》在干部工人中引起强烈反响”，介绍了《乔厂长上任记》所引发的社会轰动。“乔光朴，盼你快到我们中间来呀！”这句话比较集中地概括了小说的接受热潮与社会影响，乔光朴这一形象，“已经在生活中起了干预的作用：人们在街谈巷议，在效法，在学习。”[①] 无论是创作、接受，还是传播、影响，《乔厂长上任记》对改革文学、对转型期社会，都产生了一定的影响，体现出了改革文学开篇之作的典范价值。

三 人物：理想与现实纠葛下的建构

“文学是人学”，人必须是文学建构的中心与核心目的。如何对待人、如何表述人，是衡量作家水准高低与评判作品优劣的尺度。正如作家吴强所言：“人物写得好坏，是作品成败的基本标志。”[②] 人是社会生活的主体，现代化的核心问题是人的现代化。“人”的复归以及人道主义渐成潮流也是新时期文学最显著的特征。20 世纪 80 年代初文艺创作的新景象，主要表现在“敢于面对活生生的人，文学围绕‘人’的重新发现这个轴心展开，去表现人的感情、思想、生活和命运。因此，描写人性也就自然地成为文艺创作中受到大家关注的问题。”[③] 新时期文学一反以阶级理论建构文本的叙事规范，表达出“人是目的而非工具”的文学追求。作家应该“把社会变革、历史变化带来的人的变化，当做观察的中心，通过强烈表现人的性格的真实和人身上固有的各种特点，来反映时代。”[④] 蒋子龙以改革题材创作参与了新时期文学的合唱，也以充满个性色彩的形象塑造实现了对

① 刘锡诚：《乔光朴是一个典型》，《文艺报》1979 年 11、12 期合刊。
② 吴强：《我的回顾》，《文艺报》1979 年第 10 期。
③ 胡余：《略谈人性描写中的几个问题》，《文艺报》1982 年第 1 期。
④ 蒋子龙：《“雷达站”及其它》，《文艺报》1981 年第 16 期。

"人"的重新建构，他的"开拓者家族"丰富了当代文学的人物画廊。

如前所述，蒋子龙对于文学本性有着清醒的认知，他并没有因为直面社会现实追求文学社会效应而放弃对于艺术性的坚守，"人"在他的创作中始终都被放置在了文学图景的中心。无论是被冠以工业题材，还是改革题材，文学最终都应该落实到人的层面上。由人的精神面貌、思想观念传达出时代风尚与民族心理，而工业、改革等只能作为背景存在。蒋子龙说："每逢听到别人说我某一篇作品'是写改革的'，我就手足无措，诚惶诚恐。"[①] 改革是文学的关注对象，而文学最终是写人的，蒋子龙时刻警惕而不使文学偏离正常轨道，即使他因"写改革"而一夜成名。在《创作笔记》中蒋子龙表达了对文学与"人"之间关系的理解与认知。

> 人是活的，文学也应该活起来，对"人"的认识和理解要随着现实生活的变化而不断加深。文学要全面表现人的思想情感，文学的内容就是"人在各种历史条件下的全部生活"。作家对"人"的认识前进一步，文学上也就有一次新的进展。实际上，正是"人"的社会历史内容不断丰富和发展，才有可能促进文学的发展，假如社会生活像死水一潭，人类停滞了，文学也得死……在人类社会的进程中，人的观念不断改变，才使文学艺术的殿堂里树起一个又一个丰富多彩的典型形象。没有"人"的发展，就没有文学的历史。[②]

我们说蒋子龙的创作不仅突破了工业题材小说"车间模式"的僵化格局，开启了改革文学的潮流。而且在信仰迷茫、理想缺失的年代，他为民族提供了可以崇拜与效仿的偶像，如乔光朴、车篷宽、武耕新，等等。蒋子龙说："人是'社会动物'，各种关系的综合，抓住了人物就是看清了生活的筋脉，掌握了打开社会全景图的钥匙。"[③] 无论从文学还是从社会意义上来说，蒋子龙对于过渡时代中国人的刻画，以及对他们精神心理的探寻，都

---

① 《中国当代作家选集丛书：蒋子龙》，人民文学出版社 1992 年版，第 457 页。

② 同上书，第 466 页。

③ 蒋子龙：《蒋子龙自述》，大象出版社 2002 年版，第 112 页。

是有其贡献的。

乔光朴、车篷宽、呼从简与武耕新，这些蒋子龙笔下的开拓者，作为改革的引领者，他们都具有甘于奉献、勇于担当的精神。在“极左”年代，他们也因为自己的责任感而饱尝被批判之苦。然而，一旦社会需要，他们仍然会毫无保留地贡献自己的才智与能量。在转型年代，开拓者的存在对社会无疑具有引领的意义，他们以对信仰的忠贞、理想的坚守，为探索现代化的民族照亮了未来之路。乔光朴们以一股豪气面对新的时代，与个人地位、利益得失相比，他们更看重集体事业与民族现代化的兴衰成败。所以乔光朴才会主动立下军令状，放弃被视为“肥缺”的岗位，去挑起收拾电机厂烂摊子的重担。《悲剧比没有剧要好》中呼从简的情怀与抱负，在改革者中是具有普遍性的，“我如果潜心搞自己的事业，不会给人类连一点东西也留不下。现在到了该想后事的年纪了，一想到身后将是一片空白，就非常后悔。一种更有力量的使命感提醒我应该在这儿继续干下去，在工业上和我们的对手一决雌雄。”① 匡济天下的责任意识，使这些改革者即使不是决定历史与民族道路的英雄伟人，也依然体现出一种豪迈的气势与昂扬的气概。“好的厂长都有自己的独特的治厂办法。每个厂长都是一台大戏的主角，支撑着中国经济的舞台。”② 即使是像牛宏（《锅碗瓢盆交响曲》）这样的“小人物”，蒋子龙也着意发掘他们身上符合历史发展趋向的思维意识与能力素质，使其表现出强劲的生命能量，让读者能从他们身上感受到对未来的信心与希望。改革也给牛宏这样本来看似毫无机会的人，提供了一个施展才华的舞台，这也体现出了改革的价值意义。乔光朴、武耕新、牛宏，等等，都成了转型时代耳熟能详的名字，而且他们的生命力经受住了时间的检验，在文学史上一直熠熠生辉。

蒋子龙是带着欣赏认同的态度去塑造“开拓者家族”的，在乔光朴等改革者身上投放了作家热烈的情感，所以这些人物或多或少地都带上了理想的色彩，这也是他们被读者大众作为崇拜偶像的重要原因。当我

① 蒋子龙：《悲剧比没有剧要好》，《小说家》1983年第1期。

② 蒋子龙：《蒋子龙自述》，大象出版社2002年版，第94页。

们对乔光朴放弃经理岗位而去烂摊子电机厂上任而感到惊讶的时候，说明我们也带上了为乔厂长所不屑的世俗眼光。计较个人得失与集体利益至上是一对矛盾，乔光朴选择了后者，意味着他要使自己活在一种理想中，不为世俗功利所牵绊。蒋子龙改革小说的主人公，都有着乔光朴一样的性格基因。比如《拜年》中的调度主任冷占国，他也可以像那个无能的老好人胡万通一样到处讨好，像别人一样到处拜年，那样自然会使自己左右逢源。然而，他却做出了与群体对抗这一最不讨好的选择，这个选择动机无疑是本自理想。《人事厂长》中的高胜武、《开拓者》中的车篷宽、《血往心里流》中的胡友良，等等，都莫不如此。他们把集体利益的实现作为一种信念，这也使他们坚守信念的所有努力都散发出强烈的理想主义气息。

在肯定“开拓者家族”的时代贡献的同时，我们还应该注意到，这些改革者几乎都是那种具有殉道色彩的“清教徒”。他们希冀活在一幅理想的图景中，试图按规矩办事，按规章赏罚，使社会能以现代化的方式高效运行。这是他们身上超越时代、超越世俗的色彩，也是他们最能引发读者共鸣的性格特质。乔光朴回到电机厂后大刀阔斧地改革，清理了在他看来所有与现代生产相悖的东西，包括工人的慵懒、态度的敷衍、技术的陈旧，甚至副厂长冀申也被他赶到了服务大队。《拜年》中的调度主任冷占国，对于生产有着严格的态度，“他一进工厂的门，除去生产，别的全不认识，六亲不认，男女不分，老中青不辨，似乎连七情六欲也没有，老是板着一副冷冰的铁面孔，一说话就把人往墙角上逼”。[①]《血往心里流》中的车间主任胡友良与冷占国相比有过之而无不及。

> 胡友良一来，真像一股山洪冲进了车间，围着他形成一股激流，这激流冲到哪里，哪里立刻就紧张起来。他每天早晨七点以前进厂，到晚上八点多钟才走，一周至少要在厂里住三天。早晨往门口一站，把迟到的人全记下来，第一次迟到不理你，第二次冲你点点头，第

① 蒋子龙:《拜年》,《人民文学》1982年第3期。

三次就要狠批一顿。他六亲不认，不管是老师傅、老同学还是新徒工，犯在他手里一视同仁。他开会不讲官话，可是抓着犯纪律的人，要想找他求个私情，他就开始打官腔讲道理，想叫他通融通融是太难了。①

在具有“清教徒”性格特质的人物里，《狼酒》的主人公应丰是最“极端”的一个。这个副部长几乎是刻板地对待着自己的工作，所有事情在他看来都应该按规矩来，凡是不合乎规矩的，他都拒绝“配合”，甚至扔下一饭桌的人拂袖离去。不变通，是他的行为哲学。这些“清教徒”并不是以“不合群”的方式给人制造难堪，他们的出发点和落脚点永远都是效率——生产效率、社会效率。效率第一是现代企业、现代社会最重要的特征，从这个角度看，乔光朴、冷占国等人，显然是真正意义上推动社会转型的改革者。②

蒋子龙所塑造的改革者在读者中被认可、追捧，甚至在实践中被效仿，说明他们身上确实有时代所需要的能力与精神。或者说他们不仅能够引领民族完成新旧更迭的变革，而且也完全能够适应现代社会运行的需要。改革者如果不能超越时代而具有现代化视野，那么自然也无法肩负起领导社会转型的任务。然而，精神与能力的超越性并不意味他们可以脱离具体的环境而存在，他们的头脑摆脱了时代的局限，可他们的身体却依然被环境所束缚。

我们看到，开拓者精神能力上的超越性，与无所不在的时代束缚必然会发生碰撞，由于理想与现实的冲突，往往会以前者的悲剧性遭遇收场。对乔光朴的诬告信不断地被发送到各级领导手中，到了《乔厂长后传》，乔光朴这个铁腕改革者遇到了更多的阻碍与牵绊；胡友良被排斥、被孤

① 蒋子龙:《血往心里流》,《人民文学》1979 年第 9 期。

② 蒋子龙小说中的改革者都有其原型，“我写《狼酒》中的副部长应丰和《开拓者》中的省委书记车篷宽，主要情节全是真的，真到可以打官司、经得起法律检查的地步。当然，即使如此，也仍然有人认为应丰和车篷宽是假的——生活中哪会有这么好的领导干部!”见蒋子龙《回顾》,《人民文学》1981 年第 6 期。

立，最终被派往农村做下乡知青的带队工作；把春城饭店搞得红红火火的牛宏被罢免了经理职位，虽然据理力争之下得以复职，但明天如何谁又能保证得了呢；冷占国的一丝不苟换来的是被厌恨、被打击，升官的机会永远都轮不到他……“开拓者家族”的命运或结局都很糟糕，车篷宽明调暗降，几乎要被撵走；熊炳岚则已被排挤走；武耕新处处遭人暗算，稍一不慎，就要身陷囹圄。蒋子龙说：“那些勇于开拓新局面的人，在个人的生活上往往不是胜利者，却是失败者。”[①] 他们与时代、社会环境显得格格不入，他们对抗的往往不是一个落后保守的人，或一个顽固的利益集团，而是一种社会风气，甚至是整个时代。他们的悲剧性命运也彰显了新旧转型的时代特色。陈祖芬在报告文学《活力》中谈到了不同人在这场改革中的处境，并为矢志奋进的人“鸣冤叫屈”。

> 不拘小节的可能不得人心，处处小心的可能处处得意；过于自信的可能欲速不达，安分守己的可能稳扎稳打。独创带来孤立，平庸带来团结；温暖造就优柔，严酷造就顽强。世上很难有完善的性格，完善的人生。没有志向的人往往一生安宁，充满活力的人往往一生艰辛。[②]

由工人而作家，现实生活不仅培育了蒋子龙的文学品格，而且也使他对于转型期的中国社会有着比较深刻的理解与思考。理想和现实的冲突与过渡时代本就是孪生兄弟，所以对于转型期改革者的塑造，一方面要突出其身上的亮色，这是改革者存在的必要性；另一方面也要展现他们与时代抗争的无力与无奈，以满足形象建构的合理性。“他的理想人物往往有一个并不理想的结局，这在一定程度上表现了作者理想和现实的矛盾。”[③] 从现实的角度来看，这种不理想的结局是难以避免的；从艺术的角度来说，蒋子龙克服了“大团圆”的模式传统，遵从了现实主义原则。他没有“毁灭”

① 蒋子龙：《谁的心里不鸣奏着生活的交响曲》，《中篇小说选刊》1983 年第 2 期。
② 陈祖芬：《活力》，《当代》1981 年第 6 期。
③ 刘思谦：《蒋子龙的小说创作》，《当代作家评论》1984 年第 3 期。

改革者使他们放弃理想屈就现实，也没有为了取悦读者而肤浅地给主人公一个“圆满”的结局，“他既不愿为理想而粉饰现实，给他的人物杜撰出一个编得圆一点的光明尾巴，也不愿屈从于现实而熄灭理想的光芒。”[①]从这个意义上来说，蒋子龙不仅对改革文学有开创之功，而且也为这种文学定下了一个相当高的艺术基准。[②]当然，我们并不会无视这个时代那些成功的改革者，像温元凯、徐彬泉都是取得非凡成就而获得各方认可的现实人物。文学并不是现实的简单描摹，而是对于时代精神的深层把握，改革者与时代环境之间的冲突是永恒的。

理想与现实之间的冲突所构成的巨大张力，使改革者的光彩吸引着读者，也使改革者的命运能够引发读者的思考，而后一点更能体现改革文学的价值意义。对于蒋子龙来说，乔光朴等改革者，不仅是他借以表达对实践认识的载体，更是他投入热情的书写对象。冷战国、胡友良、呼从简等人被平庸而毫无公心之人战胜的事实，使读者感到悲凉，也使蒋子龙痛心。因为饱含着对改革者的热爱，所以蒋子龙不断地探索如何抚慰这些奋进的勇士，如何减少因他们失败而带来的幻灭感。或者说作家在寻找理想与现实的平衡点——既可以推动变革，又可以实现改革者与时代的协调。《一个工厂秘书的日记》是蒋子龙一次新的尝试，这种尝试不仅是题材上的，更是人物性格建构上的。从任何方面来看，这篇小说中的厂长金凤池都可以说是蒋子龙人物谱系中的特例。

金凤池是个有能力的人，这不仅指他能领导好一个企业的发展，更是针对他在社会交际中能够“左右逢源”而言的。在面对一个冀申一样的副厂长时，金凤池没有像乔光朴那样把他赶到服务大队，而是采取拉拢的方式，以此减少工作阻力；对于工厂外复杂的人情关系，金厂长也有应对的一套，比如与化工局大楼里各个科室的每个干部都保持“融洽”的沟

① 刘思谦:《蒋子龙的“开拓者”家族》,《文艺报》1982年第4期。

② 改革文学在形成潮流赢得了读者之后，一些作家开始粗制滥造以迎合读者。改革者无往不胜的叙事开始频频出现，似乎他们大手一挥，社会变革便瞬间得以实现，现代化朝夕之间就可以完成。同时，改革者的人生道路也是相当的顺利，赢得了改革，赢得了名誉，赢得了各方面认可。

通。金凤池得到了上至化工局领导，下至工人的一致认可，在这个环境中如鱼得水。蒋子龙曾谈及这篇小说的创作，“谁知由于我对生活里的金厂长非常熟悉，也许是生活中金厂长的确不少，这篇作品倒产生得异常顺利。”[①]“我对金凤池这样的人物是非常熟悉的，写作的时候他就像站在我身边。小说里所有细节没有一个不是从真实的事件改头换面提炼来的。”[②]显然，金厂长走进文本是一种必然，这样的人物有着丰富而普遍的现实原型，也有可挖掘的典型意义。更为重要的是，蒋子龙试图通过这个无法简单给出好坏定论的形象来解决自己遇到的矛盾。“在乔光朴陷于四面楚歌，走投无路的情况下，蒋子龙笔下的金凤池形象别有新意和深意。这是一个在党风不正的环境逼迫下，被扭曲变形的人物，是蒋子龙理想与现实发生矛盾的阵痛中诞生的一个畸形儿。”[③]如果说改革者处在理想与现实的冲突中，那么蒋子龙的选择也同样如此。理想上他要树立乔光朴那样的英雄形象，然而现实中，他觉得只有金凤池才更适应时代。

蒋子龙唯恐“误导”读者，于是，在《一个工厂秘书的日记》中对金凤池的“长袖善舞”表达出了很强烈的批判态度。在通过秘书眼光来否定金厂长的同时，作家也以金凤池自我反思的方式来实现这种批判，“我知道，连你也瞧不起我，一定认为我是个大滑头，社会油子。我不是天生就这么滑的，是在这个社会上越混，身上的润滑剂就涂得越厚。你别以为我的票数最多就高兴，正相反，心里老觉着不是滋味。”[④]从小说叙事上来看，金凤池的这种自我表达显得比较生硬，也就是说这是蒋子龙唯恐被扣上欣赏金厂长的帽子，而不得不增加了这些内容。既然金凤池在现实中是比较多见的一种人，但为什么在蒋子龙的笔下却是作为特例出现的呢？这也与作家怕被指摘的心理相关。我们可能从崇拜的角度会偏向于乔光朴，而在社会尚处于新旧更迭的转型时期，我们的现实选择可能更倾向于金凤池。蒋子龙也说：“如果不敢当乔厂长，为什么不可以当金厂长？这总要比那

① 蒋子龙：《蒋子龙自述》，大象出版社2002年版，第113页。

② 同上书，第114页。

③ 李达三：《中国当代文学史略》，浙江大学出版社1989年版，第298页。

④ 蒋子龙：《一个工厂秘书的日记》，《新港》1980年第5期。

种只会当官不会做事，不关心群众，只想为自己多捞一点的人要好吧？”[①]这是蒋子龙的情感选择，实际反映了带有普遍性的民族心理。即使没有冀申之类形象的对比，金凤池也是一个能被广为接受的对象。在我看来，金凤池在蒋子龙的改革小说创作中具有很重要的意义。如果一味地建构乔光朴、车篷宽，那么他的人物系列不仅完全依从理性与理想且过于单调，而属于“艺术道路上的新开拓”[②]的金凤池的出现一下子就改变了这种局面。而且这样的人物一个足够，这已经充分地体现出了蒋子龙对于转型时代改革者的理解与认知。

四 基调：昂扬掺杂悲凉

蒋子龙的改革小说营造了一幅以改革者为核心的民族奋进的图景，以其昂扬的热情激励了一代中国人。昂扬，是转型时代中国社会的整体情绪特征，也是改革文学呈现出来的总体风貌。蒋子龙的小说能够一纸风行，很大程度上是因为这些作品的昂扬基调契合了大众的心理，满足了他们对于社会变革的期待。读者认同乔光朴、车篷宽、武耕新，也就意味着他们对于改革者昂扬奋进姿态的欣赏。阎纲在评价蒋子龙的小说时指出：“他的小说尖锐而又真切；大胆而又自持；犀利而又合理；锋芒毕露而能痛下针砭；伤心而又感奋；于复杂的情感中，注进浩然之气。”[③]这种浩然之气，是蒋子龙小说的魂魄，是支撑起主人公形象的核心力量，是充溢于字里行间的独特气质。饱含着豪迈奋进的昂扬，体现在蒋子龙小说的各个层面。

乔光朴是蒋子龙给改革文学树立的榜样标杆，也是奉献给转型时代的具有光彩与鼓动效应的形象。“我喜欢写激动自己的心灵和引起我深思的事情。乔光朴是一种合金。在他身上不仅有我所熟悉的几位厂长身上的东西，而且也涂上一些我自己的感情色彩。我不光是喜欢乔光朴这样的厂

① 蒋子龙：《蒋子龙自述》，大象出版社2002年版，第114页。

② 中国社科院文学研究所当代文学研究室编：《新时期文学六年》，中国社会科学出版社1985年版，第171页。

③ 阎纲：《蒋子龙中篇小说集·序》，湖南人民出版社1982年版，第1页。

长，而且认为，现在我们的工厂里正需要乔光朴这样的厂长。”① 在乔光朴身上，曾经激荡民族心灵的那种理想主义复归了，被压抑的创造性与奉献精神也重新被激活。这样的改革者，使大众受到了感染并看到了希望与未来。在关于乔光朴形象的评论中，有一种很突出的声音认为这个人物过于理想化，甚至是“神化”，有脱离现实之嫌。然而，蒋子龙说：“理想和未来也是人们现实生活的一部分。所以，乔厂长这个形象有理想的成分，又是扎根在今天的生活之中的。”“也许正是我对乔厂长这个形象加进了理想的成分，才得到了工人群众的认可。”② 在蒋子龙笔下的其他改革者身上，都有着与乔光朴一样的理想气息。唯有理想，才能使改革者成为时代的引领者，才能体现出一种昂扬的、意气风发的情绪特征。

与人物精神内蕴昂扬的特质相应，蒋子龙赋予了改革者们以符合时代节奏需要的大刀阔斧的行为特质。乔光朴对电机厂没有做“小打小闹”的“修修补补”，而是直接将九千多职工推上了检验能力的考场，淘汰人员组成服务大队，对整个工厂进行了“大手术”，从而理顺了机制、实现了扭亏为盈。虽然与乔光朴相比，牛宏的“道场”确实小了一些，但是他对于春城饭店的改革也具有革命性，无论是设施、食品，还是服务，都做到了全方位的革新。《燕赵悲歌》中的武耕新同样如此，他甚至颠覆了中国农民延续了几千年的生产方式，开创了具有现代意义的农工商联合的新型农村经营形式，彻底改变了农民的生活与乡村的面貌。面对民族的痼疾与沉疴，面对“文革”后的生产停滞，面对劫难后的进取精神失落，如果没有大破大立的开拓气魄，是很难扭转局面的。蒋子龙对改革者充满魄力的改革行为给予了积极的肯定。在他的叙述中，乔光朴、呼从简治理下的工厂，武耕新带领下的农村，在经济发展与管理体制更新方面，都取得了理想的效果。我们还要看到在发展经济、理顺体制的同时，改革者行为的强烈带动效应，会对大众的心理产生深刻影响，这显然要比解决现实的难题更为重要。它使人重拾对于民族、社会，以及个体价值实现的信心，并把

---

① 蒋子龙：《写给厂长同志们》，《新港》1979 年第 10 期。

② 蒋子龙：《不惑文谈》，上海文艺出版社 1984 年版，第 67 页。

个体奋斗变成社会整体性行为，从而展现出具有时代性的昂扬基调。

对处于转型期的中国社会来说，蒋子龙小说所体现出的理想与信念、慷慨与激越，切合了时代跳动的脉搏，达到温暖人、鼓舞人的创作初衷。虽然蒋子龙的改革小说呈现出一种昂扬的特质，但是昂扬并不是作家表达意图的全部。如果只是一味地昂扬，蒋子龙作品的深度与影响力都会大打折扣。在蒋子龙的创作中，悲凉与昂扬一直如影随形，或者说有多少慷慨激越的昂扬，就有多少沉郁顿挫的悲凉，两种情感的交织使蒋子龙的叙事充满了张力。如果说对于昂扬情感的表达主要出于建构理想的需要，那么蒋子龙小说中的悲凉更多来自转型期的社会现实。带着传统与历史的“沉重的翅膀”起步的改革，必然在多重的阻碍与纠缠中步履蹒跚。很多问题并不可能在短时间内得以改观，甚至有一些是无法清除的。对社会现实有真切观察与严肃思考如蒋子龙者，在自己的文学表述中势必会表达出对民族发展的忧思。既往的评论往往注意到了蒋子龙的慷慨激昂，却忽视了他的悲凉之情。重新梳理蒋子龙改革小说的情感基调，应该正视这种饱含着无奈的悲凉，由此正视转型社会诸多层面的现实问题。

众多具有理想、信仰与开拓能力的改革者形象，使蒋子龙的改革小说具有了昂扬之气。乔光朴、车篷宽、武耕新等充满魅力的人物是时代的偶像，也寄托着民族的未来与希望。然而，只有英雄人物而没有群众性力量，是无法真正形成推动历史前进的力量的，改革也是如此。即使乔光朴们再有奋发进取的伟力，在群众仍然是一盘散沙的局面下，也难以使改革发展得以深入。正是因为看到了转型期群众身上存在着诸多与改革、现代化难以兼容的东西，在豪迈激越的同时，蒋子龙也表达出了近乎绝望的悲凉。

对于处在转型中的中国社会来说，现代化不仅是一个方向，而且也是一个全方面更新的过程。人的思维观念更新与团体意识的形成，也就是人的现代化，在这个过程中具有决定性意义，因为它直接关系到这场改革的深度、广度、速度与品质。乔光朴这样的改革者有见识、有能力、有奉献精神，具备了现代化所必备的素质，但是他们所依靠的群众的状况，就显得不那么乐观了。一方面民族曾经昂扬的理想主义被十年动乱所泯灭；另一方面计划经济也压抑了人的生产积极性。加之人性的自私心理与得过且过的惰性，群众即使有变革的意愿，也难在短时间内蜕变成改革的支撑，反可能会成为拖拽改革的负面力量。无论是对于改革者，还是读者，在这样的情景下自然而然地会生发出悲凉的感叹，就像乔光朴面对“鬼怪式”工人杜兵的时候，上任的雄心会有那么一瞬间被绝望占领。

蒋子龙出于影响时代的初衷，以理想建构起了众多改革者形象，但是这并不意味着他对笔下的所有人物都赋予了理想色彩。对改革背景下群众的描写，承载了蒋子龙对于社会现实的忧思。《锅碗瓢盆交响曲》中，牛宏何止是失望呢，他从这些“浅薄、无知、俗不可耐的人”身上不仅看不到希望，甚至会感到深深的悲凉。就像鲁迅在《药》中所表达的那样，革命者为大众谋福祉而牺牲，却不被大众所理解，反遭那些无知者的告密、侮辱，甚至殴打。蒋子龙表达出了与鲁迅一样的绝望，对人心人性的改造增加了社会变革的难度。牛宏的失望在转型时代具有普遍性。即使春城饭店顾客盈门、营业额直线上升，成为整个公司创造利润最多的单位，也无法改变牛宏对职工的失望心理，因为他清楚地意识到自己对这些人的改变微乎其微。蒋子龙透过春城饭店的繁荣，洞察到了改革者牛宏大失所望的心理。当意识到人的改造难度，以及改革成果无法得以保障的现实，改革者会产生发自心灵深处的绝望与悲凉。如果说员工的职业态度是牛宏的“内忧”，那么来自公司其他饭店经理的共同抵制则是他的“外扰”。基层群众的素质低下尚可理解，但领导干部对牛宏改革的否定与质疑，无论如何也让人难以接受。他们攻击牛宏的初衷是一致的，这个使春城饭店扭亏为盈、蒸蒸日上的改革者，像一面镜子映照出了他们的慵懒与无能。“内忧外扰”，各种有形的、无形的力量合在一起，形成了对牛宏改革的负向牵扯，把他从指向未来的开拓拉回现实。改革者的智慧与汗水，虽然对社会有所促动，但换来更多的还是充满失望的悲凉。

蒋子龙的小说往往都有一个开放式的结尾，对人物的命运与故事的走向，并不做明确的交代，给读者留下想象的空间。这可以看作是作家对生活本身复杂性的尊重，任何给定的结局都会陷入罔顾现实多样的误区，毕竟新旧杂陈的转型时代本就没有定于一尊的东西可言。蒋子龙之所以对开放式结尾“情有独钟”，更为主要的还是在于他对现实失望的悲凉心理。蒋子龙看重作品的现实影响，所以他表达出了变革社会需要的昂扬之气；作家同时看重作品对现实的深刻反映，以引发读者对社会问题的关注与思考，所以他展现了改革的难度与改革者的困境。既要抒发奋进的豪迈之情，又要写出改革的过程性与难度。这两个抒写的取向显然是存在冲突的，那么一个不明确的结局，就应该是蒋子龙的唯一选择了。

《拜年》中，谁最终升任副厂长，是慵懒无能的胡万通，还是能干而有奉献精神的冷占国，蒋子龙没有交代。平时调皮捣蛋的车间副主任施明，代表工人公开表态支持冷占国，并对厂长及胡万通做了一针见血的否定。这表明工人心中自有杆衡量德才之秤，也表明克己奉公的改革者是有群众基础的。然而决定厂长、胡万通与冷占国升迁的，并不是工人群众，而是他们各自的上级。按照现实的逻辑，可以预见把工厂搞成烂摊子的厂长会高升（《悲剧比没有剧要好》中的富胜康就是在业绩相当糟糕的情况下升任了副部长），胡万通会成为副厂长（他是厂长看中的人，而且现在的厂长升任后会更有决定权），而冷占国面对的局面依旧，甚至会更加艰难。其实这个故事的走向已经非常明确了，开放式结尾只是为了回避这个过于明确、过于让人绝望的现实而已。

当然，蒋子龙为了避免《拜年》的结局使人过于失望，增加了施明的一段“公道自在人心”的话，试图给小说增加一点亮色，就像鲁迅在《药》中添加的花环。《开拓者》的结尾也没有对车篷宽的结局给以说明，但是这个改革者的举措触动了“上至省委第一书记，下至工厂的厂长”许多人的神经。这些被触动的神经线，“织成一张无形的大网，不知什么时候，就会朝车篷宽罩下来”。等待车篷宽的不是调离，就是退休，虽然他目前还是省委书记，还有影响力，但这仅仅只是暂时的，他的改革将不可避免地“人走政息”，毕竟省委第一书记潘景川对他及他的改革是持全面否定态度的。虽然小说的结尾，车篷宽充满着乐观，“即便将来我退休了，没有权力。还有一定的影响。权力只能下命令，而命令并不能征服人心”。[①] 并且作家也描绘了他与儿子、未来儿媳举杯相视的和谐图景，但是

① 蒋子龙：《开拓者》，《十月》1980年第6期。

他的改革前景显然无法使人乐观。蒋子龙说:“我写《开拓者》是有感而发的。有一位能力很强的老干部,当时处境很难,逼得他不得不打退休报告。”[①]小说“恰到好处”地戛然而止,看似留下了更多的可能性与想象空间,实则是作家无法直面现实的一种叙事策略。在车篷宽尚未退休或调离的时候就结尾吧,这样起码还能留给读者一点希望。

在蒋子龙选择开放式结尾的小说中,作为主人公的改革者基本都不是一个单位的一把手。无论冷占国、车篷宽,还是高盛五,他们虽然有理想、有能力、有奉献精神,但是他们手中没有决定一个工厂或一个省市发展道路的权力。他们都遇到了同样保守顽固的领导,失败的命运也就基本注定了。《人事厂长》中高盛五的境遇要比冷占国、车篷宽差得多,他身上所体现出来的悲凉意味更加浓厚。小说的结尾,高盛五对自己与一把手姚刚的交流使后者认识并改正错误充满乐观,然而按照姚刚本性来说,高盛五的乐观显然是盲目的,因为他要做的事情,无异于与虎谋皮。高盛五的设想只能停留在精神层面,无法转化为现实的胜利,希望的肥皂泡在接触姚刚的瞬间便会无情破灭。蒋子龙在这里收笔,为读者留下一份希望,但是笔者认为作家自己是彻底失望的,因为循着姚刚的性格逻辑,高盛五注定失败。这个开放式的结尾,同样饱含了蒋子龙深刻的无奈与悲凉。

蒋子龙不愿回避现实,又不能让笔下的故事沾染太多的灰色,那么也只能以无法言明的方式来收束小说。这种开放式的结尾,对于关注社会转型的改革小说而言,再适合不过了。综观蒋子龙的改革小说,几乎每一篇的结尾都是开放式的,《乔厂长上任记》中乔光朴的改革依然路途漫漫;《锅碗瓢盆交响曲》中牛宏虽然官复原职,但是他要面对的仍旧是那些没有职业素养的员工、心怀不满的同行,以及公司各种烦琐的、形式化的会议——他的前途并不明朗;《悲剧比没有剧要好》中的宫开宇,即使身体康复也很难与一心谋权的富胜康相抗衡……带着理想色彩出现的这些改革者,基本上都没有一个理想的出路,体现了蒋子龙观念世界中理想与现实之间的矛盾冲突。蒋子龙对乔光朴们心怀激赏,他们悲剧性的出路也会让

① 蒋子龙:《作家要全身心地拥抱生活》,《民族文学》1982年第9期。

他懊恼不已，但是他还是选择了尊重生活逻辑，“现实主义创作原则制约着他，他没有把理想当作现实，把廉价的‘大团圆’送给他所心爱的人物。”[①] 蒋子龙说：“所谓给作品加点‘亮色’、加上个‘光明尾巴’的做法是不足取的。凭理智硬加上去的东西必然同作品原有的情绪格格不入，使人物好象披着两层皮，既不可信又不可爱。”[②] 相对于同时代的以“大团圆”结尾的改革文学作品来说，蒋子龙带着对社会现实切身体验与深刻思考的创作，避免了肤浅的乐观与泛滥的空想，这使读者能够通过作品正视生活的复杂与改革的难度。

“作家不应该光看到人间在办喜事，还应该看到人间有时也会办丧事。尤其在社会发展的转折时期，作家对社会的观察力更为重要。”[③] 蒋子龙在作品中践行了这一创作原则，他用昂扬之气激励着渴望变革的中国人，由此参与推动了新时期的社会改革进程，体现了作家强烈的社会责任感。同时，身处转型年代的蒋子龙，不仅感知了时代的脉动，还体察到了改革之舟在新旧交替时代的剧烈颠簸。他通过改革者面对的各个层面的纠缠、牵绊与阻碍，把改革的复杂性与难度淋漓尽致地表现了出来，这使他的创作带上了一种浓重的悲凉。不论是鼓舞人的昂扬，还是发人深思的悲凉，都饱含着蒋子龙的热情，“他的笔下，喷薄着思想解放先驱者的火一般的热。”[④] 即使 30 多年后我们再读蒋子龙的改革小说，依然还能感受到他对民族国家的关怀与忧思，20 世纪 80 年代的“蒋子龙热”是有必然性的。

① 刘思谦：《蒋子龙的小说创作》，《当代作家评论》1984 年第 3 期。
② 蒋子龙：《要不断地超过自己》，《人民文学》1982 年第 4 期。
③ 蒋子龙：《“悲剧”以外的话》，《中篇小说选刊》1983 年第 6 期。
④ 阎纲：《谈蒋子龙的中篇小说》，《工人日报》1981 年 8 月 24 日第 2 版。

第三章

改革、改革者与改革文学

改革文学一出现就受到了读者、批评家等各方面的肯定与认可，这一方面表明了时代强烈的改革期待，另一方面也体现了处于转型期的中国社会对能够带来温暖与慰藉的文学诗意的渴望。从实质上来说，改革文学不过是对改革的想象化表达，无法起到指导改革实践的作用，然而改革文学在鼓舞精神、唤醒灵魂的意义上有其价值贡献。它不仅发出了改革的先声，促动了整个社会变革意识的觉醒，而且它塑造的改革者为时代提供了可以参照、借鉴，乃至膜拜的偶像与英雄。“关注现实社会中出现的改革潮流，塑造改革者的形象，这是生活对文学的呼唤。”[①] 乔光朴（《乔厂长上任记》）、李向南（《新星》）、傅连山（《祸起萧墙》）等人物，皆是寄寓作家理想的改革者。这些新时期文坛上脍炙人口、光彩夺目的形象的出现，照亮了转型社会的天空，他们激励了矢志变革的时代，也使民族对于现代化的未来充满了信心与期冀。

一　改革者：引领转型潮流的英雄

“前行，/ 你以祖国之名，/ 为历史，/ 开闸门；/ 新的开拓者，/ 把未来招引”[②]，田间在诗歌中表达了改革者之于民族更新的价值意义。任何改革都是靠人来完成的，社会变革中涌现出来的先进与模范人物，是改革事

① 夏康达：《为改革者造像》，《文艺报》1983 年第 3 期。

② 田间：《致“飞天”——写于新长征途中》，《诗刊》1981 年第 5 期。

业的中坚力量。无论是在改良、起义还是革命运动中，领头人的作用都是至关重要的。他们的观念与视野、开拓与奉献、引领与带动，决定着这一运动的性质、走向与实现的程度。20世纪70年代末80年代初的中国社会，改革势在必行，期待变革的民族呼唤着强力的改革者。努力塑造社会主义建设者、改革带头人的形象，是反映改革的文学创作的重要课题。巴金在首届茅盾文学奖授奖大会上说："一部优秀作品的标志，总是能够给读者留下一两个叫人掩卷不忘的人物形象。中外古今的名作，所以能流传久远，就在于它的人物形象，以及对当时生活的深刻描写，具有引人入胜的魅力。"[①] 改革文学不仅先于社会前进的步伐喊出了变革现状的声音，而且蒋子龙等人的创作也迎合了时代对改革领头人的期待，使一批带有英雄色彩的改革者走出文本成为大众耳熟能详的人物。

"人"的回归是新时期文学的本质特征。文学反映改革生活，就应该把焦距对准从事改革的人，写出"四化"创业者、改革带头人的性格和灵魂。我们看到，与伤痕文学、反思文学倾诉个体情感、透视人的内心世界不同，改革文学张扬着人的主体精神，表达人改变世界的力量。"时代造就了英雄，也呼唤着书写英雄的文学。许多作家被改革的时代气氛所感染，以强烈的社会责任感为改革者塑像作颂。"[②] 从《乔厂长上任记》开始，改革文学就致力于建构起以人为核心的叙事形态。塑造具有卓越才能与奉献精神的改革者，往往超过作家对作品故事性的追求而成为第一要务。这一点仅仅从作家对小说的命名就能清晰地判断出来，比如《改革者》（张锲）、《开拓者》（蒋子龙）、《探索者》（董炳新）、《跋涉者》（焦祖尧）、《竞争者》（闰水）等以"者"来直接标示的，以及《人事厂长》（蒋子龙）、《一矿之长》（熙高）、《龙种》（张贤亮）等用主人公身份名字来命名的。小说命名的这种选择取向，一方面说明作家文本建构追求的核心目标，就是提供一个有魅力、能产生正向价值影响的改革者形象，作者希望"通过这些新人形象，激发广大群众的社会主义积极性，

① 巴金：《祝贺与希望》，《文艺报》1983年第1期。

② 李树声：《时代弯弓上的响箭》，《读书》1984年第8期。

推动他们从事四个现代化建设的历史性创造活动”。[①]另一方面也是创作者对社会阅读需要的一种主动迎合。改革文学以改革者塑造为旨归的趋向相当明确，以致于“使人们对改革文学形成了一种心理定势：改革文学就是改革者文学”。[②]

改革文学之所以一出现就引发轰动、得到认可，很大程度上是因为乔光朴、李向南等改革者形象契合了正在涌动的变革潮流，迎合了民族对偶像的期待心理。他们“正好应和了变革时代的人们渴望雷厉风行的‘英雄’的社会心理，一时间引起了读者和批评家们的盛情赞扬”[③]。民族浩劫之后，中国社会不仅陷入价值迷茫，而且出现了信仰上的真空，对于具有依附人格的中国人来说，民族的新生需要重构偶像。乔光朴、李向南一类人物受到热烈的追捧认可，在于这些带有浪漫传奇色彩的形象，填补了信仰的真空，成为人们寄托理想的载体。蒋子龙说：“我在写乔光朴这个人物时，的确是给他加进了一些理想的成分，也可以说是给他涂上了我自己的理想和感情的色彩。”[④]“也许正是我对乔厂长这个形象加进了理想的成分，才得到了工人群众的认可。”[⑤]吴秉杰也指出：“李向南是一个理想主义的形象。它的审美的意义也就在这种理想的精神人格上。”[⑥]张贤亮在给李国文的一封信中写道：“文学，如果没有理想主义的光辉，文学便不成其为文学……我认为，刘钊和陈抱帖以及我笔下的另一个人物——《龙种》中的龙种，都应该说是‘现象的真实内容’或‘更理想的现实’。”[⑦]“文革”后，没有偶像，也要创造出一个偶像来。当然，这个偶像不再可能是被神化的人，而只能是文学作品中既有现实基础又被理想化的形象。“一个成功的、真实可信的典型形象之所以取得了人们的承认，就在于这个人物

① 蒋子龙：《塑造创业者的形象》，《新港》1979年第12期。
② 金健人：《“改革文学”的改革》，《文艺理论研究》1988年第2期。
③ 陈思和主编：《中国当代文学史教程》，复旦大学出版社1999年版，第232页。
④ 蒋子龙：《关于〈乔厂长上任记〉的通讯》，《语文教学通讯》1980年第1期。
⑤ 蒋子龙：《不惑文谈》，上海文艺出版社1984年版，第66页。
⑥ 吴秉杰：《〈新星〉对话》，《文艺争鸣》1989年第3期。
⑦ 张贤亮：《当代中国作家首先应该是社会主义改革者》，《百花洲》1984年第2期。

身上集中了生活的现实和理想。”[①] 改革文学的主人公高举变革落后现状旗帜的本身，以及他们身上诸多的榜样性元素，使他们具备了英雄的特质，也使他们迎合了时代的审美“胃口”。“在相当长的一段时间内，硬气的乔厂长成为期待变革的大众心目中的理想形象，甚至成为‘改革者’的代名词。从文学接受的角度讲，这正是乔厂长契合大众的阅读心理期待的表征。”[②] 既然改革者形象寄寓了作家的热情与人民群众对改革的愿望与诉求，那么他们身上被赋予的理想化色彩，便有了必然性与必要性。因为只有这样的改革者形象，才能引发强烈的社会激励效应。

刘宾雁认为：“每一个时代都有它自己的英雄。为什么《乔厂长上任记》赢得了那么多人热烈的欢迎？时代的英雄，时代的精神啊。”[③] 对于刚刚从“文革”浩劫的噩梦中苏醒过来的人们来说，乔光朴这样带着理想光芒的改革者，无疑是引领他们走出阴影、拨云见日的英雄。“生活的原型中未必有乔光朴其人，但是那种敢于迎接困难，敢于负责，当机立断，具有魄力的人物，在我们各条战线上是有的。这种人物为我们的时代所不可少，它有着时代的感应，因而这个人物引起人们的向往，是可以理解的。”[④] 对于转型期的中国社会来说，需要一批敢于担当的先行者，肩负起将民族从旧时代的混乱与不合理现状中拖曳出来的责任，并致力于推动国家走上现代化的发展道路。从拯救苍生、匡扶社稷等方面来看，社会转型时代的改革者，确实具有了英雄性格的内涵，得到全民的认可与追捧有其必然性。“这个人物渗透着作者的理想，但又具有坚实的生活基础，一定程度地体现了广大群众排除阻力、推进四化的意愿和要求。”[⑤] 任何时代都需要英雄，当社会尚未进化到合理与完美、人类尚未摆脱自身局限与外在

---

① 蒋子龙：《要不断地超过自己》，《人民文学》1982 年第 4 期。

② 张南章：《〈乔厂长上任记〉在新时期文学中的意义》，《长江大学学报》（社会科学版）2007 年第 5 期。

③ 刘宾雁：《时代的召唤》，《文艺报》1979 年第 11、12 期合刊。

④ 洁泯：《现实主义的新探索——1979 年全国获奖短篇小说读后漫评》，《人民日报》1980 年 7 月 2 日第 5 版。

⑤ 韩瑞亭：《文学真实二议：关于文艺真实性问题的讨论》，《人民日报》1981 年 2 月 25 日第 5 版。

束缚之前，永远都会有英雄崇拜与期待心理生长的土壤。“80 年代的中国艺术接受主体与过去时代相比，仍然没有太大的变化，心中仍有一块造神的沃土，仍然呼唤‘英雄’出世，匡扶正义，惩治天下。”[①] 在人类对自由与解放的向往、物质与精神满足的追求受到压抑的时代，对英雄的呼唤更为强烈。同时，这样的时代也制造着英雄。改革者“为改善自身命运的斗争毕竟汇入了时代变革的洪流，因此，他们性格的光彩就不仅仅出自个人道德品格因素，而是来自历史运动巨大的活力。”[②] 所谓时势造英雄，不合理的社会形态、欠发达的生产力，以及落后的意识观念等，都给英雄提供了施展伟力与才能的机会，“像李向南这样富有胆识和才干、富有英雄主义精神的青年政治家、改革家、事业家在我们祖国的大地上的改革热潮中已经涌现。”[③]

20 世纪 70 年代末 80 年代初这一新旧交替时期，英雄辈出的局面是现实的需要，也源自现实的促动。由此来看，英雄内涵虽然有前后相继的一致性，但是因为面对的社会问题存在差异，所以不同时代的英雄身上的核心特质，是千差万别的。“文革”后，中国社会进入转型期，在这一背景下，民族所期待的英雄必须要具备大刀阔斧的革新能力，否定一切不合理的陈旧东西，促成现代性的发育与生长。如果以这个标准来衡量，那么无论是改变电机厂落后状况并促进生产管理现代化的乔光朴；或是改变古陵县政治混乱与官场腐败生态、真心关心人民群众疾苦的李向南；还是为了国家利益，于千难万阻中义无反顾的傅连山，等等，都配得上英雄的称号。改革文学最具魅力的、贡献最大的，就是塑造了众多具有英雄特质的改革者形象。这些英雄是时代的引领者与弄潮儿，他们身上呈现出来的个性特征、思维视野与价值思考，对于当下乃至未来依然具有参照意义。

---

① 贺立华：《论改革时代文学的选择》，《山东大学学报》（哲学社会科学版）1987 年第 2 期。

② 季红真：《变革的时代与文学的主题——兼论近年改革题材小说创作的发展》，《文艺报》1985 年第 1 期。

③ 孙武臣：《与时代生活同步的〈新星〉》，《当代》1985 年第 1 期。

二 “虽九死其犹未悔”：家国情怀与责任担当

“文革”不仅中断了民族的现代化进程，而且伤害到了绝大多数的中国人，使他们的肉体与精神饱受磨难。更为严重的是，这场浩劫破坏了信仰、泯灭了理想。改革者与整个社会一样，无法躲避“极左”政治的灾难，他们也是动乱的受害者，而且往往因为他们为国为民敢于仗义执言、敢于坚持真理，在“反右”与“文革”等运动中经历更为深重的磨难。然而，他们也是最早超越个体苦难的人。因为民族国家的需要，改革者尚未来得及舔舐自己的伤口，就毅然踏上了改革发展的新征程，再次奉献自己的光与热。屈原在《离骚》中高唱“虽九死其犹未悔”，这一表明自我心志的声音，也是中华民族脊梁式人物最恰当的人格写照。为国为民的不悔志向，是构成改革者英雄内涵的重要特质。永远都相信希望并为之付出努力的态度，使他们始终能够引领时代。

改革文学里的中年、老年两代改革者，都经历过动乱岁月的“洗礼”。他们往往因言获罪而沦为阶下囚，成为“极左”政治的牺牲品，饱受羞辱与折磨。然而，他们并没有被苦难击垮，仍然坚守着社会主义的理想。如果没有坚定的信念与不屈的斗志，他们无法捱过艰难的岁月，更别说意气风发地迎接新时期。他们是命运的强者，也是时代的强者，他们的存在昭示了经历浩劫的民族走向未来的希望。乔厂长大刀阔斧的改革行为固然吸引人，然而他对理想信念的坚守更值得钦佩。乔光朴曾经把电机厂经营得蒸蒸日上，但是在“文革”中却被打成了“走资派”，住进了“牛棚”，他的妻子也在“文革”初期含冤而死。即使如此，恢复自由后，乔光朴没有纠缠伤痛，没有以受害者自居去享受“补偿”，他毅然选择了担当责任。“他的可贵之处在于，不是抚摸着‘伤痕’呻吟叹息，而是迅速治愈身上的创伤继续投入战斗。”[①] 在家国危难之际挺身而出，是任何时代英雄的基

---

① 宗杰：《四化需要这样的带头人——评短篇小说〈乔厂长上任记〉》，《人民日报》1979年9月3日第3版。

本特质。在乔光朴看来，这不过是出自共产党人觉悟的应有举动，“我不过像个战士一样，听到首长说有任务就要抢着去完成”。[①]在改革者形象身上，都有着乔光朴这样“虽九死其犹未悔”的精神。《一矿之长》中的丁海川身上沾满了“伤痕”，他曾经被打成“走资派”，在“牛棚”中肋骨被打折了三根，但是，“文革”结束获得平反后，丁海川转瞬就以饱满的热情投入到了生产建设之中；《跋涉者》中的知识分子杨昭远，因为在历次运动中敢于说真话，而一直被批判被监管，在他重新回到工作岗位上后，一如既往地为国家建设贡献力量；李国文《花园街五号》中的刘钊，是一个有着自己独立思考和价值判断的人，不迷信上级，也不紧跟运动，这注定了他要饱尝被“极左”政治批判的苦痛，然而，当重新站在新时期的舞台上，他依然无怨无悔地投身于改革事业。

苦难不足以使真正的英雄沉沦。他们能超越苦难，忽视个体的创伤与疼痛，放眼民族未来。在他们看来，个人只有为民族奉献光热，生命才有价值。《花园街五号》的主人公刘钊说：“一个共产党员，老是惦念着个人的安危得失，那算错投了门！”其实，支撑改革者“虽九死其犹未悔”的坚守精神的，是他们永远把国家民族兴衰置于个人得失之上，这也是改革者的共性特征。“改革者之所以能够义无反顾地献身改革，主要在于他们心目中已经淡化了个人的利益。”[②]如果稍微顾念一下自身的荣辱得失，乔光朴也不会放弃电气公司经理的职位，主动去当电机厂的厂长了。一方面经理职位既省心又舒适，“他现在占的位子太好了。‘公司经理’——上有局长，下有厂长，能进能退，可攻可守。形势稳定可进到局一级，出了问题可上推下卸，躲在二道门内转发一下原则号令。愿干者可以多劳，不愿干者也可少干，全无凭据；权力不小，责任不大，待遇不低，费心血不多。”另一方面电机厂是一个濒临崩溃的烂摊子。按照人的趋利避害的本性来说，无论如何都应该选择现在的岗位，而不是冒风险去承担责任。但是乔光朴对“许多老干部梦寐以求而又得不到手的‘美缺’”，竟然毫不在

① 蒋子龙：《乔厂长上任记》，《人民文学》1979 年第 7 期。

② 周海波：《“改革文学”批判》，《齐鲁学刊》1988 年第 6 期。

意，弃之如敝履，偏要选择一条充满荆棘坎坷的路，这显然有违“常理”。我们在他“太出人意外了”的选择中，看到了一个没有被个体私念所拘囿，超越世俗功利风尚的强者。

唯有看淡个人利益，才能以国家社稷为重，这是古往今来英雄的一层底色。“英雄主义实质上是一种超人主义，英雄理想就是对普通人规范的一种超越：普通人往往忽略人的社会性角色而注重个人性角色，而英雄则牺牲个人性角色而专注于社会性角色。”[①] 如果仅仅从公而忘私、敢于担当这个角度看，在乔光朴等改革者身上，依然有梁生宝、萧长春这样社会主义“圣徒”的影子。公与私并不是一对矛盾，国家繁荣富强了，个人的利益自然会实现并得以保障。然而在一些人身上，只有私利，毫无公心，个人私欲的满足是他们唯一的出发点与归宿。如《乔厂长上任记》中的冀申、《三千万》中的张安邦、《花园街五号》中的丁晓、《新星》中的顾荣，等等，作家毫不客气地把他们钉在了民族的耻辱柱上。那些被认可的改革者，不仅有能力、有气魄，还有义无反顾的勇气和自我牺牲精神。当一个社会无法激发个体服务整体的热情，也就意味着时代出了问题。像乔光朴这样的人，正是作家为时代树立的标杆与榜样，以他们的担当与奉献作为镜子，使读者大众于此得以反思与警醒。同时，改革者的牺牲精神，也能够影响大众、感染大众，从而重新建构一种理想主义的时代氛围。这是作家的目的，也是改革者形象的社会效应。

与改革者淡化个人利益得失相应的，是他们不贪图物质生活享受的人生态度。虽然改革文学对这一点的强调，使改革者形象少了一点人间烟火气息，也往往因此被诟病为过于理想化，但是只有能够约束自己，“后天下之乐而乐”的人，才足以起到表率作用，进而有效地推进改革举措。程树榛《生活变奏曲》中的主人公及羽不计较个人待遇，自动要求与群众生活水平看齐，“为了不给工厂增加负担，从老厂搬来后，只要了一间房，爷儿俩就挤在这不到十四平方米的小天地中。”[②]《改革者》中改革者徐枫的

① 李书磊：《〈新星〉的英雄主义基调批判》，《文学自由谈》1988年第5期。

② 程树榛：《生活变奏曲》，上海文艺出版社1984年版，第49页。

住房陈设简单到了简陋的程度;《男人的风格》中陈抱帖的住房——“灰顶塌落,天花板漏雨,水泥地面粗陋得跟海滨的沙滩一样,二楼以上就上不去自来水。”[①] 与此同时,贪图生活享乐也往往作为标签,贴在了反对改革的保守者身上。与及羽的住所局促相比,保守派刘志伟的家却是另外一副模样,“这是当年中东铁路俄国官员的住宅。俄国人是很会享受的,都是独家,独楼,独院”,“室内一应家具,已初步达到‘四化’水平。这几年,刘志伟不断出国,接受不少国外友好的馈赠,自然比国内的商品又高出一档。”同样站在徐枫、陈抱帖改革对立面的魏振国、唐宗慈,在住房等生活条件上与刘志伟的贪图享乐、追求奢华的价值取向是一致的。

《论语·里仁》有言:“士志于道,而耻恶衣恶食者,未足与议也。”作家选择这种对比的叙事方式,体现出了改革者的精神特征,同时也表明过于注重享乐,必然会丧失对集体的责任感。在个人的小天地内踟蹰不前,甚至站到了改革发展的对立面上去。对物质与享乐的追求是人的本性,而且对人的物质生活的满足也是社会发展的最终目的之一,但是身处百废待兴的社会转型期,吃苦在前、享乐在后,才是应该尊崇的风尚。改革文学中以国家集体利益为重的改革者,用行动诠释了社会主义开拓者应有的精神风貌,奏响了80年代理想主义的华彩乐章。

三　英雄内涵的时代性变迁

改革是一场伟大的社会实践。改革者不仅要有为国为民的奉献与担当精神,而且还需要有开拓新局面的能力。社会转型阶段,旧有体制、利益格局与保守意识顽强地阻碍着社会前进的步伐,一丝一毫的改变都异常艰难,期冀新生的民族呼唤着有力量引领变革的英雄。社会问题丛生的时代,也是英雄辈出的时代。对于转型社会来说,致力于不同领域不同层面革新的改革者,丰富了新时期英雄形象画廊。从这个角度看,塑造改革者的改革文学,可以看作是新时期的英雄谱。

① 张贤亮:《男人的风格》,《小说家》1983年第2期。

柯云路的《新星》之所以能引发强烈的社会轰动，莫不是因为小说塑造了李向南这样一个具有传统色彩的“清官”。“文革”后基层的政治经济现实为主人公提供了展现力量的“用武之地”，作家围绕以李向南关心百姓冷暖的情怀与铁腕执政的作风，建构起了变革时代的英雄形象。“李向南是一个无论从出身、教养、经历、理想方面都较少因袭陈腐的思想负担的青年改革家，一个有胆有识、敢于开拓而又百折不挠的强者。”[①]李向南在到任之初的短时间内，就解决了一系列冤假错案等历史积压的问题，他“在一天内亲自解决了十四个老大难的群众上访案件。”这些冤假错案直接关系着党群关系、干群关系。比如，农民老海狗的老婆被公社干部糟蹋后自杀了，他本人还被戴上了坏分子帽子，身背冤屈十几年，告天告地告不准；陈村一位寡妇因为对大队干部在实行包产到户时分配土地不公平提出意见，遭到打击报复，半年上访几十次，县委常委批示了几次，却从未解决；中学教师林虹因为向报社反映几个县委常委子弟走私银圆，而生活在被压制、排斥和污言秽语之中，等等。同时，李向南的一趟乡下之行，接连撤掉了愚昧顽劣草菅人命的潘苟世、思想僵化保守固执的杨茂山和高良杰等基层领导的职务。李向南在群众中留下了非常好的口碑，“大伙儿现在都叫他李青天——连山上村子都这么叫。”[②]这个称呼，虽然体现了老百姓头脑中的封建遗留，但也表明了李向南确实解决了他们的实际问题，人民群众受益于李向南的“拯救”，由此感受到了党和政府的阳光。如果说依靠人民群众取得胜利的共和国建立者是英雄，那么像李向南这样为了在“文革”后重新恢复群众对党的信任的奋斗者，同样也是英雄。

李向南对顾荣及其派系的斗争，究其实质，是一场反对不关心群众疾苦的官僚主义、衙门作风的斗争。十年浩劫的非常态政治生活，使得官僚主义横行。对于改革来说，改变这种饱含个人私欲的社会风气，无疑是至关重要的。官僚主义使权力成为少数人的工具，破坏社会的公平、正义，严重阻碍民主法治的进程。改革者对官僚主义斗争的坚决态度，因为契合

① 刘锡诚:《改革狂飙的礼赞——谈柯云路的新作〈新星〉》,《文艺报》1985年第3期。
② 柯云路:《新星》,《当代》1984年增刊第3期。

了人民群众的内心期待，所以李向南这样的人受到强烈认可，也就显得自然而然了。改革文学中，改革者在承担起开拓未来职责的同时，还要肩负起清理沉重积习的任务。《改革者》中的徐枫对魏振国、《燕赵悲歌》中的武耕新对李峰、《生活变奏曲》中的及羽对刘志伟、《三千万》中的丁猛对张安邦的斗争，都是改革者针对保守派的保守与官僚主义。在这场较量中，改革者的斗争对象是以个体行为为表征的社会风气，这无疑增加了他们取得成功的难度。正因为如此，李向南们知难而上的行为取向，使他们契合了转型时代对英雄的期待。

改革文学的独特性，在于展现出改革者近乎行侠仗义、打抱不平的传统英雄色彩的同时，还发掘了他们引领民族走向现代化的能力，尤其是发展经济的才华与智慧。虽然人性中对金钱的渴望亘古不变，但是在中国传统观念与舆论中，金钱一直都被轻视被排斥。有赚钱能力的商人没有地位，处在四民之末。在这样的语境下，中国历史上从来没有人因为发展经济的卓越才能，而成为备受崇奉的英雄。然而在“文革”后国民经济面临崩溃，以及十一届三中全会把党的工作重心调整到现代化建设上来的背景下，提高生产力、发展经济成为全社会的共识与期许。改革者形象被广泛地接受，不仅是改革者契合了受众的审美心理，而且乔厂长们推动经济发展的举措，暗合了他们对物质生活富足的向往。如果说改革者是转型时代的英雄，那么他们存在本身就丰富了英雄的内涵。他们可以最大限度地发挥聪明才智、名正言顺地创造财富。物质生产水平的提高是现代化的题中应有之义，而且经济的增长也是现代化实现的基础。从这个角度来说，改革者是民族现代化不可或缺的参与者。

改革文学中的改革者都要面对一个烂摊子。一方面，这反映了“文革”给国家建设带来的灾难性后果；另一方面，收拾烂摊子、带领一个单位实现扭亏为盈，也能显示出改革者的勇气与能力。《乔厂长上任记》中冀申领导下的电机厂生产停滞、人心涣散；《沉重的翅膀》中改革者陈咏明刚接手时的汽车厂几近瘫痪，“生产连年亏损。设备完好率只有百分之三十五……挺大的车间，却没有地方下脚。铁屑、加工件、毛坯、废件，满地都是，一层摞着一层。投料不按生产计划，投一次够你用半个月，也堆在车间里占地盘。”《燕赵悲歌》中原来的大赵庄是非常之贫困的，穷得远近闻名，方圆百十里流传着关于大赵庄穷困的歌谣，“宁吃三年糠，有女不嫁大赵庄”；水运宪《雷暴》中的蔬菜公司不仅连年亏损，而且蔬菜供销混乱，社会名声非常差……但是在乔光朴、陈咏明、武耕新、胡勇生等改革者的带领下，这些陷入困境的经济体都能够起死回生，进而蒸蒸日上，成为同行业的佼佼者。推动经济发展，是改革者身上必备的能力。无论是像乔光朴、武耕新等直接领导工厂、农村追求富裕的变革，还是像徐枫、及羽等着眼未来调整产业格局，都以促进经济发展为旨归。即使是展现基层政治生态图景的《新星》，也用一些笔墨表达了李向南发展经济的想法与诉求。以经济才能为核心的改革者建构取向，一方面表达出了经济之于社会发展的重要性，另一方面也展现出了时代对人衡量尺度的变化——政治素质已经不再是唯一标准。

新时期文学把人从符号化的表达中解放出来，使人不再是神或妖魔，而成为一个真实的人。改革者虽然有信仰、有奉献精神、有引领社会发展的才能，作家对他们的塑造也一定程度地加进了理想化成分。但是在文学的表述中他们终究只是人，没有神力，也不会出现神迹。改革对于民族发展来说是机遇，对于改革者来说则是巨大的挑战。他们如果不付出更多的才智与辛劳，那么也就无法取得预期的效果。所以，我们看到改革文学中的改革者，基本上都是满脑子事业的工作狂。《沉重的翅膀》中陈咏明的生活就是工作，精神世界完全被“产量、产值、固定资产、流动资金，国家计划，企业利润”[①] 所占据；《生活变奏曲》中的及羽“来厂一年多，谁见过他有过什么节假日？每天总是早出晚归，夜以继日地工作”[②]。《雷暴》中的胡勇生“似乎不知道什么叫疲倦，日夜不停地寻找问题，解决问题，像一台机器，无休止地运转着。”《改革者》中的徐枫同样如此，他醉心工作，一心扑在工业发展建设上，对于家庭和个人问题无暇顾及，一直单身而没有时间考虑婚姻……事业已经融入改革者的生命，工作成了他们的生

① 张洁：《沉重的翅膀》，人民文学出版社 2011 年版，第 71 页。
② 程树榛：《生活变奏曲》，上海文艺出版社 1984 年版，第 50 页。

活方式。这种叙事一方面展现了改革者的奉献姿态，文学也以这种自我牺牲精神感染人、鼓舞人；另一方面也表达出作家对时代的认识，在体制陈旧、观念落后、利益格局固化的社会转型期，投身改革之人势必要付出更多的时间、精力与汗水。

在评价乔光朴、李向南等改革者的时候，我们往往强调他们对完成社会转型职责的主动承担，其实他们成为时代的主角也是历史的选择。就像近代中国选择了共产党来承担完成民族解放与国家重建的任务一样，70年代末80年代初涌动着现代化梦想的社会，必然会选择能够驾驭民族之舟奔向现代化彼岸的改革者。因为在他们身上，不仅有“虽九死其犹未悔”的家国情怀与奉献精神、解决转型时代社会主要矛盾的能力，而且还有适应现代文明的素养。也就是说，改革者引领着当下，也代表着民族的未来，他们是推动现代化历史进程的不二人选。

《乔厂长上任记》中，蒋子龙明确地肯定了乔光朴的科技观与人才观。电机厂曾经的兴旺靠的是人才，乔厂长重新上任依然强调人才的重要性，他说“技术上不出尖子不行”。人才技术优势是保证产品质量的关键，一个企业要生存发展，必须以人才技术带动产品质量，确立市场地位。他的“十二把尖刀”被“文革”所“腐蚀”，无法发挥作用，所以他要再次“磨刀”。这种对科技人才的发掘、培养与尊重，体现了乔厂长超越时代的战略眼光。尊重科技、人才的叙事是改革者形象建构不可或缺的内容，乔光朴求贤若渴的心理具有普遍性。《改革者》中的徐枫为了推动改革事业，调整人事政策、招揽科技人才，吸引了诸多外地知识分子。“科学技术是第一生产力”的观念，体现在他对技术人才的尊重上。老化学家冯慕白完全是被徐枫的创业诚意与对知识分子的尊重所感动，放弃出国选择留在C城。《燕赵悲歌》中的武耕新虽然是农民，但是他对科技与人才的认识没有被自己的出身所限制，他“花重金从各地招聘了一批用得着的专门人才和能工巧匠”。《男人的风格》中的市委书记陈抱帖为了改革延揽人才，他以尊重、诚恳的态度极力挽留住城市规划学家黄国桢，避免了专业人才流失，在技术层面为改革提供了保证。尊重科技人才，承认他们的地位与作用，这本身就是时代进步的表征。改革者“勇于竞争，注重信息，讲究效率，尊重价值规律，这些时代性的新观念集中表现在他们重视人才和知识上。”[①] 改革者是面向未来的先进生产力代表，最大限度地接受并利用人类文明成果是他们的“本能”。改革文学以此展现改革者身上的“基因”特质。同时，对待知识分子截然相反的态度，也能体现改革者与保守派的不同情怀、视野与价值取向。

邓小平指出：“科学技术是第一生产力。”[②] 科技对于现代化的作用至关重要。在发展社会生产、改善人民生活、提高国家竞争能力的过程中，不仅要充分依赖利用科学技术，而且更要尊重科技人才。转型期的改革文学创作虽然会被旧有的观念束缚，但是其中蕴含的现代意识非常清晰。作家通过描写改革者对科技与人才的尊重，体现他们的现代化视野。然而，“文革”刚刚结束，“极左”政治的某些观念思维依然在延续。对科学技术的态度，以及对知识分子的政策，尚未有实质性的改变。在这样的背景下，改革者对知识分子价值的强调，对这一群体的尊重、认可，需要一定的勇气与魄力。人是生产力中最活跃的要素，最大限度地发挥人的才智，才能切实地推动社会进步。这一点不仅体现为对科技人才的尊重与价值认可，而且还体现在对人力资源的有效配置上。以什么样的标准评价人、任用人，新时期前后存在根本不同，即使同一时期因为价值立场不同也会产生差异。“政治先进”曾是新中国成立后，尤其是“文革”期间盛行的评价人、选用人的尺度。这种标准强调“根红苗正”的出身，以及泯灭个性的阶级立场，而忽视实际的工作能力，这也就不可避免地造成了用人制度与社会发展需要的不对称。另外，对于充满私欲的人来说，“任人唯亲”是他们唯一的“选才”原则。这种“人治”之下的用人取向，不仅扭曲了人事制度，而且也败坏了社会风气，压抑了人的工作积极性。无法适应现代化的落后的用人体制，既阻碍着社会的发展，也对改革者的事业形成了牵绊。所以，革新用人标准，在政治合格的前提下突出发展经济的才能，变“任人唯亲”为“任人唯贤”，才能适应现代化的需要。乔光朴、徐枫

---

① 李树声：《时代弯弓上的响箭》，《读书》1984年第8期。

② 《邓小平文选》（第3卷），人民出版社1993年版，第274页。

等改革者的“任人唯贤”，虽然无法实现对现状的彻底革新，但是却开启了新时期人才选用机制变革的大幕。

《乔厂长上任记》中的郗望北在“文革”中曾经是造反派，而且参与批斗过“走资派”乔光朴。然而，乔光朴重新上任后，没有因为个人私怨打击郗望北，反而任用后者继续担任副厂长。乔厂长任用郗望北，并不是因为后者是自己女友童贞的外甥，促使他做出这种选择的是郗望北的工作能力。事实证明，乔光朴对郗望北的任用是成功的，后者因为了解并适应“关系社会”而能够办成乔光朴一筹莫展的事情。任用郗望北，乔光朴不仅要放下个人恩怨，还要顶住舆论的压力。郗望北“造反派”的过去以及童贞外甥的身份，使乔厂长的这一任用举措不可避免地被议论，甚至被指责。如果畏首畏尾而踟蹰不前，那么就无法延揽人才并最大限度地发挥人力资源的潜能。为郗望北设置这样的身份，也是对乔厂长大破大立勇气的激赏与肯定。《改革者》中的钮根宝不仅曾是徐枫的老上级，并有恩于后者，而且这个人“不贪污、不腐化、不营私舞弊，对人的态度也好，确实是个难得的好人。”但是，他缺乏接受新观念的主动性，“领导不好工厂的生产，没把工厂搞好。”[①]对于徐枫来说，撤掉钮根宝的职务，要面对忘恩负义、打击老干部的舆论指责，甚至会招来组织上的批评。然而如果无法搬掉落后的并构成阻碍的钮根宝，那么改革从一开始就会注定是不彻底的。“虽千万人吾往矣”，正是这种勇气支撑着改革者勇往直前。

转型时代的改革者不单要有任人唯贤的勇气，还需要善于发现每个人的优长，这样才能实现人尽其用。陈耕小说《创作手记》中的王离不任人唯亲，而是从工作能力出发来任用人才，“他看得准，也真敢用，天王老子反对，他也敢用。他看不上的，任你是金枝玉叶，他也敢拉你下来!”这其中就包括他自己的亲属，因为能力问题被他罢免了职位。王离的理论是，改革工厂“关键在人。我到这个厂，其实只做了一件事，就是了解人，让人尽其才。”[②]同样，《燕赵悲歌》中武耕新能够取得成功，关键就在

① 张锲:《改革者》，人民文学出版社 1983 年版，第 186 页。

② 陈耕:《创作手记》,《福建文学》1983 年第 11 期。

于他的知人善任，充分发挥了每个人的作用，尤其是力排众议对群众眼中落后人物张万昆的使用。武耕新的任用不仅发挥了张万昆的才能，推动了事业的进展，而且也拯救了这个身处社会边缘、被道德舆论所轻视的人，使后者重新找回了人格尊严与实现价值的舞台。改革者激发人的潜能与积极性，无疑拓展了改革的深广度——在改造社会的同时改造人。以社会改造带动人的意识觉醒，使其趋向更为合理的状态。这使得改革接续了近代以来的启蒙传统，并为社会转型提供了走向深入的保障。

周扬在1980年全国优秀短篇小说评选发奖大会上的讲话指出：我们的文艺应致力于塑造社会主义新人，这些新人“应当具有社会主义思想和现代科学文化知识，他敢于解放思想，破除迷信，富于实干精神、改革精神、创业精神。”① 在他看来，乔光朴等改革者形象之所以受到欢迎与肯定，主要是因为作者在他们身上赋予了这些精神内涵。乔光朴、李向南等改革者，是灌注了时代精神与作家情感的新人形象。他们的出现使新时期的舞台充满了亮色，为转型社会提供了榜样参照与精神激励。改革者形象有现实的原型，也寄寓了作家的理想与读者的渴望。“现实生活中‘乔厂长’这类人物，是我们四化的带头人。试想，我们国家如果有更多的这样的带头人，那么我们的日子也许就会好过得多，四化建设的步子一定会迈得更大一些。”② 改革者形象随着改革文学潮流的兴盛而难免泥沙俱下、鱼龙混杂，表现出雷同的模式化、抽空现实的虚假化，以及无限拔高的神化。如陈冲所言：“一些改革家的作用被过分夸大了，思想言行被过分理想化了，结果既未能真实准确地反映他们的贡献，也未能真实准确地表现出社会主义改革家的特定品格。”③ 这些难以传达出时代精神风貌的人物形象，也无法引起大众的关注，无法起到引领时代的作用。无论在文学史上，还是在社会影响方面，都悄无声息。然而，“人民从来对文学作品中

① 周扬：《文学要给人民以力量》，《人民日报》1981年4月21日第2版。
② 李炳银：《创建新生活需要这样的英雄》，《人民日报》1980年7月23日第5版。
③ 陈冲：《“改革文学”深化断想》，《人民日报》1987年9月15日第5版。

高度、真实、集中体现他们精神、追求、向往的英雄抱着真诚的欢迎。”[①] 无论是从审美，还是从社会影响的角度来看，这些人物都有着蓬勃而强大的生命力，成为民族记忆的组成部分。

“文学的作用，正在于描画各种各样活生生的人物，透过他们的命运和性格窥见那把他们托浮到舞台前部的时代潮流。”[②] 乔光朴、李向南等改革者形象，在民族发展的任何阶段都有典范价值。因为他们身上凝聚了引领社会前进所需要的诸多要素。他们改革陈旧的体制、观念，同时没有抛弃传统；他们深受“极左”政治的戕害，却能超越苦难而选择担当；他们从蒙昧中走来，仍然具有现代化的见识与视野；他们受困于转型时代的保守与落后，却能矢志不渝、信心十足；他们可能备受打击，却依然选择为民族牺牲奉献。改革者形象展现了20世纪80年代创业者的精神性格，也概括了过渡阶段中国社会的大体风貌。改革文学中的改革者，既有乔光朴、及羽、傅连山这样的老一代，李向南、胡勇生等中年一代，也有牛宏、许英杰（《厂长今年二十六》）、季明（《竞争者》）、丁壮壮（《雷暴》）这样的年轻人。改革者形象来自不同领域，而且也有着多元的年龄层次，一方面改革并不仅仅是乔光朴这些复出的老干部的事业，每个人都应该是社会转型的推动者；另一方面老、中、青几代人的共同参与，他们的前赴后继使改革永远不乏力量，确保改革有着持续性与明确的未来指向。改革，是一项追求完美的事业，这也意味着它是没有真正意义上完结的社会运动，任何时代都需要超越自我与时代局限的改革者。改革永无终止，改革者永不过时，20世纪70年代末80年代初改革文学对改革者的建构与呼唤，对于任何时代都具有参考价值。

---

① 蔡桂林：《呼唤英雄——关于文学创作中英雄问题的思索》，《解放军文艺》1989年第11期。

② 冯牧：《时刻倾听时代的心声——谈长篇小说〈故土〉》，《人民日报》1984年4月16日第7版。

第四章

改革文学的问题意识与当下意义

20世纪70年代末开始，中国进入了以现代化为旨归的社会转型期。新旧交替的时代也是新旧杂糅的时代，新的尚未确立，旧的不会在短时间内消亡，而且旧有的东西往往是根深蒂固、难以撼动清除掉的。作为推动社会转型的力量，改革从本质上来说就是除旧布新，摒弃一切束缚生产力发展的东西，而促动新观念、新事物的生长。这一时期的改革不仅符合历史潮流，有国家行政力量的主导，而且也迎合了民族对于现代化的渴望心理，所以改革本身有着充足的动力。然而，因为处在沉疴与希望并生的过渡时期，改革必然要因袭历史的重负，带着“沉重的翅膀”起飞。保守的观念、狭隘的视野、官僚主义、形式主义、世俗习惯，以及理想沦丧与信仰缺失等，无不阻碍着改革的步伐，克服这些障碍分散了改革很大的一部分精力。改革文学敏锐地发现并展现了时代涌动的变革潮流，唱响了民族更新的主旋律，激发了大众对于现代化的梦想。同时，作为近距离反映现实的改革文学，也执着地关注转型期的诸多社会问题。可以说，每一篇改革小说都是问题小说，体现出了改革文学对时代复杂性的把握，或者说正是这些问题催生了改革文学的发生。对于作家来说，改革文学是他们直面社会现实的一种方式。与艺术性追求相应，作品的社会效应也是他们注重的。作家直面现实的创作取向，使改革文学从一开始就以揭示社会积弊为旨归，其叙事也因此具有了强烈的问题意识。改革文学之所以引发那么广泛的欢迎和高度的认可，一个重要原因在于它对社会现象及其背后实质的揭示。不可否认，我们民族现在依然处在社会转型期，也就意味着改革小说所反映出来的问题，具有了当下意义。

一　党风政风与转型时代

“文革”后，发展经济成为社会主义建设工作的重心，转型期的改革首先是经济体制与运行方式等方面的变革。然而，任何具有社会性的改革都不可能是某一领域的纯粹性变化，因此经济体制与经营方式的变革，也需要社会其他方面的相应调整。如果说经济作为基础对上层建筑具有决定意义，那么上层建筑尤其是政治风气也会影响到经济的发展。邓小平指出：“我们提出改革时，就包括政治体制改革。现在经济体制改革每前进一步，都深深感到政治体制改革的必要性。不改革政治体制，就不能保障经济体制改革的成果，不能使经济体制改革继续前进，就会阻碍生产力的发展，阻碍四个现代化的实现。”① 从“文革”直接进入新时期，十年浩劫形成的懒散拖沓的党风、政风也必然会阻碍社会的转型步伐，而且正是因为积习已久，其顽固程度也自然不言而喻。身处转型期的作家，耳闻目睹着种种败坏政治风气的人与事，这些不合理的景象是促动他们创作的动力，并成为作品叙事的主题。林默涵在1980年的文章中指出：“近年来，许多文艺作品对官僚主义和干部特殊化等恶劣现象，进行了有力的揭露和鞭挞，这是完全必要的，因为它们严重地危害四化建设，严重地损坏党同群众的关系。”② 文学的价值在于它对于时代的警醒，当党风政风作为问题被关注，在激发社会共鸣之下也就有了得以整治的可能。在《乔厂长上任记》引起的热烈讨论之中，有的读者就认为：“社会风气的改变取决于党风的改变，要把现代化搞上去，必须彻底整顿党风。”③ “整顿干部队伍、改革干部制度的任务，已经尖锐地摆在了我们面前，不容犹豫，迫在眉睫！”④ 带着问题意识的改革小说，为时代提供了一个可供言说与评价的对

---

① 《邓小平文选》（第3卷），人民出版社1993年版，第176页。

② 林默涵：《愚者之虑》，《文艺报》1980年第10期。

③ 《“乔光朴，盼你快到我们中间来”——小说〈乔厂长上任记〉在干部工人中引起强烈反响》，《工人日报》1979年9月10日第3版。

④ 张和：《“迫在眉睫”》，《工人日报》1979年9月10日第4版。

象，并由此展开了对于社会转型与民族重构路径的探讨。改革文学所展现的问题多少是带有普遍性的，而且往往与大众生活息息相关，比如官僚主义、特权现象，以及拖沓敷衍的机关风气，等等。这使改革文学也成为大众发泄不满情绪的一种渠道，他们对于不良社会现象的激愤情绪通过阅读得到了一定程度的纾解。

针砭时弊是中国文学的一种传统，改革文学秉承了这种创作上的入世情怀。从改革小说问世伊始，作家就对官僚主义、形式主义及特权思想等问题进行着批判性表达。“文革”十年，党的组织纪律废弛，如果党员干部对自身没有高标准严要求，那么党风就容易出现问题。新时期文学向现实主义回归，改革小说直面社会现实，充分地揭示了“人民内部矛盾”。“‘改革文学’表现出作家对政治生活的强烈参与精神。他们不但坚定不移地宣传改革政策的必要与必然，更注重对现实社会中存在的不利于改革的因素的批判，包括对来自执政党内的权力斗争和社会腐败风气的批判。”①作为一厂之长，冀申为了一己之私欲而置整个工厂的兴衰于不顾，彻底抛弃了他的党性立场与集体观念。像冀申一样的党员干部是改革文学批判否定的靶子，他们丧失党性原则，背离了共产党员应有的价值立场，把国家集体利益作为交换的筹码，为满足私利而为所欲为。陈国凯在《平常的一天》中借改革者高山之口感叹：“在冠冕堂皇的口号下隐藏着一己的私欲。”②《燕赵悲歌》中的县委书记李峰，因为武耕新没有完全满足自己的利益要求而恼怒，“等着瞧，总有一天叫你知道谁是真佛！”③艾明之《“气管炎”外传》中的罗副主任，在谋求私利之举没有得逞后，居然对阻挡他的改革者郭汾萌生报复之心——“迟早要让她付一点代价的！”④张志春《两片绿叶》中的地委马副书记，一心想把自己当工人的儿子违规安排到人事局工作。苏叔阳《故土》中与热衷奉献的改革者郑柏年相对的安适之，天天思谋着自己的权位与利益。当私欲淹没了公心，当个人利益成为驱动一

① 陈思和主编：《中国当代文学史教程》，复旦大学出版社1999年版，第231页。
② 陈国凯：《平常的一天》，《收获》1983年第1期。
③ 蒋子龙：《燕赵悲歌》，《人民文学》1984年第7期。
④ 艾明之：《“气管炎”外传》，《钟山》1983年第5期。

些党员干部行为举措的唯一动力时，意味着他们手中的权力不再是公器，而被扭曲为满足私利的工具。在有效监管缺失的情况下，他们用充满私欲的行为败坏了执政党的风气。作家怀着鄙视、痛恨的情感刻画了冀申们，他们阻碍着改革，也影响了群众对于党的信心。这对于刚从动乱年代走过来的中国社会来说，无异于雪上加霜。

党风直接影响政风，“在一定意义上，党风就是政风，直接决定政风，政风正不正，实际上反映着党风的状况。”[①]柯云路在政风问题上的叙事比较全面且具有典型意义。《新星》展现了古陵县的政治生态——围绕着县长顾荣结成了一张官僚主义的大网，这与现代民主政治相去甚远，而且陈年的冤假错案都无法得到纠正，经济发展更无从谈起。即使没有李向南这样的外来者的刺激，古陵县的政治生态也会点滴地改变，但是这种缓慢的自身演进却无法满足民族的变革渴望。对于党风政风的重塑，不仅能够推动社会进步，而且也能从根本上使执政党重新赢得群众的信任与支持。阎纲认为，柯云路的创作“对社会‘现状’的直言不讳，对‘现状’在某些局部的合法存在的忍无可忍，表现出作者可贵的社会责任心”[②]。对于民生困苦的痛心疾首，以及对于合理政治生态的呼唤，使作家自觉承担起了时代赋予的使命，着力为扭转不合理的党风政风“鼓与呼”。与柯云路一样，矫健在《老人仓》中也展现了“文革”后乡村基层的政治生态。党员干部退化成了作威作福的“土皇帝”，这意味着党群、干群关系已然十分恶劣。十年的社会动荡释放了人性之恶与贪欲，在监管缺失之下，党风政风逐渐背离为人民服务的宗旨与传统。邓小平指出：“官僚主义是小生产的产物，同社会化大生产是根本不相容的。要搞四个现代化，把社会主义经济全面地转到大生产的技术基础上来，非克服官僚主义这个祸害不可。”[③]在理顺党群干群关系的前提下，才能谈及社会转型与改革。无论是柯云路还是矫健，他们都着眼于改革发展而关注基层的政治生态。强烈的问题意识，使他们的创作与简单的权力批判拉开了距离，鲜明的未来指向也使这种“鼓

---

① 杨胜群：《以良好党风带动政风民风》，《人民日报》2013年1月29日第8版。

② 阎纲：《文学八年》，花山文艺出版社1987年版，第214页。

③ 《邓小平文选》（第2卷），人民出版社1994年版，第150页。

与呼”有了坚实的落脚点。

分配制度不合理，整个社会都会出问题。如果说权力也是一种资源，那么人事制度的优与劣，必然直接影响社会风气。“文革”不仅造成党组织涣散，也搞乱了党员干部评价和晋升的体系与标准，甚至走到了奖勤罚懒的反面，违背了“能者上，庸者下”的最起码规则。干部评价标准是党风的一个表征，前者与后者之间可以相得益彰，也可能变成恶性循环。改革文学在坚定信念高扬理想的同时，也对转型时代不合理的干部选拔风气给予了不遗余力的质疑与否定。在公平与公正都显欠缺的环境下，改革文学叙事一方面为那些具有牺牲奉献精神的党员干部得不到应有的奖掖晋升鸣不平，另一方面也抨击了那些无能、自私或慵懒却反而得到“认可”之人。王蒙的《名医梁有志传奇》用形象化的方式反映了不合理的人才选拔现象。梁有志与其兄梁有德虽是双胞胎兄弟，但是在天赋资质上前者明显高于后者，而且也比后者入党更早。然而，中华人民共和国成立后，梁有德却因为“做事慢条斯理，说话结结巴巴”，被一致地认为是“踏实、稳重、厚道、深沉的表现，适宜做领导工作”，一路获得提升；梁有志却因为“常提出一些与顶头上司也与周围同事的见解不同的见解”[①]，被认为组织性差而没有获得应有的重用，也丧失了发挥其才华的机会。在改革文学图景中，充满家国情怀矢志改革者，往往都会遭遇梁有志一样的处境，而那些充满私欲的懒政者，反而得到重用，这无疑加重了改革叙事的悲凉色彩。

水运宪说：“我们应该对现实生活保持敏锐的观察力，只要认准了对党和人民有利……就不要有什么顾虑，抓准了就应该尽情去写，写得淋漓尽致。让正义的人看了拍手称快，让龌龊的人看了做不得声。”[②]让能者上，庸者下，是社会持续进步的保障，也是作家的一种理想。然而这种理想恰恰被现实所涂抹了，那么把它作为一种现象加以展示，以“引起疗救的注

① 王蒙：《名医梁有志传奇》，《一九八六年中篇小说选》，人民文学出版社1988年版，第378页。

② 周克芹、谌容、刘心武等：《新时期获奖小说创作经验谈》，湖南人民出版社1985年版，第120页。

意”，并鼓舞那些勇敢的担当者，正是作家的创作动机所在。蒋子龙在挖掘冀申那种“拔一毛利天下而不为”的自私特质的同时，也借这个人物的仕途轨迹变化揭示了转型时代不合理的人才选拔体制。冀申领导下的电机厂已然成了一个烂摊子，然而在这样的“成绩”之下，他非但没有受到组织上的任何批评与处分，反而继续被重用成了外贸公司的经理。冀申的官运“一片坦途”是拜某个领导所赐，而非党组织经过多元综合评价之后所决定的。干部岗位虽然不是可分配的资源，但是合理的任用与晋升是对那些工作认真、品行正直、业绩优秀之人的认可，会起到一种激励与导向作用。如果不是按照能力与成绩，而以人情关系作为依据选用提拔，则会挫伤人的工作积极性，使歪风邪气、旁门左道之术盛行，进而严重影响整个社会的效率。一方面，这些随便提拔的干部，未必是精通业务的，他们能否起到模范带头作用，或者具有领导管理能力，是值得质疑的；另一方面，人才选用晋升体系不健全，一些庸人，或不正直的人被提拔为干部，也会使行政能力低下，更会损害干部任用机制。随意的人事任命，必然导致公权力信誉度的降低。一些人不仅是在破坏改革与既定的规章制度，而且也是在破坏着党在人民群众中的威望。冀申的步步高升本身，就是在奖懒罚勤、奖庸罚贤，乔光朴等电机厂的干部很可能因此心灰意冷，放弃他们专注的改革事业，电机厂的职工也会在深刻的质疑中丧失对社会主义的信念。

冀申的“成功”会使一些人把他作为“榜样”，供自己借鉴模仿。在改革小说中，冀申也是具有普遍性的存在。蒋子龙在《开拓者》《悲剧比没有剧要好》《拜年》等小说中，延续了对干部任用问题的追问。《开拓者》中现任省委第一书记潘景川是靠老实、平庸、谨慎而不断得到提升的，而吴昭年则是通过“放卫星”、说大话而受到上级青睐；《悲剧比没有剧要好》中的富胜康毫无才干，把工厂搞得一塌糊涂，“反而升到部里当了副部长”[①]；《拜年》中平庸的胡万通却被内定为下一任厂长。这意味着呼从简、车篷宽、冷占国这样有能力、有担当、有奉献精神的改革者，不仅

① 蒋子龙：《悲剧比没有剧要好》，《小说家》1983年第1期。

得不到应有的晋升，而且也会失去发挥自身能量的更大舞台。蒋子龙说："作家不应该光看到人间在办喜事，还应该看到人间有时也会办丧事。尤其在社会发展的转折时期，作家对社会的观察力更为重要。作家无法回避人和'命运'的斗争。"[①]我们看到在改革小说中，很多正面形象都要忍受"命运"的拨弄，而为"悲剧地带"的转型期增添注脚。邹志安《哦，小公马》中的县人事组长郑全章，坚持党性原则，希冀用自己的努力来使权力得以正确地分配与使用，却因为"得罪"了地委唐副书记而备受打击。虽然郑全章的失利是暂时的，但是"从他的失利，我们确切地感受到改革的艰巨性和痛苦的曲折性"。[②]吕雷在《火红的云霞》通过改革者梁霄的追问来反思干部体制，"什么时候开始，老上级和老部下变成一种人身依附关系呢？难道立场和原则可以抛到九霄云外？这样我们会变成一支什么样的队伍啊？"[③]《生活变奏曲》中的改革者及羽也在思考这个问题："一些有才能、有思想、有智慧的人，却被长期关在党的大门之外。庸才压制人才，是我们党内最大的不正之风。"[④]当选贤与能的干部选拔机制被破坏，便会出现劣币驱逐良币的现象。自私无能慵懒之辈畅行无阻，而贤能之人往往被排挤，这会从根本上加重党风政风的恶劣化程度，增加改革与社会转型的阻力。如果承认民族发展还处在社会的转型期，那么改革文学对于时代的警醒意义就没有过时。

二 改革声浪中的关系之网

上千年的小农经济造成的后果就是社会的封闭状态，加之民族严重的安土重迁心理，使得中国人从出生到死亡的生存区域相当固定。"这是一个'熟悉'的社会，没有陌生人的社会"[⑤]。传统农业社会是一个熟人社

① 蒋子龙：《"悲剧"以外的话》，《中篇小说选刊》1983年第6期。

② 雷达：《所向无空阔——读邹志安〈哦，小公马〉》，《北京文学》1985年第1期。

③ 吕雷：《火红的云霞》，《人民文学》1982年第1期。

④ 程树榛：《生活变奏曲》，上海文艺出版社1984年版，第171页。

⑤ 费孝通：《乡土中国》，生活·读书·新知三联书店1985年版，第5页。

会，虽然彼此间有远近亲疏之分，但是协调个体之间利益冲突的依据并不是法律、法规，而是人情、脸面与关系。“虽然中国人的交换行为中包含着理性的成分，但从偏向性上看，中国人似乎更重视情或情面。”[①]近代之前，中央的权力仅延伸到县一级，而基层处于一种由地方士绅精英领导的自治状态——小农经济、皇权专制与乡绅政治维系了中国社会的发展。乡绅主导下的地方自治主要是“礼治”，一方面前现代社会法律法规有欠健全，另一方面追求合“礼”符合中国人对人际关系和谐稳定的追求，久而久之也就形成了一套行之有效的以人情、脸面、关系为核心的约束机制。“重视和讲究人情是传统中国人尤其是乡民们人际交往的基本法则……是乡民们处理和维持相互关系的基本的社会行为模式。”[②]注重人情关系对松散的社会组织形态的维系确实起到了巨大作用，也为社会的运转提供了一套行之有效的规则。凡事首先考虑通过人情关系而非法律、制度途径去寻求解决之道，使得整个社会看起来像一个家庭一样。以人情关系作为出发点与行为指南，已经成为中国人无意识层面的东西，甚至是中国人的生存哲学。

从熟人社会到契约社会，按规则而非按人情关系来处理解决问题，是除旧布新的改革的基本内容，也是社会文明进化的方向。然而，新与旧的更迭并不可能一蹴而就，毕竟人情关系作为行为法则，有着深刻的心理基础与现实动因。一方面，法律、规则等制度建设与完善需要一个过程，那么人从关系到制度的依赖对象转变将会更为缓慢，人情关系在一定历史阶段内依然会大行其道；另一方面，人情关系在与官僚主义、徇私舞弊结合之后，可以使参与者的利益最大化，从而形成既得利益群体，改革自然会受制于这一障碍。“20世纪80年代中国的生活正释放出巨大的能量。但是在每一个人不可避免的对人际关系的依靠上，都可以看得见过去的瓜葛。”[③]制度的完善可以使人逐渐相信并诉诸法律、规则解决问题，然而，

① 孟学伟：《面子·人情·关系网》，河南人民出版社1994年版，第169页。

② 周晓虹：《传统与变迁：江浙农民的社会心理及其近代以来的嬗变》，生活·读书·新知三联书店1998年版，第58页。

③ [美]费正清：《伟大的中国革命》，刘尊棋译，世界知识出版社1999年版，第439页。

人性的贪欲则显得根深蒂固，出于利益勾结的人情关系，也就表现出了它不容易清除的顽固性。

改革文学往往会设置一个二元对立的模式，改革与保守、现代与传统、克己奉公与满身私欲等，由此相应产生两个形象系列——改革者与作为社会进步障碍的保守派。出于个人私欲满足而对关系学的认同与经营，往往被作家作为标签贴在了阻碍改革的负面形象身上。因为与法律、规则不能兼容的人情关系，顽固地阻挡着社会走向现代的步伐。与改革者形象塑造的单线条相比，改革文学中的此类负面形象更为生动，作家努力展现这类人物的人性贪婪与他们所负载的文化内涵。他们经营的人情关系不仅损害国家集体利益，加重官僚主义的危害，而且拖拽着改革者的步伐，阻挡了现代管理与竞争精神的发育。改革文学展示的关系学“大师”“专家”表演本身，就是对这种传统积习的否定与批判。在负面形象身上，与擅长关系学特性相应，他们都没有管理经营、创新改革的能力，这并不是作家在他们身上简单地叠加负面特质，而是有着符合生活的真实性。没能力且没有意愿致力于事业的人，自然会谋求关系，作为自己的进身之阶与谋生之道，毕竟任何人都有“发展”的需要。由此可见，对于改革文学来说，讲关系学的人都没有能力这种绝对判断未必说得通，但没有能力的人都把关系学奉为圭臬，是可以成立的叙事逻辑。

为使改革与保守两种力量之间的较量成为文本建构的重点，作家往往没有描述负面人物精通关系学特质的养成过程，仿佛他们生来如此。从这个角度来看，焦祖尧的《跋涉者》在改革文学中具有独特性，这篇小说罕见地描述了负面人物邵一锋价值取向的变异路径。邵一锋的业务能力与其矿长职位完全不匹配，“这位技术员出身的矿长，在业务上实在是半瓶子醋，竟连煤炭的生成年代‘玄武纪’‘侏罗纪’都搞不清楚。”[①] 很明显，邵一锋的矿长职务不是靠业务能力晋升的，而是通过关系学谋来的。他把所有的精力都用在了讨好领导上。邵一锋的主观“努力”、人情社会讲求关系的氛围、人才选拔体制的不健全与官僚主义等，都“助力”了一个关系

① 焦祖尧:《跋涉者》,《当代》1983 年第 2 期。

学“高手”的炼成。柯云路在《三千万》中展示了张安邦价值观的转变，意在体现一些人对关系学的认同，是与人情社会的环境相关的。十几年前的张安邦不仅有着年轻人的向上劲头，也有着符合正向价值观的素养，而且有对社会主义的理想与信仰。但是，仅仅十几年的时间，在他身上再也找不到曾经的意气风发、原则与正义，他已经完全背弃了之前的理想与信仰，成了结党营私的关系学“高手”。因为传统的心理“积淀”，在由人情社会向契约社会过渡的转型期，中国人对于关系学的认可要比抵触心理更具广泛性。在这样的背景下，倡导以制度、规则取代人情关系的改革者，可能会陷入被“围攻”的困境，他们的改革举措得不到推广；相反，关系学“专家”们因为迎合各方的私利，很可能被奉为“能人”而深受“拥护”。

如果说邵一锋们的主动认同、张安邦们的“被迫”改变，扩大了关系学阵营，那么转型期人的观念意识则为关系学增加了保护壁垒。柯云路、雪珂《耿耿难眠》中的董乃鑫是关系学的“专家”，完全按照人情关系的套路“出牌”，“董乃鑫确实有一整套做人的办法”。[①]他用关系网，最大限度地笼络了人心，使自己处在纵横交错的关系网络的中心地位，于是这张关系网，也就成了他的“保护伞”。只要这个网络结点稳固，或者关键的结点，比如掌握他仕途命运的上级领导没问题，那么董乃鑫不仅职位无忧，而且还有高升的可能。蒋子龙以《乔厂长上任记》中冀申的际遇，为这种可能做了很好注解，转型期的社会无疑给董乃鑫们提供了“施展才能”的舞台。

打造关系网的途径无非有二：一是像邵一锋那样以卑躬屈膝讨领导喜欢的方式来实现。官僚主义是这一方法奏效的根本所在，一把手政治是邵一锋们成功的关键；二是通过满足各方的利益诉求来实现，这些用来迎合各方的利益当然并不是关系学“高手”自己的，而是国家集体的。这一途径其本质就是交易，以集体利益换来“左右逢源”“八面玲珑”，人性的贪欲与缺乏监管的权力共谋，结果只能是对集体利益的损害。也就是说，他们是以牺牲大多数人的利益来换取关系网络的畅通的。无论哪种方式，其

---

① 柯云路、雪珂:《耿耿难眠》,《当代》1981 年第 5 期。

实质都是只讲人情关系，而置党性原则于不顾，这在改革文学中往往作为标签贴在那些保守派的身上。身处新旧交替时代，虽然任何人都无法摆脱人情关系，但是与讲求关系学的出发点、方式、目的，以及社会影响都存在着根本性的差异。冀申是一个典型的关系学“大师”，他也成为改革文学中此类人物形象的模板。冀申来电机厂当厂长，并不是为了振兴电机厂，使这个企业面貌有根本性的变化，而是把电机厂当作一块可以谋取更大个人私利的跳板。冀申并非靠着真才实学或勤劳苦干走上干部岗位的，而是因为他的关系学“适应”了那个时代，所以才“混”得顺风顺水。与冀申、邵一锋寻找政治“靠山”而连通关系网不同，《耿耿难眠》中的董乃鑫是以国家集体利益为筹码换来四方“认可”的。在董乃鑫“交换”哲学指导下，集体利益受到了巨大损害，但他却“收获”了“有力”的“支持者”。当集体利益成为交易的筹码，在毫无监管的情况下被肆无忌惮地挥霍，公平、公正的目标就无法达成，危及的只会是群众对社会主义的信念。

《乔厂长上任记》中郗望北认为乔光朴虽然有大刀阔斧的改革魄力，但是在中国这样一个人情社会，不善于处理人际关系，所有事情均以法律、规则来衡量，势必要碰壁的。乔光朴一直不认同关系学，对于郗望北的言论报以嘲笑，后者对乔光朴的不屑给予了直截了当的回击，“如果有一天社会风气改变了，您可以为我现在办的事狠狠处罚我，我非常乐于接受。但是社会风气一天不改，您就没有权利嘲笑我的理论和实践。因为这一套现在能解决问题。”因为不谙“人情关系”，也不愿按照交易“规则”行事，乔厂长遭遇了一场外交上的大败。经过这次出乎他意料的失败，乔光朴终于明白自己所极力反对的关系学，是多么顽强地阻碍着改革的步伐。蒋子龙以乔厂长的外交失败与郗望北的成功，印证了后者对关系学的见识与判断。在郗望北看来，人与人之间的接触不可避免地会有人情关系的发生，只有理解并按照合乎人际关系的规则去处理问题，才能在转型期的社会立于不败之地。很显然，郗望北对关系学内涵层次理解得更为多元，在完全依照制度、规则行事的契约社会建成之前，他对于关系学的理解与运用，要比乔光朴那样一味地无视与反对更为合理。蒋子龙对郗望北完成了乔光朴没能完成的任务所持的态度是赞赏的，并没有因为他是通过关系来达成目的而加以否定，体现出作家对于人情社会的深刻理解。虽然蒋子龙对冀申这样的关系学“专家”充满了反感，但是他也清醒地认识到，纵使改革者的力量再强大，改革的潮流再势不可挡，也不可能完全脱离具体的时代环境。正是因为蒋子龙认识到了这一现实，所以他在否定冀申的同时也肯定了郗望北，并且在《一个工厂秘书的日记》中对这一问题做了进一步探讨。

同样是新上任的厂长，《一个工厂秘书的日记》中的金凤池与乔光朴相比，虽然两个人都有能力、有改变工厂面貌的意愿，而且对个人私利均不在意，但是金厂长显然比乔厂长有更好的人际关系，更能左右逢源，顺风顺水。造成这种差异的原因在于他们对于关系学的认知与态度的不同，以及由此形成的迥异的做事风格与行为方式。金凤池也面对着一个冀申一样的副厂长——骆明，后者为了当上厂长已经利用自己的关系，排挤走了三位上级派来的厂长。金厂长没有像乔厂长对待冀申一样来对付骆明，而是采取“拉拢”策略，主动为骆明女儿工作安排而找门路。金厂长这样做有效地化解了骆明对他的敌意，从而搬开了工厂管理上的障碍。如果金凤池选择跟骆明对着干，那么不仅他的工厂管理政策难以实现完全的上通下达，影响生产效率，而且他也很可能像前三任厂长一样，面临被排挤走的命运。虽然金凤池与董乃鑫、张安邦等人经营人际关系的目的指向不同，但是搞好关系也是他的处世哲学。他有一套基于对转型社会认知与判断之下的理论，“在资本主义社会，能够打开一切大门口的钥匙——是金钱。在我们国家，能够打开一切大门口的钥匙——是搞好关系。今后三五年内这种风气变不了”[①]。金凤池的一切行为均以打理好各方面关系为准则，在生活中他俨然是一位关系学的高手。

在人情社会，协调好与各个方面的关系本身就是一种能力，所以金凤池的处境“要比乔光朴顺利得多。在他所处的环境中，只有他这一套才能八面玲珑，左右逢源。甚至厂里的职工，似也只有遇到这样的领导才能得

① 蒋子龙:《一个工厂秘书的日记》,《新港》1980年第5期。

到实惠。”[①]《乔厂长上任记》中石敢对乔光朴有这样的评价：“乔光朴永远不是个政治家。”这个判断包含了一种惋惜性的否定，在石敢看来，乔光朴的能力并不全面，在人情关系上无法适应这个社会。虽然《一个工厂秘书的日记》没有更明确交代金凤池的业务能力，但是工厂的良好运转就足以证明，他是完全适合转型期社会的。蒋子龙说：“我对金凤池这样的人物是非常熟悉的，写作的时候他就像站在我身边。小说里所有细节没有一个不是从真实的事件改头换面提炼来的。我不满意金厂长的某些做法，可又同情他，理解他。”[②]对金凤池，蒋子龙不仅有同情、理解，而且也有肯定。在“人民代表”的选举中，金厂长得票数最高，这其中就有“我”的一票，这一票其实就是作家投的。虽然投票后，“我”质疑了金凤池当选的合理性，并坚信“在下次选举中，他一定会落选！”但是，这个判断缺乏根据，只要社会还处于从传统向现代的转型期，下次选举金凤池当选的可能性依然很大。“如果不敢当乔厂长，为什么不可以当金厂长？这总要比那种只会当官不会做事，不关心群众，只想为自己多捞一点的人要好吧？”[③]这是蒋子龙的情感选择，其实反映了带有普遍性的民族心理。即使没有冀申、董乃鑫、张安邦的对比，金凤池也是一个能被广为接受的选择。

如果说乔光朴少了世俗的烟火气息，带有理想主义色彩，那么金凤池这个形象的生活原型则具有普遍性，“生活中金厂长的确不少”[④]。金厂长能调动工人的生产积极性，使奖金数目不断增长；也能协调好各方面关系，领导和群众对他都满意，显然他属于那种被社会认可的“能人”。虽然金厂长奉行关系哲学的出发点并非个人私欲，但是，这并不意味着他就是合乎理想的干部典范。“他的优点几乎正是他的缺点，他的缺点似乎反而造成了他的优点，简直混在一起，撕掳不开。”[⑤]关系学让金凤池理顺关

① 夏康达：《论蒋子龙的小说创作》，《新港》1980年第9期。

② 蒋子龙：《蒋子龙自述》，大象出版社2002年版，第114页。

③ 同上。

④ 同上书，第113页。

⑤ 夏康达：《论蒋子龙的小说创作》，《新港》1980年第9期。

系推动工厂生产，也是因为擅长人际关系使他与冀申、张安邦等人一样，成为阻挡社会文明进步的障碍。当然，如果说张安邦等人奉行关系学主要源自人性的贪欲，那么金凤池的关系学“习得”则更多是时代与社会的“熏陶”。蒋子龙说：“他是时代的产物，时代按照自己的需要改变人的灵魂……如果说他是当今社会孕育出来的一个‘怪胎’，实在不应当由金凤池这个人负责。”[①] 蒋子龙认为金凤池的“怪胎”性特征是被“文革”扭曲灵魂所致。然而，金厂长并不是“文革”的怪胎，而是中国社会的产物。经过熟人社会、人情社会的“大浪淘沙”，剩下的只能是这样的人，只有他们才适应讲究人际关系的社会环境。虽然金凤池与冀申等人不同，他没有权力与利益的贪婪欲望，而且能够体察群众的疾苦，以为职工谋福利为职责，但是“倘若我们不去揭露并且铲除至今在相当程度上依然存在着滋养金厂长们的土壤，那么，出现在我们面前的可能是金厂长，甚至是冀申。”[②] 我们并不应该因为金厂长被群众所认可，也不能因为他讲关系学的目的不为私利，而对其身上可批判否定的东西视而不见，见怪不怪的本身就是在助长这种风气。

三　活力、效率与集体观念

中国社会在逐渐摆脱“极左”政治思维的纠缠，向注重建设的理性航道回归的过程中，必然会释放出巨大活力。然而新时期毕竟直接脱胎于“文革”，一定阶段内还难以彻底治愈“极左”观念对社会的伤害。所以在以效率为追求的现代化进程中，一些积习与不良风气依然会不同程度地“如影随形”，使得转型时代显得更为色彩斑驳。与官僚主义、特权思想等党风联系的是拖沓、慵懒的政风，当谋私利、享清福等意识左右执政者，实际工作中必然会出现互相扯皮、人浮于事的现象。如果说脱离甚至欺压群众的官僚主义等问题在现实中并不显而易见，那么敷衍塞责的工作

① 蒋子龙：《蒋子龙自述》，大象出版社 2002 年版，第 114 页。

② 夏康达：《论蒋子龙的小说创作》，《新港》1980 年第 9 期。

态度与作风，则可能是每个人都曾遭遇并见识过的，包括身处转型时代的作家。改革小说像一个万花筒，从不同侧面展现了转型期中国社会的风貌——作家极力地剖析并展示这个时代与现代化相悖的观念与行为。

人是生产力中最活跃的因素。当人浮于事的时候，也就意味着社会生产必然陷入低效率，甚至是停滞不前。改革文学在一个个“人浮于事”故事的描述中，夹杂着辛辣的讽刺，以及希冀其改变的焦虑。陆文夫的《围墙》[①]淋漓尽致地描摹了机关单位中推诿扯皮与不切实际的空谈风气。某设计所把重修坍塌围墙的精力都用在了争论上，如果没有马而立这样的行动派，那么设计所的围墙重建将永远停留在言辞争论之中。《围墙》的指向性很明确，陆文夫说：“在短篇小说《围墙》中，我造了一堵墙……我造墙的目的是在于拆墙；造一堵有形的墙，拆一堵无形的墙，即拆掉那些紧紧困住我们的陈规陋习和那奥妙无穷的推拉扯皮。”[②]改革文学毕竟要实现感染人鼓舞人的社会效应，所以陆文夫在讽刺那种带有普遍性的扯皮心理与扯皮行为的同时，也为时代树立了马而立这样一个新人，一个注重实践与效率的现代青年。“读者也看到了马而立那颇具现代感、很有人情味的精明强干，看到了现实中蕴藏着的、可以调动的、充满生气的创造力。”[③]马而立像一面镜子，映照出转型时代的机关风气与社会病象。

与那些描述改革者大刀阔斧的小说相比，《围墙》这样揭示社会局部病态的叙事，更为真实细腻，也更能切中时代脉搏。这种类型的小说往往以生活中一些习焉不察的细节，反映新时期的“旧习气”，由此透视民族的精神心理。高晓声在《极其麻烦的故事》的开篇就说：“这篇小说，写一个人去干完一件极其麻烦的事情。简直了不起。首先是那些‘麻烦’了

① 《围墙》是1983年全国优秀短篇小说奖榜首作品。陆文夫的创作不仅得到了读者与评论者的肯定与认可，而且也被某些党组织的领导人视为最新社会信息而加以重视。时任河北省委第一书记的高扬同志阅读了《围墙》后，让有关部门印发了数万份给河北省的各级干部，就是一个很突出的实例。这从一个侧面说明了小说对社会现实问题的揭示程度。

② 周克芹、谌容、刘心武等：《新时期获奖小说创作经验谈》，湖南人民出版社1985年版，第304页。

③ 黄毓璜：《现实主义的新探索——读陆文夫的新作三篇》，《文艺报》1984年第3期。

不起，然后才可以看出‘麻烦战胜者’更加了不起。”[①]小说中江开良为了筹办“农民旅游公司”在行政审批部门间被来回“踢皮球”，复杂的审批程序、低下的办事效率，以及僵化的观念等，在高晓声的笔下被一一展现出来。县里、市里、省里，都要一关一关跑，而且在每个层面上，都要像皮球一样被踢来踢去无数次。

> 为了把全部手续办妥，江开良一共走了七千八百三十六公里……不过我又很替江开良惋惜，想那七千八百三十六公里，已等于一万五千六百七十二里。如果再加上九千三百二十八华里，就是二万五千了。当年中国共产党领导工农红军，为了北上抗日，挽救国家、民族危亡，曾经做过如此漫漫的长征。那是名垂千秋，流芳百世的事业。[②]

这近乎荒诞，却又是社会的写真，改革者在被“踢来踢去”中办妥了证照，高晓声也实现了创作意图。或直白或含蓄的讽刺，在这些小说叙事上得到了充分的运用。作家以带有热情的讽刺观察世相，表达自我的认知与情感。与《极其麻烦的故事》同主题的小说在20世纪80年代初大量问世，而且往往以短篇形式，包括吉学沛的《台上台下》、丁正泉的《百家争“名”》、赵乐璞的《奋进的中锋》、陶明国的《关于狗的报告和批复》，等等。这些小说执着于对低下的工作效率与拖沓的工作作风的展现，一方面呼应了现实生活中群众带有普遍性的遭遇与不满，另一方面也表达了改革的必要性。

社会环境对人的塑造与影响是深刻的，人的观念行为也体现着一个时代的社会风气。对于生活在体制内的人来说，当体制缺乏对自私与懒惰等人性的有效约束，那么人便有了放纵自己的可能——本职工作不再是荣耀自己的岗位，而是可以偷懒耍滑的机会。中华人民共和国成立后的近30

① 高晓声:《极其麻烦的故事》,《钟山》, 1984年第6期。

② 同上。

年里，政治运动频仍，经济工作不被重视，工厂生产停滞甚至陷入混乱，而工人的生产积极性与主动创造精神也因十年动乱而消磨殆尽。虽然新时期民族重新回归追求现代化的理性轨道，但是长时间形成的工作风气并不会因为“文革”结束而焕然一新。改革文学在塑造具有奉献担当精神的改革者的同时，也对那些“尸位素餐”“出工不出力”的人物给予了刻画，借此展现出时代面貌的另一个侧面。当回到电机厂的乔光朴碰到了“鬼怪式”操作的工人杜兵，我们可以想见，这个满怀理想的改革者的挫败感在那一瞬间会非常强烈。当人丧失对工作的热情和对集体事业的热爱，也就意味着改革除了解放生产力的任务，还需要完成对人的启蒙，这无疑加重了改革的负重。杜兵及其工作态度，在改革文学中是具有普遍性的叙事。这不仅体现了《乔厂长上任记》对改革小说的影响，更能反映作家对社会现实的真切书写。赵彤《横竖三斧头》中的四个青年工人随意糟蹋集体财物，受到指责后他们却振振有词：“眼下，贪污国家上千元上万元的，大有人在，我们四个才玩掉二十八元，算什么？能定罪？”[①] 这也就把社会风气与党风政风联系在了一起，体现出了作家追问的指向。同样，《赤橙黄绿青蓝紫》中汽车队司机们的偷懒耍滑，《四大名“蛋”和一个“天使”》中汽车班众人对于工作的“磨磨蹭蹭，吱吱扭扭”，以及《锅碗瓢盆交响曲》中春城饭店职工的慵懒与散漫，都是社会风气影响使然。

在《一个女工程师的自述》中，蒋子龙以工程师苏敏的眼光对比了中国人与外国人对待工作的态度。德国机械修理工人尤勒在工作时间一丝不苟，十分专注。

> 他一进车间大门口，就一边走一边解开领带和上衣的纽扣，进了更衣室，外衣已经脱下来了。他的身后边就像有鬼催着一样，既不吸烟，也不喝咖啡，不到两分钟就换好工作服来到现场，一干就是四个小时。干活时不吸烟，不东张西望，好像根本不知道我们还允许中间

① 赵彤：《横竖三斧头》，《钟山》1982年第6期。

可以休息一会儿，更谈不上要跑到二楼休息室去喝咖啡。[①]

再来看中国工人的工作面貌——“我们厂的考勤制度规定，中午到十二点钟职工才可以去买饭、休息。可是每天连十一点半还不到，工人们就停下手里的工作，洗饭盒，点菜票，准备去排队买饭。他们有自己的理由，去晚了就买不上好菜。”没有对比，这种懒散的工作风气就不会显得如此触目惊心，因为这样的行为往往是我们习焉不察的。蒋子龙引入参照系，使叙事效果更为理想，也为读者大众衡量工作风气树立了一个标杆。虽然说中国人与西方人比较起来缺乏职业精神，但是导致前者对工作的懒散态度根本上还是体制的原因。一个“旱涝保收”的铁饭碗与固定工资，使他们对于企业盈亏并不那么关心。改革文学往往用工人工作态度的转变与精神面貌的更新来凸显改革的意义，懒散拖沓的风气往往都会在改革者的改革举措下立竿见影得以改变。然而，若体制尚未变动，积习已久的风气并不太可能一夜之间发生明显变化，只不过是注重理想建构的改革文学过于理想化了。《血往心里流》狠抓纪律管理、强调工作作风的厂长胡友良最终还是失败了，在工厂中他“被排斥，被厌烦，被孤立”，只能无奈地接受被调往别处的命运；《招风耳，招风耳！》对这种风气的影响表达了更深的忧虑，一个“干起活来奋不顾身”的工人，在当上工段的党支部书记后，不仅没有改变工段的工作风气，而且被环境所逼迫反而成了“一个不好领导的工人”。[②]20世纪80年代初，改革毕竟刚刚起步，如果一味乐观地映现转型时代，那么文学便有了遮蔽问题的危险。

经济体制改革旨在解放生产力，其中最为核心的是要调动人的积极性。唯有改变懒散拖沓的工作态度，扭转这种风气，现代化才能成为现实。无论是农村的联产承包责任制的实施，还是步鑫生一样的改革者主导的工厂企业改革，都很大程度地改变了工作风气，提升了劳动生产率，使经济发展态势为之一新。这自然会成为改革文学的叙事内容。乔光朴通过

---

① 蒋子龙：《一个女工程师的自述》，《文汇月刊》1981年第5期。

② 蒋子龙：《招风耳，招风耳！》，《蒋子龙代表作》，黄河文艺出版社1986年版，第220页。

具体考评体制使能者上庸者下，很快把电机厂带上追求效率的轨道；《沉重的翅膀》中陈咏明的改革卓有成效就体现在使工人的工作态度得以改变；《男人的风格》中，陈抱帖引入优胜劣汰的竞争机制改变了人的面貌，并成功地激活了群众的信心。改变时代首先要从改变人开始，这是改革文学建构改革者形象的核心叙事，体现了作家对于生产力解放的认识程度。然而，虽然我们看到现实中的步鑫生、小说中乔光朴的改革取得了阶段性成绩，但这并不代表社会变革整体意义上的成功。这些改革者备受瞩目的本身，就说明成功的改革还只是凤毛麟角。改革的深入不仅需要改革者，还需要体制的根本性变动，需要社会大环境的好转。如果没有利于改革的社会氛围，那么任何改革都有失败的危险，这正是作家的忧虑所在。

“枪打出头鸟”“出头的椽子先烂”等俗语，体现了中国人对于圣贤与英雄命运的认识。这种思维与“不患寡而患不均”的观念糅合在一起，使转型时代的改革者必然要面对更多的阻碍，懒散的工作风气与平均主义思维纵横交错成一张网纠缠着改革。牛宏对于春城饭店的改革是相当成功的，然而这却没有使之成为饭店系统学习效仿的对象，反而成为被敌视的目标。牛宏的存在让其他单位的经理感到了压力，因为前者反衬出了后者的无能与无为。

> 大家攻击的目标不约而同对准了春城饭店。牛宏——这个害群之马！如果没有他，大家都平平安安的各在自己的小单位当官坐天下，吃官饭，干官事，坐山为王。有了他就打破了平衡，破坏了安静。有了差距群众就会比较，就会要求向高的看齐，就会对“当官坐天下”的干部产生不满意。说买卖话，牛宏这叫砸了别人的饭碗。说干部话，牛宏这叫破坏了别人的官运。怎能不叫这些中层干部们发火呢？①

这就是平均主义的逻辑，自己不干事，别人干事了，自己就不舒服，似乎大家都一样地拖沓敷衍，才算是合理的状态。在“大势所趋”的境况下，

① 蒋子龙：《锅碗瓢盆交响曲》，《新港》1982年第10期。

牛宏自然遭遇了重大挫折。虽然他通过与上级的斗争重新获得了职位，但是谁又能确保在未来他不会再次遭遇平均主义的非难呢？古华的《相思女子客家》中把一团糟的工农兵宿食店改造成生意红火的客家的观音姐，却遭到了乔三腊等饭店“元老”的非难，最后观音姐只能远走他乡。乔三腊们自己无能、懒散，却嫉妒别人的才能，这家客店很可能由此再次陷入窘境。古华与蒋子龙一样，用这样的叙事，表达了对改革与时代风气相关性的理解。局部的成功难以克服带有整体性的问题，改革真正意义上的成功尚需时日。

无论是官僚主义、特权思想、权力寻租等党风政风问题，还是懒散拖沓的工作风气的流行，最根本的原因都在于信仰的沦丧与集体观念的淡薄。对社会主义的信仰，激发了中国人对于民族建设的热情。然而这种信仰、理想与热情，却被“文革”消磨殆尽。蒋子龙曾谈到一个老工人观念行为的变化：

> 我师傅是八级锻工，中国第一代地地道道的产业工人，我有幸能跟这样的人扎扎实实地学了几年手艺。五十年代他的精神状态可以用十六个最恰当的字来形容：大公无私、任劳任怨、勤勤恳恳、以厂为家……他每天早来晚走，上班的观念很强烈，下班的观念极淡薄。可是到了七十年代，他对个人的事情斤斤计较，上班干私活，给家里打个菜刀，做个斧头，工作时间睡觉，甚至迟到早退……可悲的是有这种变化的不仅是我的师傅一个人。①

民族浩劫留给新时期的不仅是一个经济烂摊子，而且还是一个精神的荒漠。在信仰沦丧之下集体观念也随之瓦解，人的自私本性爆发，价值追求上的利欲熏心与工作态度的消极成为普遍现象。经济体制改革解放了生产力，确实能够满足人的物质欲望，但是如何重构一种对民族国家的信仰，以及集体主义观念，是新时期最为重要的课题。对理想、信仰与集体观念

① 蒋子龙:《不惑文谈》，上海文艺出版社1984年版，第9页。

的反思，是改革文学深入的一个表征，作家由此试图探析中国人的精神状况。蒋子龙的《基础》与柯云路的《他的力量来自哪儿？》都是这方面的代表性作品。《基础》中车间工人工作时间懒散拖沓，反而要求车间主任在假期加班，这样就可以多拿加班费；当需要付出辛苦而不赚钱的工作分配下来的时候，整个车间的态度都是拒绝的。虽然最终工人还是表现出了热情，但这种热情也只是因为车间主任老路的遭遇而激发出来的一种同情和愤慨。《他的力量来自哪儿？》中唤醒工人重新走上工作岗位、不再罢工纠结调资的，并不是主人翁意识与共产主义信仰，而是感动于厂长周龙生的实干精神。如果说展现劳动者重新焕发活力是小说"命定"的结局，那么这两篇小说中的工人，都是因被某个人、某种情感感动而有所改变，这显然并不是有效的解决问题的方法。然而除了领导者以情动人之外，文学表述似乎再也找不到其他方式，这也就突显出了社会主义信仰与集体观念缺失的严重性。《基础》与《他的力量来自哪儿？》看似有着完整的结构，但是因为解决方式的无效性，小说并不圆满，因为明天问题依然可能再次发生。文本的内在矛盾体现了作家无法弥合冲突的尴尬，信仰与集体观念的重新培育，不可能在短时间内得以实现，整个社会转型期都将面对这一问题。

第五章

从潜流到大潮：乡场上的改革旋涡

新时期中国社会的改革，首先是由农村生产关系变革引发的。在政治空气乍暖还寒的时代，以安徽小岗村为代表的中国农民穷则思变，走出了一条以“包产”为核心内涵的、能够促动生产力发展的道路。“改革首先是从农村做起的，农村改革的内容总的说就是搞责任制，抛弃吃大锅饭的办法，调动农民的积极性。”①农村改革的有效性探索及其效应，促使党进行了一系列政治经济政策的调整，改革由此推动了民族发展，加速了社会转型的进程。中国社会向来有重农的传统，农业也一直都是国民经济的主要支柱，虽然近代以来传统的小农经济走向破产，但是农村的稳定与发展对社会整体的影响依然举足轻重。1949 年中华人民共和国成立前后的土地改革运动，因为解放了生产力而使农村经济焕发出勃勃生机，这为共和国初期的整个民族的经济恢复与社会稳定奠定了基础。然而，从 1953 年开始，历经合作化、“大跃进”、人民公社、“四清”等运动，农村的经济活力被窒息了。在集体主义的招牌之下，农民的生产积极性被压抑，农业发展的多种可能性丧失，群众购买力低下，整个国民经济由此陷入了停滞不前的泥淖。对于农村、农民的发现与表达，是中国新文学的伟大传统，但是在文艺日益政治化、模式化的时代，文学丧失了对社会现实的再现能力，作家笔下的农村是千篇一律的“艳阳天”，农民也都毫无例外地走在了“金光大道”上。真实的农村、农民已经无法再从文学叙事中获知，中国最广大的乡村世界被虚构的笔墨遮蔽得严严实实。

---

① 《邓小平文选》（第 3 卷），人民出版社 1993 年版，第 117 页。

“文革”结束，中国进入了新的历史时期，文学率先唱响了民族渴望变革的心声。在改革文学中，农村主题作品不仅丰富而且视角多元，接续了新文学对乡村的关注，并从各个层面展现了转型时期中国农民的欲望、冲动与生命情状。农村题材的改革文学作品，使被遮蔽了几十年的中国乡土世界再次出现在我们的视野之中。虽然《乔厂长上任记》叙事的对象是工厂，但就改革文学整体来说，农村题材作品则更多优秀之作。20世纪70年代末80年代初的乡村叙事，要比任何年代的乡村书写，都更加贴近乡村的实际，赤裸而真实地展现了充满疮痍而渴望新生的乡村大地。这是农村改革小说的伟大之处，让我们见识到了被政治话语遮蔽多年的空间——前现代的中国农村——究竟是个什么样子，并由此引发了农村何至于此，以及将要走向何方的诸多思考。

一 改与不改：转型时代的“重大问题”

从某种意义上来说，集体化生产在特定阶段并不适合中国农村的具体情况，人多地少的现实决定了以家庭为单位的分散生产，才能最有效地促动生产力的发展。家庭联产承包责任制就是“把责任下放到各个农户，对农民生产是一个很大的刺激力，因为这意味着他们可以多劳多得，而不是眼看着把生产出来的东西集中，大家一块儿去分。”[①] 这无疑能最大限度地调动农民的生产积极性，解放生产力。在阶级斗争上纲上线的年代，任何违背政策路线的生产方式调整，都有可能遭受毁灭性否定。变革的梦想与实践之间看似一步之遥，实则障碍重重，甚至会让人心生绝望。然而，改变境遇是人类不可遏制的天性，对于物质欲望满足的追求也是不可压抑的。安徽小岗村被视为这场农村改革的策源地，可它只不过是敢于实践求新求变的农村群体代表而已。对自身境遇改变的渴望战胜了恐惧，或者说新时代战胜了旧时代，理想战胜了禁锢。“文革”后，政治空气稍显缓和，这给中国农民提供了释放欲望的时机。他们“胆战心惊”的改革拉开了农

① ［美］费正清：《伟大的中国革命》，刘尊棋译，世界知识出版社1999年版，第414页。

村变革的历史大幕。

我们要看到，从1978年年底安徽小岗村十八位农民在一纸分田到户“大包干”的生死契约上按下鲜红的手印，到1982年年初中共中央批转的《全国农村工作会议纪要》[①]明确指出包产到户、包干到户都是社会主义集体经济的生产责任制，历经了三年多的时间。“农业的‘边缘革命’成功地实现了包产到户。其中，地方政府和农民扮演了发起者和推动者的角色。这是一个自上而下的过程。因为包产到户被认为会危害社会主义集体经济，直到1981年年底，北京一直坚决反对和抵制。”[②]这就是说，以小岗村为代表的乡村变革实践，在这几年时间内并没有政策依据，随时都会有被干涉被否定的可能。即使是最典型最有成效的改革，也不可避免地沾染上过渡时期的色彩。改革不可能一蹴而就，总会受到来自时代不同层面的掣肘，从小岗村实践到中央肯定乡村政策调整的三年时间跨度，很好地说明了这一问题。在变革与否的历史争执之下，充满了复杂的矛盾冲突，以及耐人寻味的民族精神心理变迁。改革文学不仅参与了改革的进程，而且也为民族记录下了转型期社会变革的丰富内容。当充满喧嚣声浪的改革被定性之后，通过改革文学，我们依然能够透视出历史的曲折诡谲。

任何改革都是一场社会变动，不仅是新旧势力的较量，更是不同价值观念之间的斗争。新时期的乡村变革正是在新与旧、现代与传统、革新与保守的冲突中徘徊前行。在家庭联产承包责任制尚未被执政党肯定之前，围绕改革呈现出异常激烈而复杂的斗争态势，新时期之初的改革文学由此切入，真实地展现了改革的难度。张一弓的《赵镢头的遗嘱》与鲁彦周的《彩虹坪》，比较典型地展现了乡村改革起步的艰难程度。在张一弓的叙事中，围绕着是否推行联产承包责任制，中国农村上演了一场保守与革新的拉锯战。赵镢头是乡村基层的领导者，也是最本分老实的农民，他不

① 《纪要》指出：目前农村实行的各种责任制，包括小段包工定额计酬，专业承包联产计酬，联产到劳，包产到户、到组，包干到户、到组，等等，都是社会主义集体经济的生产责任制。1983年中央下发文件，指出联产承包制是在党的领导下我国农民的伟大创造，是马克思主义农业合作化理论在我国实践中的新发展。

② ［英］罗纳德·哈里·科斯、王宁：《变革中国——市场经济的中国之路》，徐尧等译，中信出版社2013年版，第77页。

过是想要实现做一个农民的梦想——自主经营，自负盈亏，自己来决定命运。然而，这个平常得不能再平常、合理得不能再合理的愿望，在集体经济思维之下却难以达成。这一悲剧性遭遇并不是赵镢头一个人的，而是整个民族的，也就是说赵镢头的“反抗”是中国农民普遍性心理的反映。虽然赵镢头身上蕴含的是农民的整体性力量，“他那种坚信党的政策的信念，那种大公无私、敢于拼搏的精神，无疑是反映了急于改变贫穷面貌的亿万农民的意志的”[①]，但是体制与僵化观念更为顽固，时代没有给他一个满意的回复和一个实现梦想的可能。我们看到，张一弓细致地勾勒出了围绕赵镢头行为的正反两种认知与理解，这两种针锋相对的观点构成了强大的张力，在截然相反的定性中，赵镢头的梦想道路自然难以一片坦途。

> 赵镢头到底是一种“治穷”政策的发明家，还是“单干风”的鼓吹者；是发展社会主义生产力的带头人，还是一个就要拿到多得令人吃惊的超产粮的“暴发户”；他，和他提出的一个办法在一个山区小县的一批生产队里是促进了集体经济的发展，还是导致了不可饶恕的历史倒退；——总之，赵镢头是一把值得称道的社会主义的“镢头”呢？还是一把罪孽深重的资本主义的“镢头”？在如此等等的一系列重大原则问题上，还存在着尖锐的、试图调和而没能调和得了的严重分歧。[②]

赵镢头的行为引发了县委常委之间的争议，这争议本身就带上了过渡时代的特色。张一弓真切地再现了赵镢头们存在的历史场景。地委副书记龚大平与县委书记林慧对联产承包与之相左的价值判断，体现了执政党领导干部复杂的价值立场，这决定了体制与政策的改变，必然会在不同认知理念冲突纠缠下步履蹒跚。

张一弓近距离地目睹并感受了农村的变革，“1980年年初，当我到河

① 中国社科院文学研究所当代文学研究室编：《新时期文学六年》，中国社会科学出版社1985年版，第228页。

② 张一弓：《赵镢头的遗嘱》，《收获》1981年第2期。

南省登封县卢店公社工作的时候，在我国城乡人民和干部队伍中，正对我国农村刚刚出现的以家庭为单位的联产承包制，进行着激烈的论争”[①]。作为一个驻队干部，他试图对这场生产关系变革做出判断，进而迅速确定自己的态度。《赵镢头的遗嘱》已经很明确地表明了作家的取向，他以一个老实农民死在追求质朴梦想道路上的叙事，完成了自我价值立场的表达。张一弓这篇小说的震撼力并不在于刻画了变革期农村矛盾的复杂性，也不在于写到了赵镢头的死，而在于真实，小说“从正面突入到农村生活的矛盾旋涡，清晰地展示出农村实行联产责任制过程中革新与保守势力之间的斗争画面。”[②]这不仅得益于作家近距离观察并参与了乡村变革，而且更在于他对民族兴衰的责任意识，“我却不能绕开它，而必须抱着一个农村工作者的严肃的责任感，决不是怀着文学雅兴。”[③]无论从艺术性，还是从社会性等角度看，《赵镢头的遗嘱》都属于新时期农村题材小说的上乘之作。

有评论对于赵镢头的自杀这一具有“殉道”色彩的行为的现实逻辑、必要性，以及审美价值提出了质疑。晓江的观点比较有代表性，“它的结尾写赵镢头自杀，用生命对反改革势力作抗争。显然，这是为了激化矛盾，使作品的高潮落在‘遗嘱’上。然而，从赵镢头当时所处的特定境遇和他的特定性格来看，他是不必要也不可能自杀的。因而，这种矛盾的强化与激化，就是虚假的，损害了这部作品艺术上的完美”[④]。赵镢头的死，与其说是一种悲剧，不如说是对沉疴痼疾杂陈的社会转型期的强烈质疑，如果承认改革也是一场革命，那么也必然会有牺牲，对于恐惧改变的民族来说更是如此。赵镢头死于绝望，死于梦想看似触手可及却又遥不可及的巨大反差之下。如果不是因为对联产承包的梦想过于执着，那么赵镢头也不会因梦想的无法企及而走极端。正是因为张一弓抓住了赵镢头这个人物的心理，才有了后者“顺理成章”的死亡。同时，赵镢头的自杀在现

① 张一弓：《听命于生活的权威——写自农村的报告》，《文艺报》1984年第6期。

② 中国社科院文学研究所当代文学研究室编：《新时期文学六年》，中国社会科学出版社1985年版，第228页。

③ 张一弓：《听命于生活的权威——写自农村的报告》，《文艺报》1984年第6期。

④ 晓江：《改革呼唤着文学》，《社会科学》1983年第6期。

实中是有对应的原型的——“邻近公社一个生产队因推翻承包合同而使得一对农民夫妇愤而自尽”，这一事件使作家“受到极大的震动。”[①]虽然这样的自杀事件，并不具备普遍性，但是这种“死”却能展现出中国农民的灵魂之痛，从中也可以看出乡村为历史变革所付出的代价，作家也以这样的“极端”叙事来展现乡村体制与政策变革的艰难。与赵镢头相比，叶辛《基石》中的改革者景传耕是幸运的，因为他的梦想最终得以实现。乡村青年景传耕不满意现状，也不满意僵化的体制，以及无所不在的瞎指挥乱管理，而生发了改变现状的想法。但是，这种革新遭遇了僵化体制与固化思维的阻挠，景传耕一度被捆绑、被拘役、被游街，被当作反面典型，甚至被当作阶级敌人来对待。不过，景传耕还是坚持了下来，他的改革最终也得到了认可。叶辛的叙事中少了赵镢头般赴死的悲烈，给人以改革的希望，这更符合中国人对小说的审美心理与阅读期待。

如果说张一弓的《赵镢头的遗嘱》、叶辛的《基石》执着于开掘转型期农民的行为心理，尚属于微观叙事，那么鲁彦周的《彩虹坪》对改革的展现则更为宏观。《彩虹坪》不再致力于通过具体人与事件来表情达意，而是通过两种观念与势力的交锋，来反映乡村变革过程的复杂与艰难。这篇小说围绕着是否实行家庭联产承包责任制，改革派与保守派展开了针锋相对的较量。改革者从农村经济与农民生活的实际出发，强调改革不仅顺乎经济发展规律，也合乎农民的实际利益需要；而保守派则恐惧变革，一心维护既有体制与政策路线，他们成了阻滞历史车轮前进的消极力量。虽然改革是不可阻挡的潮流，倡导改革的人深得民心，但是这并不意味着改革派对保守力量可以不战而胜，两者之间的较量因为时代、观念等因素会呈现出势均力敌旗鼓相当，甚至是改革派阶段性失败的态势。在鲁彦周的叙事里少了《赵镢头的遗嘱》中代表不同价值立场的人物面对面的斗争，而把视野扩展得更为开阔，描述了上至省委领导下至农民等多个层面的观念之争。《彩虹坪》形象生动地展现了发生在转型期的道路抉择，以及由此引发的改革对保守的攻坚和僵化思想对创新思维的扼杀。鲁彦周也以改

① 张一弓：《听命于生活的权威——写自农村的报告》，《文艺报》1984年第6期。

革难度来为改革者树碑立传，无论是省委第一书记钟波、省农村政策研究室主任吕芹，还是建立保护区的林业专家余春、年轻人金林，都得到了作家热情的讴歌。以群组出现的不同岗位的改革者，勇敢地举起了变革的旗帜，虽“千万人吾往矣”的决绝精神也预示了改革的希望。

改与不改，是难以达成一致的分歧。虽然改革是绝大多数农民的愿望，但是在1980年前后，改与不改并没有来自执政党的定论，农村的这场变革前途未卜，任何支持改革的声音，都有可能受到牵连。然而，文学却坚定地站到了改革者一边，为他们摇旗呐喊。从这个意义上看，像《赵镢头的遗嘱》《彩虹坪》等20世纪80年代之初问世的改革文学作品，其社会意义要比文学史价值更为突出。身处社会转型期的作家自觉承担起了社会使命，为改革鸣锣开道，对于民族国家的责任意识，使他们满怀热情地表达对于改革的热望。当然，写社会变革不仅需要作家的见识与判断力，而且还需要他们有足够的勇气，来抵御可能遭受到的责难。张一弓坦承，写这样的作品，“我把自己搞得好苦!”“一是随时准备硬着头皮等候那种按照政策宣传的具体要求，对我习作中并非完全符合现行政策的轨迹或者无政策轨迹可循的人物行为方式、心理活动以及环境描写提出的指责；二是随时准备由于我在习作中对生活作出的历史的评价符合或接近政治或政治对生活的评价，而招来‘急功近利’‘图解政治’的批评。不幸，以上两种情况都仿佛是‘在劫难逃’地让我不止一次地碰上。”[①] 不仅赵镢头、吕芹等改革者会遭到非难，就连改革文学本身也难以避免被时代苛责，推进改革之难由此可见一斑。

二　改革之难：固化的利益与僵化的灵魂

改革文学力图对转型期社会进行全面透视。作家以特有的敏锐发现民族发展所面对的痼疾与沉疴，并以道德、情感等层面的批判性叙事来表达自我的价值立场。在改与不改两种观念中纠缠的农村题材作品，比较全面

① 张一弓：《听命于生活的权威——写自农村的报告》，《文艺报》1984年第6期。

而真切地展现了阻碍社会变革的各种因素——僵化的思维、保守的意识，以及固化的利益格局，等等。虽然任何社会的转型都会带着一定的历史负载，但是对于新时期的中国来说，负载显得过于沉重，这就使一定阶段内改革与守旧两种观念、势力的冲突会异常激烈。

我们在总结历史上的变革维新失败时，经常会有一条这样的经验教训，那就是改革维新损害了既得利益集团，遭遇到了他们的干涉阻挠。然而，无论是革命还是改良，都是社会性变动，自然要改变社会的既有格局，触动一部分群体的利益，那么也势必遭遇到他们的抵触。新时期的乡村变革路径是从集体生产到家庭化、个人化生产，前者是已经持续了近三十年的生产方式，并形成了依附于这种体制的既得利益群体。这些既得利益者往往是乡村基层干部，在集体生产形式下，他们不仅以领导者、管理者的身份脱产，不参与一线劳动，而且因为粮食统购统分，他们还掌握着财富分配权，以及由此衍生出来的其他特权。他们俨然是乡村的“土皇帝”，正像毕飞宇在《玉米》中塑造的那个村支书王连芳一样。一旦实行家庭分散经营，那么他们不仅会失去手里的治人之权，而且也会成为“劳动人民”，所以他们“率先”成为家庭联产承包责任制实施的绊脚石。

我们看到，虽然这些既得利益者无力左右体制变化的历史潮流，但是他们却能在变革之际，“破釜沉舟”般地释放出所有的破坏力。改革文学正是把他们放在历史的这一横断面上加以刻画，通过透视他们的灵魂来反观乡村的变革。管桦《闯台》中的县工委秦主任，对于落实农村的包产政策心怀抵触，这样的新事物在他看来会成为自己权与利的“断头台”。他觉得要实行改革，“就得把他这主任所能获得的利益，一股脑儿革掉，‘有权就有一切’真就变成一句空话了。”当私欲战胜公心，当盲目的利益追逐无视历史潮流与民心所向，展现给我们的就是为一己之私而罔顾苍生社稷的逐利之徒。当然，他们也会给出反对改革的理由，拿出一套自己都不相信的“主义”。

“不是坏事儿，而是好事儿。穷就像一张白纸嘛！”他用非常自信的拖长的声调说，表现出他居高临下的身份地位。“穷就像一张白纸，

> 只有这样白纸，才能画出最新最美的图画！”他的口气，似乎是因为人们老是不明白，而使自己失去了耐心。于是，他讲财富是万恶之源，讲人类的伟大来自贫穷。[①]

看似真理的背后是绝对的虚伪。从这个角度看，作家对这个人物的否定，也就不单单是立场上的，而且更包含了一种道德上的批判。秦主任之类干部已然被作家钉在了耻辱柱上，在改革者的对比之下，更彰显了他们对于民族、历史与时代的负向价值。

1980年前后的改革文学中，秦主任这样的人并不缺少“近亲”与“同伴”，在这场社会变革中，他们是作为一类人，也就是一种社会力量存在的，这也是改革所要面对的复杂现实之一种。《赵镢头的遗嘱》中的大队支部书记李保是保守派的代表，他一心反对赵镢头所领导的、冲击其权势与利益的改革。张宇《李子园》中的村支书王富春同样也是改革的反对者，包产到户意味着他势必要失去权力，丧失在村庄中“备受尊崇”的权威地位。他长时间统治乡村享受治人之权，一旦没有了权力，那么他内心的极度失落是必然的，“放在过去，他们能如此不服从支部书记——也就是党支部——也就是共产党的领导吗？现在一没了工分，啥事儿也不好办了”[②]。像秦主任、王富春一样，这些难以放弃“旧梦”的基层干部，往往都会用“坚持党的领导”“坚持社会主义”等作为口号来掩盖对个人私欲谋求的现实。沙丙德《月出东山》中俞支书的日子过得相当不如意，这都源于让他耿耿于怀的“单干风”。对于责任制，他不仅从提法上进行否定，而且更上纲上线地加以指责，“分到组搞了一年，有人还感到不过瘾，又鼓捣着要分到户。这些天，我常常整夜整夜睡不着觉。我们搞了二十多年的集体呀，一风刮来就分成了这样子，我是个党员，我难受！”[③]如果不了解农村当时的境况，看不到乡村经济停滞且濒临崩溃的现实，那么我们很可能被这番义正词严、冠冕堂皇的说辞所打动，进而把俞支书看成是真

① 管桦：《闯台》，《人民文学》1981年第2期。

② 张宇：《李子园》，《收获》1984年第5期。

③ 沙丙德：《月出东山》，《人民文学》1982年第6期。

正的共产党干部。然而作者借公社书记岳明之口，一下子就揭下这种人的“画皮”。

> 社员们衣不遮体，饭不饱肚，甚至离乡背井，沿门乞讨的时候，我们吃得香，睡得甜；当他们肚里装上饱饭，身上换件新衣，脸上有了笑影时，我们倒忧心如焚，睡不着觉了。——共产党人应该是这样的么？！①

岳明这句话不仅喊出了农民对干部否定的心声，也喊出了读者的心声，这种强烈的共鸣也是改革小说被受众认可肯定的重要原因。秦主任、俞支书，在改革文学形象画廊中是作为一个系列出现的，一方面这是现实的真实写照，另一方面也是为了衬托改革者，正是因为他们的存在，乡村改革才显示出了更多元的价值意义。

在乡村变革的浪潮之中，与一些人因为既得利益被触动、权威地位被冲击而对改革持反对态度不同，另一些人却因为对集体经济以及与此相应主义的“信仰”而站到了改革的对立面上。“包产到户之所以受到如此强烈的意识形态抵抗，一部分原因是由于毛泽东将其认定为典型的资本主义模式，会妨害社会主义实现共同繁荣和经济平等的目标。”② 对于改革者来说，这样的人要比那些纯粹出于私欲反对责任制之人更为顽固，因为他们相信只有坚持集体经济，才是对社会主义道路的最好维护，也唯有如此才能使红色江山永不“变色”。改革文学中，他们是一群“可爱”的人，他们有自己的“信仰”；同时他们又是一群可怜的人，他们没有自己独立的意识，只是僵化思想的盲从者。

对这样的顽固派，作家在情感态度上明显好于对待那些满心私欲之徒，在展现他们“愚昧”执着的同时，也在挖掘造成他们信仰扭曲的历史根源。原非的《雾气消散的日子》描写了两个对于责任制不理解不支持的

① 沙丙德：《月出东山》，《人民文学》1982 年第 6 期。

② ［英］罗纳德·哈里·科斯、王宁：《变革中国——市场经济的中国之路》，徐尧等译，中信出版社 2013 年版，第 74 页。

基层领导，一个是村干部赵应喜，另一个是村党支部书记周火山。虽然两个人对于变革都采取了抵触态度，但是他们的出发点是截然不同的。赵应喜作为既得利益者顽固地抵制变革，他依然用“反对社会主义道路”这样的大帽子来吓唬人，阻挡变革的潮流。“在咱们火桑村没有必要搞责任制，更不能搞大包干。不应该让历史的页码重新翻回去。咱们必须坚持社会主义方向，走社会主义道路。”①而周火山对责任制，不是出于维护既得利益的反对，而是发自“本能”地拒绝，因为他把坚持集体主义视为绝对真理。

> 周火山忍不住要落泪。他惆怅、伤感。对于目前推广农业生产责任制，他想不通，弄不明白。虽然列举不出十分明确的反对理由，但他心里却有一种沉甸甸的感觉：一座费尽艰辛盖起来的高楼大厦，被无端地拆开了，散作一间间的小屋，看着那么鸡零狗碎，不成体统。②

周火山是在集体主义、共产主义思想教育下成长起来的，他接受了把集体经济等同于社会主义的理念，并对此有着深刻的认同。对于周火山来说，这一观念贯穿于他领导乡村建设的整个过程，已然成为他的信仰。如果这种信仰被否定被拆解，那么周火山受到的打击程度就可想而知了。他对改革者李庆祥说：“你别瞎高兴，只要我周火山在，不死，他全世界都分光，咱大队也不能分。”③

自社会主义合作化运动开始，在主流的宣传教育中，农村的集体生产就与社会主义制度对等起来，任何私有性与个人化的经济形态都不被允许，甚至极端地禁绝一切农村副业经济形式。“毛泽东主义是用精神鼓励当作刺激，只要求生产多少粮食，而禁止任何副业生产——说那是‘资本

---

① 原非：《雾气消散的日子》，《十月》1982年第5期。
② 同上。
③ 同上。

主义’。”[①]“割资本主义尾巴”是最响亮的时代口号，把社会主义制度纯粹化并简单化为集体经济形态。“我们习惯于把商品经济划给资产阶级，也习惯于把一切不符合既定方针的东西划给资产阶级。”[②]长期的宣传教育，扭曲了一代人的信仰、僵化了他们的思维，较之那些因个人私利而阻碍变革之徒，顽固地相信包产与社会主义格格不入者可能更多。

几乎在每个变革图景中都能找到周火山一样的人，他们缺乏变通的灵活与向前看的勇气。《赵镢头的遗嘱》中的地委副书记龚大平最大的忧虑是赵镢头所代表的改革方向，“它是属于社会主义的，还是属于资本主义的呢?”这种追问源自他长期信奉的主义，“他坚定的社会主义信念，如同经过亿万年造山运动而在他脑海里堆积起来的巍峨高山，不过只有两座，一座叫‘大’，一座叫‘公’，如此而已，岂有他哉?”[③]作家金河用“不仅仅是留恋”来为小说命名，这也是对面对责任制的大队党支部书记巩大明心理的一种概括。巩大明并不是留恋权与利，而且他也不怀疑包产会增产增收，懒人变成勤快人。但是“集体—社会主义，个人—资本主义”这一观念在他的思想意识中已经根深蒂固，所以他不停地追问——“把各家各户联系起来的只有土地的集体所有权和生产队的‘统一管理’了，这还能叫社会主义么?”[④]陆永基《颜老爹又来打门》中颜老爹的集体生产观念顽固，在他看来，生产责任制就是单干，就是违背集体生产原则，就是反动的，“搞单干，就是往火坑里跳”[⑤]，就会重回旧社会，重新挨饿被地主奴役，这显然是不可容忍的。

巩大明一样的人因为对社会主义的信仰，所以他们往往都是那种不贪污不浪费，保持共产党员纯洁本色的基层干部，但是他们都比较固执地相信共产主义是应该通过集体经济的方式来实现的。他们是农村题材改革作品叙事中最常见的人物，如鲁彦周《彩虹坪》中的吴立中、叶总轼《唐开

① [美]费正清:《伟大的中国革命》，刘尊棋译，世界知识出版社1999年版，第415页。
② 宇文华生:《论新时期小说中的经济意识》，《齐鲁学刊》1988年第4期。
③ 张一弓:《赵镢头的遗嘱》，《收获》1981年第2期。
④ 金河:《不仅仅是留恋》，《人民文学》1982年第11期。
⑤ 陆永基:《颜老爹又来打门》，《钟山》1982年第4期。

五家事》中的唐开五、董会平《英雄泪》中的赵长奎，等等。我们看到，与僵化的观念与扭曲的信仰影响基层干部相应，一些农民的见识也被局限在集体生产就是社会主义这一绝对化的理解之中。比如高晓声的《陈奂生包产》中的陈奂生，虽然他梦想着包产到户，但是他同时也顽固地认为，“单干就是反对共产党，陈奂生饿死也不会唱这对台戏。”[①] 作家乐于选择这样的人作为主要形象加以刻画，是因为他们与《创业史》中的梁三老汉一样属于横跨两个时代的人，在新时代冲击之下，他们内心世界的壮阔波澜是最能扩展文本容量的。对比来看，巩大明一类形象基本上要比乡村改革者塑造得更为生动饱满，这与人物原型内涵的丰富性直接相关。

三　农民的新生与乡村的政治现实

“文革”后中国乡村的历史性变革，虽然最终指向生产力解放，但是从前提上来说却是一个观念革命的问题，必须摆脱姓“社”还是姓“资”的意识形态纠缠，才能进入到生产关系调整这一层面。新时期农村改革能够在20世纪80年代初短时期内走出改与不改的争论，根本来说是因为家庭联产承包责任制极大地促进了经济繁荣的事实，这比任何理论阐释都更有说服力。这种经济形式“在提高农民士气和粮食产量方面，其效率不容否认，这也是支持者所极力宣扬的一面。如果实践确实是检验真理的唯一标准，包产到户要比集体耕种更为优越。实用主义最终占了上风，不久，家庭联产承包责任制成为一条国策。”[②] 由农民自发试验并得到政策肯定的责任制给农村发展注入了活力，在生产自主的基础上，乡村呈现出全方位走向现代社会的趋向。改革文学的价值立场与情感态度是非常鲜明的，作家力图用自己的创作抑旧扬新，肯定社会变革的合理性。我们可以这样认为，作家对乡村新面貌的所有展现，都是在建构关于改革的合理性，并由此达到为乡村变革“鼓与呼”的目的。

---

① 高晓声：《陈奂生包产》，《人民文学》1982年第3期。

② ［英］罗纳德·哈里·科斯、王宁：《变革中国——市场经济的中国之路》，徐尧等译，中信出版社2013年版，第74页。

对于变革时期乡村面貌的书写，自然要通过人来实现，展现农民的生存境况、精神面貌与个性心理，是改革文学的核心要务。新时期文学接续了中国新文学的传统，农民走下了“金光大道”，恢复了乡土本色，也就是说农民形象摆脱了符号化而重新获得了鲜活的生命力。与伤痕小说、反思小说相比，改革文学更侧重展现农民在新时期阳光下的生活与命运，尤其是变革给他们带来的深刻影响。何士光的《乡场上》是表达农民“翻身”的代表性作品，作家也因为这篇小说确立了在当代文坛的地位。何士光笔下的故事虽然像独幕剧一样简单，但是准确地捕捉到了乡村新旧更迭的迹象，包蕴了丰富的社会信息。农民冯幺爸是梨花屯乡场上最没出息的人，最被人轻贱的人，“这个四十多岁的、高高大大的汉子，是一个出了名的醉鬼，一个破产了的、顶没价值的庄稼人。这些年来，只有鬼才知道，一年三百六十五天，他是怎样过来的，在乡场上不值一提。”① 作家把这个在乡邻尤其是基层权势者眼中最没出息的人，放在了一桩是非风波之中。食品购销站罗会计的女人与教师任老大妻子的两厢争执，给冯幺爸提出了很大的难题，他不敢得罪罗家女人，因为罗会计掌握着食品分配的权力，而且“得罪了姓罗的一家，也就得罪了梨花屯整个的上层！”② 同时，他也不想违心地去做伪证伤害任家女人。不敢与不愿的矛盾使冯幺爸很痛苦，也使他欲言又止的表情显得很滑稽。

虽然已经实行了责任制，冯幺爸可以不用在掌握分配物资权力之人面前忍气吞声了，但是他身上长年积累下来的精神重负，并不能在短时间内彻底释放干净。当然，落实责任制了，也就意味着不用再吃返销粮了，所以他在曹支书面前挺起了腰杆；市场放开了，自由买卖了，买猪肉再也不用求食品站了。冯幺爸终于可以按照自己的所见来还原乡场上这一事件的是非曲直。也就是说冯幺爸站起来了，成了一个“人”，再也不是被随意损害与侮辱的对象。“何士光的《乡场上》第一次在作品中刻画了摆脱等级束缚、获得人生命运自我掌握的农民形象，冯幺爸在乡场上第一次像

① 何士光:《乡场上》,《人民文学》1980 年第 8 期。

② 同上。

人一样地说话，毫不怯弱。”[①] 农民的人格与尊严意识的苏醒是在经济自立的基础上实现的，这也体现出了推行以责任制为核心的乡村改革的价值意义。

何士光曾谈及《乡场上》的创作意图——要把“生产关系的改革怎样促进了生产力的发展，怎样促进了人的面貌的改变，据实写下来。”[②] 小说不仅比较真实地描写了农村，真切地展现了冯幺爸这样具有普遍性意义的农民形象，而且用以小见大的方式展现了农民生活境遇与精神心理的正向变迁，生动形象地阐释了改革的必要性与合理性。我们应该注意到，乡村经济虽然能够因变革而迅速焕发出活力，但是乡村经济繁荣、农民物质富足却不可能在短时间内取得显著成效。所以，落实家庭联产承包责任制对于转型社会来说，它的意义在推动人的解放这个层面上体现得更为明显。“农村改革所蕴含的巨大社会改善作用已经初露端倪，人与人的关系正在一种新的、因而也是更加合理的基础上得到建构。”[③] 从根本上来说，新时期农村的改革是一次权力的重新分配，它使农民重新走上了免于被损害的道路，实现了真正的农民当家做主。与《乡场上》以农民变化来写世事沧桑不同，李准的《大年初一》以村支书阮辛酉的心理为展现对象，描摹了乡村权力主体变更后的景象。阮辛酉还像以往一样在大年初一等村民前来拜年，然而等来的却是失望，“往年年三十这一天，总有好多人来送酒、送烟、送各地土产和点心。今年年三十，一天却没见一个人来。”[④] 包产到户了，他手里掌握的诸如分配劳动成果、发放救济粮等权力都随之被废除，农民再也不用打着拜年的旗号前来“参拜”“进贡”了。这个村支书的遭遇明天必然会落在《乡场上》中曹支书、罗会计的头上，当农民成为自主经营的个体之后，乡村社会的平等便有了坚实可靠的基础。

如果从经济学、社会学等角度阐明责任制的意义，那最有说服力的应该是包括农民人均收入在内的各种统计数字，然而文学却无意通过经济

① 宋遂良:《三点成一面》,《文艺报》1985 年第 3 期。

② 何士光:《感受·理解·表达》,《山花》1981 第 1 期。

③ 彭子良:《从激情的宣泄到冷静的审视》,《文艺评论》1988 年第 5 期。

④ 李准:《大年初一》,《人民文学》1981 年第 5 期。

繁荣来表达对改革的肯定，这样也会使叙事干瘪枯燥。虽然作家在直接描述乡村的经济景象，但是这并不意在表明农民的经济状况，而是由此来表达对改革的一种认识与理解。比如张一弓在《挂匾》中以夸富游行的场景与过去个人发家遭遇批判相对比，来反映时代的变化；《黑娃照相》中青年农民黑娃在经济富裕梦想将要变成现实之际，生发了更高层次的精神追求，作家以此来肯定农民心灵世界的丰富；李志君《焦老旦和熊员外》中的焦老旦富裕之后，买了乡村第一台电视机，这个农民试图通过新鲜事物，向外界表明自我价值并发泄对干部熊权禄的怨气；梁晓声《张六指的“革命”》中的张六指，自筹资金养奶牛发家致富。在改革小说的叙事中，经济处境的改变只不过是小说的叙事起点而不是主题。推行责任制后乡村的富裕，是不言而喻的，对于改革文学来说这不是一个问题。作家关注的是在生产力变革的大背景下，那些最能体现乡村变迁的且最富意味的东西，并由此来透视农民在这场变革中精神心理的演进脉络。“经济体制的改革，不仅会引起人们经济生活的重大变化，而且会引起人们生活方式和精神状态的重大变化。”[①] 改革文学致力于乡村人的生活方式与心灵世界的开掘，从带有典型价值与普遍意义的人、事入手来揭示中国农民的变化。农民要成为农村的主人，必须保证农民有真正的公民权，比如最起码的选举权——自己来选择基层政权的领导者，这在改革文学中是比较常见的叙事。

桑恒昌的《笑声从这里开始》、乔典运的《笑语满场》、古华的《醒醒老爹》、尹俊卿的《馄饨》等小说，比较典型地反映了转型时期乡村权力更迭的悲喜剧。《笑声从这里开始》的小说命名本身，就预示了未来与希望。队长陆有盛在长期形式化的选举中一直保持全胜，然而这一次老同志却碰到了新情况——“公社来人，在社员大会上说，要用投票的方法选举产生队委会。”这意味着每个人都能真正行使选举权，在这样的情况下，得票最少的居然就是“模范”队长陆有盛。作家感慨道：“选举刚进行了

① 《中共中央关于经济体制改革的决定》，《中华人民共和国国务院公报》1984年第26期。

初步改革，就显示了这么大的威力。笑声不应该从这里开始吗?!"[①]虽然小说叙事比较直白，但是对农民能够重获权利的那种欣喜的描写还是比较真实的。与桑恒昌对农民行使选举权效果的乐观展现不同，《笑语满场》《醒醒老爹》《馄饨》都表达了获得权利与行使权利之间的距离。虽然选举权并不是新鲜事物，但是却因为"文革"社会动荡而形同虚设。当有一天农民被告知可以行使这一权利时，他们却显得"准备不足"，就像被治愈的盲人面对阳光时手足无措一样。

肖云儒认为作家"不要简单地在政策变化和生产、思想、心理、性格的变化之间打上等号。似乎农民的口袋一充实，腰杆马上可以挺起来，觉悟马上就提高了。"[②]中国农民的畏势心理并不是一时形成的，权力的不断侵蚀、逆来顺受的传统思维、家庭个体的经营方式等，都参与培育了他们的恐惧心理，他们信奉"多一事不如少一事"，唯恐成为那先烂掉的"出头椽子"。在勒庞看来，农民在革命大众中属于安于秩序的一类人[③]，这种安于现状缺乏反抗精神，主要源于他们对不可预知的未来的恐惧。甚至可以说，对权势的畏惧心理已经成为中国农民的性格基因，代际相传。动乱年代法制废弛、"土皇帝"危害一方的现实加重了农民对权势的畏惧心理。虽然"文革"结束后，人民主权被重新推广，但是要打破农民的心理障碍尚需时日。《笑语满场》中农民行使了选举权，恶霸般的村长于占山由此下台，然而在这个过程中，作家塑造的那个卑微恐惧懦弱的农民何老五，却使选举本身看起来并不那么尽如人意。十几年来政策上的失误，干部体制的监督缺失，一些农民因基层领导的滥用权力而活在阴影里，何老五就是一个典型代表。即使何老五对于占山心怀强烈不满，即使乡村已然落实责任制，他依然走不出恐惧。何老五在投票的时候，还故意让于占山知道自己投了他的票——他身上的奴性特征还是非常明显。一个没有摆脱奴性不敢面对现实的人，怎么可能有效地运用选举权来表达自己的意愿呢?

《醒醒老爹》中的醒醒老爹深知干部李东虹的为人，而且也受过后者

---

① 桑恒昌:《笑声从这里开始》,《人民文学》1981年第9期。

② 肖云儒:《写好新时期的农村生活》,《人民日报》1982年2月17日第5版。

③ [法]勒庞:《革命心理学》，佟德志等译，吉林人民出版社2004年版，第45页。

的批判，所以他担心“不选人家，事后给使暗拐、下暗拳怎么办？”[①]虽然小说最终预示了老爹确实“醒”了，但是他的权利意识依然不是那么强烈。尹俊卿的《馄饨》对农民面对选举时内心波澜的描摹及其悲剧基调，都使这篇小说与同类作品相比更具艺术风采。农民宝山老汉对一直在乡民头上作威作福的“土皇帝”张林十分怨恨，也对后者给自己制造的伤害记忆犹新。乡村改革开始以选票的方式民主选举，然而即使这种不用现场举手的无记名方式使张林无法知晓具体的投票情况，宝山老汉因为心有余悸，依然还是心怀恐惧。“张林要是知道了谁不投他的票，能不找岔子报复么？”“于是，宝山老汉长叹一声，怀着以前往张林碗里放红豆一样的心情，颤抖着干枯皴裂的手指，在张林的名字上极不情愿地画了个小圆圈儿。”当宝山老汉知道张林以一票的优势再次连任之后，他的内心瞬间被苦闷所填塞。

> 张林果真又当选了。和农技员刘丰仅有一票之差。宣布结果之后，宝山老汉突然觉得自己的眼睛模糊了。脑袋昏昏沉沉。他的双手抄在袄袖里面，恼恨地用指甲使劲掐捏胳膊上松弛的皮肉。但又并不觉得疼，只感到自己的心口像被一块石板压迫着，窝憋得难受，想喘口大气都不易。
>
> 因为没投票给为他们做实事的农技员，致使后者落选——他的心被悔恨、自疚、不平和恼怒的复杂情感揪扯得生疼。[②]

宝山老汉心中暗暗怒骂自己是“不长记性的奴才”。我们看到这个“奴才”的长成，虽然有个体原因，但更多还是不合理的社会现实造成的。社会转型需要一个过程，宝山老汉摆脱“奴才”心理同样需要时间，毕竟乡村已经开始了正规的民主选举。《馄饨》的深刻性就在于它没有把包产、责任制等改革视为“速效药”，中国农村是带着历史的重负走向未来的，社

---

① 古华：《醒醒老爹》，《人民文学》1981年第3期。
② 尹俊卿：《馄饨》，《人民文学》1981年第8期。

会的沉疴与痼疾依然会阻碍民众的新生，尤其是民众心理并不可能瞬间转变。从这个角度来说，作家在肯定乡村变革的同时，又保持了对变革中的乡村世界的清醒认知，因而《馄饨》比那种以盲目乐观叙事掩盖问题的作品更有价值。

尹俊卿的《馄饨》还有另外一个主题，那就是社会变革如何把农民从张林这样貌似共产党干部实为“土皇帝”的乡村专制者的统治下解放出来，这不仅关系到责任制对乡村的改变程度，更关系到农民民主权利能否得到保障，以及执政党在群众中的威信。中国新文学关注乡土，其中一个主题就是对乡村中张林这样的“坏分子”的描写，最有代表性的是赵树理的小说创作。《小二黑结婚》中的金旺与兴旺、《李有才板话》中的小元、《邪不压正》中的小昌等，作家通过对以上形象的建构与否定，不遗余力地展现乡村变迁中的这一问题。新时期现实主义传统回归，文学重新发现农村的各种“问题”，基层干部的恶劣化也再次成为作家关注的焦点。十年动乱不仅使乡村更加封闭，而且监督的废弛更释放了人性之恶，有的乡村基层政权被恶霸似的坏分子掌握也就难以避免。“文革”后的乡村变革虽然着眼于生产关系调整，但是如果无法保障农民的民主权利，那么这场改革是不完整的，也是难以彻底推进的。

柯云路的《新星》、矫健的《老人仓》等关注乡村改革的小说，重新发现了被遮蔽了几十年、积弊深重的乡村，尤其使作家深恶痛绝的是那种罪恶的治人之权对农民的拨弄。《新星》中的公社书记潘苟世，在自己的地盘上是说一不二的“土皇帝”，他所有的心思都用在了把他治下的村民管得服服帖帖上。在原始般的乡村，这个愚昧落后专制的基层领导，构成了对社会文明进步的严重障碍。柯云路对潘苟世的描述没有充分展开，也就是说没有展现他的“攻击性”给乡民带来的直接伤害，所以我们对这个人物更多的感受是可怜、可笑而不是可恨。而《老人仓》更接近赵树理的叙事，矫健展现了乡村坏分子身上的人性之恶。前任县委书记、现任县人大主任郑江东，在他自己树立的模范公社中，却发现了诸多有违公平正义的人事。他一向认为忠心耿耿的老部下汪得伍，实际上是个滥用职权贪得无厌的家伙；红星大队党支部书记田仲亨，不仅在他的独立王国里称王称霸，而且打着支持承包的旗号，利用手中权力肆意欺压乡里，榨取财富。

在20世纪80年代初的改革文学浪潮中，矫健这篇小说对于乡村基层领导背离执政党宗旨与原则的叙事是非常具有代表性的，它让我们看到了一幅相当原始、野蛮、停滞的前现代乡土社会图景。老革命郑江东对此痛心疾首。矫健以郑江东的乡下见闻表达出了农民群众普遍关注的问题，而郑江东以革命气魄斩断私情而清理基层政权的脓疮，也寄寓了作家和大众的希望。这篇小说之所以受到读者欢迎，很大程度上是因为反映了农村基层政权的问题，而其想象化的解决方式也为大众提供了发泄的途径。"就是因为作品大胆尖锐地揭露了当前农村一部分目无党纪国法为非作歹民愤很大的干部，和令人憎恨的官官相护的'关系网'，因为使读者看了解恨、痛快、受到鼓舞的缘故。"①转型时期这一问题的普遍性以及严重性，也是乡村改革必须面对的课题与任务。

四　农业现代化，还是农村工业化

中国是一个农业社会，农村人口规模与农业在国民经济的基础性地位决定了新时期变革必须要把握好农村的改革方向，唯有如此，才能确保社会转型的平稳与顺畅。在逐渐摆脱了改与不改的种种纠缠、改革成为社会共识之后，乡村如何从前现代向现代进化是时代赋予的更为艰巨的任务。如果说时间最终会解决改与不改的争议，那么"农村由自给半自给经济向商品经济发展、由传统农业向现代化农业发展"②的前进道路只能在实践中摸索。当然，"文革"后的中国农村已经迈出了最可贵的一步，农民执着于梦想而推动的家庭联产承包责任制，对于乡土社会的转型有着深刻的影响。更重要的是，包产到户把农民从严格的人身束缚中解放出来，他们获得了生产的自主性。"从长远角度来看，农民重新获得的经济自由对发展

① 宋遂良：《三点成一面》，《文艺报》1985年第3期。

② 万里：《在全国农村工作会议上的讲话》，《人民日报》1985年3月1日第1版。

农村经济的意义要重大得多。”[①] 无论是个体还是集体，自由对于创造性都是至关重要的，责任制带来的经济自主，为农村生产力解放、农业的大发展奠定了坚实基础。

在改革文学的视野中，农业变革是从恢复传统经营方式起步的，虽然纯粹的农业生产不是新鲜事物，但是毕竟它在“极左”思维之下被中断数年。作家试图以此来展现责任制的优越性，以及农民对农业生产的热情。张一弓的《瓜园里的风波》，叙述了政策变革后的自主经营使农民能够发挥一技之长，从而使农村经济显现出蓬勃的活力。周老汉以善于种西瓜的特长在与国营瓜果门市部的竞争中占据绝对优势。虽然他因此受到门市部主任气急败坏的威胁，但是时代毕竟变了，不再奖懒罚勤了，周老汉没有被“割资本主义尾巴”，没有被扣上资本主义的帽子，也没有受到“挖社会主义墙脚”的指责，而是被作为有一技之长的人受到肯定。张一弓的《黑娃照相》被视为最能反映社会变革对农民精神面貌的改变的作品。其实黑娃只不过是要完成一个人尤其是青年人最简单的梦想——物质富足，而且他积累财富的方式，也不过是养长毛兔这种副业。然而，那八块四毛钱在黑娃手中成了一笔“巨款”，无疑昭示了其时农村经济的停滞与衰败；这笔钱也会成为一个新时代的起点，让人能够看到未来希望的起点。改革小说不可能停留在描写传统农业生产的恢复，农村变革的速度以及文学对社会引领的意义，都给作家提出了更大的课题，那就是要展现农业未来发展路径及其相关问题。贾平凹《鸡窝洼人家》中的禾禾、《小月前本》中的门门，都是作为寻求改变农民生活与经营方式的乡村能人而被作家肯定的，这些人物也逐渐被乡村人所认同。禾禾们以亲身实践探索了农业如何跟上现代化步伐，传统农业如何实现现代化转型，这是一个重大的社会课题，也是改革文学关注的焦点。

柯云路的《新星》是关注“文革”后基层政治生态的小说，其着眼点是执政党如何行使权力，如何为民造福而不是危害一方，但是因为涉及

---

① ［英］罗纳德·哈里·科斯、王宁：《变革中国——市场经济的中国之路》，徐尧等译，中信出版社2013年版，第79页。

民生也自然有关于农业的描写。县委书记李向南的经济眼光与他的铁腕作风十分匹配，他一方面提倡稳定粮食生产，另一方面抓多种经营，比如开发特色资源与旅游事业，发展渔业等，都体现了他对农业发展的想法与见识。而且更为重要的是，李向南对于科学技术与农业经营结合的认识，是比较超前的。

> 我们现在管理生产有行政手段，比如下计划，下种植亩数；有经济手段，比如超产奖励啦，调整价格啦，等等；还可以有科学技术手段。像现在育种……以后，种田、养猪、养鸡、养蜂、果树，各方面都可以出这样的技术权威……慢慢联成片、联成网，就可以从里面产生出新的农业生产的指导体系和管理体系。[①]

虽然李向南的一切主张还仅仅停留在想法的层面上，小说未能就此展开，但是我们已经看到了一种新鲜的农业发展思路，即从传统农业到科技农业的转变是农业转型的大体路径。如果说李向南的主要“战场”是改善古陵县的政治生态，没有更多精力推动农业实践，那么《燕赵悲歌》中的武耕新则完全投身到了农业转型的实践中去，创造出了令人羡慕的乡村建设实绩。值得注意的是，武耕新领导的大赵庄虽然没有实行包产到户的责任制，但是它却获得了乡村变革而带来的生产上的自由。自主生产激发了中国农民的创造力，也使他们的聪明才智有了发挥的舞台，由此给农村带来了翻天覆地的变化。

武耕新彻底“背叛”了几千年来中国农民“面朝黄土背朝天”的经营模式与生活方式，他超越了农民的局限性，没有把视野局限在土地上，这是一个在经济上向现代看齐的农民改革家。武耕新是一个“新”农民，他的存在生动地标示了中国农民的创业智慧与才华，“作家站在时代的高度，以崭新的观念塑造了农民企业家，农村先进生产力的代表武耕新的形象。

① 柯云路:《新星》,《当代》1984 年增刊第 3 期。

他对文坛、对社会的震动，不亚于当年的乔厂长。”[①] 崔道怡从人物的价值意义方面肯定了蒋子龙的创作，武耕新“是继‘乔厂长’之后又一个给我们的以智慧、勇气、美感和力量的社会主义新人。从这个意义来说，《燕赵悲歌》实际上是一部八十年代的创业史。”[②] 武耕新的创新思维、科技意识，以及知人善任等，都确保了这个农民领导者能够站立在转型期经济发展的潮头。蒋子龙在小说中毫不掩饰对武耕新的赞赏：“历史简直是用开玩笑的方式，把一个叱咤风云的农民介绍到这个世界上来。曲折使他升华了，灾难洗净了他的灵魂，使他对人对事有了一种新的尖锐的判断力，他将脱颖而出，成为老东乡几乎无与匹敌的新型农村的领导人。”[③] 武耕新是有其现实原型的，天津大邱庄的领头人禹作敏是蒋子龙塑造武耕新的模板。禹作敏曾邀请蒋子龙参观大邱庄，在大邱庄农业发展成绩的感召下，蒋子龙完成了这篇作品。因此武耕新不是一个想象出来的人物，他身上的写实特征是比较明显的，这也表明了历经变革的农业，确实可以走出一条比传统更多元的道路。

中国自来有重农传统，因为农业人口规模庞大，关系着国家的稳定，然而对于任何民族来说，无工不强，无商不富都有普遍的适用性。武耕新对历史发展与现实境况的熟悉，与他不满于摆脱贫困、实现温饱的目标结合起来，自然勾勒出了工商业的蓝图。

> 说一千道一万，没有财富大赵庄变不了样儿。要想发富光靠修理地球，土里刨食是不行的！这些年来，俺们就像黄昏时候的蝙蝠一样，闭着眼睛瞎撞。生活真是一坑烂泥，实际上大赵庄人过的不是生活，仅仅是活凑合！几十年来老东乡的农民走了一条漫长而坎坷的路，始终没治了一个“穷”字。[④]

---

① 刘明馨：《〈燕赵悲歌〉对新时期文学创作的意义》，《信阳师范学院学报》（哲学社会科学版）1985 年第 2 期。

② 崔道怡：《若非慷慨之士，怎唱燕赵悲歌！》，《文艺报》1984 年第 10 期。

③ 蒋子龙：《燕赵悲歌》，《人民文学》1984 年第 7 期。

④ 同上。

武耕新的变革道路对于农业来说是具有革命性的，就像一个百病缠身之人需要用猛药来医治一样，对于濒临崩溃的农业经济必须要进行根本性的改造，才能起死回生。原来的大赵庄穷得远近闻名，方圆百十里流传着关于大赵庄穷困的歌谣，“宁吃三年糠，有女不嫁大赵庄”。而现在的大赵庄已然办起十三家工厂，每人每年创造利润万元以上，真正实现了小康梦想。“大赵庄致富的道路意义重大，‘农业扎根，经商保家，工业发财’是他们的成功之路，也是他们在痛苦中对于中国农村历史经验的总结。政治运动没有治得了大赵庄的穷困，‘四人帮’垮台也不能直接给大赵庄带来富裕，大搞商品生产，却使大赵庄真正变富了。”①大赵庄经济繁荣的意义不仅在于武耕新拯救了一众乡邻的命运，更重要的是，它给变革时期的乡村提供了一个可资借鉴的典范与样板，也为农业的现代化提供了新思路。

20世纪80年代初，武耕新们以发展工商业来变革传统农业格局，给整个社会带来了启示。家庭联产承包责任制落实之后，一些乡村在有见识有思路的“强人”带领下走上了依靠工商求富的道路。村办、乡办企业雨后春笋般地涌现，使农村经济呈现出一派繁荣景象。邓小平指出：“农村改革中，我们完全没有预料到的最大的收获，就是乡镇企业发展起来了，突然冒出搞多种经营，搞商品经济，搞各种小型企业，异军突起。”②农民“离土不离乡，进厂不进城”是80年代比较响亮的口号，农村各种小企业变革了传统的农业结构，也使农民的致富渠道从单一到多元。武耕新虽然有着典型意义，但是并不具备普遍性，像武耕新这样彻底改造农业的改革者毕竟是少数，更多乡村的工商业发展格局非常有限。从这个角度来说，姜滇的《亿元乡》对转型期农村发展工业的叙事更具有代表性。主人公许双祥也是武耕新一样的能人，自农村改革以来，他先是在承包田上打主意，接着搞蘑菇专业生产，早早地成了万元户；再接着他办起了染织厂并取得成功，使这个乡成了远近闻名的亿元乡。同时，许双祥清楚地意识到了自身的危机：“染织厂一直是领先的，现在不能落到后面去。特别是到

① 宇文华生：《论新时期小说中的经济意识》，《齐鲁学刊》1988年第4期。

② 《邓小平文选》（第3卷），人民出版社1993年版，第238页。

了今年，城市改革也推行了，这就出现了更加复杂的局面。乡镇企业能不能在竞争中站稳脚跟，只靠庄稼人的勤奋、踏实和死力气是不行了。”[①] 许双祥的忧虑最终变成了现实，自己的生意被城里经过改革的大新厂抢走，他的染织厂也只能接受被挤垮的命运。

乡镇企业，在中国工业史上是一个特殊事物，它一方面是社会现代化的渴望爆发的产物；另一方面也是城市工业因生产关系尚未得到理顺而给予了乡镇企业发展空间的结果。然而，这并不是一个先进事物，一旦城市的经济体制改革完成，绝大多数的乡镇企业都将面临被淘汰的命运。《亿元乡》以其特有的方式记录了乡镇企业的兴衰过程，作家在小说中也表达出了对农村工业化的认知与理解。虽然乡镇企业在特定时期能够焕发出勃勃生机，但是从长远看它被淘汰是不可避免的，事实已经证明了这一点。发展工商业不仅要有政策保障、人力资源，而且更需要现代化的技术与管理体制。我们看到当全社会都在为农村兴起的工业欢呼之时，作家却保持了一份难得的清醒，并以独特的方式来表达具有启示性的思考。

如果说姜滇的问题意识还仅限于经济层面，那么邓刚在《青山，一缕黑烟》中对农村工业的反思则更深一步，更具超越性。以大表哥为代表的农民虽然依靠工业富裕了起来，但是在“我”眼里，这个农村的工业化并不是具有现代意义的工业图景。

> 一座黑乎乎的炼铁炉拔地而起，口中吐火，头顶喷烟；一台老掉牙的旧鼓风机，疯狂地颤抖着，震耳欲聋，呼呼嗤嗤地往炉体里吹风。几座新盖的大车间依山而立，也是锤声隆隆一声，电光闪闪，车床子转得呜呜响……他便发现了不少破绽：混乱，没有秩序，不像样子！首先从形象上看，这里的人就不同城里穿劳动布工装的工人，他们有的穿着农村式的对襟黑棉袄，腰里系着草绳子，有的还戴着旧毡帽！女工干脆就穿着花花绿绿的衣服。在这些黑油油、亮晶晶的机器前面，使人觉得既不相称，又十分可笑。再就是他们乱干，没有严格

① 姜滇：《亿元乡》，《钟山》1985 年第 2 期。

的工种界限。[①]

缺乏有效管理的混乱生产状态、恶劣的工作环境，以及不断制造出的污染，都使这个“工厂”看上去足够原始。同时比生产混乱景象更难让人接受的是，他们所有的活计都是“靠拉关系、靠挖国营工厂漏洞”得来的。从里到外，这个工厂除了农民的求富欲望与生产积极性值得肯定，其他一切都与现代企业格格不入。虽然更多的作家着眼于农民迅速脱贫致富，而肯定乡村工业企业的兴办，但是笔者认为这样的文学叙事更多的是一种想象化，作家脱离了空间与时间的现实，从而使文本只剩下肤浅与盲目的乐观。从这个意义上来说，像《青山，一缕黑烟》这样的小说对于试图通过文学了解社会的读者来说，可能更具有认知价值。它能够在全社会都陷入改革狂热之时，使我们正视变革中的农村与农业。

农村尝试了多种方式走出经济窘境，然而无论粮食生产还是其他副业经营，都不能迅速改变乡村的穷困面貌。所以一心想致富的农民奔向工商业，也是没有选择的选择，它也体现了农业生产格局的调整。“新时期农村经济改革的第一步是实行生产承包责任制。但农村经济改革不仅是以这种生产组织形式的变革还农民以自主权，调动其积极性，它同时还蕴含了另一种变革，即生产结构的变革，也就是使农民从狭窄的道路上解放出来，为农村生产打开一条广阔的发展道路。”[②]在文学叙事中，农村的广阔道路基本上被简化为只有工业化这一个方向，所以我们在改革小说中就看到了这样一种景象：“土地”被抛弃，土地的价值不再被强调。似乎抛弃土地的程度与改革的力度直接对等，中国农民对土地的崇拜也由此逐渐淡化。“人对土地的痴恋与依赖是村社自然经济的精神标记，现代工业文明对古老的农业文明的冲击在很大程度上意味着人与土地依存关系的淡化与疏离。”[③]这带来了一个困扰现代化道路的问题，那就是农民抛弃土地而追求现代化，而抛弃土地却使农村、农民、农业在现代化面前，再也无法找到

① 邓刚：《青山，一缕黑烟》，《人民文学》1983年第11期。

② 宇文华生：《论新时期小说中的经济意识》，《齐鲁学刊》1988年第4期。

③ 谭桂林：《文艺湘军百家文库·谭桂林卷》，湖南文艺出版社2000年版，第235页。

自身的优势。抛弃土地，追求象征现代化的工业本身，就是丢掉了自己安身立命的根基，这也使得改革40年后，特色农业的道路依然还在探索中。《青山，一缕黑烟》中作家借人物思考来表达对农业未来的设计，“他的头脑里总是有一张固执的画面：农民的富字后面，是一片粮山棉海，鸡鸭牛羊，鲜鱼肥肉，瓜果梨枣，而决不是机声吸吸，高炉喷火。”① 农业首先应该是农业，确保自身的竞争优势，唯有如此才能与其他行业构成一个完整而合理的产业结构。受自身与时代局限的求富，使农业变革与调整染上了强烈的急功近利的色彩，这直接影响到了30多年来的农业格局，也使农村题材改革文学作品更多的呈现出对农村工业化的盲目乐观。

五　传统与现代：改革旋涡中的观念冲突

“文革”中断了民族现代化的探索与实践，社会在“极左”思维之下趋向封闭与保守，这是新时期社会变革所面对的现实。与城市相比，中国乡村的封闭性特征更为明显，传统的道德伦理、保守的观念，以及人情世故，依然会影响农民的情感判断、言行心理与价值选择。从传统向现代的变革过程中，一些带有陈旧色彩的观念、意识、习俗必然与指向现代的改革发生冲突。这也就意味着在乡村变革的过程中，传统与现代的纠缠冲突更为激烈，农村的现代化步伐会因此放缓，社会转型期也会因此被拉长。意识观念的冲突为小说的情节发展提供了充足的动力，被视为新时期优秀的农村题材改革小说，基本上都在意识、观念等诸多对立中完成对转型期乡村的描摹。

中国传统的“重农抑商”政策，不仅强调农业的重要性，以农为本，而且也侧重对商的抑制。传统观念认为金钱存在惑乱人心、放纵欲望、侵蚀道德及颠覆伦理的可能性，所以致力于求富的商业被视为“洪水猛兽”。这种观念在“极左”语境下不断被重申强调，虽然出发点不一样，但是“割资本主义尾巴”比传统的“抑商”更为彻底，旨在完全抑制个人求富

① 邓刚：《青山，一缕黑烟》，《人民文学》1983年第11期。

的冲动。新时期乡村变革就是在这一观念背景下展开的，传统道德伦理与商品经济之间的纠缠也成为时代与文学的主要话题。“经济生活的变化特别是商品生产的发展，使义和利的矛盾十分尖锐突出，这也成了目前许多作品表现的主题。”[①] 王润滋的《鲁班的子孙》可以看作是改革文学走向深入的代表性作品，小说围绕“义”与“利”的矛盾来结构故事，在经济欲望与伦理情义冲突中展现乡村人的精神心理。老木匠黄志亮手艺高超，得到了乡邻的认可，而且秉承道德良心。他以“道义”作为自己为人处世的准则。他的养子小木匠秀川虽然学会了黄志亮的手艺，但却没有把养父的道德良心继承下来，他经营家具店只认钱而不讲人情那一套。很明显，两代木匠的观念从根本上来说是冲突的，虽然是父子关系，但是谁也无法说服对方，这一对立冲突显得强烈而针锋相对。最终，两人之间的决裂还是不可避免地发生了，老木匠砸毁了小木匠的招牌并气晕倒地，而小木匠则离家出走。这种决裂具有象征意义，他们之间无法弥合的矛盾发展最终只能是分道扬镳而不是互相“取长补短”。

发生在老木匠与小木匠之间的矛盾，不再是简单的父子冲突，而是历史转折时期人们复杂的社会心态和情绪的反映，它包蕴了深广的历史内容。“商品经济的出现，冲击着传统的自然经济观念，必然在人们的观念领域引起两种不同的经济意识冲突。这是这个时代所特有的具有深远历史意义的冲突，也是这个时代最有普遍性的巨大冲突之一。”[②] 王润滋虽然敏锐地发现了乡村转型期“义”“利”冲突的时代问题，但是他在小说中的态度却显得很游移。他不否定小木匠代表的商品经济的大趋势，却给秀川贴上了弄虚作假的标签，似乎与“利”相关会在良心上出问题；他宣告了老木匠经营方式的破产，却又对老一代匠人那种只顾道义而罔顾现实的“情怀”颇有认同之感。“作品从老人的角度揭示了经济变革与农民非功利的传统道德之间的冲突，这种发现无疑是深刻的，也显示了改革生活的

① 王福湘：《谈经济改革作品中的道德描写》，《求索》1985 年第 1 期。

② 宇文华生：《论新时期小说中的经济意识》，《齐鲁学刊》1988 年第 4 期。

复杂性和多维判断。”[①]作家显然对传统道德情义更为肯定一些，他似乎在担忧商品经济对道德良心的摧毁，而对于当下的中国现实来说，王润滋的忧思无疑具有超越性。与王润滋遵循道德逻辑来书写变革的乡村不同，周克芹依照的是历史逻辑，出于人情道义来阻碍商品经济，在后者看来是不合时宜的。周克芹在《晚霞》中一样设置了父子两代人的冲突，父亲老庄唯恐儿子小庄的蜂窝煤工厂挤垮乡邻的蜂窝煤作坊，以断绝后者经济来源进行阻挠，但是大机器生产代替手工作坊的趋势自然是他所无法阻挡的。“尽管作者对小庄不无微辞，对老庄多有赞美，但他遵循严谨的现实主义原则，描写了小庄势不可当的胜利进击，描写了老庄让位于小庄的历史必然。”[②]年轻一代身上的传统道德伦理观念要比老一代显得更淡一些，在商品经济浪潮中，也会比老一代的心理负担要小，能够“轻装上阵”。

以家庭联产承包责任制为核心的生产关系变革，是一场具有社会性的运动，它在各个层面上改变着乡村。对于中国农民来说，如果说道德伦理是大传统的话，那么因血缘地缘关系形成的“熟人”社会则是小传统，两者都对乡村人的行为构成约束。在这个熟人社会中，人与人之间最主要还是乡邻关系，道德情义是他们在人际交往中依照的基本原则。然而，在商品经济中，人与人之间应该是一种经济关系，每个人都是一个利益主体，自我利益的最大化才是主要追求。周克芹说：“今天的农村，正在发生着深刻的变化。这种变化不仅表现在人人都可以看得见摸得着的社会生活方式、经济秩序以及物资的逐渐丰富等方面，更表现在农民及农村干部的心理，精神面貌，以及人与人之间的关系上。”[③]乡村社会从传统向现代的转型，个体之间的人情联系必然被经济联系所取代。与改革一样，这种新旧更迭不可能一蹴而就，它的过程性也就决定了其间势必充满两种理念的纠缠冲突，这是作家最乐于选择的表述对象，也最能展现乡村改革走向深入所要面对的艰难。在这方面，张宇的《李子园》是比较具有代表性的小

① 王万森、吴义勤、房福贤：《中国当代文学50年》（修订版），中国海洋大学出版社2006年版，第163页。

② 王福湘：《谈经济改革作品中的道德描写》，《求索》1985年第1期。

③ 《周克芹散文随笔》，四川文艺出版社2013年版，第47页。

说。作家以实行责任制后的乡村为表述对象，透视出了乡村经济转型过程中农民人心、人性的真实。

农民罗云山在村民都不愿也不敢冒风险的情况下，承包了李子园。他付出了大量的人力财力把果园建设起来，然而当秋收的时候，村民却还想像承包之前那样无偿吃果子。罗云山拒绝了乡邻白吃果子的要求，明码标价吃果子必须花钱，这遭到了村民的非议。“全村的人，上上下下都在议论李子园。数说着罗云山的无情无义。看情况，只要那树上还长着翠黄、火红的果实，人们的咒骂就永远不会休止。”[①] 在这里经济关系与人情关系形成了剧烈的冲突，如果按照熟人社会的情义规则来说，吃同村人家的果子再正常不过，这符合礼尚往来的传统世俗伦理；如果按照经济关系，那么罗云山的做法无可厚非，果子作为商品，任何人想吃果子必须以贸易的方式来实现。从这个意义上来说，罗云山表面上是与一群想无偿吃果子的村民在对抗，实质上是在与传统的人情伦理对抗。

果子，在罗云山眼里是商品，而在村民眼里却是人际交往中礼尚往来的那个“往来”之物。所以罗云山备受非议的不是他给果子明码标价，而是他违背了传统伦理下的人际交往原则。也就是说，罗云山要对抗是一个群体，一个已经经过上千年固化的理念，所以他招来各方非议是再正常不过的事情。罗云山确信自己没有任何过错，也不惧怕任何指责，但是他那被传统伦理与人情礼俗观念浸透的父亲却经受不住了，甚至病倒了。在这个老辈人看来，宁可不要那些果子和钱财，也不能得罪村民，因为在熟人社会，如果没有良好的人际关系，是无法生活得愉快的。所以他说：“咱人老几辈子住在这儿，能为几棵李子树把全村人都得罪了？算了，把那不义之财舍了，咱还是安生种庄稼吧。”[②] 罗云山父亲的观念与老木匠黄志亮、老庄是一致的，他们追求的是“问心无愧”与和谐的人际关系，只有这样才能既对得起良心，又能在熟人社会的舆论中有不错的口碑。

民族传统观念中还有一种对财富的顽固心理，那就是“不患寡而患不

① 张宇：《李子园》，《收获》1984年第5期。

② 同上。

均”，这种思维与“嫌贫恨富”糅合在一起，也就意味着一旦有人打破了“共同贫穷”的僵局，那么这个人必然招来周围人的嫉恨，甚至是打击。在熟人社会，每个率先富裕起来的人，都可能会让心理失衡的乡邻不能忍受。因此，当罗云山公开宣布收成七千斤获益九百元的时候；当罗云山按照劳动工分把票子分给了家庭成员的时候；当罗云山为了庆丰收放响了鞭炮的时候；当罗云山一家人推回了自行车、抬回来缝纫机、戴上了电子表的时候，“人们的愤怒达到了高潮，再也不能忍受了”[①]。

> 那是九百元哪！在这闭塞落后的深山背后，这笔巨款像一团烈火一样把人们的眼珠子都烧红了。难道九百元让这家独吞了？不按户按锅头分了，也不按人口分了，难道不按照劳力给每个人多少分一些儿？解放几十年来，啥时候出现过这等欺天欺侮社会主义的事儿？[②]

罗云山有违人情伦理还只是在乡村舆论上被非议，最大程度上也无非落下一个人品不好的口实，不会招致具体伤害。然而，一旦罗云山财富积累超出人们的想象力，那么等待他的就不仅是蔑视与舆论攻击，实实在在的打击会接踵而至。[③]小说直面现实地叙述了原本不愿意承包果园的罗荣生与罗进军，在罗云山的九百元收益的刺激下，联合起来与后者争夺李子园的承包权。最终罗云山的承包被中止，他的创业梦想破灭。罗云山的悲剧似乎是不可避免的，在社会的转型期，新的正在酝酿尚未生成，旧的却依然根深蒂固，他是改革的先行者，也势必要为此付出代价。当然，罗荣生与罗进军的境况一定会比罗云山要好，因为有后者各方面的“试水”，乡邻对相应问题已然都有了“心理准备”；而且李子园承包事件，也使农民意识到了改变的可能与必要，由此掀起了乡村商业的潮流，这显现出先行者

① 张宇：《李子园》，《收获》1984年第5期。

② 同上。

③ 梁晓声《张六指的“革命”》中的张六指也遭遇了罗云山一样的困境。张六指自筹资金养奶牛，经过邢县长的推出本县“万元户”目的之下的扶持，逐渐发展壮大起来，成了远近闻名的富裕户。也是因为富裕招来村民的嫉妒，以至于张六指的小儿子结婚，全村一百九十多户，出席的只有三户，而且这三户，还是因为是借了张家的钱而不得不来的。

的价值意义，也体现了乡村改革的渐进性特征。

张学梦的《现代化和我们自己》中有这样的诗句："人的现代化容易吗？/ 这可不能比做 / 换换帽子或衬衣，/ 哲学上 / 这是个痛苦的扬弃过程，/ 如同一只第四纪的猴子 / 艰难地攀援着 / 一道道进化的阶梯。"① 社会的变革如果最终不能落实到人的层面，也就是对人的意识、观念与精神心理无法实现更新，那么这场变革从实质上来说就是虚妄的。新时期乡村的转型，也自然应该是全面的进化，所以当我们把关注的目光投入到经济、政治、文化等方面的同时，也需要从人的层面来透视时代。相对于其他视角，从人的角度切入的作品并不常见，原因不外乎叙事角度不好把握、故事性弱会影响小说的可读性，以及人物塑造难以丰满等几个方面。在为数不多的这一主题作品中，韩石山的《改革者的悲喜剧》可谓是上乘之作，小说通过一个握手礼被接受的过程，展现了农民自身的变革之路。

通过电影，农村小伙子来锁对于现代生活与交际方式充满了认同与向往。他希望与周围人也能以那样的形式来彼此沟通，比如男女之间日常交往中，可以握手致意。于是他鼓足勇气，进行了一次尝试——在表达对云香姑娘感谢的时候，他采用了握手表达谢意。意料之外也是情理之中，他的这次尝试失败了。首先，是云香的反应，"云香惊叫一声，登时满脸粉红，愣了一下，双手捂住脸，转身蹿进院子里"。其次，是周围的见证者们，鄙夷、不屑，甚至喊道"来锁，你疯啦！"由此他在乡村人的眼中成了一个异类，甚至被戴上了道德败坏的帽子，各方激烈的反应使来锁难以消受。云香的母亲到来锁家里哭诉："香香趴在炕上，哭得死去活来。她婶子，你叫孩子怎么有脸见人啊。我真想不到，你家来锁是这么个坏东西，怕是想媳妇想得魔了。"来锁的父母因羞辱而疯狂地对其打骂；三爷的话更像一根钉子把来锁钉到了耻辱柱上，他"连声责怪侄儿夫妇家教不严，致使儿子做下这号伤风败俗的丑事。"不仅如此，来锁还要面对行政力量的严肃批判——"当天晚上，队干部们召开会议，研究怎样处分他，

① 张学梦：《现代化和我们自己——写给和我一样对"四化"无知的人们》，《诗刊》1979年第5期。

怜念他平日表现不错，决定由队长去他家里训一顿，让他写出保证书。”[①]从此以后，在乡邻的舆论中，来锁就成了“色魔子”，大姑娘小媳妇像躲避恶魔一样躲避他，更为严重的是，此后再没有人给他提亲了。这个景象与鲁迅先生所营构的那个狂人所处的世界多么相像，来锁也体验着狂人一般的痛苦。当然，“青山遮不住，毕竟东流去”，时代变革势必涤荡顽固保守的价值理念与陈规陋俗，这是社会进化的逻辑现实，也是作家乐意为小说加上的具有光明指向的结尾。当农村逐渐开化后，握手被当作正常的礼仪而被接受，来锁也自动摆脱了被诅咒的“恶魔”身份。

---

① 韩石山：《改革者的悲喜剧》，《北京文学》1983年第5期。

第六章

理想、理想化、理想主义与改革文学

改革文学在新时期之初引发了极其强烈的社会轰动效应，这不仅是因为改革主题契合了民族期待变革的心理，更为重要的是，作家对改革潮流的深刻把握，尤其是对改革者形象的塑造，用理想点燃了大众对生活的热情、对民族未来的信心。“历经苦难的作家们在发出血泪控诉和无情批判的同时，也开始深刻的思考，他们的作品试图重塑理想主义的激情，继续完成着宏大叙事和融入主流意识形态的种种努力。”[①] 如果说伤痕文学、反思文学宣泄了民族历经浩劫磨难的愤懑与压抑，那么改革文学则以充满理想色彩的叙事，鼓舞了中国人走出浩劫的阴影，放眼未来，为整个社会注入了蓬勃进取的理想气息。改革文学以此参与了民族精神心理的重构，并在一定程度上影响了新时期以来的现代化进程。作为对社会转型现实的及时反映，改革文学的理想是建立在真实性基础上的，然而一旦这种理想的建构脱离了现实，那么必然背离作家创作的初衷，从而使作品不仅偏离艺术规律，而且也会丧失社会效应。那种剔除社会与人物复杂性的过度理想化叙事，抽空了文学的现实基础，而改革文学也在空喊理想的口号之下走向衰落。改革文学失去轰动效应之时，也是新时期中国社会理想主义落潮的开始。

---

① 杜剑峰:《从王朔到冯小刚——当代社会文化转型中的审美流变》,《北京联合大学学报》（人文社会科学版）2002 年第 4 期。

一　理想与改革文学

《辞海》对“理想”的解释如下：理想“是非实有，而信其当有，或希望其如何如何者谓之理想。与空想不同：理想是以已有经验为材质，据事理以推测有客观的妥当性，故可以努力使之实现。”[①]这个释义强调了理想的超越性与可达成性，这两个特征是“理想”的魅力所在——可达成性使理想避免了遥不可及的虚无缥缈，而超越性则使人心生向往，并乐于为之付出努力。一部人类发展史其实就是对理想追逐的历史，对于任何民族、群体、个人来说，理想都像阳光、空气、水分一样是实实在在被需要的，尤其对处于转型过程中的民族，理想就是照亮未来的灯塔。理想虽然属于观念层面的东西，但是无论对于群体还是个人，它的生成都需要外界的刺激，当内在意愿与外在的激励相契合时，理想才能转化为行动。所以“制造”理想就显得非常重要，这是理想氛围形成的“源头”。主流意识形态引导着社会性理想，它使群众整体性的欲望与冲动有了超越生命本能的指向，进而促动了理想主义潮流的汹涌澎湃。

文学作为一种意识形态，是引导社会理想生成的重要途径，尤其对于新时期之初的中国社会来说，改革文学承载着重新建构民族理想的功能。“理想是人生中的火花，是人的精神活动中至高的向上力。文学作品中蕴含着的那种对于生活的理想，正是人类社会生活中对生活追求的文学表现。不但浪漫主义文学常以想象和理想的色彩来表现生活及其希望，就是现实主义文学在描绘现实生活的时候也常常闪现理想的光辉。”[②]充满理想色彩是20世纪70年代末80年代初改革小说的基本特质。改革文学虽然与社会现实贴得比较紧密，但是这并不妨碍作家对现实的超越性思考与表达。通过对理想改革者形象的建构，对理想改革愿景的描绘，以及对阻碍社会发展问题的理想解决方式的表述，改革文学始终洋溢着鼓舞人奋进的

---

① 《辞海》，中华书局1981年版，第1935页。

② 洁泯：《现实的图画和理想的光辉》，《文艺报》1983年第1期。

理想。这种理想是新时期中国社会最需要的东西。新中国建立后由民族新生的自豪感、欣喜感而生发出了浓厚的理想主义氛围，建设祖国、建设社会主义不仅仅是豪情壮志，而且近乎信仰般地激励着我们这个民族。历经“文革”，中国人对民族大业的热情、理想与信仰被倒行逆施的“极左”政治压抑了。对于新时期的中国社会来说，除了国民经济陷入窘境之外，群众内心的绝望感与幻灭感，是现代化变革与民族重构面临的更为艰难的问题。人是生产力中最活跃的因素，人的主观能动性的发挥直接决定着对客观世界改造的程度与效果，如果人丧失了积极性，那么社会的前进就会失去根本性的推动力而陷入停滞。从这个意义上来说，“文革”之后的中国，需要用一种理想来拯救群众的幻灭与绝望，重新激活大众的信心与抱负，唯有如此，才能把民族从浩劫的泥淖之中拖曳出来。

与伤痕文学、反思文学对“极左”政治的批判否定相比，改革文学更具有建设性，这鲜明地体现在作家高扬的理想旗帜上。改革小说所包蕴的理想像暗夜之中的一簇火炬，温暖了群众的心灵并重新点燃了他们对生活、对民族建设的热情，使他们能够走出绝望并坚定对未来的信心。甚至可以毫不夸张地说，如果没有改革文学，也就没有20世纪80年代初理想主义的高涨，社会的转型与变革也就自然丧失精神层面的推动力量。新时期的社会变革虽然直接指向生产力的解放——增强国力提高人民生活水平，然而大众并不仅仅是为了摆脱物质困境而参与社会变革，他们更是被一种国富民强的现代化理想所鼓舞，这是“文革”后中国人摆脱幻灭感，精神面貌能够焕然一新的根本原因。正因为如此，读者大众看重的是改革文学中包蕴的理想色彩与气息，而非文学对于改革实际的指导性作用。“其实，现在回过头去看看，那时的改革文学，在‘改什么’和‘怎么改’方面都是比较浮浅、简单、幼稚的，引动社会与之强烈共振的，是那种改革的要求、愿望、激情。改革，以它特有的理想光辉照耀着刚从噩梦中醒来的人们，而改革者，因为身处在改革的中心而很自然地被罩上了一个理想的光圈。”[1] 敏锐地发现问题并以文学化的方式展现出来，是作家的职责

① 金健人:《“改革文学”的改革》,《文艺理论研究》1988年第2期。

所在，然而文学并不负责解决问题，或者说作家充满想象化的问题解决方式未必真正有效。改革小说也不例外。乔厂长受到了读者的追捧与欢迎，甚至很多人高喊“欢迎乔厂长到我们厂里来”，他们认可的并不是乔光朴的具体改革措施，而是后者对于集体的牺牲奉献、坚定意志，以及大刀阔斧的作风。在需要英雄的时代，作家创造了乔光朴等具有新时代内涵的英雄；在需要理想的时代，改革文学唱响了最为嘹亮的理想颂歌，拨动了大众的心弦使之与时代共振。

改革文学建构理想的方式不外乎如下两种：一是塑造理想人物，乔光朴、李向南这样的改革者是新时期理想主义的符号；二是描述改革的理想进程，以一种想象化的胜利或阶段性胜利抚慰人，并使之契合大众对现实问题解决的期待。我们看到，凡是新时期引发过轰动的改革小说，基本上都在人物形象建构与故事情节营造上展现出一种鼓舞人心的豪气，这是作家的主动追求，以此来实现作品的社会效应。新时期的改革文学往往被理解为改革者的文学，作家把改革形象作为文本结构的核心，突出他们敢为天下先、天下为公的形象特质，为时代树立开拓进取的榜样与楷模。这些人物身上不仅具有转型时期所需要的开拓能力与胆识，而且具有甘于牺牲奉献的集体主义精神。当然，这些改革者与脱离现实基础建构起来的萧长春、梁生宝等社会主义“圣徒”形象不同，他们虽然被灌注了作家的理想色彩，但依然是生长在大地上的凡人，“是在现实生活的土壤中产生的符合历史要求和人民愿望的理想人物”。[①]“他是现实的，因为生活中开始有了这样的人物；但是他又是理想的，人们在各个方面希求有这样的人物。”[②]新时期文学创作恢复了现实主义传统，文学“不仅是写实的，而且有理想的因素。这些因素并非是外加的，而是根植于现实土壤之上的萌发，是依循生活发展的轨道而必然会出现的精神趋向”[③]。改革者身上锐意改革、开拓进取，以及知难而上的特质，正是民族精神在转型时代的集中显现，而改革者身上的理想气息也是民族对自身的期许。正如刘锡诚所

① 刘思谦：《蒋子龙的“开拓者”家族》，《文艺报》1982年第4期。

② 洁泯：《现实的图画和理想的光辉》，《文艺报》1983年第1期。

③ 同上。

说："乔光朴这个人物形象，既概括了在艰难时世下锐意改革的人物的共同的精神状态，又流溢着经过作者集中了的、人民群众中对未来的希望、憧憬与理想。"[①] 在乔光朴的身边站立着众多充满理想色彩的改革者，《新星》中的李向南、《男人的风格》中的陈抱帖、《改革者》中的徐枫、《祸起萧墙》中的傅连山、《三千万》中的丁猛，等等，他们用行动为自我塑像，以开拓者的精神风貌鼓舞着读者大众。

改革者形象的出现是文学感应时代潮流的必然，而这些人物身上的理想主义色彩，一方面是作家基于时代对英雄需要的积极回应，另一方面也是作家自身理想的外化。"浪漫主义创作方法固然需要理想主义精神；革命现实主义和典型化的原则，同样不能离开作家的革命理想。"[②] 但凡那些引起轰动效应的作品，作家无不是带着喜爱、欣赏、肯定的态度来建构他笔下的改革者，无论是蒋子龙对乔光朴、柯云路对李向南、水运宪对傅连山，还是张贤亮对陈抱帖、张洁对陈咏明，等等，无一例外。作家与读者一样对改革者的成功感到欣慰，对他们的挫折感到焦虑，也更不愿意看到改革者的失败——那些开放式的结尾就是最好的证明。蒋子龙说："我在写乔光朴这个人物时，的确是给他加进了一些理想的成分，也可以说是给他涂上了我自己的理想和感情的色彩。"[③] 从艺术的角度来说，作家与小说中的人物距离过近会影响人物形象塑造的客观性，因为创作主体会带上情感倾向来对待他的主人公，过分欣赏与过分憎恶都会影响人物性格的真实与饱满。然而，作家对于改革题材书写的倾向，以及读者对此的接受取向，显然并不完全指向文学性，两者皆更注重文学的社会效应。"自它诞生的那天起，一般读者便按照以往阅读习惯，主要不是想从中去欣赏'文学'，而是渴望从中去体会现实生活中的'改革'，领悟社会改革的必然与必要，体验改革进程的曲折与社会热情。"[④] 作者创作意愿与读者接受需要在这里达到了高度的契合，文学只不过是一个载体，作家以此表达心

---

① 刘锡诚：《文学与当代生活——谈新时期文学的社会作用》，《文艺报》1982 年第 9 期。
② 张韧、肖德：《行进在四化建设道路上的新人形象》，《文艺报》1982 年第 1 期。
③ 蒋子龙：《关于〈乔厂长上任记〉的通讯》，《语文教学通讯》1980 年第 1 期。
④ 姜静楠：《"改革文学"的现状与出路》，《小说评论》1991 年第 5 期。

声，读者大众借此表达诉求。我们看到，20世纪70年代末80年代初以改革小说闻名的作家，如蒋子龙、柯云路、水运宪等，都有一个共同的特征，那就是他们都经历了新中国成立后理想主义勃发的激情岁月，这对他们的价值观形成了深刻影响。作家沙叶新曾以自身体验对这一代人进行过总结："我总感到我们这一代已步入中年的作家，有太多的责任心，有太多的使命感，再加上中国传统文化对自己的影响，什么'文以载道'呀，什么'文章合为时而著，诗歌合为事而作'呀，已成为自己创作时的心理定势。所以每每动笔，总是为时为事，忧国忧民。"①作家对民族的责任意识与担当精神，必然会以创作上的现实关切体现出来，否定不合理的旧有的一切，呼唤向善的现代化，是改革文学的主题基调。正如谭好哲所说："改革时代的文艺创作就必然具有两种不可缺少的品格：即批判性与理想性。"②这两种特性鲜明地体现在改革小说的人物设置上，《乔厂长上任记》中的冀申与乔光朴、《新星》中的顾荣与李向南、《三千万》中的张安邦与丁猛、《花园街五号》中的丁晓与刘钊，等等，前者皆代表负面价值，作家的态度是批判否定的；后者均为正面人物，寄寓了作家的理想。所以，从创作主体的角度来看，改革文学的理想色彩带有必然性。

理想色彩使改革者在新时期的舞台上熠熠生辉，他们能够深入人心，长久地"活在"文学史中，主要得益于他们这一特质。作家赋予了改革者形象以理想气息，他们脚踏实地而又目光高远、雄心勃勃。蒋子龙说："一个成功的、真实可信的典型形象之所以取得了人们的承认，就在于这个人物身上集中了生活的现实和理想。"③像乔光朴、刘钊、徐枫等大多数光彩照人的改革者，都是民族浩劫的经历者，肉体与精神上都不同程度地遭受过磨难，然而这些困苦并没有使他们丢弃使命感与责任感，没有泯灭他们的理想。他们对自身与时代的超越性，在一个信仰迷茫、理想缺失的年代，更显得弥足珍贵。"伟大的变革时代，是需要'巨人'和正在孕育着、产生着'巨人'的时代。我们的文艺创作，应该以革命理想主义的目

---

① 沙叶新：《耶稣·孔子·披头士列侬·后记》，上海文艺出版社1989年版，第433页。

② 谭好哲：《从文学的本质看改革文学》，《文史哲》1988年第1期。

③ 蒋子龙：《要不断地超过自己》，《人民文学》1982年第4期。

光，去发现、去讴歌这样的‘巨人’，以鼓舞和激励人民的斗志。”[①]从艺术的角度来说，无论是乔光朴、李向南，还是傅连山、徐枫，这些改革者形象确实没有给新时期文学提供更多有价值的审美经验，但是他们却因为自身的理想色彩而被载入文学史册。也就是说，改革文学的社会价值要远远大于其艺术价值，因为它所引发的理想主义潮流促动了新时期社会的转型。吴秉杰指出："李向南是一个理想主义的形象。它的审美的意义也就在这种理想的精神人格上。"[②]这一判断不仅符合李向南这个人物形象，而且也适用于更多与李向南一样受到读者大众肯定的改革者形象。如果说"理想是照耀现实的灯塔，现实是通向理想的桥梁。"[③]那么改革者无疑是作家以文学的方式竖立起来的灯塔，他们照亮了现实，激活了被压抑的热情，促成了20世纪80年代初期理想主义的大潮。

二　理想化与改革文学创作

“人”的回归是新时期文学最大的特征，人从阶级、集体的符号，从神化与妖魔化的扭曲中解放出来，真正成为人。虽然反对文学的“造神”运动，但是这并不意味着要清除掉人物身上的理想气质，如果文学放弃超越生活本身的建构与表述，那么也就会丧失对读者的精神引领。对于小说来讲，具有理想色彩的人物与情节，需要通过理想化的方式来完成。理想化就是“变化现实题材，使其合于一定理想或标准。”[④]文学艺术不可能是现实的简单映现，而是要经过凝练与变形使其符合生活理想与审美理想。张贤亮说："作家通过自己的作品中所塑造的改革者形象，体现出人民群众对于改革的理想、愿望与追求，自然也是义不容辞的。所以，在我们新时期的文学创作中，改革者形象所具有的理想化色彩，不仅是允许，而且

① 韦君宜、谢永旺、蒋荫安、吴泰昌：《一九八三年长篇小说漫谈》，《文艺报》1984年第3期。

② 吴秉杰：《〈新星〉对话》，《文艺争鸣》1989年第3期。

③ 王蒙：《谱写农村的新生活交响乐章》，《文艺报》1984年第4期。

④ 《辞海》，中华书局1981年版，第1935页。

也是应该存在的。"[①]理想化是文学成就其艺术价值与社会效应的必要途径，但是过度的理想化也会解构文学自身的理想特质，使叙事效果背离创作初衷。“文革”文学中那些假大空的形象，使得理想化的贬义色彩被突出强调，也使理想化作为一种艺术建构方式的价值被忽视。

塑造典型形象需要典型环境，必须把人放在具体社会环境中，在改造客观世界的过程中来显现主人公的能力与意志，而只有克服障碍推动社会发展才能体现人的价值。改革小说往往把改革者放在“文革”后社会问题丛生的背景下加以刻画，通过主人公对崩溃的经济、凋敝的民生、稀缺的民主，以及诸多不合理现实的改变，来展现他们的理想化特质。传统文学叙事中的英雄人物不仅一呼百应，而且他们的事业基本都有成功的保障，比如，萧长春、梁生宝所主导的合作化运动，虽然遭遇到了困难与阻碍，但“胜利”的大趋势却是无法改变的；少剑波率领小分队剿匪从一开始就注定了胜利的结局；抗战题材作品中的英雄道路更是如此，无论是史更新、刘洪，还是魏强、李向阳，他们无往而不胜的结局都带有必然性。在这些叙事中，一是在人物塑造上存在着神化的倾向，二是在故事情节的营造上，英雄面对的困难与障碍被简单化了。从胜利走向胜利固然可以使读者体验欢欣与快慰，然而如果英雄面对的是一个缺乏挑战的任务或一个容易应付的环境，那么他们存在的价值意义就不会被充分地体现出来，他们也就无法成为具有实在内涵的典范与楷模，理想气息自然会随之稀薄。“我们过去长期以来在许多作品中所表现的生活理想，常常回避着生活中的矛盾和冲突，或者把矛盾简单化，单一地去描绘那些先进者头上的光圈，把文学中的理想因素变成了某种教义的图解，把作品弄得干枯乏味，把本来充满着活力和新鲜感的文学理想色彩弄成了离开生活土壤的无根之木或无源之水。”[②]

理想是文学的生命力，对于改革文学更是如此。“文学要表现此种理想的光辉，就必须深刻地揭示生活的复杂矛盾及其变化多姿的丰满状态。

① 张贤亮：《当代中国作家首先应该是社会主义改革者》，《百花洲》1984 年第 2 期。

② 洁泯：《现实的图画和理想的光辉》，《文艺报》1983 年第 1 期。

现实主义文学的基本特征就是反映生活的矛盾状态，反映愈真切，愈深刻，随之喷突而起的理想的光彩也愈有思想力和感染力……倘不充分地写出这种矛盾的复杂状态和艰难状态，这些人物的理想的光彩只会是黯淡的，乏味的。”[①] 理想化的建构方式就是为改革者设置一个问题丛生的环境，通过主人公克服困难解决问题，以及在此过程中表现出来的魄力与胆识，来凸显他们身上浓烈的理想主义气息。《乔厂长上任记》中的乔光朴面对的电机厂是一个生产濒临崩溃的烂摊子，技术人才缺乏，职工生产积极性低落；同时他还要应付以冀申为代表的毫无公心之人对改革的阻挠，以及已成积弊的人情关系，改革不仅困难重重，而且危机四伏。《新星》中古陵县经济贫困，民主政治更为落后；冤假错案频出，人治替代了法治；官僚主义横行，顾荣的势力盘根错节，这个境况无疑使李向南的改革负载沉重。《祸起萧墙》中傅连山面对的不是一群保守的人，而是一种根深蒂固的地方保护主义，他旨在利益均衡的改革，因为利益再分配而遭遇顽强的抵抗……乔光朴等改革者正是因为在困境与压力之下，依然选择担当并且迎难而上，而被时代被大众所认可。或者说，新时期之初没有积弊丛生的社会现实，改革者形象便不会引发那么强烈的社会效应。所谓时势造英雄，时势也成就了改革文学的兴盛。作家把改革者放置在艰难时世之中，使他们承担改革的重任，而且随时有失败的可能，正如李向南在与郑达理较量后只能退走北京寻求支援一样，改革者并不是无所不能、无往而不胜的。这样的叙事虽然降低了文学昂扬的调子，但是并不妨碍理想的传达，而且因其符合现实逻辑，令通过改革者奋斗展现的理想更富吸引人的魅力。

当然，理想化是一种对现实的提纯，无论是直接展现人物性格心理，还是通过环境来建构改革者的丰满形象，都经过了创作主体对客观现实的过滤。所以乔光朴、李向南、傅连山等人身上，基本上没有诸如自私、怯懦、彷徨、患得患失等人性弱点。这与人的复杂性建构原则有所背离，却成就了改革者的理想人格。“这样塑造出来的人物形象，虽然带有明显

① 洁泯：《现实的图画和理想的光辉》，《文艺报》1983 年第 1 期。

的理想化色彩，但却令人感到真实、可信，人们承认他们，甚至喜欢他们。”[①]这种意在突出改革者正向价值而有选择性的叙事，与“极左”语境下对人物的神化相比，是存在根本性差异的。改革者形象来自生活，其真实性是不容置疑的，而萧长春、欧阳海、梁生宝[②]则丧失了现实基础，没有更多 的可信度。传统的英雄叙事是一种理想化，改革文学的人物塑造也是一种理想化，然而两种理想化的效果却截然不同，这种差异主要取决于作家对生活真实与现实逻辑的尊重与否。对于这一判断标准的忽视，是改革者形象是否存在过度理想化问题争论的主要原因。例如，有的读者与评论者认为李向南的形象过于理想化了，尤其是李向南率领县委常委们下乡，到问题成堆的黄庄水库、横岭峪公社和凤凰岭大队走了一遭，所到之处，问题似乎一下子全都迎刃而解了，这缺乏可信性。但是“我以为在李向南身上却未必存在着理想化的毛病”，因为“像李向南这样富有胆识和才干、富有英雄主义精神的青年政治家、改革家、事业家在我们祖国的大地上的改革热潮中已经涌现。”[③]虽然李向南身上充满了种种理想特质，然而因为这是一个来自生活又超越生活的形象，他的魅力很大程度上都因为他的真实可信。刘锡诚也认为李向南“多少有点被作者理想化了”，但是因为这个形象带有深厚的现实特色，这使他“仍然不失为一个活生生的现实中的人物，一个有时代特点的改革家的形象。”[④]乔厂长引来一片喝彩声的同时，也招来了对这个人物过于理想化的质疑，在极力批判“高大全”的时代，对乔光朴“太理想化了”的指责实属正常。但是，并不应该把理想化与“高大全”混同一谈，因为“古今中外的作家都要塑造自己的理想人

---

① 王畅：《人物的理想化与理想化的人物——改革者形象塑造问题随想》，《文艺评论》1985 年第 3 期。

② 梁生宝的原型是农民王家斌。王家斌这个地道的农民一直揣着中国传统农民所共有的个人发家致富的梦想，而非梁生宝那样把所有热情都投入到合作化运动中。梁生宝完全超越了身份局限与时代局限，被作者进行了彻底的提纯。《创业史》的主人公已经与王家斌毫无关联，甚至从执着于个人发家到集体合作的转变都没有。显然这个人物是脱离现实的，因此是作家想象出来的，也就无法为时代提供理想方向，也无法被时代所铭记。

③ 孙武臣：《与时代生活同步的〈新星〉》，《当代》1985 年第 1 期。

④ 刘锡诚：《改革狂飙的礼赞——谈柯云路的新作〈新星〉》，《文艺报》1985 年第 3 期。

物。问题是在于这个理想人物在艺术的典型环境里是否可信。”[①] 乔厂长浸透着作者的理想，而又具有坚实的生活基础，因此，这个改革者能经得起时间的过滤而成为经典形象。

如果小说的人物失去了现实基础、情节违背事理逻辑，那么理想化就会走向虚假化，理想特质也会沦为虚妄。以“高大全”或神化方式建构起来的人物形象，本质上都是一种过度理想化，最终以理想化的方式解构理想。“给人物加上自己的理想同拔高人物、神化人物是完全不同的两回事。使人们感到虚假的作品，不是因为写了理想，而恰恰是缺少理想，缺少有理想的生活的描写，或者是把幻想、把没有生活根据的编造当成了理想。当人们感到一个作品虚假了，那它就不是概括生活，而是编造生活。”[②] 当《乔厂长上任记》等改革主题作品引发社会轰动之后，改革小说创作随之形成蔚为壮观的潮流。理想一直是改革文学挥舞的旗帜，也是它的魅力之源。然而在这种文学潮流之中，一些作品的理想往往是以过度理想化的方式制造出来。虽然这些文本中的人物看似慷慨激昂、情节跌宕起伏，但是却经不起推敲，也无法产生感染人、鼓舞人的力量。过度理想化不仅损害了作品自身的艺术价值与社会效应，而且从整体上来看，这也是改革文学走向衰落的一大因素。当理想不再具有魅力的时候，作为理想载体的文学也就失去了吸引力。正因为如此，作为艺术建构方式的理想化再次具有了贬义色彩，当一部作品被认为存在理想化问题，也就意味着对作品价值的高低优劣已经有了初步断定。

理想化虽然是文学建构所需要的方式手段，但是过犹不及，当理想化被过度运用，必然适得其反，无法实现创作者的初衷。过度理想化的一种表现是对人物的类神化建构。虽然“高大全”被摒弃，但是文学“造神”思维不可能在短时间内彻底消失，在呼唤理想与强者的时代，“高大全”便在文艺中重新复活了。即使人物塑造与情节走向极端化的程度有所“收敛”，然而本质上依然是一种过度理想化，或者叫作类神化叙事。在这样

---

① 艾湫、东木、基亮：《笔谈〈锅碗瓢盆交响曲〉》，《当代文坛》1983年第6期。

② 蒋子龙：《不惑文谈》，上海文艺出版社1984年版，第68页。

的建构原则下，改革者无所不能，似乎只要他们大手一挥，社会变革便可瞬间达成。这样的改革者不是来自生活，而是来自创作主体的一种理念，旨在迎合读者大众对英雄的期待与对理想的呼唤。文学试图重新扮演它在“极左”语境下引导社会生活的作用，这意味着改革文学的“社会作用被夸大了，改革者也被神化了。改革者成了救世主，文学成了疗救社会的妙药良方。”[①]李新宇认为对于改革文学而言，改革者形象大都有坚强的意志、超凡的能力，表现出面对改革阻力百折不挠的精神，改革者形象的性格特征存在着明显的一致性，而在千篇一律的“雷同化的背后是理想化”。[②]虽然李国文的《花园街五号》从一个城市权力交替的角度对改革的反映是比较深刻的，但是在改革者刘钊的塑造上，却明显存在过度理想化的问题。“刘钊的形象显然有过于理想化的痕迹，他懂政治，懂管理，懂外交，而且手里仿佛有一把能打开一切困难之门的‘金钥匙’，这对一个刚刚平反，过去仅干过几年秘书生涯，二十多年一直被打在生活的最底层的人来说，似乎有点令人难以置信。”[③]

与乔光朴身上有直来直去不善变通的“短处”、李向南有感情用事的“毛病”不同，刘钊近乎完人，他身上没有任何可以挑剔苛责的地方，甚至有点不食人间烟火的味道。老舍曾针对理想化问题指出：“把一位革命青年写成一举一动全为革命，没有丝毫弱点，为革命而来，为革命而去，像是一座雕像那么完美；好是好了，怎奈天下没有这么完全的人！艺术的描写容许夸大，但把一个人写成天使一般，一点都看不出由猴子变来的，便过于骗人了。”[④]无论是革命者还是改革者，合乎艺术规律的创作应该把他们作为人来书写，表达人的性格的丰富与完整，而“理想化却会使人物性格失去客观的凭藉。理想化的偏颇，多半发生对某些正面人物的艺术处理上……这就是说，经过理想化的蒸馏，他把人物的性格高度地简单化

① 江腊生：《改革激情与文学想象的焦虑》，《甘肃社会科学》2013年第1期。

② 李新宇：《改革者形象塑造的危机》，《当代文艺思潮》1986年第6期。

③ 韦君宜、谢永旺、蒋荫安、吴泰昌：《一九八三年长篇小说漫谈》，《文艺报》1984年第3期。

④ 《老舍论创作》，上海文艺出版社1980年版，第88页。

了，使其丧失了作为艺术美的可贵基础的真实。”[①]唯有以真实为文学形象的基础才能使理想释放出光芒，而过度理想化必然导致人物的平面化。一些改革者形象在过度理想化的“修饰”之下，无法达成作家在他们身上所预期的社会效应，“结果既未能真实准确地反映他们的贡献，也未能真实准确地表现出社会主义改革家的特定品格。”[②]刘钊一类面目性格模糊的改革者，没有为新时期文学提供可供借鉴的美学经验，也无法在改革实践中起到示范引领的作用。

与平面化相应的另外一种过度理想化的表现是简单化，改革者为推动社会合理化而克服困难与奋斗的过程被简化，改革呈现出速胜的态势。与《乔厂长上任记》《沉重的翅膀》《新星》《祸起萧墙》等小说表现出来的对改革难度的充分认识、对改革前景稍带悲观的谨慎不同，一些改革小说对于改革进程秉持着异常“乐观”的态度。在这些作品中，改革呈现出直线推进的态势，改革者既有领导的赏识支持，又有群众的拥护，从而能够一呼百应，保守势力、守旧观念随即被清理，于是出现的是一片繁荣景象与可预期的光明未来。这样的描写在改革文学潮流之中并不罕见，作者充分发挥自己的“想象”，建构了一种“理想”的改革图景。张贤亮的《男人的风格》展现了一场理想模式的改革，改革者陈抱帖与乔光朴、李向南一样，是有胆识、有魄力的强者，然而他面临的困难与阻碍显然要比乔光朴、李向南小得多，所以他没有费多大气力就战胜了对手。尤其是那场陈抱帖在体育场的就职演讲，通过扩音器以及无线电波征服了整个城市，于是接下来的改革便旗开得胜，马到成功，一帆风顺。在这个叙事中，改革似乎成了沙盘上演练的游戏，社会转型期“沉重的翅膀”丝毫没有起到“应有作用”，改革被描述得过于顺利了。

如果改革容易到一蹴而就的程度，那么改革者的价值又何从体现，正如战争被简单化之后无从确认牺牲者的价值一样。展现丧失了价值意义的社会运动，显然不能给群众以精神的引领、心灵的慰藉与理想的鼓舞。陈

① 何西来：《论人物性格复杂性的三个制约因素》，《文艺报》1984年第9期。

② 陈冲：《“改革文学”深化断想》，《人民日报》1987年9月15日第5版。

抱帖的“高歌猛进”与李向南的“快刀斩乱麻”并不一样，前者是简单化想象，后者则在发掘改革者点滴胜利背后的“沉重的历史”，“作者没有把生活简单化，没有把历史的前进仅仅归结为李向南一个人的愿望，而是把李向南放在各种社会力量的交错之中”。[①]通过李向南这个形象，我们能够看到改革与传统力量的剧烈冲突，以及改革走向深入的艰难，而在陈抱帖身上，却没有这种深刻的内涵。冯雪峰指出：“‘理想化’是违背真实的，结果是要使人看不见真实，以致脱离现实的。”[②]文学应该是作家对社会现实的深刻揭示与表达，尤其在社会转型期，改革文学被赋予了更强烈的认知价值，而过度理想化与想象化的叙事，只能是对现实肤浅的反映，在廉价的乐观中丧失文学的意义。值得注意的是，像《男人的风格》这样带有“传奇性”的叙事，契合了读者大众对故事性的需要，所以容易赢得市场，这篇小说在当时引发的轰动也能够说明这个问题。一旦这样的创作得到大众的“认可”，效仿的潮流便不可避免，简单化风气也必然影响改革文学发展的深入。

三　理想主义、改革文学与八十年代

在“极左”政治思潮下，理想被抽空了现实基础而成为不切实际的空想，文学所展现出来的“理想”彻底失去了它的意义，为新时期文学重构理想设置了不小的观念上的障碍。因为“‘四人帮’一伙在文艺上鼓吹创造‘高、大、全’的‘英雄形象’，‘理想’一词也被他们滥用了。这些年来，人们一听到‘理想人物’，就想到了与生活真实相对立，想到了凭空臆造，想到了那些‘高、大、全’的‘英雄’人物在舞台上居高临下的姿态。”[③]当新时期文学致力于扭转“文革”文艺错误倾向之时，乔光朴、傅连山等具有理想色彩的人物，自然会引起读者尤其是评论者的质疑。“现

① 刘锡诚：《改革狂飙的礼赞——谈柯云路的新作〈新星〉》，《文艺报》1985年第3期。

② 冯雪峰：《英雄和群众及其他》，《冯雪峰文集》（下），人民文学出版社1981年版，第73页。

③ 伊默：《“真实”与“理想”——阅读琐记》，《人民日报》1980年3月12日第5版。

在的作家描写人物谁也离不开理想和现实的问题，有人喜欢把一切‘好人’都称作‘理想化的人物’。‘理想’成了贬义词，仿佛一牵扯到理想，就是不真实的，虚假的。我认为恰恰是这些人颠倒了‘理想’一词的概念。”[①] 乔光朴等形象曾一度被认为“太理想化”，这其实就是文学评论上的“矫枉过正”，持这种观点的人抹杀了理想化的意义。陈思和指出：“文革”后，“人们需要重构精神信仰，重建精神家园，重新树立民族的自信心，这一切，似乎又成为文学工作的责任。”[②] 虽然必须要摒弃虚假的理想，但是如果改革文学失去作为生命力的理想人物与叙事，那么它就不可能在新时期之初受到广泛性认可，也不可能达成作家所预期的社会价值。由此观之，理想化对于改革文学来说是必要的手段，用理想来过滤现实、用理想来关照现实、用理想来重塑现实，使文学以昂扬的风貌引领社会变革的潮流。“作者依主观标准对材料理想化”就是文艺上的理想主义，“即为不满足于现实，进而追求理想的一种主义。”[③] 当追求理想成为主义也就意味着理想已然上升为信仰，在这个意义上，改革文学不仅是理想的载体，而且也是20世纪80年代初理想主义潮流中不可缺少的组成部分。

对于改革文学来说，理想主义首先是文学意义上的，在符合艺术规律的前提下使人物、叙事带上理想色彩。与写实主义相对，理想主义具有更为明显的情感倾向与价值判断。以“高大全”原则建构起来的人物身上充满了理想，而且往往都是人类的终极理想，这样的形象在失去主流宣传的支撑下自然会丧失生命力。20世纪五六十年代中国社会浓厚的理想氛围，是这种“高大全”建构的基础，虽然文学感应着时代空气而生发，但是以神化人物为表征的理想主义，实质上是一种虚假的情感与追求，是与信仰背道而驰的。文学创作负载着夸张到极致的理想，成为满足政治而非灵魂需要的一种造神运动，萧长春、梁生宝这一类形象的塑造目的是建构供人敬畏、膜拜乃至信仰的彼岸之神。萧长春们那种极其“符合”共产主义社会需要的言行心理，是神的而非人的特质，所以文学所洋溢的理想就丧失

① 蒋子龙：《要不断地超过自己》，《人民文学》1982年第4期。
② 陈思和主编：《中国当代文学史教程》，复旦大学出版社1999年版，第230页。
③ 《辞海》，中华书局1981年版，第1935页。

了与普通人之间的关联性，从而无法介入现实。蒋子龙区分了理想化与虚假理想化的区别，“理想不是作家故意加上去的，它作为生活的一部分进入作家的创作，成为人物的血肉。所谓给作品加点‘亮色’、加上个‘光明尾巴’的做法是不足取的。凭理智硬加上去的东西必然同作品原有的情绪格格不入，使人物好像披着两层皮，既不可信又不可爱。”①

理想主义的首要原则是真实，无论故事情节还是人物形象都要经得起社会现实与事理逻辑的检验，这就要求作家把赋予理想气息的情节尤其是人物，放在真实而具体的社会环境中进行建构。纵使是大刀阔斧的改革者，他们也不可能脱离生存的环境。无论是乔光朴、李向南，还是傅连山、丁猛，他们都是从群众中走出来的普通人，他们有喜怒哀乐、七情六欲，有正常人所拥有的一切情绪与情感；他们不是“神”，他们会焦虑、彷徨、迷茫，也会遭遇挫折，甚至遭遇阶段性的失败，正如乔光朴无法阻挡冀申晋升的脚步，以及“外交”上的折戟沉沙，还有李向南面对郑达理时的一筹莫展。改革者身上这些普通人的特质，不仅不妨碍他们成为时代英雄，反而会使读者大众在他们身上发现自我，进而去接近他们、感受他们、理解他们。真实是文学的生命力，对于追求社会效应的改革文学来说更是如此，唯有真实才使文学具备打动人心的力量。

芸芸众生与具有伟力的英雄之间的差异，就在于对生活的超越，以及面对现实困境的态度上。如果说理想主义必须固守真实性，才不至于出现偏差而走向虚假甚至虚无，那么理想主义的关键，则在于对人物在改造客观世界过程中的观念、态度与意志的展现。具有理想色彩的乔光朴、李向南等改革者，他们始终抱着对现实不满的态度，追求更为合理的生产形态与社会运行机制。这体现了他们所具有的民族情怀与现代化视野，而且积极寻求变革的本身，也表明了他们的牺牲精神、奉献意识与不竭的热情。改革者之所以一出现就引发了强烈的社会效应，就在于他们身上这种为时代所需的理想特质，这是作家对理想改革者的呼唤，也是对现实生活与人物的理想化处理的结果。改革文学的理想主义追求，主要是通过对改革者

① 蒋子龙：《要不断地超过自己》，《人民文学》1982年第4期。

的建构来实现的。蒋子龙虽然承认在乔光朴这个形象上增添的理想主义色彩重了一些，但是“也许正是我对乔厂长这个形象加进了理想的成分，才得到了工人群众的认可。”① 与传统英雄相比，新时期舞台上的领军人物更需要的是开拓精神、现代观念与未来意识，这是引领民族走向现代化的关键。改革文学潮流中被大众所铭记的改革者，基本上都是现代化的信徒，他们从不同层面展示了自身的现代性特征，比如《乔厂长上任记》的开篇就展现了乔光朴强烈的时间意识，这里的时间完全有别于停滞的传统时间而具备现代意义；《新星》刻意突出了李向南的现代民主观念，虽然“文革”之后的中国尤其是基层社会尚不具备充分民主的条件，然而李向南并未因此而忘记初衷；《改革者》意在表现改革者徐枫对现代经济布局合理性的认知与坚持；《祸起萧墙》则主要挖掘傅连山身上的大局观念，等等。

改革文学往往被称为改革者的文学，因为建构饱满的改革者形象是作家的核心追求，这使得改革小说与同主题报告文学之间的差异性，似乎也仅仅在于主人公名字的真假上。作家用改革者的现代观念意识点燃了传统英雄的特质，使改革者既超越了大众又具备了引领民族走向未来的能力。在这种创作理念下，乔光朴、李向南等改革者充满魅力，成为时代所需要的理想形象。“正是这种具有理想化色彩的改革者形象，才能够给人们以战歌式和号角般的激励。”② 从现实的角度来说，人往往因为自身与时代的束缚，在认知与能力上均有局限性，这决定了人的超越性其实是很有限的。人的主观意愿也就是态度，却并没有太多的制约因素，作为时代英雄与凡俗大众之间的差别，往往就体现在这个层面上。在改革文学图景中，改革者表现出强烈的改造社会的意愿，以及为民族国家敢于牺牲奉献的精神面貌，是作家建构理想主义的着力点，也是改革文学体现出强烈理想风貌的地方。意愿、态度与人的情感直接相关，渲染改革者的热情，更容易感染并鼓舞读者大众。改革小说艺术建构上的理想主义追求，直接推动了20世纪80年代初社会中理想主义氛围的高涨。

---

① 蒋子龙：《不惑文谈》，上海文艺出版社1984年版，第66页。

② 张贤亮：《当代中国作家首先应该是社会主义改革者》，《百花洲》1984年第2期。

“文革”后中国社会出现了信仰真空。信仰的丧失导致了精神的迷茫，重构一种灵魂可以皈依的信念，要比现实层面的社会由旧向新的变革更为重要。与西方对彼岸之神的信奉不同，中国人的信仰对象是此岸的，君主、领袖，都可以填充信仰空间。“文革”后重新寻找信仰的精神要求与改变窘迫的物质困境缠绕在了一起，所以当乔厂长这样既具有英雄特质又有变革热情的改革者出现之后，引发强烈的社会轰动就在情理之中了。改革文学因为满足了大众的精神需求而被接受，饱含着摆脱旧有束缚、追求现代化等的理想主义便成为新时期之初中国人的信仰。读者大众对乔光朴的认可与呼唤，蕴含了丰富的社会信息，“从文学接受的角度讲，这正是乔厂长契合大众的阅读心理期待的表征”①。这种期待是多层次的，大众通过乔光朴的变革举措看到了物质窘境改变的可能；乔光朴、傅连山、李向南等改革者，也恰逢其时地填补了中国人信仰的真空，成为人们寄托理想的载体。改革文学的理想主义也重新激活了大众被压抑而枯萎的生命热情，这个民族由此也迸发了复兴的梦想。我们要注意到，新时期的社会变革其实是一种“倒逼式”的改革，局部的改革实践先于改革政策与理论。在这个“倒逼”的过程中，改革文学是有它的价值意义的，一方面作家敏锐的发现成为大众观察现实的窗口，比如通过《新星》便能重新发现并审视被“极左”文艺遮蔽多年的乡村。同时，文学以其特殊方式提出的建议也往往具有实践参考价值，比如蒋子龙的创作“甚至还提出了某种理想的经济模式和管理方式，直接参与了现实改革的谋划和设计”②。另一方面，当理想主义作为信仰激荡着整个民族的时候，改革文学所倡导的社会变革便成了社会共识，自上而下的改革于是就有了必然性。

新时期文学的一个重要特征就是它的急剧演变，无论是伤痕文学、反思文学，还是寻根文学、先锋文学，都像流星一样转瞬即逝。改革文学从《乔厂长上任记》发表的1979年到其走向衰落的1985年，有着六年的兴盛时间，这在“文革”后的文学潮流中是绝无仅有的。改革文学仅依

① 张南章：《〈乔厂长上任记〉在新时期文学中的意义》，《长江大学学报》（社会科学版）2007年第5期。

② 於可训：《中国当代文学概论》，武汉大学出版社2003年版，第159页。

靠英雄叙事与曲折故事，以及迎合大众变革现状的心理，还并不足以引发读者和评论者如此长时间的认可与关注。改革文学的人物与情节体现出来的理想主义，才是其获得社会持续性接受的根本所在。“乔厂长热”“《新星》热”，体现了中国人对信仰空间满足的追寻与渴望。改革文学之所以能够满足人的精神需要，在于它建构的理想主义成为民族重构信仰的核心内容。在这个意义上，改革文学——不仅是小说，包括这一题材的报告文学、诗歌、戏剧——的理想主义特质，是其生命力的核心要素，也令其能够一直屹立在新时期之初的文学潮头。

理想主义对于20世纪的中国来说，是不可缺少的信仰，虽然在每个时期理想主义的核心内涵不尽一致，但是对现代民族国家的理想，一直都是近代以来驱动中国人奋进的动力。中国新文学从发生之时起，就自觉承担起了促动民族新生复兴的价值功能，理想主义也一直都是新文学建构的重要内容。从左翼文学、解放区文学到共和国文学，虽然由于政治、时代与审美局限，作家对理想主义的表达存在偏差，甚至在某些时期使理想沦为虚妄，但是这本身就是理想主义作为新文学重要传统的明证。改革文学中的理想主义是对五四新文学传统的一种接续，在现实主义精神回归之下，理想重新获得了鼓舞人感染人的力量，而理想主义在“文革”后的特殊历史时期成为一种信仰。在中国人需要理想与理想主义的时候，改革文学及其塑造的乔光朴、李向南无疑满足了这种渴求，改革文学受到追捧、认可，是民族寻找信仰的典型体现。新时期文学尤其是改革文学以此参与社会的转型与重构，而且推动并确立了文学的社会中心地位。文学最终超越文艺范畴，在满足人的文学性需要的同时，成为引领人前进的旗帜，一定程度上拯救了民族的信仰危机。

改革文学与理想主义在新时期的舞台上相得益彰。改革文学因为理想主义而引发轰动达成社会效应，理想主义则借文学载体复苏并使社会风貌为之一新。在以现代化为旨归的民族变革与复兴中，改革文学是理想主义最好的，也是唯一的载体；同时理想主义不仅是改革文学所呈现出来的特质，而且也是改革文学建构必须具备的要素，因为它是改革文学的生命力之源。一旦丧失了理想情怀与理想主义，只剩下文学性或故事性追求的叙事，改革文学也就必然性地丧失生命力，这应该是改革文学在1985年后落潮的重要原因所在。有的批评家认为1985年以后改革题材文学发展势头衰减、少有轰动性作品出现，这与作家的创作激情缺失直接相关，“如果作者不把对改革生活的体验通过激情表现出来，是无法征服读者的。现在相当数量的作品不是和广大人民的情感相呼应，相合拍。一些作家对改革实践不够热情，采取纯客观的、冷眼旁观的态度。”[①] 如果没有蒋子龙对乔光朴的热爱、对现实改革的情感投入，那么《乔厂长上任记》就不可能获得普遍性认可，而乔光朴身上也很难展现出强烈的理想主义气息。作家对现实改革的热情，对叙述改革的激情，直接关联着作品理想主义特质的达成。“蒋子龙笔下的乔光朴、车篷宽和解净等新人形象，其所以产生那么大的艺术感染力，无疑是因为作者在艺术形象中熔铸了自己的生活激情和革命理想。”[②] 虽然张洁的《沉重的翅膀》深刻地揭示了现实的复杂与改革的沉重，而成为改革文学的代表性长篇，但是与《乔厂长上任记》《新星》相比，这部作品并没有提供像乔光朴、李向南那样充满理想主义色彩的形象，自然也没能像后两者那样引发强烈的轰动，这显然与张洁对于现实近乎客观的叙述态度相关。

我们并不否认《沉重的翅膀》的艺术价值与美学贡献，在反映社会深广度上，张洁的作品堪称改革文学的典范之作。然而，即使是优秀作品，也未必被大众接受与认可，原因就在于作家是否致力并实现了对理想主义的建构。当作家缺乏激情，改革文学也就自然会丧失理想而“失魂落魄”。一旦读者大众在这样的叙事中寻找不到自己期待的理想与信仰，那么就意味着这种文学走向了末路。“到1985年之后……描写改革已经很少那种理想主义的色彩，而是交织着多种矛盾和斗争，具有更加强烈的悲剧性。”[③] 作家对文学性与展现社会深广度的追求，其实已经损害了作为改革文学灵魂的理想主义。我们看到，正是对现实的激情使作家能够像改革者形象一样，大刀阔斧地变革文学陈旧与僵死的局面，而当激情不再，改

① 鲍昌：《改革题材文学有待深化》，《人民日报》1987年9月1日第5版。

② 张韧、肖德：《行进在四化建设道路上的新人形象》，《文艺报》1982年第1期。

③ 陈思和主编：《中国当代文学史教程》，复旦大学出版社1999年版，第233页。

革文学也势必变成对现实的“客观”反映，那么便有了重新陷入停滞的可能。“如果说‘改革文学’最初能够从‘十七年’所谓‘工业题材’的概念中冲出，扭转以往那不尽人意的工业小说创作局面，那么，它后来的一步步发展，由于革命性的理想主义力量的丧失，就可能使之重蹈覆辙，又转回陈旧的模式化窠臼之中。”[①] 如果改革文学仅仅作为一种文学存在，那么它其实已经丧失自身参与社会变革与意识形态建构的可能，也丧失了对大众精神引领的可能，而当这些价值内涵被丢弃之后，改革文学的落潮也就不可避免了。

对于20世纪70年代末80年代初的中国社会来说，无论是从精神上走出“文革”阴影，还是从经济上摆脱物质窘境，都需要一面可以引领民族奋进的旗帜。理想对于这场带有根本性的社会转型具有重要意义，正像自由引领着革命一样，理想引领着新时期的改革与现代化之路。以《乔厂长上任记》为肇端的改革文学，其意义不仅在于终结了僵化的车间文学模式，恢复了现实主义文学的蓬勃生机，更在于它用乔光朴这样精神饱满的改革者，为时代提供了最为亟需的理想。当引发轰动的一个又一个改革者陆续登上新时期舞台，当大众、文学与理想激情相拥之后，理想主义便成为一种信仰。如果说理想沦丧信仰迷茫的民族，需要一种拯救力量，那么文学便是唯一选择，带有理想主义色彩的改革文学，在这个意义上来说有其发生的必然性。作为唱响时代主旋律的文学潮流，改革文学的兴盛并不像20世纪五六十年代革命文学那样依靠主流意识形态的支撑，而是因为与读者大众的阅读期待合拍，才展现出强大的生命力。两者“合拍”在于前者为后者提供了可以作为信仰的理想，也唯有如此，才能激发整个社会对一种文学的普遍性接受与认可，而文学本身并不具备这种力量。

如果说理想是改革文学的核心要素，那么理想化便是改革文学不可或缺的建构手段，而新时期之初围绕理想化的争论，也带上了转型期的特色。理想化毕竟要在现实主义原则下“运行”，所以任何过度的理想化都会伤及小说的真实性。对于改革文学来说，过度理想化会解构理想，背离

① 姜静楠:《“改革文学”的现状与出路》,《小说评论》1991年第5期。

作家的初衷。改革文学随着发展越来越呈现出模式化公式化的特征，很大程度是在理想化这个环节出了问题，它使人物在趋向纯粹完美的建构中越来越表现出一致性，改革者形象随之失去了独特性的魅力。改革文学的传播、接受与认可具有广泛性，这就意味着它以人物与叙事满足了整个民族的精神需要，以理想照亮了社会的转型期。文学的理想建构从文学层面转化为社会意义上的理想主义，这种理想主义在照亮民族未来的同时，也填补了新时期之初中国人的信仰真空。这是改革文学最大的价值与贡献。改革文学激情衰退，文学性追求增强，理想在文本中失去了核心地位，这些都导致了理想主义色彩暗淡乃至消失，也很大程度上使改革文学失去了赖以维系的生命力，使动辄引起轰动的改革文学逐渐落潮。任何时代的文学都会负载理想，这是文学吸引人打动人的要素。改革文学因喷薄理想而兴起，也因理想稀薄而衰落，在兴与衰之间体现出了文学与社会接受之间的内在关联。虽然每个时代的理想主义都有新的内容，但是对于文学尤其是现实主义文学来说，如何建构一种激励时代的理想主义，是一个永不过时的话题。

第七章

改革、爱情与“改革加恋爱”

马克思说：“人和人之间的直接的、自然的、必然的关系是男女之间的关系。”[①]男人与女人由恋爱而结成的关系，是人类社会一种带有普遍性的关联，所以爱情也自然而然地成为文学的母题之一。爱情是文学永远都写不完的主题，古今中外概莫能外。文学是人学，如何塑造人展现人是文学的根本追求。爱情是人诸多情感的核心内容，对于爱情的立场、态度与价值取向，不同的人有着相异的认知与观念。作为最个人化的情感，爱情叙事最适合表达人的内心世界与性格特征，“人们的爱情生活，是人们心灵的最细致、最微妙的活动，爱情生活的变化可以表现出灵魂世界的深刻变化。”[②]这是爱情在文学中长盛不衰的根本原因所在。同时，爱情不仅可以作为文学叙事的单一主题，而且能够与任何题材并置，与其他主题互相辉映来彰显人性、展现社会现实，传达某种价值理念。中国新文学发生以来，最引人瞩目的是把爱情与时代主题结合起来进行文学建构，除了20世纪30年代初的革命加恋爱的左翼小说之外，当属新时期之初的改革文学。在改革叙事中加入爱情内容，是作家的普遍性选择，由此形成了一种改革加恋爱的文学表述模式。“改革时代的爱情生活和情爱意识规定着改革文学的情爱主题意蕴，而作家对改革生活的独特体验与发现以及拿捏生活的基本方法，又关系到改革题材的情爱主题的开掘深度和审美表现形式

---

① 《马克思恩格斯全集》(第42卷)，人民出版社1979年版，第119页。

② 阎纲:《文学八年》，花山文艺出版社1987年版，第27页。

的特征。”[①] 改革小说在继承文学传统的基础上，为时代主题加恋爱的表述模式注入了现代意识与时代特色，虽然在某些方面依然难以跳出爱情叙事的窠臼，但在改革小说的社会效应达成方面确实起到了积极作用。

一　“美女爱英雄”：改革文学的必要元素

吟唱爱情是中国文学的传统，《诗经》中就有“关关雎鸠，在河之洲；窈窕淑女，君子好逑”这样的关于男女之爱的经典表达；再如《西厢记》《红楼梦》等古典文学的代表性作品，都因为真挚细腻的爱情书写而被载入史册。然而，爱情在中国古代社会却备受压抑，女性不仅被三从四德的道德戒律束缚着，婚姻也基本上是被指定的，所谓“父母之命，媒妁之言”，所以她们也就无法在婚恋的世界中获得自主性地位，爱情更是无从谈起。虽然中国古代社会允许男人三妻四妾，而且卖淫嫖娼也合法化，但是传统的道德伦理却视男女发乎本心的爱恋与私订终身为洪水猛兽，对其粗暴地挞伐，甚至一些宗族对“淫奔”的男女采取消灭肉体这样极端性的惩罚措施。在道德约束与舆论压力之下，传统社会确实没有爱情成长的合适土壤，这也致使最能透视人性、展现人丰富情感的爱情叙事，在古典文学中相当缺乏，像《水浒传》这样的经典文本甚至是反对男女之爱的，小说自始至终都回避对爱情的描写。五四新文化运动对传统道德伦理采取了激进的摒弃态度，虽然这种质疑一切打到一切的决绝有待商榷，但是它确实开启了妇女解放的潮流，最明显的体现为它所倡导的婚姻自主与爱情自由。女性在人格上取得自主性地位，爱情的发生才有了可能。也正是从新文学开始，爱情书写逐渐泛化，进而成为文学的重要题材，以及文学叙事的手段与策略，爱情主题与时代潮流加恋爱的模式，也可以说是新文学的一个传统。

中国新文学史某种意义上也是一部爱情文学的历史，不同社会情境

---

① 朱德发、谭贻楚、张清华：《爱情溯舟——中国情爱文学史论》，天津教育出版社 1991 年版，第 452 页。

下的文学主题不断转换，但是时代主潮与爱情结合的叙事是作家不变的选择，比如个性解放与爱情、革命与爱情、战争与爱情、生产建设与爱情，等等。不同的时代主题与爱情结合，折射出不一样的色彩，展现了丰富的社会历史内涵。爱情的种子一直深藏于人类的心中，当压抑生长的力量一旦消失，那么每个人都会从心底开出灿烂的爱情之花。新文学之初爱情题材的泛化，其实是对千年传统道德伦理压制的一种剧烈反弹，是对爱情从未有过的渴望与追求的表达，也是一个民族新生的明显迹象。在20世纪20年代的新文学发生期，不仅爱情题材扩展了现代文学的审美范畴，而且爱情书写本身就是对传统道德伦理的挑战，爱情与个性解放潮流顺理成章地结合在一起。《伤逝》中子君高喊着“我是我自己的，谁也没有干涉我的权利”，向世界宣告了中国女性对自由、爱情的追求，以及对自我主体价值的确认。当然，子君最终把她的反抗和所有希冀都落实在爱情这个层面上，那么爱情承载的也就不仅仅是情感，还有女性其他层面的诉求。新文学从一开始就带上转型期的时代特色，爱情书写也被附属在比爱情更为重要的主题上，作家以此传达对社会现实的理解、认知与判断。在左翼小说恋爱与革命结合成为文学主要叙事元素之前，恋爱就已经与反封建、个性解放、民主自由等时代主题紧密地并置在了一起，这也为革命加恋爱叙事模式的生成提供了可供借鉴的范本。

革命与爱情是两个截然相反的领域，革命意味着暴力、残酷、血腥，以及壮烈的牺牲，而爱情则是温柔、感性、甜美、花前月下、耳鬓厮磨，是最个人化的东西。看似风马牛不相及的革命与爱情，在左翼小说中却被作家糅合在一起，并且产生了意想不到的文学效果。虽然革命与爱情在满足人尤其青年人的浪漫想象这一点上是有一致性的，但是革命和恋爱能够天衣无缝地结合并且成就这类小说的流行，根本原因还在于爱情在文学叙事中的广泛“适用性”。爱情可以与任何社会时代主题相“搭配”而毫无违和之感。蒋光慈开创的“革命加恋爱”模式，虽然经过短暂几年的文学演绎后难以为继，但是它对后世文学影响至深。在左翼语境下，不仅美女爱英雄的传统叙事被继承，而且爱情的选择取向与阶级立场直接相关联，爱情已经不再是最个人化的情感，它被赋予了善恶、正邪、进步与反动等具有社会化色彩的属性。这也就意味着选择什么样的人作为恋爱对象与配偶，并不是发自人物心底的情感而是取决于对方的阶级立场。《林海雪原》中的“小白鸽”白茹只能爱上少剑波，而接纳蝴蝶迷的也只能是郑三炮、谢文东这样的土匪反动派；《艳阳天》中的美女焦淑红必然会选择嫁给萧长春；《创业史》中徐改霞的爱恋对象也一定会是梁生宝。1949 年后小说中的爱情描写不仅相当匮乏，而且基本上都秉承了左翼小说革命加恋爱的叙事模式与理念，爱情与文学一样，都远离了生动的人性，像路翎的《洼地上的“战役”》那样描写真实爱情心理的作品注定了被批判的命运。

左翼作家洪灵菲借作品人物之口表达了革命加恋爱小说的创作动机：“因为恋爱和吃饭这两件大事，都被资本主义制度弄坏了，使得大家不能安心恋爱和安心吃饭，所以需要革命！”[①] 如果把这段话中“资本主义”换成“封建主义”，便是对五四新文学发生动力的一种描述；如果把“资本主义”换成“文革”，那么就可以看作是对改革文学创作动机的精准概括。以《乔厂长上任记》为肇端的改革文学，正是基于对被“极左”政治搞乱了的社会状态的不满，而表达出了变革现实的呼声。同样的，在“极左”政治语境下，恋爱也同样被限制了，所以“文革”结束后，被压抑了多年的爱情渴望喷薄而出，在文学叙事上呈现出一种泛化的倾向。阎纲认为：“小说中爱情描写的‘泛滥’，是对‘四人’帮文学禁欲主义的惩罚。小说中大量出现爱情题材是很合理、很正常的。哪个时代的小说能离开爱情的‘轴心’呢？我们小说中的爱情描写，一般的都不是孤立的男女情爱。社会深刻地影响着爱情婚姻，小说家通过恋爱婚姻深刻地反映社会，人性通往人生，这是小说创作中爱情描写的美学追求。”[②] 改革文学正是因为把最具社会意义的改革主题与最个人化的爱情结合起来，才引发了强烈的轰动效果。改革是解放生产力、变革不合理的体制，使社会趋向合理，最终实现对人的价值的确认与保障，这是转型时代改革的现代性的体现。对爱情的追求，是人最基本的权利，是人通往民主自由的基础。在确保人的现代

---

① 洪灵菲：《流亡》，现代书局 1928 年版，第 150 页。

② 阎纲：《文学八年》，花山文艺出版社 1987 年版，第 27 页。

化这一点上，改革与爱情存在高度的一致性，所以当两者在社会转型的背景下交汇在一起的时候，改革加恋爱叙事的生成就自然而然了。

现代作家在注重小说艺术技巧的同时，也会对小说的接受效果有所考量，如果不能获得受众的认可，那么艺术形式再完美，也很难成为经典。作为对现实的直接反应，改革文学追求对社会变革的价值功用，实现这种文学效应的根本在于小说在大众中传播与接受的广泛性。所以，爱情叙事对于改革文学来说，就不仅仅是一种与改革并置的主题，而且也是作家追求作品轰动效应的一种策略。法国文学理论家于连·格拉克说："在文学的一切形式中，小说，甚至是优秀的小说，是更接近满足口腹之欲的艺术形式。"[①]大众对于小说的接受首先着眼的并不是艺术技巧，而是故事本身，是作品中符合他们审美习惯、迎合他们审美期待的各种叙事元素。无论任何时代，爱情在文学中都扮演着激发读者阅读兴趣、引发他们情感共鸣的角色。任何正常人，无不充满着对爱情的想象与期待，没有爱情经历的人试图通过文学来体验一次爱情之旅；爱情的失败者能够以此慰藉自己枯寂的心灵；情感上顺风顺水的人亦能以文学来审视自己的爱情生活。

如果精神空间的满足能够与故事性的"口腹之欲"满足并行不悖，那么这样的小说无疑很容易被大众接受。同时，我们还应该注意到，无论是革命、战争，还是改革主题小说中的爱情，都剔除了世俗性而呈现出一种纯粹性特征，这样的爱情虽然与现实有距离，但是却因其超越性而更为读者所认可。可以说，文学满足了大众对于爱情纯粹性的幻想，拯救了他们被世俗社会干扰而无法实现的爱情理想。"这些叙事文学作品的问世曾产生过强烈的社会效果，就是因为这种'改革加恋爱'的叙述结构，或者寄寓着一代人在变革时代的风云里寻求个人幸福的'社会期待'以及人性的解放与爱情理想的实现同改革的必然联系。"[②]如果删减掉乔光朴与童贞的婚恋、李向南与顾晓莉、林虹的爱情，并不会影响小说主题的表达，但是对作品的传播与接受必然会产生影响，爱情就像文学的"调味料"，使小

---

① 吕同六主编:《20世纪世界小说理论经典》(下)，华夏出版社1995年版，第403页。

② 朱德发、谭贻楚、张清华:《爱情溯舟——中国情爱文学史论》，天津教育出版社1991年版，第454页。

说有滋有味。以爱情叙事来吸引读者，使小说能够在更大的范围内传播，应该是作家选择改革加恋爱的动机之一。事实证明，作家采取的这种叙事策略确实起到了预期的作用，爱情叙事对阅读需要的迎合，是改革文学在整个社会范围内引发轰动的原因之一。

改革主题下的爱情叙事，是作家深受文学传统影响的体现，也是新时期文学“人”的复归的最好注脚。改革加恋爱在承继传统的基础上，注入了现代观念意识，对爱情本身的发掘在深广度上都有所拓展，这也为新时期文学的爱情书写逐渐摆脱主题上的附属地位做了有益的探索。同时，爱情叙事也促动了改革主题表达走向深化，以及艺术上的丰满，并令这个文学潮流深入人心。改革文学建构的爱情，基本上都是乔光朴、李向南等改革者的爱情，而非那些作为改革对立面的保守派的爱情。无论是改革，还是恋爱，都是改革者的专属，这也就意味着爱情心理与改革言行一样，都是为塑造改革者服务的。爱情叙事承载了突出改革者作为时代英雄的特质，这种加入改革表述中的恋爱元素对于建构血肉丰满的英雄来说，是必不可少的。

中国传统观念意识中，英雄配得上所有美好珍贵的东西，比如“宝马赠英雄”“宝刀赠英雄”“美女爱英雄”等，这与人类的英雄崇拜直接相关的表达，也成为文学建构英雄的叙事元素。作为人类社会最珍贵的事物之一，美女不仅仅要有姣好靓丽的容貌，而且更要具备温柔的性格，以及毫无道德瑕疵的人格。所以无论古典小说，还是现代作品，但凡美女，基本上都是美与善的化身。美女爱英雄是因为英雄值得美女去爱，在这个观念中，女性是处于从属地位的。她们的价值唯有姣好的面容与温柔的性格，所以与其说她们爱英雄，不如说她们以美与善来反衬彰显英雄的伟岸与高大。比如在曲波的《林海雪原》中，“小白鸽”白茹就是作为美与善的化身出现的，她存在的合理性就是为了满足“美女爱英雄”的叙事需要并衬托少剑波的英雄色彩。从现实的角度来说，少剑波领导的剿匪小分队不是旅游团，而是要在险峻的环境中与土匪、国民党残部斗争，无论行军打仗还是训练休整，带上一个女人对于小分队的战斗力有损无增。所以以卫生员身份出现的白茹，很可能是曲波凭空添加的，她的全部价值就在于建构

“美女爱英雄”的叙事。从事改革题材创作的蒋子龙、柯云路、程树榛等作家，无不是在《林海雪原》《青春之歌》这样的文学作品滋养下成长起来的，在他们的创作中为英雄人物“提供”一个美女作为婚恋对象，是再正常不过的事情了。

我们在改革小说中，很容易与白茹这样的美女相遇，比如《乔厂长上任记》中的童贞，《新星》中的林虹、顾晓莉，《花园街五号》中的吕莎，《生活变奏曲》中的梅影，《故土》中的袁静雅，等等。她们都有着靓丽的容貌与美好的心灵，更为重要的是，她们毫无例外地站在了改革的立场上。对于改革者，她们付出自己的真情实意；对于改革者的事业，她们义无反顾地支持。张健行的《折射的讯息》充满了浓厚的“改革加恋爱”的叙事色彩。“美丽绝伦”的姑娘何玮深深地爱上了其貌不扬、只有大专学历，而且没有正式编制，仅属于电子计算机厂合同工的季宗平，这一切都是因为后者在电子计算机生产方面的卓越技能与本领。不仅如此，推荐季宗平应聘这个工程师岗位的，正是何玮。对于季宗平来说，何玮不仅是心仪的姑娘，还是自己的伯乐。我们看到，改革文学中像何玮这样的女性被赋予了女人能够具有的所有光彩，在新时期反神化写作中，她们却依然有着神性特征。然而，无论是童贞、吕莎，还是梅影、袁静雅，随着改革文学的落潮，她们的名字逐渐被读者所遗忘。与此形成鲜明对比的是，童贞爱恋的乔光朴、顾晓莉心仪的李向南、吕莎钟情的刘钊，却一直活在读者的心中。这种效果显然符合作家的预期，因为在改革小说对童贞与乔光朴等人的爱情叙事中，男女的地位是不平等的，“他们之间的关系，在改革上是领导与被领导或者是主与副的关系，如同红花绿叶是陪衬与被陪衬的关系”[①]。所以，与其说改革文学在表述男女之爱，还不如说是以女性彰显改革者的伟大。

“十七年”文学中，英雄形象都不同程度地被神化、符号化，最明显地体现在他们对爱情的态度上。这一时期的小说也写爱情，比如《艳阳

① 朱德发、谭贻楚、张清华：《爱情溯舟——中国情爱文学史论》，天津教育出版社 1991 年版，第 452 页。

天》中的萧长春与焦淑红、《创业史》中的梁生宝与徐改霞、《林海雪原》中的少剑波与白茹之间，都有男女情感上的纠葛。但是从根本上来说，这一时期小说中男女主人公之间所谓的爱情，基本上没有爱也没有情，爱情完全被符号化、空洞化，俨然是以爱情面目出现的虚假的恋爱。造成这种叙事局面的主要原因在于，作家笔下的男性主人公，无论是萧长春、梁生宝，还是少剑波，他们都是不敢爱的人。为了实现对萧长春等形象的神性建构，作家不得不压抑掉了他们对情感的欲望与表达，即使是面对自己心仪的女人，他们也都毫无例外地陷入了失语的境地。正是因为梁生宝的退缩，徐改霞才决定去参加进工厂的考试离开乡村；萧长春对焦淑红的爱情，从一开始的拒绝到最终的默许，即使接纳了对方也从未表达出一丝爱意；最为勇敢的少剑波也只不过敢于用文字来表达爱慕，而且那也只是留给自己看的，并未打算展示给白茹。这些具有神性的英雄有能力撼天动地，然而在爱情上却非常被动，似乎他们毫无爱异性的能力与意愿。改革小说在这一点上，对“十七年”小说构成了颠覆，当乔光朴勇敢地宣布自己将与童贞结婚的时候，“人”的复归的潮流已经悄然生成。改革者虽然往往具有坚强意志与超凡能力，但是他们却是以远离神性的凡人面孔出现的。“社会主义的改革家也不是没有七情六欲的清教徒，而在人的感情问题上恰恰如普通人一样。”[①] 如果说他们也有烦恼也有力所不逮的无可奈何，体现了改革者的凡人特征，那么敢于直面欲望敢于追求爱情，更是这种反神化的最直接体现。对男女之爱的渴望是作为有七情六欲之人的明显特征，那么在爱情方面的勇敢，则更能表明改革者的强悍性格，一个像梁生宝那样连对爱情都畏惧回避的人，很难成为完美而真实的英雄。

蒋子龙的《乔厂长上任记》为改革文学树立了可供借鉴的模板，乔光朴在改革者形象系列中具有典范价值。从爱情这个层面来看，虽然蒋子龙没有细腻地刻画乔光朴与童贞之间的爱情，但是仅仅乔光朴不畏人言敢于表达自己的情感这一点，就足以使这个人具备新时期的气质。不仅乔光朴如此，面对顾晓莉的李向南，面对梅影的及羽，以及面对罗明艳的丁壮

① 王行人、刘蓓蓓编：《各领风骚·序》，文化艺术出版社 1984 年版，第 11 页。

壮，都不再像梁生宝那样退缩，也不再像萧长春那样沉默无语，他们敢于正视自己的情爱，敢于表达自己的内心。

水运宪在《雷暴》中通过对丁壮壮恋爱的描述，把新时代改革者敢爱的性格特征表达得非常充分。丁壮壮的恋爱选择出人意表，他放弃了年轻貌美、单纯质朴，并且主动追求他的姑娘，而选择了比他大好几岁、有小孩的离婚女人罗明艳。当然，这种选择本身没有任何问题，罗明艳是通过法定程序离婚的，丁壮壮尚未婚配，他们之间的婚恋合理合法。不过，即使以现在的眼光来看，丁壮壮的选择都可能招来很多人的非议，更何况他处在新旧交替的社会转型时代。因为离婚女人在传统的伦理道德语境中，是被视为不洁的，她们承受着巨大的道德负担，在婚姻市场上没有任何优势可言。虽然蒋子龙着力发掘乔光朴身上的开拓者气质，比如这个改革者在爱情上的高调态度，但是我们在乔光朴与童贞的爱情叙事中，依然能够看到传统伦理观念对蒋子龙的影响。作为男性的乔光朴是有过婚史的，妻子去世后他处于丧偶的单身状态，童贞却因为爱恋乔光朴而一直未婚。那么这个恋爱关系中，女性童贞是“干净”的，有与时代英雄婚配的“资格”。这与浩然在《艳阳天》中为男女主人公设置身份属性如出一辙，丧偶的萧长春与待字闺中的焦淑红，他们能够结合并且被社会认可，无不在于他们的身份特性符合传统伦理观念。

“改革者们既可以从爱情的悲与欢、苦与甜中获取战胜艰难险阻推进经济或政治改革的内驱力，又可以用自身的爱情幸福或爱情悲剧来感受社会大变革的信息。”① 为什么很多人仅仅因为丁壮壮选择了罗明艳，就再也不看好这位被视为能够拯救蔬菜公司于困境的改革者呢？只是因为这样的婚配有悖人们的心理习惯。“在公司、在平阳、在许多地方，男女间的是是非非很难逾越人们世俗的高墙，否则就会被视为洪水猛兽。一旦蜚短流长，她或者他就永远的残缺不全”。“蔬菜公司的人，都觉得丁壮壮是副经理的合适人选，然而当听说丁壮壮与罗明艳之间‘不清不白’之后，反对

① 朱德发、谭贻楚、张清华：《爱情溯舟——中国情爱文学史论》，天津教育出版社 1991 年版，第 452 页。

他当选的人就莫名地增多起来。”[①] 丁壮壮的选择无疑是对传统伦理观念与世俗陋见的一种挑战，这会给他带来很大的压力。群众的非议尚不能给丁壮壮带来困扰，然而一旦领导的思维是僵化的，那么无论丁壮壮是不是改革者，他都一定会陷入困境。党委书记廖山田就反对丁壮壮与离异的女人建立恋爱关系，因为在他看来这会使丁壮壮名誉有损。一旦后者执意要娶罗明艳，廖山田便果断地放弃了提拔他当副经理的想法。在舆论压力之下，就连罗明艳也劝说丁壮壮放弃他所选择的爱情。作家为丁壮壮设置了非常典型的环境，传统观念、新旧交替时代、僵化的领导、世俗的眼光，这一切都是丁壮壮获得爱情的障碍。一面是爱情，一面是仕途、名声，丁壮壮的抉择决定着自己的未来。当然，水运宪在为这个改革者设置典型环境之时，就已经替他做出了选择——丁壮壮无论如何都不会放弃对罗明艳的爱。

改革者追求的目标既包括经济上的富裕、体制上的合理、国家的繁荣与进步，也包括人的解放，而爱情自主则是人性自由最好的体现。“作家通过对爱情描写的笔来写改革，这样就把伦理道德的变革，民族心理的深层结构，一同提到现实改革的日程上来。”[②] 当一个改革者连自身的爱情都无法圆满，那么他承担领导社会变革的能力也就值得质疑了。作家对丁壮壮不为外在压力所动，执着于自己的爱情选择的叙事本身，就是对改革者特质最好的理解与注释。从这个意义上来说，《雷暴》扩展了改革者的审美内涵，丁壮壮的爱情信念与抉择就是对传统道德伦理的挑战。“丁壮壮不以个人升迁得失而轻易地放弃自己的爱情，而又为了事业和道德毅然舍弃爱，这本身就充满了时代的美感和富于理想色彩。作家通过改革者丁壮壮的形象，给读者提供了崭新的爱情美学的思考。”[③]

新时期文学逐渐从政治束缚下解放出来，一个明显的标志就是爱情主题表达的深化，或者说爱情更像爱情了。体现在改革者身上，那就是他们

---

① 水运宪：《雷暴》，《当代》1984 年第 2 期。

② 程仁章：《论改革题材小说中的爱情描写》，《齐齐哈尔师范学院学报》（哲学社会科学版）1987 年第 2 期。

③ 同上。

重新获得了爱别人的“资格”与力量，可以名正言顺地谈恋爱了，而且他们质疑并挑战了传统的婚嫁观念，促动了现代婚恋意识的生长。同时，改革者对于爱的理解也充满了现代意味，比如张贤亮《男人的风格》中的陈抱帖认同新婚妻子罗海南的独立个体地位，尊重后者的任何选择，即使后者不满他工作狂的作风离他而去。敢于对爱放手而不畏惧舆论压力，其实也是敢于爱的表现，这突出了改革者的现代品质，更表达了他们的心胸与勇气。新时期作家努力摆脱神化主人公的叙事，而致力于使人物血肉丰满。转型时期的改革者是时代变革潮流的引领者，敢为天下先是他们的核心精神特质，在爱情上的勇敢，也是“极左”政治刚刚结束的时代，英雄身上一个醒目的标签。

二　爱情叙事的改革隐喻

任何主题与爱情结合的叙事，作家的目的基本上都不是为了书写爱情，除了把它作为小说的点缀之外，往往是将爱情作为故事建构的一种手段，以人在情感上的价值取向来表达作家对人物与事件的爱憎评判。改革文学往往以传统与现代、进步与落后、改革与保守等相互对立的观念与人事来建构叙事，形成文学书写需要的张力。任何叙事手段与方式都是为抑旧扬新、肯定改革者否定保守派服务的，爱情也不例外。在改革中加入恋爱，不仅是要使改革更像一场大戏，而且是要从情感角度来透视不同价值立场的人物。

改革者与保守派在改革文学的表述中是完全对立的，他们之间的差异不仅体现在价值立场、思维观念等方面，而且也体现了在对待情感的态度与取向上。改革小说中的爱情是改革者的专属，保守派是不配有爱情的，这依然是中国文学传统观念的延续。保守派就是丑恶的，是与爱情这么美好的东西无缘的，即使有男女之情也只能是奸情，像《林海雪原》对蝴蝶迷与郑三炮之间关系的表述那样。“在许多作品中，改革的成功必然伴随着爱情的胜利，改革者在改革中大刀阔斧、刚毅坚定，在爱情生活中也是或勇敢地爱一个姑娘，或徜游于女人的爱河中而超然洒脱。”[①]改革者似乎天生就有享受爱情的资格，人物一旦贴上“改革者”的标签，便获得了一种魔力，也就必然能够赢得爱情，作家极力赋予他们值得被女性所爱的特质。

恋爱中的改革者，对待爱情的态度端正，认真而专一，比如《乔厂长上任记》中的童贞，在乔光朴还是有妇之夫的时候，就对后者充满好感，然而乔光朴坚守婚姻不为所动，直到妻子离世后才接纳了童贞，体现出对爱情的忠贞;《雷暴》中的改革者丁壮壮，即使生活中出现了年轻貌美的追求者，也丝毫没有动摇他对罗明艳的爱恋。虽然改革者在爱情方面有着完美的道德水准，但是他们的情感世界并不完整，作家为了满足时代英雄的建构，而忽略了一些可能影响改革者形象的东西。最明显的是，改革者虽然有能力爱也敢于表达爱，但是他们都是只有情而没有欲的人。无论是乔光朴、李向南，还是刘钊、及羽，他们的爱恋对象无不是出类拔萃的美女，但是面对她们，改革者除了表达出他们能够接纳对方的爱情，也乐于与对方走进婚姻之外，丝毫没有肉欲上的“非分之想”。对改革者有爱无欲的形象建构取向，一方面体现了传统道德伦理根深蒂固的影响，因为在这个语境下，任何与身体、与肉欲有关的东西，都会使英雄跌落凡尘。在这种道德评价体系中，对于女性的肉体欲望，是否定一个男人的主要方式。这在文学中有着传统，为了彰显英雄的道德水准，作家把笔下的男人描写成了没有正常人欲望的符号，这显然是不合理的，但是却能体现出传统思维的绝对化程度。另一方面，改革文学意图树立时代的榜样与楷模，借以鼓舞转型期的大众，照亮民族的未来。所以改革者可以有爱情，但是不能有任何超出言语范畴的情欲表达，因为这样的东西有碍英雄的纯洁与神圣。

虽然改革小说中的爱情都是改革者的专属，但是为了凸显改革者的品质，一些作品也往往以描述保守派对感情的取向来映衬。如果说改革者是善的，那么保守派就是恶的，唯有如此才能形成文本建构所需要的剧烈冲突，对于情感，两者表现出来的态度也必然相反。与改革者认真而专一相

① 周海波:《“改革文学”批判》,《齐鲁学刊》1988 年第 6 期。

对，保守派则是随意而滥情的；改革者有爱而无欲，保守派的情感则彻底被欲望所替代。在中国传统思维中，对人的否定往往最终会落实到道德伦理层面，如果道德无法节制欲望使后者超出“发乎情，止乎礼”的范畴，那么这个人就会被钉在道德的耻辱柱上。虽然新文化运动对传统道德伦理的批判态度非常激进，但是新文学在人物褒贬上，道德伦理依然是重要的评判依据。比如左翼语境下对地主形象的建构，在判定他们经济剥削、立场反动、危害乡里等罪责的同时，一般都会加上奸淫妇女这一条。《白毛女》中的黄世仁之所以成为地主的代名词，被大众所痛恨，很大程度上是因为这个地主对道德伦理的违背，作品刻意突出了黄世仁对喜儿的欺辱，使地主的恶达到了无以复加的程度。

改革小说对保守派的否定继承了这一文学传统，在表述改革者对情感认真、对女性尊重的同时，也展现了保守派泛滥的肉欲。程树榛的《生活变奏曲》中，改革者及羽与保守派刘志伟对待容貌姣好且有见识的梅影的态度是不一样的。虽然他们都乐于接近梅影，但是及羽是在欣赏的基础上生发了发乎本心的爱恋，而刘志伟一直以各种方式接近梅影，并不是因为爱情而纯粹是贪图后者的美貌与肉体。其实，改革文学只要展现保守派身上的观念落后、思想僵化、态度顽固，以及自私自利等品质，就足以说明他们与改革格格不入。作家添上对刘志伟肉欲心理描述这一笔，与小说的完整、人物性格的饱满之间的关联并不大，但是传统伦理观念之下，道德否定已然是中国作家的集体无意识。

在革命语境下，爱情往往处于被革命压抑的状态，因为与集体主义事业相比，个人化的情感是没有价值的，甚至这种情感会对革命造成危害。比如《红岩》中的甫志高，他的叛变虽然有个人意志软弱问题，但他被敌人捕获却是因为罔顾组织警告依然要回家看望心爱的妻子。革命与个人情感的冲突，是对革命者最好的考验，牺牲爱情也是革命者的必然性选择。丁玲《一九三零年春上海》中的美琳处在革命与爱情的冲突中，子彬代表爱情，若泉则代表了革命，美琳最终放弃子彬选择若泉，意味着爱情让位于革命了；同样在《青春之歌》中，对于林道静来说，余永泽意味着爱情，卢嘉川、江华象征着革命，林道静在革命语境下的选择具有唯一性。改革文学解决改革与爱情冲突的方式与革命加恋爱小说、“十七年”小说如出一辙，由此也体现了文学传统的延续，爱情在时代主流话语面前确实只是点缀而已。虽然社会变革与爱情自由都是不可阻挡的时代潮流，但是这并不意味着在改革加恋爱的叙事中，两者永远能够“和谐”共存。一方面转型时代社会尚未开化，改革者的爱情会被以旧观念旧意识来衡量；另一方面与爱情的个人化属性不同，改革则带有社会化的特征，这两个方面决定了在改革加恋爱的叙事中，并非改革者与爱英雄的美女都能“有情人终成眷属”。当改革与爱情发生冲突的时候，爱情都毫无例外地为改革让路，这不仅符合民族大义，而且也能通过正面人物的抉择来体现他们的价值立场。

改革年代已经不再剑拔弩张，改革者能够有余裕来享受爱情生活，但是在作家眼里，改革是一场没有硝烟的斗争，爱情的存在一样会对改革者的事业构成阻碍。所以，一旦爱情有成为改革事业阻碍可能的时候，也就是爱情与改革相冲突之际，做出牺牲的依然是爱情，爱情一如既往地会为改革让路。《生活变奏曲》的一开头就把改革者置于被指责的境况中，在保守派为改革者罗织的“罪名”中除了“滥用职权，倒行逆施”之外，还有更为吸引人眼球也更有杀伤力的“‘和一个不三不四的女人’有不正常关系”。[①] 后一个“罪名”指的是改革者及羽与梅影之间并不明朗的恋爱关系，“不三不四”“不正经”这两个词语不仅能搞垮一场爱情，而且足以毁掉爱情中的男女。梅影深爱着及羽，为了成全后者的改革事业，她选择牺牲自己的爱情，主动调离工作岗位远离及羽，为后者化解保守派的无端指责与舆论压力。《花园街五号》中吕莎是具有光彩的女性，勇敢而执着，她爱着改革者刘钊并尽全力支持他的事业，但是在他们的爱情与改革、与刘钊的前程事业相冲突的时候，吕莎选择了离开。《雷暴》中当罗明艳感觉到丁壮壮对自己的爱，已经影响到后者的改革与事业的时候，她毅然选择了拒绝，以此成全丁壮壮。在改革与爱情相冲突的叙事中，无一例外地是女人选择了放弃，她们的自我牺牲在改革的语境下带上了神圣色彩。当然给予这些支持改革者的女性以重民族大义褒奖的同时，也遮蔽掉了她们所承受的情感创伤与

① 程树榛：《生活变奏曲》，上海文艺出版社 1984 年版，第 1 页。

疼痛。革命语境下被压抑的爱情，在改革年代一样命运多舛，当爱情有可能成为改革事业阻力的时候，一样成了被牺牲掉的东西。作家不约而同地选择了为男性即改革者“开脱罪名”，让放弃爱情的行为由女性来完成，这一表达意在表明改革者并非无情无义之人，他们无须为不圆满的爱情负责任，从这个侧面也能够体现作家对他们笔下改革者的维护。

改革与保守两种人物、两个阵营、两种观念的较量，是改革小说情节发展的主要动力。在作家的表述中，两种势力之间阵线森严，就连最个人化的爱情取向都带上了立场色彩，这与阶级斗争语境下的爱情叙事是比较一致的。当爱情与时代主题相冲突，爱情选择了牺牲以保证革命、改革的成功，而爱情选择本身也往往以时代主题为最高取舍依据。这也是革命加恋爱小说的基本套路，以此预示唯有志同道合者才有爱情的基础，爱情被赋予了社会化的内涵，而基本上剔除了个人化因素。华汉的《两个女性》是比较典型的革命加恋爱小说，主人公玉青的选择原则在左翼文学中带有共性。玉青爱慕丁君是因为后者通晓革命理论，但丁君也仅仅停步在理论层面而没有参与实际革命的意愿，最终玉青选择了一直从事革命实践的云生。这种与主义相关的选择把爱情绝对化了，同时也以革命男女的结合来完成革命的想象。改革加恋爱在这方面秉承了左翼小说的这种传统，对改革的态度立场决定了婚恋的选择。焦祖尧《跋涉者》中的“我”，是改革者杨昭远坚定的支持者、生活中的恋人，为了坚守这份爱情，“我”等了他二十年。杨昭远在恢复工作后，却对“我”非常冷漠，对“我”的热情置之不顾。杨昭远给出了拒绝与“我”结合的理由，一方面是因为他不想拖累“我”，另一方面他发现作为爱恋对象的“我”已经从之前的意气风发，变成现在只想走进安逸家庭生活而放弃责任感的女人，这一点是他无法接受的。所以当“我”改变自己并再次以“同志”的身份出现在他面前时，无论是爱情还是婚姻都顺理成章了。杨昭远的爱情并不纯粹，与其说他爱的是一个热恋他的女人，还不如说他爱的是一个志同道合的战友，他从“我”身上寻求更多的是对其改革事业的支持，而非是情感上的温暖与慰藉。杨昭远对“我”并没有发乎本心的爱恋，似乎把“我”换成任何有改革精神的女人，他都能够接受。改革的目的是解放人，但焦祖尧叙事中的改革显然异化了人，杨昭远成了一个意识中只有改革程序的机器人。正如李昕所言：“在具体作品里，爱情线索的设置对于表达作家的意念虽可能是合理的，却未必是可信的。”[①]焦祖尧叙述的爱情的真实性因为杨昭远的“冷漠”而大打折扣。

爱情双方对于改革的立场决定了爱情的可能性，如果观念相左，那么不仅恋爱没有希望，而且即使他们处于婚姻中，家庭最终也会走向分崩离析。王力雄的《天堂之门》设置了这样的一个家庭，何洁莹是以计算机应用为代表的改革事业的支持者；她的丈夫徐振廷则是典型的投机主义者——他毫无羞耻感与民族大义的责任感，为了权力与私利他可以牺牲包括爱情、人格、尊严在内的各种东西。作家并没有描述何洁莹与徐振廷的结合，但是却多次展现了他们家庭生活的不和睦。他们之间并没有性格的冲突，所有的分歧莫不是因为何洁莹感到徐振廷对改革者与改革事业的冷漠态度。当何洁莹确认自己根本没有办法改变徐振廷之后，离婚也就自然而然了。在王力雄设置这样一个家庭之初，最终的结局就已经注定了，与其说何洁莹与徐振廷是夫妻关系，还不如说是一般的同事关系，他们组成的家庭根本没有一丝生活气息，两人之间的多次语言沟通只不过是“走过场”而已。其实，改革文学中的爱情婚姻“经受不住”价值立场差异的“考验”，任何道德、性格等方面的冲突，都会起到“拆解”婚恋的作用。

张洁在《沉重的翅膀》中对倡导改革的副部长郑子云的家庭生活给予了很多的笔墨。虽然这对他的工作并没有影响，但是因为与妻子夏竹筠讲求享受、自私庸俗的价值观相冲突，郑子云在面对改革阻力的同时备感情感上温暖的缺失。小说意在通过夫妻之间价值观差异导致的情感上的疏远，来表达纯粹的爱情容不下任何与价值理想相违背的东西，也以此来体现改革者精神世界的纯洁。《鸡窝洼人家》把爱情选择与改革立场的相关性推向了极致，贾平凹在这篇小说中用两个家庭的分化与重新组合来隐喻改革。禾禾与麦绒、回回与烟烽两对夫妻在乡村改革的浪潮中，因为每个

---

① 李昕：《模式的禁锢与观念的障碍——关于改革题材小说的思考》，《文艺争鸣》1987 年第 3 期。

人所体现出来的对生活与经营方式变革的不同态度而产生观念冲突，进而导致家庭的解体，并以对改革的不同立场重新组建家庭——勇于改革的禾禾与渴望改变的烟烽、保守的回回与麦绒，他们都找到了最适合自己的爱情与归宿。促动两对夫妻“交换”配偶的，不是感情本身的问题，而是单纯出于改革的观念立场。早已有人指出了故事有违生活常理与逻辑，“《鸡窝洼人家》中的回回，本来是个老实、安分、胆小、守旧的人，他怎么会那样勇敢地不顾传统舆论的压力，主动同自己好朋友的前妻麦绒结婚；而不‘安分守己’，颇有点离经叛道精神的创业者禾禾，在回回与麦绒结合后好久，还迟迟不敢接受患难与共的与回回早就离了婚的烟烽的爱呢？这恐怕不大合逻辑。”[①] 这场在现实中不太可能发生的“换妻”的文学表述，之所以能让读者认同，莫不是因为我们也完全以对改革的态度来衡量人物形象，或者说我们从心底支持改革反对保守，所以希望看到禾禾和烟烽的“合理”婚姻。

三　从被动到主动：女性主体意识的觉醒

马克思指出：“社会的进步可以用女性的社会地位来精确地衡量。”[②] 与政治、经济等方面的权利相比，对于女性来说，爱情婚恋的自主更容易获得，也更能彰显女性的解放程度。中国现代文学对女性解放的书写中，爱情所占的比重是比较大的，因为爱情本身就体现了女性主体性地位的获得，唯有解放了的女性才有资格恋爱，而需要男女共同完成的爱情才有可能性。当然，这并不意味着只要文学描写了爱情，这种爱情就具有了现代意义，女性就具备了独立地位。无论在左翼文学、解放区文学，还是“十七年”文学中，爱情基本上都被抽空了基础，使之在叙事中成了没有爱只有社会意义负载的存在。在这样的文学图景中，一种情况是爱情被爱情本身解构，看似拥有了爱情可能性的女人也只能是一个叙事符号；另一种情

① 李连科：《“逻辑”和“利益”》，《文艺报》1985年第1期。

② 《马克思恩格斯选集》（第4卷），人民出版社1975年版，第571页。

况是在爱情中，女性处于被启蒙被引导的地位，离开了导师般的男性，女性不仅爱情无望，而且连自身与社会潮流的融合也难以达成。比如《青春之歌》中的林道静，在她的爱情经历中，余永泽、卢嘉川与江华，不仅是她的爱恋对象，而且都是引领她成长的导师。林道静在卢嘉川与江华引导下接受、认同并参与革命之后，她才有资格成为后两者的同路人，她与卢嘉川、与江华之间才有产生爱情的可能。同样在梁斌的《红旗谱》中，严江涛与严萍、严运涛与春兰之间的爱情，都是在男人引导女人革命性成长之后才“开花结果”。在革命语境下，爱情中的女性与男性的地位并不对等，没有男人的“拯救”，她们既无法获得爱情，也不可能成为革命战士。新时期文学有着明显的现代意识，体现在改革文学中，不仅继承了书写妇女解放的传统，而且赋予了女性与男性一样的价值地位，使她们成为能够自为的主体。

改革文学虽然没有摆脱英雄都由男性“扮演”的传统模式，而且爱上改革者的女性，也毫无例外地会为改革事业无私奉献，但是这些女性从一开始就对时代主题有明确的理解与认知，而不是盲目地因为一个男人而去追逐一种价值理念。也就是说，与革命语境下的女人相比，改革加恋爱叙事中的女性对改革者的支持，对改革事业的参与，已经从自发走向了自觉。她们的改革观念与意识并不比男人落后，或者说她们本身就是锐意进取的改革者，甚至比男人更具有献身精神，这体现了文学对女性的肯定，彰显了文学观念的进步。《生活变奏曲》中的女主角梅影是作家眼中的完美女性，也承载了时代的审美理想。在与及羽接触的过程中，她爱上了这个有热情有胆识的改革者，并将自己全部的热情贡献了出来。在梅影与及羽的爱情中，并非后者的改革感染了前者，而是及羽的作为契合了梅影的理想，这是她对改革者心生爱慕的基础。小说设置了这样一个情节——梅影写过一篇小说，名字就叫《追求》，塑造了一个具有献身精神、敢作敢为的改革者形象。作家显然想以此来展现梅影对改革的认知与态度，并体现在改革潮流中这个女性与男性改革者一样的主体地位。李国文在《花园街五号》中塑造的吕莎有着与梅影一样的特质，对于爱情，对于改革，她都有自己的见解，并坚韧地守望着自己的理想。“《花园街五号》中的吕莎和童贞相似。她与改革者刘钊有着共同的理想……对于刘钊改革的成功起了重要作用。她比童贞表现得更为主动、活跃，性格更为鲜明、丰满。”[①]吕莎不是改革者刘钊的附属，而是后者的恋爱对象、同路人，就像舒婷在《致橡树》中所吟唱的那样：“我必须是你近旁的一株木棉，/做为树的形象和你站在一起。”李朝行《未来厂长和他的妻子》中的女人宁波，甚至成了男性的引导者。有才华而不得施展的卢晋敏在新时期走上重要工作岗位，然而因欣赏他的才华与正直性格而与他结合的宁波，却对他在新时代对于不良风气不敢斗争、畏首畏尾，丢弃正直品质而感到不满，原本幸福的家庭生活也变得冲突不断。改革者之所以被视为时代英雄，一方面是他们引领社会变革潮流的能力，另一方面也是因为他们敢于斗争的意志品质，从这个角度来看，卢晋敏远不如他的妻子宁波更符合时代的需要。女性在李朝行的叙事中不仅有独立的价值思考，而且完全能够成为引领男性走出自身局限的人。

《历史拒绝眼泪》在以改革加恋爱为模式的改革小说中是比较独特的。作家熙高并没有按照流行的模式，为男性改革者搭配一个爱英雄的美女，而是把婚姻中的夫妻同时设置成了改革者，实现了女人“做为树的形象”与男人站在了一起。宗知秀属于那种独立的女人，渴望有自己的事业，反对做男人的依附——她的信念是“应该有自己的事业，自己的奋斗，并且在这事业和奋斗中体现自己的独立的存在和价值。一个社会，如果要妇女把自己的存在淹没在丈夫和儿女的存在里，就不能算是完美的社会。”[②]宗知秀的改革创新，及其独立的人格观念，在改革小说中都有独树一帜的意义。同时，宗知秀与丈夫田家骥都是改革者，如果按照改革文学普遍性的叙事模式，那么他们的爱情婚姻会取得圆满或有走向圆满的预示，然而在熙高这里，恰恰是因为两个人都热衷于改革创新，导致了婚姻告急。这篇发表于1984年的小说，在改革加恋爱的叙事上有了走向深化的迹象，体现了作家对现实的思考，以及对改革文学现状的反思。像童贞（《乔厂长

① 曾镇南：《评长篇小说〈花园街五号〉》，《人民日报》1983年9月6日第5版。
② 熙高：《历史拒绝眼泪》，《十月》1984年第1期。

上任记》)、孙静雅(《故土》)等女性，因为依恋改革者而失去了独立性，其个体价值必须通过男性的事业来实现。与此相对的是另外一种女性，她们对改革者爱得热烈的同时，依然能够专注于自己的事业，以此使自己成为爱情中的独立个体，其与宗知秀秉持着同样的价值理念。王力雄《天堂之门》中的凌海燕热恋着改革者苏炬，但是她却没有放弃自己的事业，而是在考古领域取得了与改革者一样的成绩；蒋子龙的《赤橙黄绿青蓝紫》对这样的爱情理念给予了阐释，叶芳爱着有才华有思想的刘思佳，然而在这份爱情中她却完全失去了自我，作为新时期重获新生的女性，解净对叶芳的引导以及由此透露出的她对爱情婚姻的看法，体现了一种人格独立的价值理念。

虽然在20世纪80年代中期之前的改革文学中，这种突出表达女性在爱情婚姻中主体性地位的叙事并不具有普遍性，但是却使改革加恋爱的表述具有了现代性，同时也推动了文学“人”的回归潮流的深入。在新时期的意识形态中，女性的价值地位得以确认，这种确认除了突出女性见识、思考与人格的独立性之外，还体现在爱情婚姻选择的自主性上。把女性对爱情对象的选择与男性是否具备改革创新观念联系在一起，是改革加恋爱小说承继传统的一个体现，通过叙述美女爱上英雄的过程，展现了丰富的社会现实。美女爱上英雄并不是天经地义不需要理由的，文学无疑把男女之间情感的生发与选择简单化了，或者说是忽略了爱情的过程，而直接呈现男女主人公的“热恋”情态。女性对于爱情对象的选择都被同样的理由所解释——男人的正直品质、卓越才华，以及正确而坚定的价值立场，在这样的叙事中，人的情感与现实考量都被忽视了。当最个人化的爱情被抽去了情感基础，那么不仅爱情的丰富性被泯灭了，而且人的情感困惑以及在情感与现实冲突中的挣扎也被忽略了。从这个意义上来说，贾平凹的《小月前本》在改革文学中具有比较独特的价值。在既往的评论中，贾平凹1984年前后发表的《小月前本》《鸡窝洼人家》与《腊月·正月》被视为作家参与改革小说浪潮合唱的作品，在农村改革题材小说中有着比较典型的意义。《腊月·正月》虽然写了乡村的变化，但是从实质上来说并不是典型的改革主题小说；[①]《鸡窝洼人家》在故事的建构上缺乏现实基础，为肯定变革观念而使表达逻辑过于生硬，爱情也被简单化；而《小月前本》无论在改革主题表达、爱情的生动性，还是现实的丰富性上，都属于描写乡村变革的优秀之作。

每个时代的婚恋嫁娶的抉择标准，都能体现这个时代的风尚，它是一种具有普遍性的价值取舍标准与社会风向标。"爱情与伦理、道德、风尚、家庭、社会有着千丝万缕的联系。正因如此，爱情描写牵动着广阔的生活画面：看来虽不重大，却能将重大寓于细微奥秘之中。"[②]所以当女性在婚嫁上表现出一改传统的取向的时候，也就意味着这个时代的价值风尚在悄然变化。《小月前本》中的姑娘小月是乡村社会美的化身，也是男性追求的目标，作家围绕小月设置了两个农村青年——才才与门门，在这个三角恋的故事中展开了关于乡村变革与未来的想象。20 世纪 80 年代的乡村依然处于尚未开化的状态，小月被父亲指定婚姻的现实很好地体现了这一点。小月父亲代表了老一辈农民，他衡量人与事的价值尺度，永远都是从祖辈那里继承来的传统观念，所以老实的、甘于面朝黄土背朝天的传统生活方式的才才是他眼里最好的庄稼人，也是他最为理想的女婿人选。而不擅长种庄稼、总在寻求改变经营方式的门门，以小月父亲的眼光看来，自然就是游手好闲、不务正业的二流子。小月父亲的这种认知观念在停滞的乡村世界带有普遍性。如果社会尚未开化，那么小月父亲对才才与门门的评价必然最终决定小月的婚配。转型期乡村社会的变革不断用现代意识涤荡传统观念，这明显体现在乡村青年以寻求改变为表征的自主意识的生长。对于门门来说，要自主探寻有别于祖辈的另一种道路；对于小月来说，则是要自主地选择爱情与婚姻。虽然有着共同寻求改变意愿的小月与门门的结合，在叙事中已成必然，但是我们看到在《小月前本》中，爱情与改革并非简单地对应。小月最终选择门门，的确有前者对后者寻求变革精神的赞赏与认可，但作家并没有忽略感情因素在这一爱情中所起的作用。

---

① 苏奎：《改革文学标签的误用》，《创作与评论》2014 年第 8 期。

② 阎纲：《文学八年》，花山文艺出版社 1987 年版，第 27 页。

小月生活在转型时代，一方面她对生活方式的改变充满渴望，另一方面她无法超越自身与时代的局限。即使她不喜欢才才，但还是强迫自己听命父亲的安排去接受他；即使她从一开始就不真心厌烦门门，但是还是摆出一副拒后者以千里之外的姿态。小月是一个矛盾体，听命情感与听命父母的这两种声音，在她的意识空间内激烈地冲突着，这使她苦闷、焦虑，甚至病倒。最终，小月还是勇敢地选择了门门，这个选择的正确性虽然体现在门门以活泛的经营头脑为集体事业做了贡献，但是如果小月没有对门门发自心底的爱恋，那么这场爱情也不太可能“圆满”。《小月前本》的改革加恋爱叙事中，爱情取得了与改革同样的地位，从而爱情的复杂性、现实的丰富性在改革的语境下都得以呈现。在这个意义上，贾平凹的这篇小说在整个改革小说中都有独特的价值，爱情终于有了不再被时代主题压抑与淹没的叙事可能。

改革加恋爱的叙事对于改革主题的表达以及改革文学的社会效应，都起到了很明显的积极作用，其对爱情的展现也促动了新时期文学爱情叙述的深入。然而，不可否认的是，改革加恋爱存在着模式化与绝对化的问题。改革加恋爱并没有跳出革命加恋爱以及“十七年”文学的恋爱描写窠臼，改革者一定会与支持改革的女人相爱，比如梅影会爱上及羽；不支持改革的就不配与改革者生活在一起，比如《沉重的翅膀》把夏竹筠塑造成了与其丈夫郑子云完全相反的负面形象；保守派的男女会“和谐相处”，比如《改革者》中的魏振国与妻子陈颖，同属于反对徐枫改革、讲求个人享受的人物，所以她们能“同仇敌忾”。从整体上来说，1985 年之前的改革文学并未摆脱“白茹必然爱上少剑波，蝴蝶迷一定与郑三炮鬼混”的绝对化叙事。这与作家不能摆脱自身与时代局限直接相关，也是文学无法脱离传统而演进的体现。这种带有绝对化的爱情描写使改革加恋爱陷入模式化，当读者不再为乔光朴们的爱情而欣喜，却被千篇一律的爱情故事伤了胃口，改革文学的衰落也就不可避免了。另外，在改革加恋爱的叙事中，从整体上看爱情依然没有取得与时代主题一样的平等性地位，仍然是点缀改革者事业的附属。何镇邦对柯云路《新星》中的爱情描写的评价具有概括性：“林虹、顾小莉这两个女青年的形象，作为李向南的陪衬来写，对作品主题的深化是起了一定作用的，但她们的形象略显单薄，尤其她们与李向南之间的爱情纠葛的描写，是落套的。”[①] 在改革主题之下，爱情难以获得一席之地，这也注定了改革文学中的爱情无法成为真正的爱情。

① 何镇邦：《长篇小说的奥秘》，花城出版社 1988 年版，第 170 页。

第八章

“清官”“铁腕”叙事与改革时代

新时期的改革文学，从某种程度上来说就是改革者文学。作家往往以改革者形象为中心来建构叙事，使改革文学明显体现出为改革者树碑立传的特色。改革小说因为塑造了符合读者审美心理与现实变革渴望的改革者形象而受到认可与追捧，乔光朴、李向南等形象也成为改革的代名词。在作家眼里，乔厂长一样的改革者不仅是社会转型潮流的引领者、时代的英雄，而且也是民族重获新生的拯救者。创作者在赋予他们英雄内涵的同时，更赋予了这些人物形象以卓越的才能、强悍的作风，以及解民倒悬、伸张正义的济世情怀。铁腕作风与清官本色，是改革者身上鲜明的标签，也是改革者形象塑造策略上具有普遍性的选择，由此形成了改革文学在人物建构上的铁腕与清官模式。这种模式一方面是对文学传统的承继，另一方面也体现了作家对转型时代中国社会现实的思考。

一 “救世英雄”：中国小说的形象建构传统

改革是一场除旧布新的革命，20 世纪 70 年代末 80 年代初社会转型的时代背景，使这场革命充满了复杂性与艰巨性，这也就注定了改革与既往的任何社会运动一样，需要强大的推动力。历史唯物主义虽然反对英雄史观，认为人民群众是历史的创造者，但是并不否认英雄人物在历史发展中所起的作用。因为任何群体都需要领导者，尤其当一个民族处在历史转折时期，更需要引领时代走向的英雄。在时势造英雄的同时，英雄也在某种程度上影响改变着时势，他们的能力、作风与品质决定了运动的走向与未来社会的样貌。“文革”后的中国社会，无论政治经济文化，都与现代社会尚有距离，沉疴与时弊使民族重建显得任重而道远。这是一个呼唤英雄的时代，唯有强者才能把民族从旧的窠臼之中拖曳出来，才能披荆斩棘开拓出一个理想的新世界。当然这也是一个英雄辈出的年代，整个社会涌动的变革渴望造就了无数个时代的弄潮儿：他们或是秉持铁腕作风的开拓者，以卓越能力推动着生产力的解放；或是被“文革”破坏的政治生态的重建者，以人道情怀关照百姓疾苦。在这一时期的改革文学中，有着对这些清官与铁腕的集中展现，《乔厂长上任记》中的乔光朴与《新星》中的李向南，是改革人物画廊中最闪亮的形象，前者是整顿经济烂摊子的铁腕代表，后者是转型时代为民做主的“青天”。我们看到，无论是铁腕乔光朴，还是“青天”李向南，在改革小说中并不孤单，基本上所有的改革者形象身上，都有着与他们一样的种姓基因。这样的改革者是时代需要的，仅仅从文学的角度来看，他们在契合读者变革渴望的同时，也迎合了读者的审美期待，使大众的现实苦难在艺术欣赏中得以想象性解决。“用被张扬了的‘清官意识’不但能够解释乔光朴、李向南何以在作品中获致拥戴与部分成功，而且也完全可以说明作品何以会超越读者沉思的中介，直接受到普遍的激赏——它满足了人们情绪的宣泄。”①铁腕与清官这两种特质，成为改革者形象建构的核心要素，在转型期的文学叙事中熠熠生辉。

清官意味着为官清正廉明，不仅要两袖清风、廉洁无私，更要明断是非、维护公平正义。在中国人的信仰中，清官一直都有一席之地，从专制而非民主体制走来的民族，只能相信掌握权力的各级官员。“清官积蓄了人民太多的理想，以至于人民并未意识到自己也是社会真正的主人，从而只是把希望寄托在清官的为民做主上。”②同时，官员克己奉公、为政清廉也是致力于国富民强、长治久安的执政者所渴求的。对清官的期待已经成为中国人的集体无意识，这在中国古典文学中有着相当充分的表述。正如陈思和所言：“公案戏中的清官，作为普通百姓在不能主宰自己命运时

---

① 金国华、郑朝晖：《“清官意识”：审查、反思与批判》，《小说评论》1988年第3期。

② 王君梅：《试论张平小说中的清官情结》，《〈毛泽东文艺思想研究〉第十四辑暨全国毛泽东文艺思想研究会论文集》，长春，2005年6月，第237页。

‘幻想中的偶像’，也是这类戏受欢迎的原因。”[①] 对于中国人来说，包公完全符合我们对于清官的期待与想象，在中国文化语境中包公就是清官的代名词。当然这个包公虽然有现实原型，但却是经过艺术化处理的，“打坐在开封府”的“包龙图”并非完全由艺术家创作出来的，读者也参与了这个形象的建构。王溢嘉说：“在一个民族的集体潜意识中，对历史与人物似乎有一些‘共同的主观意念’、某些个既定的结构。它们像‘文化的筛孔’，特别易于过滤、涵摄符合此一心灵模式的历史枝节和人物特征，然后以想象力填补其不足，‘再造’历史与人物。这种‘再造’往往是不自觉的，甚至可以说是来自亘古的‘召唤’，唯有透过此一‘再造’，一个民族集体潜意识中的‘原型’才有显彰的机会。”[②]

包公形象内涵不断被丰富，甚至达到了被神化的地步——“白天断阳间的案子，夜晚审阴间的案子”。这种神化的背后，是中国人对于清官的强烈渴求心理，关于包公的传统戏曲、小说，以及当下的电影、电视剧的长盛不衰，更印证了民族的清官梦。赵树理的小说之所以能够感染广大读者，即使是那些不识字的群体，莫不是因为他对社会问题的针对性展现，以及塑造的救民于水火的清官形象，“清官模式则是其结撰作品的核心要素”。[③]《李有才板话》中的老杨具有清官色彩，他替民做主收拾了欺压百姓的阎恒元父子，使农村基层政权得以真正掌握在群众手中；在《小二黑结婚》中，这个清官是区长，他不仅解决了小二黑与小芹的婚姻问题，而且处理了恶霸无赖金旺兴旺兄弟，还农民以正义。赵树理的小说触及了尖锐的社会问题，并满足了读者对清官的期待，“《小二黑结婚》之所以会受到群众的热烈欢迎，我认为不只在于读者看到了小芹和小二黑圆满地自由结合，更重要的是因为金旺兴旺这样的恶霸受到了惩罚，使长期生活在乡村恶霸阴影下的老百姓，在小说的阅读中得到了慰藉。”[④] 唯有老杨这样站在群众立场上的清官，才能解决老百姓最关心的现实问题。老杨等人物虽

① 陈思和主编：《中国当代文学史教程》，复旦大学出版社 1999 年版，第 121 页。

② 王溢嘉：《古典今看》，国际文化出版公司 2006 年版，第 2 页。

③ 黄发有：《“改革文学”：老问题与新情况》，《天涯》2008 年第 5 期。

④ 苏奎：《反动分子·流氓无赖·心灵变异者》，《文艺争鸣》2014 年第 2 期。

然是共产党的干部，但是他们依然是作家按照清官模型塑造出来的。

以包公为代表的清官形象，是中国文艺人物画廊的重要组成部分，从包公到老杨（赵树理《李有才板话》）再到李高成（张平《抉择》），虽然清官形象内涵因岁月流转而有所变化，但是“为民做主”、伸张正义的根本特质却始终如一。中国小说对清官表述的动力，一方面是文学传统的惯性使然，另一方面源自民主体制的欠完善所导致的缺乏对治人之权的有效监管，人被奴役被压抑的现实为清官叙事提供了动力。

1976年“文革”结束，然而“极左”政治造成的烂摊子却不可能随之面貌一新，法律的废弛、权力的滥用依然困扰着期待现代化的中国。“民主待建的政治生活对于自由人权、对于法制建设的冷漠则更强化了‘清官意识’的再生能力。”[①]出现在这个背景下的倡导变革并直面现实的文学，不可避免地要涉及诸多体制层面的问题，作家对清官形象的塑造选择，及时而准确地透视了现实矛盾，表达了大众的期待与诉求。“在80年代改革之初，对制度变革的渴求，对铁腕人物大手一挥廓清局面的期待，对自己未来人生的英雄主义想象是社会发展进程的主流潜意识。而李向南的‘改革故事’不过是这一‘意识’的跟进。”[②]所以像李向南（《新星》）、郑江东（《老人仓》）、陈春柱（《改革者》）的出现有着历史的必然性。邓小平指出：“不搞政治体制改革不能适应形势。改革，应该包括政治体制的改革，而且应该把它作为改革向前推进的一个标志。”[③]“进行政治体制改革的目的，总的来讲是消除官僚主义，发展社会主义民主，调动人民和基层单位的积极性。”[④]改革文学对于清官形象表述的本身，就是对政治体制变革的呼唤，围绕李向南等改革者建构的叙事，一方面呈现了诸如官僚主义等问题，表达了对社会复杂性的认知，另一方面也以改革者对政治生态的改善展现了改革的希望。

铁腕即强有力的手段或统治。铁腕人物不仅具有铁腕，还必须有坚强

① 金国华、郑朝晖：《“清官意识”：审查、反思与批判》，《小说评论》1988年第3期。
② 庄礼伟：《〈新星〉的〈夜与昼〉》，《南风窗》2007年第7期。
③ 《邓小平文选》（第3卷），人民出版社1993年版，第160页。
④ 同上书，第177页。

的意志与坚定的价值立场。清官往往都会具有铁腕，这使他们有超越常人的果敢与强烈的责任意识，从而能够战胜丑恶，驱邪扶正。比如，被百姓唤作“青天”的李向南，正是以铁腕撬动了已然固化的古陵县政治格局。在现代意义上，淡化铁腕人物身上的政治色彩，突出刻画他们推动社会尤其是发展经济的才华与能力。茅盾《子夜》刻画的吴荪甫就是一个典型的铁腕人物，他曾经游历过欧美，学会了一整套现代资本主义的管理方法，有着发展中国独立民族工业的雄才大略。茅盾对吴荪甫的果敢、魄力，特别是对他的铁腕特质持欣赏肯定的态度。现代社会，经济对于民族发展的意义不言而喻，对于从小农经济转轨而来并且面对资本主义经济冲击的近代中国来说，确实需要吴荪甫这样的铁腕人物来引领民族经济的发展。也正是从《子夜》开始，铁腕与经济发展联系在了一起，铁腕内涵也随着时代发展而变化与丰富。当然，因为三四十年代战乱频仍，以及 1949 年后计划经济体制的确立，引领经济发展的铁腕人物失去了生存的空间与必要性，这使得吴荪甫们在文学叙事中退场了。像梁生宝、萧长春等形象，虽然有着领导乡村走合作经济的魄力与能力，但是他们身上最突出的特色却是立场的进步性。在突出政治的年代，对经济发展任何程度的偏重，都会被视为走资本主义道路而被打入另册。

然而，新时期毕竟开启了现代化的潮流，对经济基础决定性地位的重新认识与强调，是社会重新回归理性的标志。在党的十一届三中全会之后的几年中，“对‘生产力发展’的作用成了判断改革政策与实践的主要标准”[①]。经济被强调也就意味着发展经济的铁腕人物重新赢得了施展才华的空间，他们也必将赢得了社会的赞誉与时代的认可。新时期的改革文学也接续了茅盾对引领经济发展的铁腕人物的叙事，虽然乔光朴与吴荪甫的价值追求存在差异，较之后者只为满足自我财富积累，前者则意在实现集体经济的良性运转，但是两者体现出来的以魄力与才华支撑的铁腕特质是一致的。如果说与茅盾笔下的吴荪甫一样的资本家在同时代的文学文本中

① ［英］罗纳德·哈里·科斯、王宁：《变革中国——市场经济的中国之路》，徐尧等译，中信出版社 2013 年版，第 57 页。

尚缺乏兄弟与近亲，那么在改革文学的潮流中，乔光朴则有着众多的同道与伙伴。社会转型期的历史境况呼唤铁腕人物，也为他们提供了广阔的舞台，从乔光朴出现到当下的四十年里，他们成了文学描述不尽的对象。

二 “清官”：文学与时代的共同呼唤

如果一个民族的民主政治趋于完善，人的权利得到有效的保障，那么清官就失去了生存的“土壤”，也丧失了存在的意义。清官并非人类社会所固有的，而是特定历史境况的产物，也就是说没有专制与无监管的治人之权的滥用，没有官僚主义的盛行，那么也就不会产生清官，自然也不会有文学对清官的描述与展现。中国社会上千年的专制传统，深刻地影响到了新中国的政治生态，新体制中的旧习气、旧观念依然难以在短时间内被剔除掉，王蒙在《组织部新来的青年人》中就揭示了新官场中的官僚主义问题。然而，这样的问题并没有因为作家的敏锐与群众的呼唤而得以解决，随着“极左”政治的肆虐，政治生态逐渐恶化，人被侵蚀被压抑的处境也昭示了时代的非理性。“文革”留给新时期的是一个人治大于法治、野蛮专制遮蔽民主权利的混乱局面，如何走出这样的泥淖，完善法律、健全民主，使人的权益得到保障，从而激发人的积极性，是民族走向现代化的关键。虽然这个问题的根本解决需要靠体制改革，但是就具体问题与短期效果来说，确实需要被百姓称为“青天”的清官。这是清官登上转型期历史舞台的必要性，也使改革文学的清官叙事成为必然。

改革文学中具有清官特质的改革者，大多数会出现在乡村世界，无论是《新星》中的李向南、《老人仓》中的郑江东，还是《燕赵悲歌》中的熊炳岚、《赵镢头的遗嘱》中的林慧，他们的“战场”都在农村，他们的使命都是为农民撑起一片晴朗的天空。相对于城市来说，无论在任何时代，中国乡村世界都更为封闭落后，所谓“天高皇帝远”，当权力无法被有效监管，也就意味着农民要遭受更多的权力拨弄。如果说典型人物需要典型环境，那么基层权力掌握者的横行，以及农民群众被侮辱被损害的生命状态，无疑为改革者提供了一个适宜展示其清官作为的“舞台”。“老百姓对清官感念于心的一个原因是他们能够为民做主，对被侮辱与被损害的小民百姓施以援手。”[①] 改革文学直面农村现实，重新审视被“艳阳天”“金光大道”粉饰过的乡村，自然会有触目惊心的感觉。我们看到，柯云路为李向南、矫健为郑江东等形象塑造所营造的这个典型环境，残酷而真实，让人感到痛心、愤怒与绝望。其实这个环境越原始、越糟糕，就越能突显出清官存在的必要性。改革文学对改革者所面对的原始般的社会现状的描述，是塑造清官必不可缺的，改革者身上的“青天”特质由此被充分体现出来。或者说，柯云路、矫健等作家对基层现实带有主观倾向性的展现，与对清官形象的创作目的是一致的，那就是呼唤乡村民主现状的变革。

《新星》中，李向南面对的是县长顾荣经营了几十年的古陵县官场，顾荣等人结党营私、盘根错节，权力成为官员谋私利、欺弄百姓的手段。从县委到公社、从顾荣到潘苟世，古陵县各级干部纵横交错形成了一个顽固僵化的网络，这个网络像一片浓得化不开的乌云一样笼罩着古陵县老百姓的生活。柯云路不惜笔墨淋漓尽致地呈现古陵县的社会现实，一些描述基本上能够反映出转型期中国乡村的普遍性问题。古陵县不同层次的社会陈腐现实，满足了李向南作为清官的多元建构需要。“王子犯法，与庶民同罪”，包公故事中备受称道的是他敢于惩罚皇亲国戚，怒铡驸马陈世美就是经典案例。是否敢于对犯法的“王子”开刀成为检验“青天”胆识的标准，在小说中柯云路给李向南提供了这样的机会。包括顾荣、冯耀祖在内的县委领导徇私舞弊、贪赃枉法，“干部子弟犯了法，该捕的不捕，该判的不判。犯法的人逍遥法外，揭发问题的人受打击报复”。即使这样的事情在群众中反响强烈，顾荣等人依然敢用手中的权力为犯法的子女百般维护。虽然这并不是横亘在李向南面前最大的改革障碍，但是如果这个问题解决不了，那么他便无法做到取信于民，他的“青天”特质的核心要素就会缺失。当然，在柯云路的叙事中，这样的情况是不会发生的，即使是顾荣、冯耀祖设置的阻力再大，也无法改变这件事的走向。惩罚“皇亲国

---

① 黄立新:《简论古典小说中的清官形象》,《上海大学学报》(社会科学版)1996年第2期。

戚”是清官的标志性行为，但并不是主要行为，因为“青天”存在的更大价值在于为民做主，还社会公平正义。古陵县的冤假错案多到了李向南在散步的时候都能碰到申诉冤情的农民，比如马家岭那位上访达五十次的妇女——“她说她丈夫几年前抓住了偷仓库粮食的大队长的兄弟，反被诬陷为盗贼，吊打一夜逼死了。”因为盗贼是公社副书记的外甥，所以这个证据确凿的案件在官官相护中被拖延了几年；村民海狗“老婆被公社干部糟蹋上吊了，自个儿还被戴上坏分子帽子，冤了十几年，告天告地告不准”。[①] 他们毫无例外地得到了李向南的“拯救”，冤情得以申诉、冤案得以平反，他被群众唤作“李青天”也就自然而然了。

对于百姓来说，除了民主体制缺失之外，官官相护是他们蒙冤、冤情无处申诉的主要因素，所以基层权力掌握者的品行与操守，直接决定了普通民众的权益境况。清官不仅要为民申冤，而且还要为百姓管理他们的“父母官”，惩治罔顾百姓死活的官吏是“青天”的“分内之事”。其实，《新星》最吸引读者的叙事基本集中在李向南的乡下之行。在这个过程中他以快刀斩乱麻的气势，接连撤了两个公社书记、一个大队书记的职务，尤其是惩治了潘苟世这样的“土皇帝”。对横岭峪公社代理书记潘苟世这个人物，作家赋予了他完全与现代社会背道而驰的官员特征，似乎他一个人就把他治下的整个乡村世界拉回了“奴隶社会”。潘苟世没有能力更没有意愿带领村民致富，只知道把他们管得服服帖帖来稳固自己的统治。而且，他宁可把仅有的资金都用来修建豪华的办公室，也不肯为因雨坍塌的学校做一些修缮工作。他阳奉阴违，最终酿成了学校坍塌、人员伤亡的事故。愚昧、顽劣，置人命于不顾的潘苟世，与传统小说中的“狗官”无异，不“除掉”、不撤换便“不足以平民愤”，也无法使乡村摆脱被奴役的状态。矫健《老人仓》中的田仲亭比潘苟世有过之而无不及。红星大队支部书记田仲亭，完全丧失了党性原则，他不仅毫无服务群众的公心，反而成为乡村的公害、农民的噩梦。田仲亭的三个儿子与他的两个兄弟是横行乡里、令百姓闻之胆寒的打手“五虎将”；他在经济上侵占农民集体的劳

---

① 柯云路:《新星》,《当代》1984 年增刊第 3 期。

动成果，损公肥私，“生产责任制一搞，他全家包下了暖气片厂，这一项全年就能收入两万块。运输队没他的份，可他也提成。粉坊、铁匠铺、车辆修理所都是别人承包，可是他都提成！”[①] 对于田仲亭来说，手中的权力与口袋里的金钱一个都不能少，他俨然是奴隶主，肆意奴役着农民百姓。对于农民来说，相对于犯法的“王子”，他们可能更痛恨昏庸无为甚至鱼肉百姓的基层官员，那么对于“青天”来说，唯有铁腕治吏才能重拾群众对于党和政府的信心。

作家观念、时代环境等多方面因素决定了李向南、郑江东等清官形象身上必然会带有传统的“青天”色彩。从柯云路对李向南多层次言行的展现，我们能够看出在这个清官形象建构上，依然是包公形象的新时期再现。但是，这并不意味着李向南完全是包公的翻版，因为他们所处时代、身份，以及面对的现实等方面均存在根本性差异，李向南、郑江东等人身上的“清官”内涵更具有现代色彩。无论是李向南、郑江东，还是熊炳岚、林慧，他们毫无例外都是共产党员，他们的“青天”行为虽然像传统清官一样带有个人化色彩，但是从本质上来说却是执政党对于国家、民族以及人民群众责任感的最生动体现。十年的“文革”使中国社会理想泯灭、信仰迷茫、价值失范，一些共产党员尤其是一些基层干部党性原则丧失，公仆意识淡漠，甚至背弃了自己的信仰，这也造成了转型期中国社会的僵化与封闭。改革小说对像顾荣一样保守陈腐者及其行为心理的描写本身，就是在揭示执政党必须要面对的紧迫性问题，推动民族现代化，首先必须要增强执政党的执政能力。

如果李向南被界定为清官，那么他的工作就不仅局限于解决一个个具体问题，照亮有冤情之人的前程，而是要使整个古陵县的官场得以清澈。李向南在提意见大会上针对党员干部违法违纪问题，提出了在“惩前毖后”的基础上“治病救人”，这与传统“青天”对“狗官”与罪人的“快意恩仇”的“杀无赦”拉开了距离，从而体现出对现代长效政治的追求，追求双赢，而不是对立与冲突。以此来看，“青天”只不过是转型期的改

① 矫健：《老人仓》，《文汇月刊》1984年第5期。

革者被习惯性地加上的一顶“帽子”而已。共产党员的身份与现代政治家的视野，使李向南这样的干部对于社会现实的认识是非常深刻的，他们虽然也会表现出快刀斩乱麻的气势，但是却并没有指望毕其功于一役。传统的“青天”罢免或惩罚个别官员就能解决问题的叙事，虽然更容易使读者产生阅读上的快感，但是无论是清官的现实做法还是想象化表达，都与现代政治观念格格不入。李向南、郑江东不仅都有着对现实复杂性的深刻认识，而且都试图从点滴入手求得政治生态的整体性改变。他们都有改变社会现实的主动性，比如李向南深入古陵县的乡村，郑江东重回西峰县基层调研，熊炳岚对武耕新的支持发乎本心，林慧始终站在矢志变革的农民立场上想问题。改革者主动去发现问题解决问题，而不是等着问题上门再“击鼓升堂”。

转型期的“清官”在具备“为民做主”、改造旧世界能力的同时，还必须有成长为现代政治家的潜质，他们肩负的历史使命不仅要否定陈腐与落后，更要促成社会的合理与完善。“初期写农村改革的作品，作家们笔下改革者形象绝大多数是属于政治型的。”[①]“青天”与社会变革引领者特质在李向南等人的身上是糅合在一起的，这鲜明地体现出了过渡时代的特色。李向南几乎每一个带有“为民做主”色彩的举措，最终都是指向生产力的解放的。比如整顿电业局的公款吃喝与“吃拿卡要”；撤换思想僵化固守旧经济体制的杨茂山和高良杰；最为典型的提意见大会虽然把矛头指向了顾荣等人的子女犯罪问题，但李向南的终极目的却是调动人的积极性发展经济。《燕赵悲歌》中县长熊炳岚为了支持武耕新而不惜与保守的县委书记李峰“撕破脸皮”，将矛盾公开化，以此来表达强烈的改革意志。在蒋子龙的叙事中，李峰是一个只有私欲毫无公心之人，“他眼睛里还射出一种恼怒、妒忌、贪婪的光，他相信熊炳岚从大赵庄没少捞东西，武耕新这个土匪，用人朝前，不用人朝后，用着谁就给谁烧香，用不着的人就扔到脖子后头。等着瞧，总有一天叫你知道谁

① 许明晶：《三个阶梯上的农村改革者形象》，《文艺评论》1985年第6期。

是真佛！”[①] 他贪得无厌，当无法在武耕新那里攫取到利益的时候，便用手中的权力来打击改革者，阻碍改革事业。很显然他与传统清官小说中的“赃官”“狗官”毫无二致，于是，熊炳岚针对李峰的斗争也就具有了“青天”色彩。

在中国的官场序列中，县委书记要比县长更有话语权，比如李向南对县长顾荣的胜利很大程度上是因为前者是县委书记；熊炳岚为了支持武耕新而“抗上”，也就意味着在仕途前程与改革正义之间，他选择了后者，正像包公选择正义而怒铡皇亲。对改革的立场与意志，其实也是衡量转型时期政治家的标尺，能不能为改革者“申冤”，考验着他们的党性。与李向南的大刀阔斧、熊炳岚的针锋相对不同，张一弓《赵镢头的遗嘱》中的县委书记林慧，属于那种忍辱负重的清官形象。因为支持赵镢头的联产承包责任制，林慧被控告，被保守的地委副书记龚大平批评，然而即使面临政治生命终结的危机，林慧也毫不退缩，以其信念鼓励着农民改革，为乡村世界撑起一片“青天”。虽然《老人仓》中的郑江东已经退居二线，但是他对改革事业依然保持了高度关注，在西峰县陷入僵化停滞，甚至野蛮专制回潮的情况下，郑江东就必须扮演“青天”的角色。然而，郑江东的斗争是需要以自我否定为前提的，因为他曾是西峰县委书记，汪得伍等干部都是他一手提拔任用的。矫健为郑江东设置了更为复杂的境况，想做清官首先要改正自己的错误，才能解决西峰县的问题。如果没有勇气否定自己，那么成为“青天”的基础就不存在了。当然，这个老革命做出了正确的选择：“这些现实的图像和缠绵悱恻的回忆激烈地冲突着，要把郑江东强拉出来，要摆脱个人情感的局限，像过去那样站出来斗争！”撤换掉自己培养起来的汪得伍，清理掉堕落成乡村恶霸的田仲亭，改革者才有施展的舞台，乡村才能走向现代，这也是“文革”后转型时代清官的最大价值。

---

① 蒋子龙：《燕赵悲歌》，《人民文学》1984 年第 7 期。

三 “铁腕”：转型社会需要的“卡里斯玛”

“卡里斯玛”是基督教词汇，意为神圣的天赋，指的是得到神助的人，这个含义逐渐被引申为“一切与日常世俗事务相对立的超自然或超凡的神圣品质。”[①]德国哲学家马克斯·韦伯借用这个词汇及其引申义，提出了社会权威的三种统治形态，即法理型、传统型、卡里斯玛型。卡里斯玛型介于法制型与皇权型之间，指英雄或领袖人物依据其个人权威及影响维持统治。“‘卡里斯玛’（Charisma）这个字眼在此用来表示某种人格特质；某些人因具有这个特质而被认为是超凡的，禀赋着超自然以及超人的，或至少是特殊的力量或品质。这是普通人所不能具有的。它们具有神圣或至少表率的特性。某些人因具有这些特质而被视为‘领袖’。”[②]任何时代任何社会运动，都需要有着天赋异禀、具有卓越才能之人来担当领导者，转型期的社会改革也不例外，那些有奉献精神、有铁腕开拓能力的改革者，就是新时期中国社会舞台上的“卡里斯玛”。

“文革”结束，“极左”政治被否定，使得父权型、神权型等专制统治走向终结，而法理型的权威并不可能随之树立起来，所以在这个过渡期，稍带传统型色彩的卡里斯玛型权威最符合时代的需要。20世纪70年代末80年代初的社会变革现实也表明，卡里斯玛型领导者是推动改革进程的重要动力。“实际上，在大量的成功的改革实践中，许多企业家正是凭借了这些才打开了改革的局面，特别是在改革的初期，乔光朴式的‘铁腕’更为难得。”[③]比如浙江海盐县衬衫厂，在厂长步鑫生的领导下由一个县城小厂成长为浙江省第一流的专业衬衣厂。这不仅在于党的十一届三中全会后的政策支持，而且也得益于步鑫生的大胆改革，以其独特的经营管

① 吕智敏等:《话语转型与价值重构》，北京出版社2002年版，第217页。

② ［德］韦伯:《韦伯作品集》（第2卷），康乐等译，广西师范大学出版社2004年版，第353-354页。

③ 李晓峰:《改革者形象演变的纵向考察——兼对一种流行观点的质疑》，《文艺评论》1989年第3期。

理方法推动了县城小厂的蜕变。《人民日报》的报道给予了步鑫生高度的肯定，“步鑫生不顾‘上下内外’的阻力，狠狠地砍下了改革的三刀。他砍了‘大锅饭’的分配制度，改革了不合理的劳保福利制度。那第一刀使懒人变勤了，使勤人更勤了，克服了好坏一样，香臭不分。第二刀治了那些游手好闲的‘混子皮’，清除了长期‘泡病号’吃社会主义的蛀虫。第三刀治服了调皮捣蛋、妨害生产的‘假英雄’，拔掉了干扰破坏生产的刺头。”[①] 即使社会主义制度具有优越性，如果不能充分发挥人的能动性与积极性，那么再好的政策也无济于事，正如蒋子龙所说：“因为我们还没有创造出一套严密的先进的管理体制，一个单位能否打开局面，在很大程度上取决于那个单位的头头。”[②] 时代与民族都需要像步鑫生这样具有创新能力与“领袖”气质的“卡里斯玛”。

改革文学在对改革者形象塑造上，充分挖掘了他们身上超越时代、超越普通群众、超越自身局限的品质与能力。这是对现实中改革者的肯定与礼赞，也是文学迎合大众心理的建构需要，兼具个人魅力与铁腕特质的人物，也就成为了改革文学叙事的普遍性选择。作为改革文学的开篇之作，蒋子龙的《乔厂长上任记》最突出的贡献也是小说受到各方认可的最大原因，就在于作家为转型时代提供了乔光朴这样一个具有魅力与能力的典型形象。蒋子龙怀着肯定与欣赏，甚至是膜拜的心态塑造乔光朴，从性格、才华到作为，每一个层面都体现着这个改革者强悍的铁腕特质。就连乔厂长的外貌也与其强者身份完全“匹配”——“这是一张有着矿石般颜色和猎人般粗犷特征的脸；石岸般突出的眉弓，饿虎般深藏的双眼；颧骨略高的双颊，肌厚肉重的润脸；这一切简直就是力量的化身。他是机电局电器公司经理乔光朴。”[③] 乔光朴主动放弃优越的岗位，选择去收拾已成烂摊子的电机厂，把自己置身于最困难的境况中，这不仅体现了改革者的责任感，更显示出乔厂长的自信心。

强大的自信是“卡里斯玛”型人物的心理基础，是他们对于自我能

① 黎明：《“步三刀”》，《人民日报》1984年5月17日第8版。
② 蒋子龙：《“悲剧”以外的话》，《中篇小说选刊》1983年第6期。
③ 蒋子龙：《乔厂长上任记》，《人民文学》1979年第7期。

力的确认，也是每个铁腕改革者的最基本特征。杨昭远（焦祖尧《跋涉者》）、陈抱帖（张贤亮《男人的风格》）、徐枫（张锲《改革者》）、丁海川（熙高《一矿之长》）等，这些改革文学浪潮中脍炙人口的形象，无不是勇于挑战自我的强者，他们对自我的信心与对民族未来的信心是一致的。另外，我们还应该注意到，乔光朴、杨昭远、丁海川、徐枫等人物，都曾经因为坚持真理而被打倒，但是因为坚毅的性格与民族大义的着眼点，即使伤痕累累也难以熄灭他们的创业热情。所以，改革文学中的改革者一出场，就能令人对改革充满信心并折服于他们强大的人格魅力，真诚认同他们作为时代“领袖”的存在。正如张锲在《改革者》中对徐枫的描述，他像“一块强大的磁铁”，吸引了全场所有人的目光。

改革文学中的清官往往是指向政治体制改革层面的，而铁腕人物基本上都是经济改革尤其是工厂、企业领域的改革者。经济是现代化的基础，所以引领经济发展的能力既是衡量执政党执政水平的标志，也是评价现代“英雄”的重要尺度。“文革”后的中国社会物质上的整体性窘境，使改变经济困局成为改革最初的动力，改革文学也从经济体制改革的角度来表达强烈的时代呼唤。毫无疑问，“文革”后的经济烂摊子绝对不单纯是经济问题，它与传统的积习、官僚主义，以及理想沦丧、信仰迷茫直接相关，正如《乔厂长上任记》所言：“等着乔光朴的岂止是个烂摊子，还是一个政治斗争的旋涡。”[①] 所以促动经济发展，解决具体工厂企业的困境，不仅需要有领导经济的才华，更需要有撬动社会僵化保守状态的魄力。步鑫生说：“有志于改革者，决不能胆怯、退让、心寒，应当发挥大勇精神，奋不顾身地突破防线，勇往直前。”[②] 改革者的铁腕在这样的背景下显示出了它的价值意义，改革文学着力描述的就是乔光朴等人发展经济的大刀阔斧。

改革者对于负载沉重、积弊丛生的现状所做的，并不是零敲碎打的修修补补，而是动“大手术”，以求整体性的革新。乔光朴回到电机厂的第

① 蒋子龙：《乔厂长上任记》，《人民文学》1979年第7期。

② 践之：《改革者当冲破云烟》，《人民日报》1984年5月21日第8版。

一项改革举措就是“把九千多名职工一下子推上了大考核、大评议的比赛场。通过考核评议，不管是干部还是工人，在业务上稀松二五眼的，出工不出力、出力不出汗的，占着茅坑不屙屎的，溜奸滑蹭的，全成了编余人员。留下的都一个萝卜一个坑，兵是精兵，将是强将。”[①] 在这个整顿措施之下，工厂面貌为之一新，人的生产积极性被调动起来，生产效率明显提高，一个濒临崩溃的工厂有了起死回生的气象。乔光朴的铁腕不仅拯救了电机厂，更重要的是他让工人重新看到了希望，使他们有了对工作、对执政党、对民族的信心。同时，乔厂长也赢得群众的信任，“凡是那些技术上有一套，生产上肯卖劲，总之是正儿八经的工人，都说乔光朴是再好没有的厂长了。”他身上散发的“卡里斯玛”式权威的光芒，使群众重新找到了可以皈依的信仰，“工人们觉得乔光朴那双很有神采的眼睛里装满了经验，现在已经习惯于服从他，甚至他一开口就服从。”偶像的带动效果是明显的，“您不见咱们厂好多干部都在学他的样子，学他的铁腕，甚至学他说话的腔调。在这样的厂长手下是会干出成绩来的。”[②] 虽然乔光朴在前行的道路上，依然会面对这样或那样的难题，但是充满沉疴与痼疾的僵化困境已经被撬动了一角，并从这里投射进了可以照亮未来的灿烂阳光。

新时期文学中的改革者形象，往往都具有乔光朴一样的铁腕特质，虽然岗位不同、改革举措不尽一致，但是他们却共同拥有“卡里斯玛”的基因。陈世旭的《天鹅湖畔》刻画了天鹅湖垦殖场场长章友法这个强势的铁腕人物，他的血管里流淌着与乔光朴一样的热血。改革者章友法非常注重办事效率与用人机制的合理性，“章友法甚至连任免分场以下干部的事，都从来不先报县委审批就使用起来，办法是给个负责人的名义。”他有他的理由：“我没有那么长的寿，我等不得。等他们审查来，研究去，我的事哪个来做？再说，他们批下来的人，上去了就下不来。要是不能用了，我往哪里塞？我的生产线上绝不能有虚设的人！”这种铁腕还表现在章友法对绝对权力的占有上，在他看来唯有绝对的权力才能保证改革成果，他

① 蒋子龙：《乔厂长上任记》，《人民文学》1979 年第 7 期。

② 同上。

“不希望受到任何干扰、妨碍和束缚，更不能容忍别人随心所欲地把他驾驭的车轮，推到已经停止通车，或是已经废弃的旧轨道上去。”① 这并不是在突出铁腕人物的权力欲，而是在深刻地展现社会转型期的复杂境况与改革难度，没有始终如一的政策与思路，那么改革的成果很容易毁于一旦。铁腕对于权力的需要，是基于他们对时代的理性认知，权力是他们与僵化保守现状斗争的武器。

在民主意识缺失、民主氛围稀薄的年代，必要的集中支撑着改革者的奋斗。无论是乔光朴、章友法，还是陈抱帖、武耕新，他们无一不是具体单位的最高权力掌握者，他们也看重手中的权力。乔光朴虽然主动选择出任电机厂厂长，但是他向机电局局长提出了要他的老搭档石敢出任厂党委书记的要求，很显然乔厂长意在确保政令能得到厂党委的完全支持，以求得畅行无阻;《男人的风格》中的陈抱帖在对 T 市改革之前，已经基本清理了权力层面的掣肘因素，他从省委书记那里要来了“组阁”权，到 T 市不久，就把反对改革的市委副书记唐宗慈以参观疗养为由支到外地去了。这样他就不仅拥有了权力，而且还能确保权力有效运行。对于改革者来说，权力保障了他们的改革理念得以贯彻执行，正如蒋子龙对乔光朴的描述——“他说一不二，敢拍板也敢负责”，而且权力的必要集中更彰显了他们的铁腕特质。

权力是改革者打破陈旧僵化现状，以及革新理念得以落实的保障，然而并非只要掌握了权力，改革者就可以在推进改革中展现出铁腕能力，因为铁腕确实需要权力支撑，但是铁腕却不意味着独裁与专制。尤其对于改革者来说，权力运行只有与客观现实与历史潮流相符，才能取得推动社会进步的效果，所以铁腕人物手中的权力必须与他的价值立场、才能相统一。在改革者的价值立场、党性原则无可置疑的前提下，铁腕人物必须具备引领革新的才华与能力，这是作家在改革者塑造上重点呈现的内容。人物传记的叙事倾向，也是改革小说与同主题报告文学表现出高度相似性的原因所在。乔光朴、陈抱帖、武耕新、章友法等人物作为改革者，与对科

① 陈世旭:《天鹅湖畔》,《十月》1984 年第 1 期。

学技术、现代化经营管理理念的尊重与运用等方面相应，他们有着强大的实践领导能力，相对于前者，实践中的执行能力是改革者铁腕特质生成的关键要素。有效地革新经营管理方式，推动生产效率提升，这不仅对改革者的观念与视野提出要求，还检验着他们对于现实状况的认知程度。改革小说中的改革者都具有脚踏实地的作风，这在那些铁腕形象身上体现得更为明显，作家对此也倾注了更多的叙述笔墨。

对具体生产单位的了如指掌，是铁腕人物的一个标签，唯有如此，他们才能确保每一项政策都有针对性，才能在大刀阔斧的改革中充满信心，坚定而执着。乔光朴上任之初一头扎进了电机厂的基层车间，认真而细致地调查研究。“乔光朴上任半个月了，什么令也没下，什么事也没干，既没召开各种应该召开的会议，也没有认真在办公室坐一坐。这是怎么回事？他以前当厂长可不是这样作风，乔光朴也不是这种脾气。”“他整天在下边转，你要找也找不到；你不找他，他也许突然在你眼前冒了出来。按照生产流程一道工序一道工序地摸，正着摸完，倒着摸。”① 充分掌握工厂的各方面情况使他能“对症下药”，也敢于动“大手术”，对九千多名职工进行全员考核。陈抱帖与乔光朴深入实际的作风如出一辙，作家借人物心理活动来表达对此的肯定，“作为一个领导人，到一个地方，首先取得感性知识是非常必要的。有了感性的认识，你再看材料，再听人汇报，那些材料、数字就会在纸上站起来，使你有种立体感。你不但能明白纸上说的是什么，还能透过纸面看出问题。”② 章友法与武耕新在这一点上显然比乔光朴、陈抱帖做得更好，所以他们的改革成绩更为辉煌，他们身上的铁腕特色也更鲜明。《天鹅湖畔》中章友法自述：“这里所有的厂子都是我经手办起来的，所有的人都是看着他们一步步走到今天的。谁好，谁孬，谁老实勤恳，谁偷奸耍滑，都别想瞒过我、骗过我。我熟悉这里的每一台机器和每一个人，就像熟悉自己的手指头一样。”③ 武耕新同样如此，他对大赵庄的每一个人、每一块土地、每一个项目，都了然于心。对具体单位人事

① 蒋子龙：《乔厂长上任记》，《人民文学》1979 年第 7 期。

② 张贤亮：《男人的风格》，《小说家》1983 年第 2 期。

③ 陈世旭：《天鹅湖畔》，《十月》1984 年第 1 期。

现状的了解，是改革者成功的基础，也为他们增添了推动改革的底气，使铁腕措施有了坚实的保障，不至于偏离现代化方向。

四 评价的迥异：现实需要与未来指向的冲突

吴启泰在《没有结束的对话》中借苏婷婷之口，对铁腕改革者临长河进行了评价，一方面“你在矿上努力推行一套科学民主的管理方法，搞生产方案的民意测验，民主选举班组长，大会小会要各级干部讲民主，注意工作方法”。另一方面“你经常用封建家长式的方法管理这么大的矿，粗暴，不近情理”。所以在这个人物身上不仅有“新型的社会主义企业家勇于改革的雄心和魄力”，还有“粗暴专横的家长作风”。其实，这个评价对于改革文学中的清官、铁腕具有普遍的适用性，也就是说这些大刀阔斧开拓进取的改革者，或多或少都有两面性，“天使”与“魔鬼”往往像硬币的两面，糅合在一个人的身上。这也是关于清官、铁腕人物在评论上引起争论的根本原因，站在不同角度，看到的“硬币”侧面就必然相异，那么得出的结论便会有天壤之别。

我们看到，从改革文学兴起之时开始，围绕清官、铁腕形象塑造的褒贬不一的争论就一直没有停歇，甚至持续到当下依然是言人人殊。对清官、铁腕形象叙事的质疑批判大体集中在以下几个方面，一是认为这一叙事本身陈腐，作家未能超越传统文学的局限，“清官主义——一个陈旧的理想模式”[①]依然顽固地在新时期文学中延续。[②]而且，以《新星》为例，“小说对李向南行为方式的赞颂其实就是对‘人治’的肯定和对‘法治’的忽视。把改革的实质看成是‘换人’而不是‘变法’，这是一种政治学观念上的幼稚和短视”[③]。二是认为由于作品缺乏现代政治意识，清官铁腕依旧带有浓厚的传统色彩，比如李向南，“他的手术方法就是撤换（但他

① 李新宇：《改革者形象塑造的危机》，《当代文艺思潮》1986年第6期。

② 即使这一判断合乎实际，那么清官铁腕叙事仍然受到当下大众的欢迎与认可，也说明了这一模式并没有过时，时代尚未进化到不需要清官铁腕的理想状态。

③ 李书磊：《〈新星〉的英雄主义基调批判》，《文学自由谈》1988年第5期。

事实上也只能有限地做到这一点)，而他本身，仍然是实行人治而非法治的一个典型。在这种意义上，他仍然只是一个旧式的‘青天’、‘清官’的形象，而决不是一个现代政治家和管理者的形象”①。三是认为这种叙事与改革的现代化指向格格不入，甚至南辕北辙②，清官、铁腕形象塑造，“实质上仍是以一种属于传统文化中的意识形态描摹改革的蓝图，我认为这与我们所要求的改革相去实不可以道里计”③。四是从作家的观念意识层面加以否定，评论者认为乔光朴、李向南这样具有铁腕特质的改革者，虽然他们“独断专行”，以及“对群众发强迫性行政命令”，但是“小说中，他们的一切做法，总是被一味赞美。其所以如此，根源在于作者把他们视为‘与民做主’的人物，这或可隐约地透露出作者对个人权力、个人意志的崇拜和欣赏”④。作家的“现代意识何其贫乏不足，以至连最基本的‘法治’观念都不具备而依旧遵循传统的‘人治’思想认识‘改革’、描写‘改革’、宣传‘改革’”⑤。作家对清官铁腕的偏爱，“不仅弱化了改革文学的批判性，而且从反思文学对中国文化和体制层面的反思上后退了一步，显示了作家精神品格上的守旧与缺乏现代意识”⑥。甚至是“一种社会文化学观念上的落后与过时”⑦。五是批评者站在启蒙的角度，认为清官铁腕的强势存在就是对民智开启的阻碍，“重塑清官，重造救世主的文本是所谓的

① 何新:《〈新星〉及〈夜与昼〉的政治社会学》,《读书》1986年第7期。

② 表现清官铁腕的作品“有意无意地歌颂了一种封建奴化思想，给旧时代的‘青天’意识披上了一层美丽的面纱，而没有真正意识到政治、经济体制的改革，其目的就是为了调动每个主体的积极性、创造性，克服传统的奴化意识，根除专制的生成土壤，我们需要的是民主化而非人格化。不少反映改革的作品，却把改革者描写成‘铁腕人物’、‘青天’的典型，作家对这些人物大唱赞歌，让读者发生误解，以为社会上只要出现更多的铁腕人物，社会改革就会顺利进行，‘改革人物’，成了对‘铁腕人物’的单一的审美观照。其实这与作家创作改革文学的初衷是南辕北辙的。”见刘锡庆主编《月亮的背面一定很冷》，北京师范大学出版社1992年版，第8—9页。

③ 吴秉杰:《〈新星〉对话》,《文艺争鸣》1989年第3期。

④ 李昕:《模式的禁锢与观念的障碍——关于改革题材小说的思考》,《文艺争鸣》1987年第3期。

⑤ 万同林:《反思文学、改革文学的再评价》,《文学自由谈》1989年第4期。

⑥ 吴义勤:《中国新时期文学的转型路向》,《杭州师范学院学报》(社会科学版)2004年第1期。

⑦ 李书磊:《〈新星〉的英雄主义基调批判》,《文学自由谈》1988年第5期。

‘改革文学’走向歧路最显著的标志，也是反启蒙的最明显征兆。”[1]以上几个方面的否定性观点，是站在现代性的角度来审视清官铁腕的叙事，他们不仅批判了作家创作观念的局限落后，而且对清官铁腕依然“活在”新时期舞台上表达了强烈不满。同时，着眼未来，他们认为手段、过程与结果之间存在一致性，也就是说依靠“青天”、铁腕虽然能解决一时一地的问题，但以此种方式无法达成一个民主文明的社会，甚至清官、铁腕的存在必然会延续专制传统，阻碍民主社会的实现。

从事改革题材创作的作家，对于他们笔下的改革者所持的态度都是肯定的，强调他们对于推动社会转型的价值意义。因为改革文学意图为社会树立标杆榜样，以此产生强大的激励感染作用，所以在改革者形象建构上也就不可避免地表现出理想化的色彩。体现在对于清官铁腕的建构上，确实存在质疑者所指出那种过度欣赏与缺少必要反思的情况。任何人都无法超越时代与自身局限，尤其是处在转型期，即使清官铁腕身上再具现代意识，也无法改变新旧观念杂陈的现实。这就决定了改革者无论表现出“天使”的一面，还是“魔鬼”的一面，都再正常不过，而且即使是代表传统意义上正向能量的清官、铁腕，他们也可能会走向失败。比如，浙江海盐衬衫总厂厂长步鑫生，因为大刀阔斧的改革不仅获得群众欢迎，而且还被增选为全国政协委员，这是政府层面的最大认可。然而，这个铁腕的改革者却没有以此为动力，反而“在成绩、荣誉面前不能自持，骄傲自满，粗暴专横，特别是不重视学习党的方针政策”，结果导致“企业管理紊乱，亏损严重，资不抵债。”[2]关键的问题并不是改革者的错误使企业重新陷入瘫痪，而是他们自身所体现出来的那种从强人到刚愎自用者变异的可能，而监督缺位、民主缺失使这种可能往往会成为现实。步鑫生与大邱庄原党支部书记禹作敏等，在改革初期是披荆斩棘的铁腕人物，最终却背离了改革的方向，这体现出改革者的现代化与民族的现代化同样需要一个长期的过程。所以，对于改革文学来说，对清官铁腕变

---

① 丁帆：《八十年代：文学思潮中启蒙与反启蒙的再思考》，《当代作家评论》2010年第1期。

② 童宝根、陈坚发：《粗暴专横 讳疾忌医 步鑫生被免职 债台高筑的海盐衬衫总厂正招聘经营者》，《人民日报》1988年1月16日第1版。

异的可能性的回避，以及审慎反思的缺乏，使这一主题的表达必然引来批评者的质疑。

如果一味地强调清官意识的陈旧，铁腕人物阻碍民主进程，而否定清官铁腕形象叙事，那么也就意味着忽视了转型期的社会现实，而只是从合理性的角度看问题，这就不免陷入高蹈的理想化怪圈而无法自圆其说。与质疑批判清官铁腕文学叙事相对，一些评论者从社会现实角度出发，肯定清官铁腕对于推动负累沉重的民族转型发展的价值。有批评者对围绕《新星》展开的批评进行了再批评："批评不仅仅应该从理论的层面否定《新星》的青天意识，而且还应该从现实的可能性上考虑《新星》之所以成功的一种实践意义。《新星》成功之处在于：中国的民主制度和新的体制的建立不会自然而然地靠启蒙去完成（尽管启蒙是重要的，但启蒙的意义仅仅在于启蒙），而必须靠一个青天式人物去完成这种变革。""特别是当古老的文化土壤里已经弥漫着清新的改革空气和民主空气时，批评再笼而统之地批判青天意识和英雄意识就未免显得有些书呆子气，这个时候需要的便是行动。这个行动便只有让一个英雄性格的青天式人物来完成。当这个青天式的人物尚未出现时，人们的企盼就是正常的。"①

李晓峰看到了具有清官、铁腕特质的改革者，对于现实变革的重要意义，"很难想象，一个没有相当的知识结构、科学准确的决策能力及超常的素质的人会成为改革者，因而，从此意义上讲，乔光朴、李向南式的'铁腕'和'清官'，实际正是一个改革者应具有的品格的真实表现，如果乔光朴、刘钊、武耕新们没有这种品格，很难想象出他们的改革会改到什么程度，相反，正是他们充分发挥了自己作为改革者的决策能力，才使他们战胜了反改革派，赢得了改革的成功。"② 在这个评价与判断里，清官、铁腕作为时代需要的特质，不仅不应该从改革者形象身上剔除，而且应该强化，因为那是改革者应有的素质，是他们应对转型时代必需的素质。在

① 吴炫：《青天与青天意识——关于〈新星〉批评的批评》，《当代作家评论》1989 年第 3 期。

② 李晓峰：《改革者形象演变的纵向考察——兼对一种流行观点的质疑》，《文艺评论》1989 年第 3 期。

这个判断里，一方面为新时期的清官铁腕正名，他们不是没落过时的产物；另一方面也肯定了改革文学对于这类形象的塑造，作家的观念意识并不陈腐。虽然李晓峰对于改革者清官铁腕特质的肯定稍显绝对化，但是却指出没有强悍的个性与能力，引领社会变革就是一句空话。姜伯川充分肯定了清官铁腕在从专制走向民主过程中所扮演的过渡性角色，清官与铁腕“如果作为实现政治理想的必要步骤，则是无可非议的。社会主义政治体制改革的理想目标是达到社会主义高度民主，实现这一目标从某一方面来说，确实需要各级领导干部的政治责任心和办事效率。”“在真正的社会主义民主制度建立以前，清官意识的存在还有其积极意义，因为它反映人民群众对好干部的信任和支持，对以权谋私干部的鄙视和唾弃，虽然人民群众还没有直接选举好干部，罢免坏干部的能力，可人民的意向还是领导机关鉴别是非、识别干部的重要依据。”[①] 无论是李晓峰还是姜伯川，他们并没有把清官铁腕作为一种政治理想，而是着眼现实而非僵化于观念来衡量改革者的价值与文学叙事的合理性。

我们这个民族的本性趋于保守，任何改变都相当困难，正如鲁迅先生指出：“中国太难改变了，即使搬动一张桌子，改装一个火炉，几乎也要血；而且即使有了血，也未必一定能搬动，能改装。”[②] 新时期的社会转型是负载着“沉重的翅膀”起航的，传统的各种积弊牵绊着民族现代化的进程，这无疑使变革更加阻碍重重。在这样的社会大背景下，如果改革者缺少卓越的才能、强悍的性格，以及大刀阔斧的气魄，那么社会进步依然会停留在修修补补的层面，而无法实现跨越式的现代变革。《新星》中李向南对康乐说的一番话体现了他对现实的认知与推行铁腕政策的必要。

> 一种干法，就是你说的，先不露锋芒，拉住干部，再看机会一步步来。那样稳是稳，但一个是太慢，一个可能永远推不开局面。还有一种，就是现在这种干法：先展开工作，打出旗帜，震开局面，赢得

① 姜伯川：《清官意识反思——由评论〈新星〉引起的一番对话》，《齐齐哈尔社联通讯》1987年第2期。

② 《鲁迅全集》（第1卷），人民文学出版社2005年版，第171页。

民心，取得政治上的优势，再回过头来做一些干部的工作，把政治优势转化为组织上的优势。[①]

从现实的角度来看，清官铁腕在社会转型期的出现带有必然性，他们象征了一个民族永远都不会泯灭的对美好未来的追求。在新的尚未生长起来，旧的依然顽固存在的过渡时代，把社会变革的希望寄托于清官、铁腕，也是一种没有选择的选择。如果稍微顾及转型期的社会现实，那么自然会得出肯定清官铁腕叙事的结论，“我疑心提出这些责难的同志是不是真的了解实情。包青天式地解决群众疾苦诚然不可取，却又是不得已。”[②]“试想，当你走进‘提意见提建议大会’会场，承受着人们如炬的目光，仿佛你的一言一行可以决定他们的生存或毁灭的时候，你还有什么需要多考虑的呢？当你直视着顾荣那张老于世故的脸，当你面对的是古陵慵懒涣散而利欲熏心的决策层，你又有什么可以选择的呢?”[③] 柯云路在接受采访被问及为什么偏偏要把李向南塑造成容易被人诟病的“青天”时，他回答：“李向南也是个历史人物，而那些评论家又过于书生气。在八十年代初的中国农村，这位县委书记难道还有其它的选择吗?”[④] 如果不能把人物事件放在具体的历史情景中进行衡量，那么自然无法给出一个客观的评价。对于铁腕清官形象及其叙事的争论不休，也正是因为褒贬双方对转型期社会现实的具体参照不同。

作家对清官铁腕的建构确实带着肯定、欣赏的情感态度，他们的书写也确实存在着被批评者所诟病的对于改革者“一味”赞美的事实，但是这并不意味着改革文学对“青天”、铁腕缺乏反思。在作为清官铁腕叙事争议焦点的李向南的塑造中，柯云路自始至终都在以主人公的言行心理来思考“青天”与现代政治。《新星》中“青天”两个字一共出现了二十七次，并不算多，但是因为这不是通俗公案小说，而是一部描写当代基层现实的作品，“青天”出现的频率就显得相当高了。“青天”的频繁出现并不是柯云路对它“迷恋”，而是借以

① 柯云路:《新星》,《当代》1984 年增刊第 3 期。
② 司马真:《包公地位上升的反思》,《新观察》1987 年第 18 期。
③ 金国华、郑朝晖:《“清官意识”：审查、反思与批判》,《小说评论》1988 年第 3 期。
④ 建国:《发表〈衰与荣〉后的柯云路》,《文艺报》1988 年 3 月 5 日第 3 版。

探讨反思“青天”存在的合理与不合理。小说中围绕“青天”，作家设置了九个场景，来对比映照出不同身份之人对于“青天”的理解与态度上的差异。在群众的眼中，“青天”无异于救世主，是他们的诉求得以满足的保障，有两个场景中上访的农民点名要找“李青天”，并声称“别人管不了”。李向南所“扮演”的“青天”角色寄托了他们的希望，承载了他们摆脱现实苦厄的梦想。群众对“李青天”的强烈呼唤，其实也能够反映出他们的现实生活处境，如果每个人都享有有保障的民主权利，那么自然不用再期冀“青天”了。

与群众对“青天”的呼唤与膜拜不同，领导干部对李向南身上的“光环”并不满意。罗德魁认为党员干部被百姓称作“青天”，是宣扬个人迷信的表现；顾荣认为“青天”就意味着个人凌驾在了党组织之上，是“很危险”的；潘苟世的理解更为简单，他认为“青天”是李向南权力斗争的武器，“他不是明摆着想排挤顾书记，想在古陵称王称霸？”当地委书记郑达理听到群众喊李向南“青天”的时候，对后者的“反感和不快一下达到了顶点”。群众与一些干部对“青天”爱憎的两极态度与转型时代直接相关，当民主缺乏权力滥用与僵化的思维纠缠在一起，那么围绕“青天”也就必然会出现评价上的极端性差异。被压抑的农民渴望自由、公平与正义，而被异化的权力意识则顽固地要维持权威、巩固既成的权力局面，李向南一样的改革者艰难地在两者之间寻求为政之路。由此我们看到了柯云路对李向南“青天”角色理解的深刻程度。

柯云路为“青天”设计了九个场景，一方面展现了因人物身份、处境，以及价值立场不同而各异的态度，另一方面也借此表达了作家对“青天”的理解与反思。对于“青天”，李向南的态度也呈现为两个极端，他有选择地认可或拒绝“青天”的称呼，这本身就体现了柯云路的审慎思考。“柯云路清醒地认识到‘清官意识’的非现代性，《新星》中对‘青天’称呼的讳莫如深无比清醒地标示了这一点。但另一方面，他又深切地感受到‘清官意识’对于现状的‘阶段合理性’。”[①] 在面对群众称呼“青天”的时候，李向南一直“讳莫如深”，因为他的改革是指向现代的，所

① 金国华、郑朝晖：《“清官意识”：审查、反思与批判》，《小说评论》1988年第3期。

以他更愿意被群众看成是解决他们实际问题的共产党干部，而非充满个人英雄主义色彩的救世主。比如，申冤的妇女口口声声说要找“李青天”，李向南的答复是，“李青天没有，李书记有一个”。看似简单的措辞改变，寄寓了李向南的政治理想，恢复党群关系是他改革蓝图的第一步，使群众有事不找“李青天”而找“李书记”。同时，李向南深知自身所处的社会环境中，“青天”的称呼将给自己带来的不是荣誉而是困难。卖豆腐的老头说他“这可算个青天大人”，李向南马上意识到了这个称呼背后隐藏的危机，“这么叫可不好，把他要叫垮了”。而当申冤农民当着郑达理面喊他为“青天”时，他“感到极大不安”。李向南在群众面前回避着他们对自己的“青天”称呼，一方面是他要以共产党干部身份示人，以挽救党群关系；另一方面也体现了他对这个称呼的忧虑，因为“越这样，一部分干部越对立。青天是最难当的。”事实证明李向南的担心是有道理的，无论是罗德魁与顾荣以此为借口的攻击，还是郑达理由此加重对他的反感，无不给他的工作添加了阻力，使改革前景蒙上了一层阴影。

在“讳莫如深”的同时，李向南及其改革支持者也肯定了“青天”存在的合理性，这是柯云路在为“青天”辩护，他们的存在是时代没有选择的选择。李向南出任古陵县委书记以及他的一系列改革举措，打破了已经固化的权力格局，也动摇了顾荣等人的权威，招致反对是必然的。但是他们却找不出施政上的错误来攻击李向南，只能试图从被群众称呼为“青天”这个问题上找到还击的可能。顾荣、罗德魁认为被老百姓叫“青天”是宣扬个人迷信、破坏党的集体领导，并把自己置于党的领导之上，显然是违反组织原则的[①]。李向南一改在群众面前对“青天”二字的“躲避”，转而

---

① 关于被称为“青天”的这些罪状，其实只是顾荣等顽固保守者攻击李向南的借口而已，他们自己不想为人民服务，却还要阻止其他人做合乎党性与民心的事情，这是典型的官僚主义。他们口口声声拿组织原则说事，但是徇私枉法、营私舞弊，破坏党群关系，损害党的威信的就是这些人。他们何尝是反对“青天”，他们唯恐“青天”赢得了民心，掌握了权力，那么他们作威作福的官老爷的日子就结束了。对于顾荣来说，不把李向南赶走，他苦心经营几十年的古陵县权力格局将毁于一旦，所以必须给李向南扣上违反组织原则的大帽子，这样赶走他便能顺理成章。另外，假设这些反对“青天”的人，也被阿谀奉承的下属称为“青天”，想必他们一定不会如此强烈地反对。

强调“青天”的现实意义与作为现代政治建构的必要手段，“常委人人都这样多一点、快一点给老百姓办事，关心他们疾苦，人人就都成了青天了。到那时候，老百姓就一个青天也不叫了，集体的权威也就有了。”[①] 在李向南看来，“青天”虽然不能作为现代政治的理想，但是每个干部都应该有“青天”的举措，这是“消灭”“青天”，破除所谓“个人迷信”，也就是实现民主政治的必要途径。正如小说中的庄文伊所说：“今天有一个李青天，明天几个、十几个青天，后天，都成青天了，就没青天了。这是否定之否定的辩证法。”[②]

李向南身上确实有传统“青天”的色彩，但是这并不影响他对现代民主政治的理解与梦想，在“提意见大会”上他提出了具有现代意义的监督权，这体现了李向南超越时代局限的特质。“希望大家对我们领导干部实行监督，敢于揭发问题，不怕打击报复。老百姓有个最大的权利，就是对各级领导的监督权。如果老百姓没了这个权利，其他权利就都难保障了。这种监督权，不是哪个青天能恩赐给你们的，要靠人民群众自己掌握。”[③] 这个县委书记不仅对社会现实有清醒认识，而且转型期沉重的积弊并没有耗掉他的政治热情。从李向南对“青天”的认知上，我们能够看到他脚踏实地的作风与坚定执着的信念，一个具有现代观念与视野的政治家形象跃然纸上。

五 人情、国情与更“成熟”的“清官”“铁腕”

在《新星》中，柯云路往往会在叙述中加入一些议论性文字，比如通过描述潘苟世来评论社会现实，“在潘苟世的愚昧专横中，却能感觉到整个社会滞留的那股可怕的陈腐势力。它过去造成过民族的悲剧，现在依然力图窒息整个人民。在古陵，在横岭峪，在刚才黑暗教室中的那幕场景中，包含着决定这个历史进程的根本的社会矛盾。”转型期落后的民主现实“培育”了“青天”，“青天”也迎合了人民群众与民族发展最迫切的需

---

① 柯云路：《新星》，《当代》1984 年增刊第 3 期。
② 同上。
③ 同上。

要。但是因为身处过渡时代，在僵化的思维观念下，改革者因为“青天”色彩必然会陷入艰难的困境。《新星》之所以受到读者大众的欢迎正在于小说塑造了“拯救苍生”的李向南这个“青天”形象，然而小说也因此受到一些评论者的质疑与批判；同时也正是因为“青天”这一被百姓冠以的肯定性称呼，李向南的改革前行之路更加坎坷。无论是顾荣、罗德魁、冯耀祖，还是郑达理，他们不仅对李向南获得的“青天”称呼耿耿于怀，更把“青天”作为攻击李向南的口实。这一切都使李向南“强烈感觉到自己的思维方式、行为方式碰在了一个巨大的传统观念上”①。当这个传统观念与权力结合在一起，那么也就意味着李向南将要与失败的命运遭遇。

无论是在工厂大刀阔斧倡导改革的乔光朴，还是像李向南这样解民倒悬的“青天”，他们想要取得改革的成功，首先要确保自己掌握权力，而不被逐出改革的舞台。清官、铁腕固然是推动民族走出旧时代所需要的，但是由于他们要挑战的是顽固的保守势力与既得利益群体，失败的可能随时都会变为现实。比如在乔厂长的改革举措之下，一些人被调整岗位编入了服务大队，这些人“恨死了乔光朴”，“甚至放出风，要把乔光朴再次打倒。”②虽然改革文学为了形象的社会正向效应而没有写出改革者失败的事实与可能，但是从现实角度来说，保守势力与改革者自身局限，都可能导致乔光朴、李向南等人的失败。清官、铁腕固然是把民族从传统积弊的泥淖中拖曳出来的必要性力量，大刀阔斧可能取得阶段性效果，但是一味地大刀阔斧，并不一定完全适合转型期的社会现实。设想如果改革图景都像乔光朴、李向南到任的电机厂与古陵县那样简单，我们的改革似乎就能一蹴而就了。清官、铁腕叙事只能是对社会转型特定阶段的表达，这种掺杂作家与读者强烈意愿倾向的创作，无法更深刻地理解与阐释现实。我们并非批判清官、铁腕观念的落后，而是这种理想化会对对改革之路的认知形成遮蔽，想象化的乐观最终会导致更深刻的悲观，甚至使我们丧失对未来的信心。在这个意义上，柯云路与雪珂共同创作的《耿耿难眠》，所体现

① 柯云路：《新星》，《当代》1984 年增刊第 3 期。

② 蒋子龙：《乔厂长上任记》，《人民文学》1979 年第 7 期。

出的改革者的冷静与审慎就显得难能可贵了。相对于改革文学普遍的理想化建构，这篇小说更具写实色彩，虽然它似乎“夸大”了改革困境，但是它表达出来的对现实复杂性的认知，以及特定时期的改革方式与手段，都有着深刻的启示意义。

温元凯说：“一切立志改革的人们，务必做冷静的、明智的、成熟的改革者。”[①]这并不意味着对清官铁腕的否定，而是说在具有坚定价值立场与卓越改革才能的同时，改革者还应该是一个对过渡期社会现实成熟的理解者，这样才能保证他的改革举措有实际的针对性并取得预期效果。《耿耿难眠》中的杨林就是一个“冷静的、明智的、成熟的改革者”，对于结党营私、以交换集体利益大搞关系学且“后台”过硬的厂长董乃鑫，这位党委书记采取了更为适合中国现实的解决方式。他没有像乔光朴那样把对手冀申下放到服务大队，也没有像李向南那样与顾荣“硬碰硬”，而是以退为进，以时间换战线，以缓和而非激化矛盾的方式来与保守派、与既得利益者斗争。正因为有对社会现状清醒的认识，杨林的斗争方式才是合乎实际的，作家正是从这个角度来肯定杨林的。

> 杨林正是在中国这块土地上土生土长的政治家。他沉稳，持重，和蔼，安详，含威不露。没有那种燃烧的狂热和激动，也不搞那种锋芒毕露的个人色彩的铁腕。他的铁腕是通过组织体现的。他不是一个人独自抡开改革的大斧劈来劈去——那种“英雄”在今天的中国是难免要失败的；他是把自己整个力量溶化到组织里，又使整个组织的神经、血管遍布全厂，控制住整个局面，使之看来缓慢，但却真正有力地被推动起来。[②]

以往调任来的书记的失败行为印证了杨林举措的得当，“新调来的高书记在主席台上挥手号召着、动员着，但是很快他那凛然正气的眼睛黯淡了，

① 洪天国：《冷静的思索——访人大代表温元凯》，《人民日报》1984年5月21日第5版。
② 柯云路、雪珂：《耿耿难眠》，《当代》1981年第5期。

而后就变成了与世无争的一团和气”[①]。转型期复杂的社会现实磨炼着改革者的精神意志，也考验着他们的应对能力，有些人出于错误的判断而表现出不合乎实际的行为，结果难免会不如自己的预期；然而，有些改革者，依靠对现实全面深刻的理解而能够采取合理的处理方式。显然，杨林属于后一种人，他很清楚自己面对的困难，所以能够冷静观察、理性判断，运用了最为合理的斗争策略。

《耿耿难眠》中还有另外一种声音，那就是以杨林之女杨茸茸为代表的群众对于清官、铁腕的呼唤，他们期待杨林像乔光朴、李向南那样秋风扫落叶似地“收拾”董乃鑫。为此，杨茸茸给父亲杨林挑选了很多描写老干部整顿厂矿企业的文学作品，这些小说中的改革者，“有的是铁腕书记，有的是铁腕厂长，还有大刀阔斧、力挽狂澜的省委书记，部长，局长……这些作品中的主人公在社会上都产生过强烈的反响。她自己也在那里面吸取过能量。”[②]正如读者大众一样，在杨茸茸等人的心中，都有一种一下子解决问题的期盼，这种期待心理是人对于有违公平正义的社会现实不满的体现，同时也反映了这个时期的“清官”“铁腕”文学叙事影响之深广。所以当杨茸茸等人看到杨林对董乃鑫毫无作为之后，非常不理解，赵文虎甚至气得心脏病发作进了医院。柯云路在叙事中也借杨林与杨茸茸的父女对话，透露了自己之所以塑造这个与清官铁腕相异的改革者形象的初衷。

“爸爸”，茸茸乌黑的眼睛里露出急切期望的目光，“你应该像他们一样。”他们当然指的是那些铁腕书记、铁腕厂长。

“这是小说啊，茸茸！”

“小说是现实生活的真实反映，爸爸！”

“应该是这样。可是，小说难免理想化。自然，作者的理想也是好的，可是生活本身却不是理想化的……”

“这里写的工厂，有的比曙光厂还要复杂，问题还要严重呢！”

① 柯云路、雪珂：《耿耿难眠》，《当代》1981年第5期。

② 同上。

"那个严重是假的、表面的——其实只要有曙光厂这么严重，甚至只要有曙光厂一半这么严重，凭他们这样干，肯定不会成功的！他们好像很老练成熟，那不过是因为里边的环境写得有点简单了。真要放在复杂的生活中，这些书记、厂长自己就都显得太嫩了，他们的铁腕弄不好要成为豆腐腕的。"①

虽然杨林的话语中表达出了他对现实复杂与改革艰难的认知，但是这并不意味着他对改革前景是悲观的，正是因为没有把现实理想化，也没有把困难扩大化，这个改革者选择了最为恰当的方式方法来推动民族发展。时代需要乔光朴、李向南，但是从长远看，民族更需要杨林这样的改革者。

还有一点是需要注意的，那就是《耿耿难眠》与《新星》的作者都是柯云路。在一个作家的笔下，改革者呈现出的是两种面貌——铁腕的李向南与"温和"的杨林，这是值得思考的。虽然李向南与杨林都是社会变革所需要的引领者，但他们两者的气质却是不兼容的。如果按照质疑批判"清官""铁腕"叙事的评论者的观念，无疑杨林更容易被接受，然而对于读者大众来说，李向南才是他们所期望的英雄。杨林的成功与李向南的没有被明确交代的失败，其实已经明确体现了柯云路对这两种改革者的态度——他更看好杨林这样的执政党干部，因为他们的举措更适合国情。

① 柯云路、雪珂：《耿耿难眠》，《当代》1981年第5期。

第九章

对立冲突：改革文学的主题与建构模式

“文革”后，中国进入社会转型期。在这个过渡时代，新与旧、现代与传统、改革与保守等观念与力量，交织在一起，它们之间的矛盾冲突直接影响了民族的道路选择与未来样貌。作为对社会现实的及时反映，改革文学形象地描述了转型时代不同思想、观念与价值取向之间的较量，展现了新旧交替时代充斥于各个领域各个层面的对立态势。对于改革文学来说，对立冲突不仅是表达的主题与内容，而且也是推动小说情节发展的动力，以及塑造人物的主要手段。所以建构改革与保守两个阵营的对垒，就成为作家的普遍性选择，而对立冲突也自然成为改革文学的一种表述模式。如何面对转型期的“斗争”，事关民族的当下与未来，如何表达它则关乎能否清晰地展现民族心理。

一　二元对立：延续传统与针对现实

改革为社会发展提供了不竭的动力，它使一个民族能够实现不断的自我调整，在现代化的道路上稳步前行。改革不仅意味着对新的肯定，而且包含了对旧的否定，只有战胜旧有观念、力量，才能为新的东西赢得生长的空间和保障。“就其实质而言，改革是对于传统的各种体制、思想观念的改革。”[1]社会从低级向高级演进本身就是一个新旧较量的过程，尤其是对于处在转型期的社会来说，新旧两者之间的对立冲突，更为激烈。从这

① 周海波:《“改革文学”批判》,《齐鲁学刊》1988 年第 6 期。

个角度来看，对立冲突是转型时代带有普遍性的社会主题，也是近代以来中国社会发展的内在动力。邓小平曾反复强调改革的革命性特征，“我们把改革当作一种革命，当然不是‘文革’那样的革命”[①]。“改革的性质同过去的革命一样，也是为了扫除发展社会生产力的障碍，使中国摆脱贫穷落后的状态。从这个意义上说，改革也可以叫革命性的变革。”[②]“生产力方面的革命也是革命，而且是很重要的革命，从历史的发展来讲是最根本的革命。”[③]革命意味着一场具有颠覆性的社会变革，执政党强调改革的革命性特征，一方面指出了改革的必要性，突出它对于生产力解放与理想社会实现的价值意义；另一方面也明确了改革的内容，革除一切旧有势力观念，促进新事物的生长。如果说革命是一场社会运动，那么新旧之间的斗争则是不可避免的，“实现四个现代化既然是一场大革命，就不可能没有阻力，没有矛盾和斗争。”[④]当把改革也定义为一种革命的时候，不仅表达了改革的迫切性，而且暗含了对现状的强烈不满。同时革命本身也充满了毫无走中间道路、毫无矛盾调和可能性的决绝，这一切都显现了斗争之于改革事业的必要性。

社会转型中的改革文学，及时而准确地把握住了时代潮流的本质内涵，展示了新旧之间斗争的复杂、艰难与不可避免。其实，改革文学本身，就是作家参与变革时代斗争的一种方式，他们通过肯定欣赏改革派、批判否定保守者，表明了自身的价值立场与取向。改革文学叙事中的对立冲突模式，不仅是对社会现实斗争的抽象概括，而且也与中国人的战争文化心理直接相关。近代以来，中国社会历经战乱困扰，战争的阴云一直笼罩着这个民族，尤其是抗日战争、解放战争，使中国人生活动荡窘迫、流离失所，甚至家破人亡。新中国的建立使大众欣喜自豪的同时，也使他们对“斗争”产生了强烈的认同感，没有斗争就没有新生活的观念深入人心。这也是毛泽东的“与天斗其乐无穷，与地斗其乐无穷，与人斗其乐

---

① 《邓小平文选》（第3卷），人民出版社1993年版，第82页。
② 同上书，第135页。
③ 《邓小平文选》（第2卷），人民出版社1994年版，第311页。
④ 雷达学：《谱写新长征的英雄乐章》，《文艺报》1979年第1期。

无穷”之所以曾一度被中国人认可的原因所在。新旧之间的斗争是贯穿1949年以后的30年的社会主线，斗争成了中国人的生活哲学，它深刻地改变了这个民族的文化心理与思维观念。“正是由于战争在当代文化建构中留下了深重的痕迹，才使人们的意识结构中出现了某种战时化倾向。”[①]这种“战时化”思维倾向，往往以敌与友来对人群进行区分，以对与错来评判是非曲直，以进步与反动来划分立场。这是“战争文化心理养成了二分法的思维习惯”[②]的集中体现，在这样非黑即白的简单判断之下，抑旧扬新的必要性已经不言自明了。毛泽东指出：“谁是我们的敌人？谁是我们的朋友？这个问题是革命的首要问题。”[③]识别敌友的本身并不是目的，团结朋友斗争敌人，才是这个“首要问题”的根本所在。1949年以后，不论是主流意识形态的宣传，还是文学创作，斗争的取向鲜明、口号嘹亮，这也进一步强化了对立冲突意识。

20世纪70年代末80年代初，从事改革题材文学创作的作家，无论是1937出生的张洁、1941年出生的蒋子龙、1946年出生的柯云路，还是1953出生的王力雄，等等，他们都是在斗争文化氛围中成长起来的。用对立冲突的方式来思考问题、建构叙事已经成为作家的集体无意识，即使是对时代有着再清醒不过的思考的人，也无法彻底超越时代、跳出意识形态的藩篱。对立冲突作为一种观念与模式在改革文学中普遍存在，是作家自身局限的一种体现。对立冲突的实践与文化是蒋子龙等作家的思想资源，而左翼文学、解放区文学，尤其是“十七年”文学，则是“滋养”他们审美修为的艺术资源。

毛泽东的《在延安文艺座谈会上的讲话》明确地指定了文学的价值地位，即对社会运动的配合。不仅文学要建构起农民与地主、工人与资本家、共产党与反动派等对立两极之间的对立冲突叙事，而且文学自身也要展现出斗争的姿态，所以作家必须站在正确的政治立场上去书写。抛开那些战争题材小说不谈，仅就合作化题材来说，无论是赵树理的《三里湾》、

① 陈思和：《中国当代文学关键词十讲》，复旦大学出版社2002年版，第20页。

② 同上书，第23页。

③ 《毛泽东选集》（第1卷），人民出版社1966年版，第3页。

周立波的《山乡巨变》，还是柳青的《创业史》，都以“入社”与否建构起了进步与保守之间的对立冲突。虽然相比于浩然的《艳阳天》《金光大道》，柳青等人描述的两派对立冲突并没有那么激烈，但是从本质上看，这些作品对“斗争”的迷恋，不过是程度上的差别而已。1949 年之后的文学中，对立斗争哲学是一以贯之的，而且逐渐走向叙事的绝对化，最终“把各种相对立的现象夸张到两极”。[①] 于是在斗争文化心理与价值观念之下，文学呈现出千人一面、千篇一律的样貌。“八亿人民，不斗行吗？”社会政治对立冲突的日常化，决定了作为工具的文学的书写态势，同时文学也参与了意识形态的建构，使斗争思维观念融入民族心理，成为一种集体无意识。

中国社会进入了新时期，然而这并不意味着思维观念与精神心理随之彻底更新。虽然社会现象表述的简单化、斗争的公式化，以及对立冲突建构的雷同化在新时期文学中逐渐得以改观，但是对立冲突的主题与模式依然会长期存在。“当代文学观念中的战争痕迹在新的文化背景下虽然渐渐地隐去，但并没有彻底消失，在许多方面，如批评意识、思维习惯、对社会的看法与评价中都自然地流露出来。”[②] “文革”被视为一种文明倒退、封建专制的复辟，属于纯粹的旧事物，而要彻底清除它的影响，必须进行斗争。所以，无论伤痕文学哀怨式的指责，还是反思文学理性的批判，无疑都是对“极左”政治的斗争。这是转型期文学直面现实的表现——不斗争就无法走出“极左”的泥淖，同时也展示了新时期作家意识中那种“顽固”的斗争观念，唯有斗争才能表达自我参与社会重建的渴望与积极姿态。“‘改革文学’常常以‘保守 / 改革’的对立模式来蕴含着‘传统 / 现代’的历史分野，显示出‘告别过去’的决绝。”[③]

我们还应该注意到，新时期文学之所以能够引发大众的强烈关注，一方面是因为转型期的伤痕文学、反思文学，以及改革文学表达了他们最为

① 陈思和:《中国当代文学关键词十讲》，复旦大学出版社 2002 年版，第 23 页。

② 同上书，第 27 页。

③ 韦丽华:《“改革文学”的现代性叙事反思》，《南京师范大学文学院学报》2004 年第 2 期。

关心的社会问题，从而引起共鸣；另一方面也在于文学的对立冲突主题与模式，契合了大众的审美心理，几十年来习惯了“斗争”文艺的中国人，对这种样态的文学有着最坚实的接受心理基础。其实，对立冲突一直都是中国传统小说的重要主题与模式，在《三国演义》《西游记》《水浒传》等古典名著中，对立冲突一直是贯穿这些小说始终的主要线索。传统小说与左翼语境下的文学叙事相比，区别仅仅在于后者以阶级立场作为主要标识区分了矛盾双方而已。传统的评书吸引听众，主要在于说书人所渲染的忠奸善恶的冲突与较量。这样的对立冲突叙事，在新时期之初的改革文学中俯拾即是，比如在乔光朴与冀申（《乔厂长上任记》）、李向南与顾荣（《新星》）、徐枫与魏振国（《改革者》）等改革者与保守派之间，对立冲突是两种人物的主要关系。由此，我们可以看出，有着现代追求指向的改革文学，其自身并未彻底摆脱传统的影响，这也从一定意义上体现出了改革的复杂性与长期性。

二　对立冲突：改革文学的建构模式

发生在20世纪70年代末中国社会转型期这个语境下的改革，不可避免地带上过渡时代的色彩，追求现代化的民族要带上历史的重负前行。“改革，既然是一场深刻而又广泛的革命，它就注定要受到各种因袭势力的阻挠。”[①] 新与旧之间注定要上演一场较量对立冲突的大戏，甚至可以说，改革就是相对立的观念与势力斗争的过程。“文学要反映改革生活，就不可避免地要反映改革进程中所遇到的矛盾和冲突。改革是一场新旧之间的斗争。要改掉那些不适合社会主义经济基础的上层建筑、规章制度，要革除那些长期沿袭下来的不利于发展社会生产力的官僚主义、绝对平均主义等弊端，要触动那些旧的习惯势力，就不可能不进行斗争。文学作品反映当前的改革，可以而且应该反映改革进程中的矛盾和冲突。回避矛盾也就不

① 王行人、刘蓓蓓编：《各领风骚·序》，文化艺术出版社1984年版，第4页。

可能创作出富有生气的、具有震撼人们心灵的力量的作品。”[①] 新时期作家直面现实，敏锐把握并思考转型期的中国社会，体现在改革文学的叙事上，是作家对现实的积极主动介入的姿态。“改革文学大多立足于社会上各种矛盾的交织，突出表现为新与旧、公与私、改革与保守、人性的高尚与卑鄙、自私与无私、正义与邪恶等的较量。”[②] 以对立冲突的建构模式来表达自我对转型与改革的认识，在新时期之初的改革文学创作中具有普遍性。

蒋子龙的《乔厂长上任记》拉开了改革文学的大幕，也开启了现代与传统、改革与保守、公心与私欲之间对立与较量的表述潮流，甚至可以说，几乎所有的改革小说建构的叙事，都是乔光朴与冀申、与陈旧的体制、与盛行的“关系学”之间对立冲突的翻版与改写。“在人物关系与情节结构上则沿袭了在‘十七年文学’中被确立为主流的二元对立的思维模式。”[③] 在作家的意识中，改革者的改革就是他们与旧势力旧观念的斗争，改革能够顺利进展并取得成功，完全取决于这种斗争的效果。对于改革文学来说，设置针锋相对的对立双方，营造一个矛盾冲突的局面，是创作上首先要考虑的。乔光朴、李向南、傅连山等改革者，自始至终都处在冲突的旋涡之中，作家给他们“营造”了一系列的困境。在阻碍改革的诸多因素中，与改革者价值立场相对立的保守、落后的人物，是改革者要直接面对的。如果说改革者代表现代、创新、正义、奉献精神与集体观念，那么保守派则被赋予了诸多与之相对的负面特征，一旦他们在同一空间相遇，斗争就不可避免了。改革文学是作家参与社会变革的一种方式，所以作家的价值立场——支持改革者，否定保守派——体现得非常鲜明，即使历经曲折，改革者的胜利也是必然的，保守派失败的命运也早已注定。

保守派都是以改革者的对应物的身份存在的，也就是说，作家为了凸显改革者某一方面的特质，必须同时在保守派身上深入挖掘与之相反的东西，品质的两极之间构成的张力，使他们的斗争吸引人。《乔厂长上任记》中的乔光朴与冀申的对立带有根本性，这在于前者是集体主义观念下

---

① 宗杰：《改革的浪潮与文学的探索》，《人民日报》1984 年 7 月 2 日第 7 版。
② 郝春涛：《新时期小说人性发掘历程》，山东人民出版社 2011 年版，第 106 页。
③ 黄发有：《“改革文学”：老问题与新情况》，《天涯》2008 年第 5 期。

的“圣徒”，有为民族国家牺牲自我利益的献身精神，而后者则满身私欲，处理任何问题的出发点与归宿都是个人利益。冀申是一个典型的混饭吃的人，作为党员，他背弃了自己的信仰，站到了集体主义的对立面上。乔厂长主动放弃了“公司经理”的优越岗位，回到已濒临崩溃的电机厂去收拾烂摊子；反观冀申，他当初来电机厂当厂长，也并不是为了振兴电机厂，使这个企业面貌有根本性的变化，而是把电机厂看成是一块可以谋取更大个人私利的跳板。他试图以电机厂“大厂厂长”这块牌子为自己镀金，“而后再到公司、到局，到局里就有出国的机会，一出国那天地就宽了。”[1]蒋子龙的意图再明确不过，那就是要展示两个人所代表的两种无异于天壤的价值观差异。相对于两者之间不可避免的且胜负已判的对立冲突，作家通过肯定与欣赏、批判与唾弃表达出来的情感倾向与感染力，对于旨在参与社会变革的改革文学更为重要。

《乔厂长上任记》对改革文学影响深远，乔光朴与冀申也为改革小说的人物形象塑造提供了可资借鉴的样板，但凡改革者往往是集体利益至上，而反面形象都是利欲熏心之徒。在这场对立冲突中，保守派不仅存在价值观扭曲的问题，而且存在党性丧失，甚至是道德上的问题。正因为如此，作家所建构起来的改革叙事，更像是一场道德审判，在这一点上能够看出改革小说中传统文学的影子。柯云路的《三千万》“围绕着要不要对某维尼纶厂追加三千万元基建投资的问题，展开了两种思想、两种作风、两种灵魂的激烈搏斗”[2]。张安邦要争取到“三千万”本不需要的投资，完全出于个人的私利。虽然表面上看，张安邦不会贪污国家一分钱的资产，但是他却能从这些投资中得到了很多无形的好处，所以他才会如此热心地，而且是一门心思地对这“三千万”“保持着政治上锲而不舍的意志”。丁猛的出发点是至上的国家利益，即使明知张安邦背后站着一个利益集团，他依然保持那种“虽千万人吾往矣”的决绝与豪迈。丁猛被载入史册的同时，张安邦也被钉上了耻辱柱。

---

① 蒋子龙:《乔厂长上任记》,《人民文学》1979年第7期。

② 建立:《多为国家着想——读小说〈三千万〉偶得》,《人民日报》1981年1月10日第8版。

在《耿耿难眠》中，柯云路延续了对人物党性与道德的追问，杨林与董乃鑫之间冲突的焦点依然是如何对待国家利益。厂长董乃鑫以住房、工作岗位等集体利益为交换筹码，为自己换来“八面玲珑”的社会关系。彻底丧失原则立场、私欲完全吞没公心的价值倾向与权力结合在一起，就制造出了董乃鑫这样的怪胎。如果不能像杨林那样对董乃鑫做有效的斗争，那么新时期很容易被后者涂抹上浓厚的旧时代色彩，董乃鑫们不仅侵蚀国家利益，而且会影响大众的建设热情。当然，新时期的社会改革本身包含了对人欲望的肯定，但是这并不意味着个人利益可以凌驾于集体利益之上，甚至以前者彻底取代后者。泛滥的私欲与权力结合，势必破坏公平正义的社会基础，在这个情况下，节制私欲、约束权力的有效对策，以及现代政治制度建设就显得十分必要了。

改革文学对中国社会反映的广度，体现在作家对各个层面具有两极对立性质的势力与观念的展现上。如果说乔光朴与冀申斗争的焦点是价值观中个人与集体位置的差异，那么柯云路的《新星》中李向南与顾荣的冲突，则聚焦在官僚主义这个问题上。顾荣在古陵县官场经营几十年，围绕着这个县长，上上下下形成了一套“严密”的官僚主义体系。他们结党营私、任人唯亲、罔顾民生，甚至贪赃枉法，这样带有封建专制色彩的政治生态，显然与现代政治理念格格不入。所以无论是与顾荣的面对面的冲突，还是对基层干部潘苟世等人的处理，李向南几乎所有的工作都是针对这种官僚主义的。从这个角度来看，《新星》与其说是一部农村题材改革小说，还不如说是一部政治题材的改革作品。蒋子龙的《燕赵悲歌》中改革者面对的最大阻碍，同样是官僚主义。武耕新领导大赵庄的改革初见成效，本应支持改革的县委书记李峰，却成了改革的“拦路虎”。在他看来，武耕新不仅缺少对自己的尊重，而且在利益上也没有满足自己，于是完全出于个人私欲向大赵庄派调查组，打击武耕新。因为农民武耕新无法与李峰在权力这个层面上构成冲突关系，所以赏识支持改革者的县长熊炳岚成了武耕新的代言人，对李峰的官僚主义采取了坚决抗争的姿态。这是小说的叙事策略，也体现了作家对于转型时代官僚主义与改革关系的认识。把冲突聚焦在官僚主义上，在改革文学中是比较多见的，比如张洁的《沉重的翅膀》中坚守党性立场的郑子云，对“混迹于官场的投机家”田守诚的斗争；张锲的《改革者》中改革者徐枫对贪图权位、贪图享乐，并把权力当作攫取利益工具的魏振国的斗争，等等。

转型年代，对社会发展路径与方向的不同理解与态度，是改革者与保守派矛盾冲突的根本所在，也就是说，改与不改一直是对立冲突的焦点。与改革者的大刀阔斧、勇往直前相对，保守派目光短浅、畏首畏尾，或因为既得利益，或纠结于意识形态，或唯恐权力旁落权威丧失。他们拿出了与改革者同样的气力，拼命地保持现状。鲁彦周的《彩虹坪》是一部关于农村改革的小说，作品围绕着是否实行家庭联产承包责任制，改革派与保守派之间展开了针锋相对的较量。改革者从农村经济与农民生活的实际出发，强调改革不仅顺乎经济发展规律，也合乎农民的实际利益需要；保守派则恐惧变革，一心维护既有体制，他们从落后的思维观念出发，罔顾现实。省委第一书记钟波与主管农业的书记潘文安之间的对立，本质上是两种理念的冲突，社会应该变革还是守成，在“文革”刚刚结束的时代，并不是不言自明的问题。

相对于《彩虹坪》，蒋子龙《开拓者》中的对立双方，虽然仍然是省委的两位书记，但是改革派与保守派的权力职级却正好相反，保守的潘景川是省委第一书记，而志在改革的车篷宽则位居其次。在中国的官场序列中，第一书记是掌握最终决定权的，这无疑增加了车篷宽抗争的难度，很大程度上减少了胜算。与《彩虹坪》《开拓者》展现高层领导基于改革与守成的对立冲突不同，张一弓的《赵镢头的遗嘱》把这种矛盾冲突放在了农村基层进行表达，“从正面突入到农村生活的矛盾漩涡，清晰地展示出农村实行联产责任制过程中革新与保守势力之间的斗争画面。”[①] 老实的基层干部赵镢头的斗争对象是县委、地委等政策执行机构，他们之间的较量因为权力地位的悬殊差异，使前者的抗争本身就带上了悲剧性色彩。赵镢头的言行心理代表了中国农民变革的渴望，而僵化保守的观念使权力部门压抑了涌动的改革潮流。其实，张一弓展现的斗争较之鲁彦周、蒋子龙

---

① 中国社科院文学研究所当代文学研究室编：《新时期文学六年》，中国社会科学出版社1985年版，第228页。

来说，更贴近转型中的社会现实，也更能展现出改革者对保守派斗争的难度。

改革文学建构对立冲突叙事的焦点，既有宏观上的政策路线、价值观，以及党风政风，也有微观层面上的具体问题。相对于政策路线等层面上的对立，对于具体问题的不同看法引发的矛盾，更能展现改革时代两种思想观念的强烈冲突。王力雄的《天堂之门》中改革者与保守派的对立冲突焦点，集中在对把计算机引入工厂生产管理的态度上。对计算机的质疑与排斥，成为保守派反对现代科技、愚昧落后观念的最好表达，而改革者对计算机的热情，是接受并跟上现代化的象征。张抗抗、李隽培的《潮锋出现之前》中的对立冲突焦点也是新事物——新技术开发服务公司，小说围绕它的备受压抑的成长来建构叙事。其实，以计算机、技术开发服务公司为焦点的冲突，尚未开始而胜负已判。李朝行的《生活，刚刚开始》，与同时代的一些小说一样，把对立冲突的焦点落实在奖金问题上。保守派认为金钱刺激与社会主义制度严重冲突而极力地否定，改革者则从肯定人的物质欲求出发，强调奖金对于分配制度与调动人的劳动积极性的意义。对于奖金制度推行与否的冲突，显然牵扯到了意识形态这样带有根本性的问题。

在剧烈转型的时代，各个层面的观念与势力均相互冲突，改革文学充分地展现了这一点。人物被设置为完全对立的两个阵营，围绕冲突焦点，双方针锋相对、水火不容，带上了过渡时代的绝对化色彩。改革文学究其本质是对改革的一种想象化表达，如果没有夸大的对立、夸张的冲突，那么改革小说就不足以参与意识形态的建构。对立的人物阵营，具有普遍性社会意义的冲突焦点，是作家首先考虑的叙事要素，改革小说的对立冲突模式在构思之初就已经确定了。

三　对立冲突：改革文学的主题与叙事动力

对立冲突不仅给社会转型与改革提供了动力，而且也是改革文学情节发展的动力，新旧观念与势力之间的矛盾冲突，推动了改革小说的叙事进程。“从《乔厂长上任记》到《新星》，改革文学基本上沿着改革与反改革的勾心斗角的结构模式发展着”①。在改革题材的文本中，冲突无处不在，甚至在绝大多数小说中，对于改革者如何改革的表述，要远少于他如何对旧事物开展斗争的内容。这一方面说明了作家对如何“革故”了然于心，对于“鼎新”则没有那么多的想法；另一方面也表达出了新旧交替时代矛盾冲突的丰富性与斗争的必要性。

如果剥离了两种思想、两个阵营之间针锋相对的对立冲突，那么绝大多数改革小说的叙事都将无以为继，冲突是改革文学的主线、内容与叙事的动力。水运宪的《祸起萧墙》虽然被视为改革文学的代表性作品，但是小说的主体部分展现的却是改革与保守两种观念力量之间的冲突。在这部作品中，改革一直都是改革者的一种想法，在现实层面上基本没有得到具体的落实，而被作家肯定的改革者傅连山工作的核心内容，就是与佳津市地方保护主义者的拉锯战。身处新旧交替时代的改革者，相对于改革来说，他们肩负更多的可能是清除历史重负的任务，傅连山的努力与遭遇，充分地体现了这一点。从这个角度来看，水运宪的小说虽然对于改革落实的叙事少之又少，但是却比较真实地反映了转型时代的社会现实。如果把改革视为长期的历史过程，那么20世纪70年代末80年代初这一阶段则是为改革创设外部环境的时期，对立冲突也自然成了时代的主题，而改革文学描述的改革，更恰切来说是一场战争。在《新星》中，以李向南为代表的改革者其实并没有提出更多更有效的改革措施，他们的所作所为，只不过是旨在从政治、经济等多方面把古陵县拉回到合理的常态，至于如何使这个古老的县城走向现代化，那是下一步要解决的问题。李向南备受称道的改革举措，从实质上来看更多地表现为对落后体制、僵化思维、顽固势力的斗争，而缺少改革的未来指向性。虽然李向南对顾荣及官僚主义、对顽固的专制思维、对践踏民主法治的行为等方面的斗争，确实缺少根本性的创见，然而满足读者阅读期待的正是这些斗争。在受众心中，李向南是作为带有铁腕特质的清官而非改革者形象被铭记的，改革者的斗士形象

---

① 周海波：《“改革文学”批判》，《齐鲁学刊》1988年第6期。

也是惹来批评家对柯云路创作非议的地方，这足以体现《新星》中对立冲突所占的比重。

对立冲突往往是贯穿于改革小说始终的主题线索，这在焦祖尧的《跋涉者》等作品中体现得尤为明显。杨昭远与邵一锋之间的冲突，不仅发生在转型期的社会改革背景下，而且在此之前的历次运动中，他们都是作为斗争的双方存在的。邵一锋完全不顾国家民族的集体事业而醉心于个人的利益，为此他不惜泯灭良心打压异己。以天下为己任的杨昭远在“文革”结束前，一直处于被批判被监管的境地中，他的劫难几乎都是“拜”邵一锋所赐。在新时期的舞台上，他们的冲突依然在延续，只不过因为时代的转换，两者冲突的胜负态势也随之变化。虽然邵一锋出自本性地为复出的杨昭远管理矿山制造种种障碍，对立冲突的形势仍然比较紧张，甚至杨昭远稍有不慎还会有被邵一锋击败的危险，但是改革者胜利的趋势已经不可逆转，冲突走向完全超出了邵一锋的可控范围。

焦祖尧对于对立冲突的“迷恋”，一方面意在彰显改革者杨昭远身上那种出于国家至上情怀的斗争“基因”，另一方面也通过“文革”前后杨昭远的命运对比来昭示时代的进步——改革者终于迎来了属于他们的春天。社会转型给改革者提供了舞台与机遇，使他们的能力得以施展，抱负得以实践，但也正是因为处在转型时代，对旧事物的斗争也是改革事业的重要组成部分，甚至在某个特定时空内，改革者的所有精力可能都要用在斗争上。蒋子龙在《锅碗瓢盆交响曲》中展现了牛宏在改革之路上的斗争，对于这个改革者来说，改革几乎完全意味着斗争。牛宏要面对面地与思想僵化的上级领导游刚斗争，使用死缠烂打的方式迫使后者肯定自己的改革业绩，并承认罢免自己的错误。与此同时，牛宏还要面对春城饭店的烂摊子，尤其是素质低、责任感差的饭店员工。

> 邱二宝野性难改，粗俗不堪；孙连香脸上的横条肉还是绷得那么紧；崔芬生完小孩以后极不讲究，邋里邋遢，俗不可耐；石心菊本来脸蛋长得就不好看，还不修饰不打扮，随随便便；赵永利兼做保全工，成天沉迷在各种设备里，偶尔笑一下，仍然是个活哑巴。这些还

> 只是每个人的性格不同，无妨大局。最可气的是一个人一种心眼，不抱团儿，不以饭店为重，你跟我上不来，我跟你过不去，今天这两人吵嘴，明天那两人又不说话了，而且和顾客争吵的事也时有发生，影响饭店的声誉。他们只适合当低级饭馆的服务员，谈吐、行动、仪表与现在的春城饭店的格调极不协调。[①]

与“抗上”的艰难相比，改造人则更加不易，针对每个员工的斗争，无疑会消耗牛宏大量的时间与精力。在这篇小说的叙事中，牛宏是与游刚斗争的胜者，但是能不能赢下后一种斗争，小说表达出来的是犹疑，甚至是悲观。

如果说改革是社会发展的动力，那么改革者无疑是这种动力之源，他们的思想与实践，引领着改革的方向。所以20世纪70年代末80年代初，几乎所有的改革小说都致力于改革者形象的塑造，改革文学就是改革者的文学曾一度得到公认。乔光朴、李向南等改革者形象能够获得读者的认可与肯定，在于他们契合了大众对时代英雄的期待。在构成他们英雄的特质中，那种肩负起时代重任的能力与态度是最为突出的。身处社会的转型期，改革者在开创未来的同时也必须要承载历史的重负，比如面对崩溃的经济现状、体制的束缚、保守的观念意识、充满私欲的人，以及纵横的社会关系网，等等。“改革文学基本上采取了战争文学的结构框架，首先，设定一个新旧营垒，作为主人公战斗的‘场’，比如，一个烂摊子，复杂的人际关系或上层压力，或二者兼具。”[②]旧有的一切不会自行消亡，唯有斗争才能把时代从历史的泥淖中拖拽出来，使民族走向新生。坚持不懈的抑旧扬新，是身处转型时代的改革者的基本素质，围绕着斗争来塑造改革者形象也是作家的普遍性选择。艺术家要在其作品中表现力与美，就“必须从现实生活的尖锐的矛盾冲突和斗争里来表现和塑造崇高形象”[③]。对立冲突是建构人物形象的主要手段，只有通过冲突检验的改革者，才有资格领导社会变革的潮流，也才能引发大众对改革者形象的追捧与膜拜。作家

---

① 蒋子龙：《锅碗瓢盆交响曲》，《新港》1982年第10期。

② 郝春涛：《新时期小说人性发掘历程》，山东人民出版社2011年版，第119页。

③ 施昌东：《美的探索》，上海文艺出版社1980年版，第487页。

倾力挖掘改革者面对冲突的胆识与勇气，他们不仅有与保守派抗争的能力，而且因为着眼于国家集体利益，他们往往主动选择斗争。

乔光朴受到各方的一致性肯定，很大程度上是因为他有敢于主动选择挑战的强者姿态。“文革”后复出的乔光朴，本可以在被别人视为“肥缺”的公司经理岗位上“享清福”，但是在理想与集体利益至上观念的驱动下，他毅然回到电机厂去面对经济濒临崩溃的烂摊子、自私顽固的冀申，以及一群丧失信仰与劳动积极性的工人。乔光朴身上这种主动承担的责任感与斗争精神，是改革者必须具备的一种基因，它不仅体现了改革者符合转型时代的特质，而且也契合了社会变革对潮流引领者的需要。主动选择挑战并把自己置身于冲突的旋涡之中，显示出改革者的坚韧性格，也使其形象内涵更加具备英雄特质。《燕赵悲歌》中的武耕新主动出任方圆百里最为贫穷的大赵庄的领导人；《跋涉者》中的杨昭远像乔光朴一样，复出后主动回到矿山迎接挑战；《男人的风格》中的陈抱帖放弃了优裕的生活而去T市实现理想，他们深知自己将要面对的困难与压力，但是他们义无反顾，洋溢着斗争的昂扬与豪迈。改革者的决绝与自信来源于他们对自我能力的确认，虽然新时期文学不再“造神”，但是作家还是毫不吝啬地赋予了改革者形象以卓越的开拓精神与抗争能力。《乔厂长上任记》中的冀申在乔光朴的“步步紧逼”之下，只能离开电机厂一走了之；《新星》中老辣的顾荣面对李向南的“威势”，不得不采取退缩的守势；《龙种》中即使保守派、党委书记郑福林为龙种设置再多的障碍，后者依然能够清除这些阻力，取得抑旧扬新的胜利。

当然，对于处在转型期的改革者，不仅要有主动抗争的精神，而且必须要有坚持不懈的斗志，毕竟时代给他们“制造”的困境太多了，因为他们面对的对象往往不是一个人，而是一个利益集团，一种社会风气。水运宪在《祸起萧墙》中明确地表达了这样的忧虑，“当改革精神激发改革者，碰到现实的困境之后，就像跌进了‘退火炉’一样，不高又不低的恒温长时间地烘烤着你，然后，让你按照退火炉的既定俗成规律来‘自然冷却’，不能快也不能慢，一切都按操作程序，温温和和地消除你的内应力”①。实际上，一些改革者确实被现实消磨掉了斗志与进取心，在《耿耿难眠》中，柯云路就表达了这种可能性。对贪污腐败大搞裙带关系的厂长董乃鑫的斗争中，杨林之前的几任党委书记都失败了，他们的失败一方面是因为方式方法的选择性错误，另一方面更在于他们斗争意志的动摇。《祸起萧墙》中的傅连山不仅赢得了读者的认可，更赢得了斗争对手的肯定。小说中佳津市委郭书记虽然对傅连山的改革是阻挠的，但是对这个改革者的坚定意志还是非常欣赏的，“多么坚定的步伐，多么顽强的人哪！哪怕在他面前的是悬崖、是峭岭，他也决不会回头半步！郭书记又不由得在心里赞叹：这样的干部，你上哪儿去找啊？别说是郑义桐他们，就是自己，也难得有这样百折不挠的魄力呀。”②转型年代的改革者与战争岁月的革命者一样，都有着坚定的意志与顽强的抗争精神。

四　对立冲突的戏剧化与简单化：改革文学的想象方式

与描述对立双方、矛盾冲突的焦点，以及冲突的总体趋势等问题相比，对对立冲突进程的交代显然更为重要，因为它不仅关系小说的叙事节奏，更能体现作家对社会现实的认知与理解程度。从对立冲突进程叙述的角度来看，改革小说可以分为两种，一种是正视转型期的社会困境与冲突的复杂性，表达出对立冲突进程的曲折、漫长，甚至会出现暂时的失败；另一种是出于文学的可读性需要，以速胜论的基调描述改革对保守的斗争。后一种文学表述中，对立冲突往往呈现出简单化、戏剧化倾向，依然是五六十年代那种正反交锋文学表达的翻版，这样的改革文学不仅丧失了反映现实的社会功能，而且在艺术上也无法提供丝毫有益的审美经验。

“沉重的翅膀”是张洁书写改革的长篇小说的名字，也是作家对于转型时代民族因袭历史重负前行的形象表达。正是因为带着旧观念、旧思

① 水运宪：《祸起萧墙》，《收获》1981年第1期。
② 水运宪：《祸起萧墙》，《收获》1981年第1期。

维、旧的传统习惯，以及不合理的体制等“沉重的翅膀”起飞，社会变革的步伐才会显得沉重而迟缓，令改革与保守之间的对立冲突呈现出复杂态势。虽然在《乔厂长上任记》中，乔光朴赢得了与冀申的斗争，也基本理顺了电机厂的生产管理，但是这并不意味着他的斗争取得了彻底胜利，可以停止斗争了。新的矛盾依旧在等待着他，比如那些关于他“大搞夫妻店、破坏民主、独断专行”等问题的控告信，比如社会上盛行的关系学。用乔光朴自己的话来说，他的精力分配是“百分之四十用在厂内正事上，百分之五十用去应付扯皮，百分之十应付挨骂、挨批。”蒋子龙在《乔厂长后传》中，清晰地展现了强者乔光朴被巨大的困难笼罩的现实，以冀申为代表的保守力量仍然强大而顽固，乔厂长的前进道路依然充满需要面对的障碍。李向南与乔光朴的感觉差不多，“你要改革社会，先要用三分之一的力量去应付各种各样的政治环境”“还要用三分之一的力量去为建设最起码的政治廉洁而努力……最后，你才能把你剩下的三分之一力量用于为社会开拓长远设想和现实实践。而在实践中呢，你的相当一部分精力又必须消耗在许多令人心力交瘁的琐碎上。”[①] 如果没有开拓的勇气与献身的精神，那么改革者必然倒在这场斗争的路途之上。

《耿耿难眠》是展现转型期改革与保守正反双方对立冲突复杂性的代表性作品。董乃鑫精心织造了一张关系网，所以即使市纪委调查证明举报他的情况属实，而且也形成了处理意见，怎耐“董乃鑫的活动也包围了市常委，通报迟迟没有发出，拖沓着……两个月过去了，毫无进展。”[②] 党委书记杨林对贪污腐化、假公济私的厂长董乃鑫的斗争，确实异常困难，像李向南那样快刀斩乱麻的方式方法没有了行得通的可能。对于杨林来说，与董乃鑫的斗争必然是一个曲折漫长的过程，不仅需要群众的支持，而且更需要社会风气的改善与干部体制改革等方面的配套。虽然《耿耿难眠》读起来会使期待变革的人感到压抑，但是一旦联系现实，自然会肯定作家对社会生活认知与理解的深度。无论是《沉重的翅膀》《乔厂长上任记》，

① 蒋子龙：《乔厂长上任记》，《人民文学》1979 年第 7 期。

② 柯云路、雪珂：《耿耿难眠》，《当代》1981 年第 5 期。

还是《耿耿难眠》《祸起萧墙》，新时期引发轰动的改革文学作品，对转型时代矛盾冲突的复杂性问题，都有着比较符合现实的描述，这也是它们成为改革文学代表性文本的重要原因。

新时期之初的改革文学毫无例外都展现出一股昂扬之气，这种奋发图强的气概也是改革小说受到大众欣赏的重要因素。然而，与这种斗志昂扬相伴而生的是浓郁的悲凉情绪，这与作家对于历史重负与改革难度的认知直接相关。体现在作品中，对社会变革有清醒理解的严肃作家所建构起来的改革者与保守派之间的对立冲突，基本上摒弃了冲突简单化与胜负直线化的模式，而使文学展现的冲突图景尽量地符合社会现实。转型时代的作家有“义务”去明确或预示改革者的光明前景，然而这与在文本中为他们“增加”改革的难度并不冲突，因为这样不仅真实，而且在文学鼓舞读者大众的同时，也使他们能够正视时代、避免盲目的乐观。改革文学作品往往会有一个像《乔厂长上任记》一样没有明确乔光朴下一步命运的开放式结尾，比如柯云路的《三千万》没有交代丁猛的斗争效果、张安邦的最终结局，以及维尼纶厂的出路；张锲的《改革者》虽然对徐枫与魏振国的成败结局有预示，但是未来究竟会如何，作家并没有给出答案；水运宪的《祸起萧墙》肯定了改革者的创新精神，但小说的结尾并没有表明傅连山的明天就是坦途一片。

对于改革与保守冲突的结果，作家之所以没有给出明确的交代，无不是因为这个冲突过程的漫长，甚至改革会出现低潮与暂时的困境。尽管新时期作家依然无法彻底摆脱大团圆模式的影响，乐于给作品添加一个光明的尾巴，以起到鼓舞大众的社会效果，然而绝大多数改革文学作品对社会现实的书写，还是采取了比较客观的态度，这体现在他们对改革与保守对立冲突复杂性的认识上。对冲突态势的谨慎乐观，一方面是因为作家处身社会变革之中，无法跳出时代的局限为改革者铺设一条瞬间抵达光明的道路；另一方面，这也体现了他们对现实认识的深刻程度，带着“沉重的翅膀”起飞的民族，改革道路的曲折与漫长是必然的。也正因为如此，抑旧扬新才更显出其必要性，改革文学把对立冲突作为叙事线索与核心内容，不仅是文学建构的一种选择，而且也有着现实的针对性。

与冲突的复杂与艰巨描述相对的，是冲突的速胜论书写取向，在这种文学理念下，改革与保守之间的较量，呈现出一种改革者直线性胜利的倾向。《新星》中的李向南虽然取得了对顾荣斗争的阶段性胜利，但是面对官大一级的郑达理情况又会如何，柯云路并没有明确地表述，只是用李向南回北京寻求帮助来结尾，以此来表明抗争的难度。然而，这篇小说的大部分内容还是在表述李向南无往不胜的决策与举措，比如“一天内亲自解决了十四个老大难的群众上访案件。从早晨一直到半夜”；基层之行，撤换了专制愚昧的“土皇帝”潘苟世的职务，等等。这是柯云路的创作被批评者诟病的地方，虽然改革需要强者，但是为了突显改革者的强悍而弱化旧观念旧势力的能量，把改革对保守的斗争描述为一个速胜的过程，确实远离了复杂的社会现实。这种表述倾向在改革文学中具有普遍性，即使是比较优秀的改革小说，也存在着冲突简单化的建构现象。

张贤亮的《男人的风格》塑造了市委书记陈抱帖这一改革者形象。虽然陈抱帖面对的也是一个百废待兴的烂摊子，但是与乔光朴、丁猛、傅连山等改革者相比，陈抱帖与保守派的较量显然更为容易——反对改革的市委副书记唐宗慈被陈抱帖用“杯酒释兵权”的老办法支到外地去参观疗养，不让其在T市露面，这就使后者手下的几员大将未及与陈抱帖交锋就成溃败之势——有的离休，有的外出学习，有的丢官之后在家只能发发牢骚。“人们感到，小说的主人公陈抱帖上有他的老领导省委第一书记孟德纯给予的‘组阁’权力和在北京当部长的岳父作为后盾，下有广大群众的拥护支持，因此一到T市上任，登高一呼，就四方山应，所向披靡，改革进行得那么顺利，真有破竹之势。”[①] 像李向南、陈抱帖这样势如破竹的斗争，未必没有对应的现实原型，然而在带着历史重负前行的转型年代，这种轻松的胜利显然不具有普遍性。虽然改革者对保守派斗争的速胜叙事，对于读者来说更具阅读上的快感，易于被大众接受，但是对两者之间斗争过度想象化的处理，使小说的真实性大打折扣。“由于对改革斗争的复杂

① 何镇邦：《长篇小说的奥秘》，花城出版社1988年版，第125页。

性和曲折性表现得不够充分，把这场改革运动写得过于顺利，过于理想化，也势必削弱作品现实主义的艺术力量。”①

与对改革进程中的对立冲突简单化表述相应，是对对立冲突戏剧化的展现。改革小说作为一种文学样式注重形象的饱满、情节的连贯、故事的铺陈，作家追求小说的可读性，也使戏剧化矛盾冲突的设置成为自然而然的选择。戏剧化并不是目的，而只是一种叙事的手段，在改革文学中，戏剧化的矛盾是为对立冲突的建构服务的。然而，因为过于追求作品的可读性，对立冲突在一些改革小说里被戏说，改革成了一场作家“自编自导”的大戏。王力雄《天堂之门》中的改革者与保守派之间围绕着电子计算机的应用，上演了一场没有硝烟的战争，剧烈而单一的矛盾冲突使文学对现实的表述过于片面，黑白分明的斗争与戏剧化的矛盾解决方式，也使改革仅仅成为背景。《天堂之门》的对立冲突戏剧化在小说的高潮部分体现得尤为明显，无论是改革者还是保守派，都把他们实现目的的努力用在了中央派来检查核实工作的王可夫身上，双方都有毕其功于一役的劲头。保守派在党委书记曹焕清的操纵和调度下，显得很主动，他们封锁王可夫视察的行程信息；设置计算机小组接近王可夫的各种障碍；向王可夫汇报一些夸大计算机负面问题的内容。计算机小组是“在野派”，对于王可夫的行程路线安排并不知情，于是他们通过各种方式去打探，干起了“特务”收集情报的那一套。最终，他们采用沿途追踪的方式，终于在王可夫去下一站考察的途中“截住”了这位能决定他们命运的“钦差”。当然，王可夫做出重返工厂再次检验核查的决定，不仅是因为他觉得需要重新调查情况，还有王可夫老战友之子苏炬的出现，从感情上动摇了王可夫评判的天平。巧合加感情，这是通俗小说最惯用的吸引人眼球的套路，作家对这种套路的“移植”，彰显了故事性追求的意图。

无论是武侠小说、公案小说，还是反腐小说，正反双方斗争见分晓的场景往往都是这样的——底牌亮开之前，反方咄咄相逼、气焰嚣张，掀开底牌刹那间胜势与颓势急剧地反转，随之而来的是反方土崩瓦解、正方终获胜利，等等。戏剧化的表达，大体不会超出这样的模式。“改革与反改

① 同上。

革的斗争总是被处理为剑拔弩张的态势，双方的较量被过分地传奇化、喜剧化。”[①]《天堂之门》中宣布王可夫决议的厂务例会上的斗争，基本上就是按照这一模式建构起来的。会议一开始，曹焕清一方掌握绝对的主动，而代表正义的厂长周化民住院使“在野派”失去了有力的支持，同时反对派手里拿到了王可夫之前做出的反对计算机使用的指示。这一切都使斗争的走势明显地偏向了反对派。但恰恰这个时候，反转斗争形势的周化民出现了，面对曹焕清的步步紧逼，无路可退的周化民拿出了这个党委书记制造阴谋的证据，底牌一旦亮开，斗争胜负的天平瞬间倾斜。如果倡导计算机引入工厂管理的苏炬不是王可夫战友的儿子，如果没有徐振廷反戈一击“出卖”曹焕清，那么整个对立冲突的结局可能正好相反。把改革对保守的斗争寄希望于以巧合、偶然、个人化情感转变等方式解决，王力雄对改革派一定取得斗争胜利的表达，就显得相当可疑。

“改革是现状使然，大势所趋。然而，改革是不会一帆风顺的。客观现实决不因为改革的历史必然性，以及它被党中央定为重大国策，就变得轻而易举。在改革者面前，仍然横亘着重重的阻力和困难。”[②]作家对于善与恶、美与丑、正义与邪恶之间对立冲突的想象化建构，可以激发大众的现代化建设热情，善恶相争以及最终实现抑恶扬善，对于转型时代的中国人来说是一剂“强心针”，能够使他们重新相信未来。改革文学正像一面战鼓，敲响了时代的鼓点，激励转型时代的中国人奋发图强，以昂扬豪迈的面貌站在新时期的历史舞台上。作家不约而同地选择的两派冲突的叙事，在特定时代背景下有其合理性与必要性。然而，作家过度依赖对立冲突模式则会使改革文学的建构方式显得单一，在审美上陷入了模式化的困境。“把改革理解为正义力量与非正义力量的搏斗，把各种类型人物形形色色的矛盾归结于支持改革与反对改革，这本身即意味着对复杂生活的

① 董健、丁帆、王彬彬:《中国当代文学史新稿》，人民文学出版社 2005 年版，第 414 页。

② 李树声:《时代弯弓上的响箭》，《读书》1984 年第 8 期。

‘纯化’处理。”[①]中国传统思维的二元对立，以及战争文化的深刻影响，使转型时代的作家不能彻底摆脱斗争思维，也无法完全跳出正反、善恶对立的文学建构老套路。刘锡庆认为，1984年之前的改革文学“多以改革者与保守势力之间的矛盾冲突作为结构的中心，写法上比较单调，仍没有彻底摆脱已有的创作模式，未能从复杂的变化了的生活出发，塑造出改革时代开拓者复杂的感情，性格和心理。”[②]刘绍棠曾一针见血地指出：“把这场前所未有的伟大变革图解为先进与落后，革新与保守两条路线的斗争，总有一种五十、六十、七十年代文学的陈旧味道。”[③]作家无法超越时代、跳出传统的藩篱，改变对斗争的“迷恋”去寻找对立冲突之外的建构方式，这使改革文学必然带上转型时代的色彩，也注定了它在煊赫一时之后逐渐失去轰动效应并被读者抛弃的命运。

① 李昕：《模式的禁锢与观念的障碍——关于改革题材小说的思考》，《文艺争鸣》1987年第3期。

② 刘锡庆主编：《月亮的背面一定很冷·总序》，北京师范大学出版社1992年版，第2页。

③ 刘绍棠：《把改革题材文学创作提高到新的水平》，《文艺报》1987年8月22日第2版。

第十章

父子冲突的改革隐喻

改革小说的情节发展基本上依靠现代与传统、革新与保守、克己奉公与一己之私等截然对立的思维观念之间的冲突来推动，在矛盾纠葛中体现作者的情感态度与价值取向，从而完成对改革图景的想象化建构。在对改革的必然性与必要性达成共识的情况下，如何设置冲突的对立面是小说创作的核心问题，改革文学由此也形成了诸多的表达模式，其中以父与子的冲突来隐喻改革的叙事套路是比较常见的。

一　传统母题的新时期演绎

父子冲突是文学的一个永恒主题，古今中外的不同时空背景下父与子被赋予了不同价值内涵，父子冲突承载了不同的人类情怀。出现在文学中的父与子之间的亲情关系，与他们各自文化的、历史的身份负载相比，显得微不足道。父与子交流的平台虽然还是家庭，但他们之间的对话却超越了家长里短而包蕴丰富。“文学作品中的父子角色从来就不是简单的血缘上的父与子，在具体性的父子冲突背后往往蕴含着超越性的结构。”① 父亲代表一种先在的权力、既定的秩序与不可动摇的权威；儿子则是秩序与权威挑战者，作为叛逆者他要打破一切业已僵化的思维、观念与制度，按照自己的价值观念建造一个新世界。其实，人类的文明史究其本质就是父子冲突的历史，朝代的更迭、体制的变迁、价值观念的革新进程中，如果缺

① 陆雪琴:《审父与训子的两难》,《浙江学刊》2000 年第 6 期。

少了否定、质疑的勇气与力量，就不会有社会历史的前进。所以作为可以永远阐释的话题，父子冲突会伴随文学的始终，尤其是对于转型期社会图景的建构来说，这一隐喻模式有着明显的优势。从心理层面上看，弗洛伊德的“俄狄浦斯情结”透视了男性在儿童时期就具有的恋母弑父的倾向，这种倾向导致父子关系的紧张，两者之间的冲突也就不可避免。在共同的心理机制下，作家的创作能够引发读者的共鸣，使文本更容易被接受。同时，子一代对旧有东西的叛逆，也迎合了读者对新世界的渴望与梦想，这一模式鲜明的指向性为其赢得了受众的认可。

中国古典文学与新文学之间本身就上演了一场父与子的冲突。与激进反传统的时代潮流相应，新文学的倡导者高举革命大旗，上演了一出“弑父”的大戏，终结了古典文学狭窄的视野与单调的题材，推动了文学思维观念的现代化。同时，用父子冲突来表述破旧立新的社会转型，是20世纪二三十年代文学具有的普遍性选择，保守与革命、腐朽与新生、传统束缚与民主自由等，在思维观念与价值立场冲突剧烈的时代，这一模式有着天然的表达优势。巴金《家》中的高老太爷与高觉民、高觉慧之间束缚与反抗、遵从礼教与封建叛逆的两极对立，是传统家族制度、家长制度、专制制度遭遇现代自由观念挑战的体现。高觉慧这一类叛逆者形象不仅宣告了旧有制度的反动，而且也昭示了开创一个新世界的必然性与必要性。“逆子形象的大量出现，是中国现代文学史上的一个独特景观，与中国社会的历史转型和人格现代化有着千丝万缕的联系。”[①] 生命力勃发的高觉慧与行将就木的高老太爷之间的对比，明显体现出作家的情感态度与价值取向，父与子较量的过程虽然曲折，但结果一定是子辈战胜父辈，僵化的体制与观念必然被现代化所取代。

从传统向现代的转型过程中，寻求个体与阶级解放的革命起到了推动作用，以父子冲突来展现革命政治潮流，是左翼文学常见的表述模式，茅盾的《春蚕》、叶紫的《丰收》是具有代表性的作品。这一文学图景中的父子冲突“表现为父亲长期遭受压迫形成的麻木顺从与儿子渴望新生活的

① 张伟忠:《现代家族小说逆子形象论》,《东方论坛》1999年第1期。

本能反抗的冲突，作者的创作意图决定了这种冲突的最终和解，‘父亲皈依了儿子的反抗道路’。”[①]《春蚕》中的父亲老通宝在动荡变革的时代，依然按照固有的方式来经营自己的生活，遭遇破产的命运已属必然。儿子多多头则能够敏锐地感知时代的气息，对经营方式与生活道路加以调整。老通宝的接连失败不断地印证多多头的预见，父子冲突以老通宝认同多多头的革命道路而告终。《丰收》中的父亲云普叔与儿子立秋关于革命的选择差异更加鲜明，由于惯性与面对改变的恐惧心理，云普叔即使遭遇欺压还是选择逆来顺受地苟活，而立秋身上少了云普叔的懦弱而多了青年人改变现状的激情。当云普叔意识到自己的生活已无法为继的时候，他对立秋的革命行为不再阻拦。这一叙事指向有着明显的政治化特色，基本能够涵盖革命潮流对中国人精神心理的革新，唯有如此才能实现从自发革命向自觉革命的转变。

20 世纪 70 年代末 80 年代初的社会转型与二三十年代相比，虽然并不带有颠覆性特征，但是也有着决定民族走向的影响与意义。刚刚结束的“文革”被视为封建专制主义的复辟，传统中的诸多负面力量借机复活，阻碍着社会历史的进步。民族的复兴，只有在劫难之后进一步革除掉这些负向的牵绊，才有实现的可能；承载梦想与渴望之舟，才能驶向现代化的彼岸。所以，改革成为一种共识，描述改革的文学也成为转型期文学创作的主潮。改革不仅要设计并论证现代化的行进路径，还要摆脱旧有的沉重负担，而后者要比前者消耗改革者更多的精力。相应地，在改革文学中，对于“沉重的翅膀”的叙述是一个普遍性的主题，甚至往往会占去作品的大部分篇幅。保守与改革、落后的现状与现代化的梦想之间构成了强烈的冲突，而在两者斗争多样性的隐喻表达中，父子冲突叙事被广泛地采用，成为改革文学的主要模式之一。这一方面可以看作是对文学传统的继承，一方面也展现出了转型社会的样貌特征，父辈的守成与子一代的创新，都被打上了鲜明的时代印记。

---

① 王爱松、贺仲明：《中国现代文学中“父亲”形象的嬗变及其文化意味》，《首都师范大学学报》（社会科学版）1999 年第 4 期。

二　子定胜父：改革是符合历史潮流的社会进化

改革是一场涉及整个社会的运动，每个人、每个家庭、每个集体都会在遭遇不断的冲击与震撼后，重新选择道路与方向，寻找新的坐标。个体选择的差异性也会使家庭与集体分化，令不同价值取向的思维观念剧烈地碰撞。即使是有血缘关系的亲人之间，一旦对于改革的观念存在冲突，也会不可避免地走向对立的价值立场，两者之间思想意识的不兼容性相当明确。在改革文学的叙事中，子一代身上的内涵较之革命语境下有所丰富，他们不仅有着符合社会前进方向的进步性、参与时代发展的热情与力量、执着的信仰与奉献精神，而且还有着宽广的现代化视野。这是时代赋予他们的亮色，也是民族复兴对他们提出的要求，无论从哪种意义上来说，他们都代表着未来。如果说子一代形象内涵较之既往并无太大变化，那么父辈形象的性格内涵则更为复杂，他们保守、落后，顽固地保持现状，拼命地满足一己之私欲，视事业如儿戏，置民族国家利益于不顾，在他们身上几乎聚集了所有反面形象的特征。这种稍显“用力过猛”的形象建构，鲜明地体现出了作家对于阻碍改革的力量的憎恶与批判，当然也就自然带上了想象化与绝对化的色彩。父与子形象内蕴的丰富，使得父子冲突的叙事呈现出多样化，在结局上也一改既往儿子一定战胜父亲或父亲认同儿子的“理想”模式，而往往会留下一个开放式的结局，意在体现新旧交替的过程性与艰巨性。

张锲《改革者》中的父子矛盾，是围绕改革者徐枫与保守派魏振国之间的冲突而衍生出来的线索，而非小说表达的核心内容。但是，魏寰与父亲魏振国的冲突对于文本的建构有着重要意义。小说中的魏振国贪图享乐而工作上没能力、也没有热情，他把所有的精力都用在了捞取个人政绩与物质利益上，这是一个典型的阻碍改革的领导干部形象。改革者徐枫则完全是另外一副面孔，他是有能力有热情的开拓者，代表着C城的未来。作家在两个人、两种价值立场之间置放了一个身份特殊的青年人——魏寰，他是魏振国的儿子，同时也是徐枫的支持者。他反感自己父亲的保守、消极、意志衰退与不作为，欣赏徐枫的大刀阔斧，所以他坚定地站到了改革者徐枫这一边。象征希望与未来的青年加入改革阵营，这是对改革强烈感召的积极回应，也是文学喻示改革的光明前景的普遍性表达。魏寰的行为原则是“吾爱吾父，吾更爱真理”，在改革与民族事业这个层面上，他毫不犹豫地斩断了自己与父亲的紧密关联，这需要价值判断与叛逆的勇气。张锲建构的这一父子冲突的独特性在于，儿子魏寰不仅摆脱了亲情牵绊而支持改革者，而且给省委副书记陈春柱写匿名信痛陈 C 城的问题与魏振国为代表的保守派的问题。如果没有魏寰，也就不会有陈春柱对 C 城问题的关注；如果没有魏寰“大义灭亲”的鲜明态度，陈春柱也未必会考虑重新衡量 C 城的一切。所以，虽然徐枫是小说的“男一号”，但是魏寰却是不可或缺的人物。

魏寰不仅支持父亲的“政敌”，而且还告父亲的状，用世俗的眼光来看，他无论如何也算不上一个“正常”的人。对于社会主义现代化事业的信仰是支撑魏寰言行的主要力量，信仰使这个青年人超越了亲情关系的局限，而把改革大业、民族复兴作为自己行为的唯一旨归。从这个角度来看，魏寰在整个新时期文学中都具有独特意义，在十年浩劫之后思想迷茫、信仰缺失的年代，魏寰无疑让我们看到了以民族现代化事业作为信仰的可能性。由此来说，在与魏振国的对比中，魏寰在任何方面都超越了父辈，作家对这一父子冲突的情感倾向是十分鲜明的。虽然小说的结尾是开放式的，没有明确改革与保守较量的最终结果，作者以此展现了改革面临的难度，但是单单从魏振国、魏寰两人身上所体现出来的陈腐与进取的价值观差异来说，就能让人看到未来的希望。

如果说《改革者》对父子冲突的表述，主要集中在价值观念与精神理想层面，那么闰水《竞争者》中的两代人之间的差异，则更多表现在领导组织现代化生产的能力上。作家为了叙事的需要，把父子冲突的双方——季国雄与季明——设置成了叔侄关系，这使小说更具现实的合理性，也丰富了父子冲突模式的表达范式。叔侄两人是同种类产品工厂的厂长，只不过叔叔季国雄是大厂厂长，而季明是小厂的带头人。季国雄具有工作资历、社会地位与工厂规模上的优势，而年龄、现代经营理念与敢想敢干的精神是季明的资本。两个工厂之间的竞争，最终成了这对叔侄间的竞争，这使得小说叙事充满了改革的隐喻色彩。当计划经济逐渐被市场机制所取代，每个生产集体在生存的压力下都要以市场为导向，不断调整生产满足市场需要。在这个背景下，原有的一切可以当作优势的资历、地位与工厂的规模，都可能会成为迅速抢占市场的障碍。在闰水描述的这场一开始就已经注定结局的竞争中，父辈因为“成熟”而被淘汰，子一代则因为新锐而被肯定。父子冲突的结果虽然没有任何的“意外”，但是通过文本我们可以看到，时代对人、对企业的选择标准已经悄然发生改变，这是社会转型的必然结果，同时转型的社会也以新的价值导向把改革引向深入。

闰水并没有按照固定范式把父辈季国雄塑造成一个保守落后、贪图私利的形象，作为厂长，他希望有所作为，也清楚地认识到了竞争对于企业发展的好处，“不仅需要通过竞争来促进焊切工业的发展，也需要通过竞争来促进他这个老大工厂的发展。这对整个工作有利，对他也是个促进。”然而，就像一艘巨轮无法快速完成转弯一样，季国雄领导的工厂无法在短时间内扩展视野、更新观念，更不可能改变已经固化并形成惯性的生产经营体制。所以，在这一父子冲突叙事中，除了表达以新代旧的必然性，作家也体察了面临失败命运的父辈的困境。也就是说，作家在激赏季明改革锐气的同时，并没有把季国雄扔到历史的垃圾堆中去。小说通过季明来展现改革的可能性，而以季国雄来透视改革的难度，虽然子一代在竞争中赢得了胜利，但是这并不意味着改革由此就一帆风顺了。这不仅体现了作家对现实的深切忧思，而且也突破了父子冲突的既定结局与单一化困境，扩展了这一模式的表述内涵与深度。

三　“新人”的时代际遇与社会境遇

20 世纪 70 年代末 80 年代初的转型时代，中国人充满了对新的渴望，“新时期”的提法就鲜明地体现出了这种心态。“新”近乎成了整个民族崇拜的“图腾”，与此相对，旧的一切被认为是恶的，都应该被否定。与意识观念层面的“新”相对应的是新人、新制度、新风尚、新局面，等等，其中，新人的涌现是改革极力呼唤和期待的。新旧交替的时代，能否以新人代替“旧人”关乎社会转型的走向、改革的成败与民族的未来。所以，我们能够看到出现在改革文学中的新人形象，都有着过去时代的成长经历，但是正如顾城在《一代人》中所说：“黑夜给了我黑色的眼睛，我却用它寻找光明。”他们能够主动摆脱历史阴影；也正因年轻，他们能顺利地与时代变革相对接，成为可以寄予希望的群体。对任何事物的评价都需要一个参照物，如果没有“旧”的映衬，“新”也就无法体现出其价值意义。在改革文学中，老一代成为赞赏肯定新一代的背景，新一代在克服老一代影响与压制下成长起来，成为社会进步的力量。我们认为，这是对父子冲突模式的一种泛化，虽然作家没有把冲突双方直接标示为具有血缘关系的父子，但是除此之外，无论从年龄、观念，还是价值立场等各个方面，他们之间都具备了构成父子冲突的异质性要素。

没有对“出身”及既定生命道路的否定，就不会获得新生，转型时代为子辈提供了叛逆的契机。蒋子龙在《赤橙黄绿青蓝紫》中营造了年轻人解净与老一代祝同康之间的“父子冲突”，在貌似温和的表面之下，新旧两种价值观念的碰撞却异常激烈。解净曾经是党委书记祝同康按照自己理想的模式培养的干部，在以政治为纲的年代，解净也曾经认同祝同康及其话语理论，如果没有社会的转型，她很可能成长为另外一个祝同康。然而，时代的变革却促使解净重新思考并探索人生之路，虽然否定自我需要勇气与力量，但这是她必须经历的“炼狱”。解净对刘思佳所说的话清晰地表明了这一代人的心路历程——“我和你一样，也遭受过任何一代人都没有经历过的精神崩溃和精神折磨，经过痛苦的思想裂变之后，多少领悟了一点人生的真谛，想走一条新路，重建人生的信念。”[①] 价值观念与生活方式的变化使解净重获新生，从政工干部到车队的副队长，改变的不只是工作岗位，更重要的是这让她得以确认自己的生命价值。

---

① 蒋子龙：《赤橙黄绿青蓝紫》，《当代》1981年第4期。

> 两年前她离开这座大楼的时候，心里空虚惶惑，没着没落；现在她学会了开汽车，是汽车运输队名副其实的副队长，心里踏实，脚下有根，走在楼板上连自己都觉得步子坚实有力。奇怪，以前她在大楼里办公，觉得自己并不是大楼的主人；现在离开了大楼，反而觉得有资格当大楼的主人。①

反观党委书记祝同康，他并不是那种贪图私利、结党营私的负面形象，与解净能够超越自身局限相比，祝同康则属于那种“执着”既定道路、过时陈腐的干部。在上纲上线的政治思维中沉浸得太久了，祝同康习惯了以僵化的政治标准来衡量人事，对于时代潮流的变化缺乏敏锐性。虽然他并不是一个坏人，但是他的平庸已经使他无法领导这个时代了。他没有进取精神与开拓能力，“缺少勇武果断的领导者气魄，前些年以软、散、懒区分干部的时候，他是被划在第一类的。”②然而，虽然被人指责无能，但他却依然想按照自己的模式来规划解净的道路。解净也信服、认同，甚至崇拜过祝同康，后者在某种意义上曾经是她精神上的父亲，蒋子龙显然有意拉近两者之间的关系，使他们具有共同的价值观与思维意识。在这样的背景下，解净以实际行动表达对祝同康保守落后思想的挑战，也就具有了更突出的时代意义，一方面肯定了年轻一代的超越与奋进，一方面也宣告了旧有价值观念的不合时宜。蒋子龙在构建这一父子冲突的叙事中，没有神化解净，没有妖魔化祝同康，也没有把解净的“新生”描述为一蹴而就的瞬间转变，解净一直处在成长的过程中。

父辈总是试图按照自己的意愿与框式去培养子辈，这一方面是出于他们强烈的自我认同感，另一方面也是他们顽固地保持固有现状、维护权威的体现。所以，一旦他们觉得年轻人有违背自己规范的行为，很容易把后者划为异类，即便那些是在他们看来有工作能力、奉献精神的人。没有创新就没有发展，即使是在需要守成的年代，子辈也应该在继承父辈的基础上有所改

① 蒋子龙:《赤橙黄绿青蓝紫》,《当代》1981年第4期。
② 同上。

变，更何况是身处社会的转型期。父辈僵化的意识本身决定了两代人之间的冲突在所难免，然而这种矛盾纠葛也会因为双方身份地位的差异而呈现出复杂性。父辈因资历与权力形成一时难以动摇的权威，在民主机制尚不完善之际，子辈的叛逆挑战或者说创新发展之路必然会坎坷不断。保守观念与势力压抑创新、压制人才成长，改革由此也显现出难度来。水运宪《雷暴》中的蔬菜公司党委书记、老革命廖山田，有脚踏实地的作风和甘于奉献的精神，在工作岗位上兢兢业业，“一辈子奔忙在街头、田间，只落得头发花白，弯腰驼背”[①]。然而，他又是一个唯我独尊、极端保守的人，不能容忍任何有违自己意愿的事情。他虽然认可丁壮壮的工作能力，却仅仅因为丁壮壮提出一些新看法违拗了自己，便觉得后者桀骜不驯，并果断地放弃了提拔他当副经理的想法；他干涉丁壮壮的私生活，反对后者与离异女人建立恋爱关系，因为在他看来这会使丁壮壮名誉受损。他要培养的不仅是完全听话的接班人，而且试图建立自己的独立王国。他看不惯改革者胡勇生，因为后者是组织上派来的，而非自己提拔的干部，因而他不仅不支持，反而处处设置障碍难为后者，甚至在大会上以党的名义公开批评胡勇生。

如果丁壮壮、胡勇生想把自己的改革梦想付诸实践，那么必须要先过廖山田这一关，不能让这个视野狭窄的守旧老人认同自己的改革设计，就无法拯救陷入困境的蔬菜公司。丁壮壮、胡勇生一边忙于改革，一边忙于应付廖山田施加的干涉和阻挠，而且后一项工作消耗掉了改革者更多的精力，因为人为的障碍更难克服。转型期的改革承载着历史重负前行，而且子一代的成长、壮大，以及获得群体的认可，需要一个过程。所以在一定时期内，享有权威的父辈与有待成熟的年轻人之间的力量对比，注定了改革起步的难度。虽然水运宪的叙事最终以丁壮壮和胡勇生的阶段性胜利而告终，但是作家还是有意展示出年轻一代改革者的困境——对父辈的挑战不仅需要勇气，更需要持久的耐力。

廖山田之所以会成为丁壮壮、胡勇生改革的障碍，主要因为他是一个集保守观念与权力于一身的人，也就是说，如果手中没有权力，即使他再

① 水运宪:《雷暴》,《当代》1984 年第 2 期。

保守也构不成改革的阻力。如果改革者无法说服保守的父辈转换观念，并且他们又不想放弃改革梦想，那么也只有一条路可走，这便是“以暴易暴”，从父辈那里夺来权力并使权力为改革所用。在廖山田试图以选举来彻底压制丁壮壮、胡勇生等人改革的会议上，丁壮壮票数第一、胡勇生票数第三，少壮派完全出乎廖山田的意料掌握了公司的权力，小说以此结尾也预示拥有权力的改革者的春天到来了。

在父子冲突中，权力成为一个焦点，没有权力保障的改革便会举步维艰，乔光朴之所以能大刀阔斧地厉行革新，莫不在于他的厂长身份。同样，《新星》中的李向南在与顾荣构成的父子冲突中，显现出了对后者摧枯拉朽般的胜利态势。李向南来到古陵县后，短时间内解决了一系列历史堆积的问题，并冲决了顾荣多年以来按照自己意愿建造起来的官场网络。在这场父子冲突中，顾荣似乎只有招架之功，毫无“还手”之力，这种一边倒局面的形成，虽然有李向南作风硬朗、改革之心坚决、一切从人民利益出发等原因，但是最主要的还是因为他是县委书记，是古陵县的一把手，有话语权。顾荣对古陵县的官场“经营”得再好，他也不过是县长，在职位序列中无法与县委书记分庭抗礼。李向南对顾荣的胜利，最终还是权力使然，所以一旦县委书记李向南碰到地委书记郑达理，他的困境马上就出现了。“郑达理是李向南的顶头上司，职位使他对一个改革者的命运拥有很大的权力。李向南的改革搞不下去，就由于碰在了社会惰性心理与郑达理的权力相结盟的顽石上。”[①] 对于李向南来说，顾荣与郑达理都是自己改革的障碍物，都保守而自私，他们两个人的唯一区别是官职的高低，这一差异决定了他在与两个人形成的两个父子冲突中，必然会得到不同的结果。与郑达理的冲突显然与李向南的意愿背道而驰，然而作家不愿“看到”李向南的失败，于是就留下了一个开放式的结尾。

与李向南向外部寻求战胜郑达理的力量不同，《锅碗瓢盆交响曲》中的牛宏只想依靠“非典型”的方式来解决问题。饮食公司经理游刚显然没

---

① 董大中：《从顾荣的形象塑造看〈新星〉的成就和不足》，《山西日报》1985 年 2 月 7 日第 7 版。

有廖山田那种一心奉公的精神，然而与后者一样，他也是一个过时的领导者，想在自己的单位永远保住“国王”的地位，对于任何违逆言行都接受不了。游刚罢免了把饭店扭亏为盈的牛宏，因为牛宏的成功让本应该感到高兴的他，“不仅不高兴，反而觉得不舒服，心头不是滋味。”[①]这种心态明显体现出游刚在牛宏成功面前的恐惧，他害怕这个不断挑战自己权威的年轻人，终有一天会取代自己。为了克服这种心理，父辈选择了“扼杀”子一代的成长，使其夭折在上升的途中。蒋子龙以游刚这个人物及其言行表达出了掌权的保守派力量，足以使已经启动的改革重新陷入僵局，春城饭店在牛宏被免职后的糟糕经营状况，清晰地体现了这一点。然而，改革者如果没有办法去冲破保守力量的压制，那么也就不能称其为改革者了。牛宏没有李向南那样来自京城的权力背景，选择与游刚面对面的斗争是他唯一的方式。牛宏被免职后天天到游刚办公室静坐“闹事”，“闹”到游刚在这件事情上对上对下都没法交代的时候，后者只能给牛宏恢复职位，这场父子冲突以牛宏取得阶段性胜利而结束。之所以说是阶段性胜利，是因为游刚依然握有权力（在理想化的叙事中，这个负面的典型，会被追责被撤职，但是蒋子龙选择了忠于现实，游刚的位置无忧而稳固），失衡的恐惧心理并没有调整过来，而且牛宏取得的是个人斗争的胜利，没有制度做保障，牛宏和他经营的饭店的未来日子未必好过。父辈与子一代之间具有社会性的冲突，却以解决家庭矛盾的方式平息，现代问题用传统方式解决，改革叙事明显地带上了转型期的时代特色。

四　金钱、人情与伦理：父子冲突叙事的深化

随着改革文学的日趋成熟，父子冲突叙事逐渐摆脱保守与改革、落后与先进、一己之私欲与克己奉公等简单的二元对立模式，对于生活复杂性的还原也使作家避免了明确的情感取向与价值判断。父与子作为家庭内部的个体，他们之间并非单纯的观念对立与权力争夺，血缘亲情、尊卑伦常

① 蒋子龙：《锅碗瓢盆交响曲》，《新港》1982 年第 10 期。

等元素也左右着他们之间的冲突与融合。作为隐喻意义上的父辈与子辈，他们所代表的传统与现代本身就包蕴着复杂的特性，传统确实意味着保守、落后，但传统也有需要承继的东西，比如向善的人心与道德。现代化是历史发展的大势所趋，然而以商业关系建构起来的社会势必会使金钱至上的意识泛滥，人与人的利益冲突加剧，从而导致人、人际关系被异化。所以在历史判断之外，还应该有道德判断、文化判断等多元的衡量方式来看待父子冲突。这是符合现实的文学表达，是改革文学走向深入的体现，也反映了中国人对改革由初期的狂热走向了冷静的审视阶段。

王润滋 1983 年发表的《鲁班的子孙》是改革文学走向成熟的标志性作品，小说以父子冲突的形式展现了传统与现代的碰撞与纠葛。首先，作为矛盾双方的老木匠黄志亮与小木匠秀川之间的关系非常特别，秀川并非老木匠亲生，而是后者收养的孤儿。两人没有血缘关系，没有父子之实，却有父子之名，生活在同一个屋檐下，直到小木匠长大成人。如果说老木匠代表传统，小木匠则象征着现代，然而在王润滋看来，这个现代并不是中国的传统自身所生发出来的，而是从西方引进过来的。虽然生活在一起的两者“相处”多年，但是因为没有共同的基因，无法从根本上做到血脉的无间融合，现代身上的异质性因素从来都没有被传统所同化。所以，一旦在传统的“母体”中“寄生”的现代遇到适宜的阳光、水分，就必然会脱离传统、背离传统，甚至颠覆传统。进城打工，对于小木匠秀川来说是一件至关重要的事情，在此过程中，他寻找到了自己的“生身父亲”，那就是现代。在他的生命中，必然要有这样一个逃离乡村“养父”，寻找现代“父亲”的行为，舍此秀川便无法获得现代“父亲”的基因血脉，也不会获得与传统乡村相冲突的意识观念。所以，离乡——还乡，对于秀川来说不仅仅是生活空间的变迁，行为理念与价值取向也在此过程中得以更新。小木匠对城市的认同感是强烈的，乡村生活近二十年远不及一年半载的城市经历对他的影响大。被收养的秀川，除了承继了木匠行之外，在道德、精神、价值观念等方面再无一点与老木匠有相似之处，行当选择只是个便于叙事需要的形式，而老木匠所期待的“嫁接”收获也唯此而已。王润滋以这种隐喻的方式表达出了对于现代化的理解，也以此表达出了对没有传统基因血脉且弃传统于不顾的现代到底能走多远、走向何方的忧虑。

老木匠黄志亮从传统中走来，他以传统的道德良心作为自己的行为准则。“他学徒的时候，师傅给他上的第一课是讲鲁班的故事。他教徒弟的时候，第一课讲的也是鲁班的故事。他说要成个好木匠得有两条，一条是良心，一条是手艺，少了哪一条都不成。”① 手艺是技术层面的，良心是道德层面的，只有把形而下的和形而上的追求结合起来，才能成为合乎理想的木匠，才能获得在他们看来比生命还重要的名声。这是黄志亮的行为之道，也是传统中国人的处世哲学。黄志亮在自己衣食尚无保障的情况下选择了收养秀川，并无丝毫功利目的，完全出于他讲求良心的本性。对良心品质的注重是传统文化的精粹，道义良心作为中国人的信仰，几千年来一直在起着群体规约的作用。虽然作为社会个体必然有利益追求，但是当利益与道义相抵触的时候，黄志亮们会选择舍利取义。然而，在社会转型的新时期背景下，道德圆满的追求遭逢了个人利益最大化的现实冲击，依然固守“道义”的老木匠的处境显得窘迫而尴尬。黄志亮和徒弟们经营的木匠铺的破产，一方面体现了手工作坊式的生产形式的破产，另一方面也昭示了不做变通的道义观念的不合时宜。

从小木匠秀川的木器工厂生意兴隆可以看出，他的新式产品是受欢迎的，他的现代化经营方式是成功的，这与黄志亮木匠铺破产形成了鲜明的对照。秀川毫无疑问是先进生产力的代表，他有视野有见识，对于新工具新工艺敢于大胆地使用，能够把握住时代发展的脉搏、跟上改革的潮流，这是值得肯定的。作家也在这个年轻人身上展示了现代经营理念对于经济的巨大推动作用，农村想跟上城市现代的步伐，需要有敢于打破传统僵化局面的弄潮儿。然而，秀川抛弃了道德良心的现代是残缺的，或者说他对现代的理解是生吞活剥的，只学到了皮毛而忽视了现代的精神内核。在追逐现代的过程中，他受到了商业社会金钱至上观念的影响，致使他为了赚钱而忽视质量、不顾信誉，其产品在材料和工艺上都存在问题，“五分的料改成三分；家具后面该开榫地方改用铁钉钉；木料不干也顾不得烘烤，带

① 王润滋:《鲁班的子孙》,《文汇月刊》1983 年第 8 期。

湿上。”[①]这与老木匠做良心活的价值取向是截然不同的，以致于父子之间的冲突不可避免地爆发了，老木匠砸毁了小木匠的招牌，小木匠则离家出走。

秀川与黄志亮之间的冲突，是文化的、道德观念的、思想意识的冲突，究其根本是两种社会形态的冲突。老木匠极力维持的是一个熟人社会，成员之间有紧密的人情往来。在熟人社会，不论哪个阶层、哪个行业的人都更注重名声，讲究良心道义，因为名誉的丧失会使人被集体所排斥、被孤立，名声坏的人不仅要背负道德压力，而且会面临生存困境。乡村的熟人社会、平均主义模式与低下的生产力，三者结合在一起就是老木匠所追求的理想形态——“原始”社会。黄志亮相信只有恢复产能低下、产品过时的集体所属的木匠铺，把富宽等徒弟们重新组织起来，一起吃大锅饭，过均贫富的日子，才叫良心，才符合自己的价值原则。他的木匠铺经营理念也按照熟人社会的规则，把赢得乡邻口碑放在赚钱盈利之前，很多的活计往往都无法盈利甚至亏本，这是集体所属的大队木匠铺破产的主要原因。反观小木匠秀川，他要打破这种最终会陷入集体贫穷的经营形态，而以商业关系建构现代社会。在这个社会中，人与人之间最直接最本质的关系是交换关系，检验劳动生产有效性的核心尺度是利益的获取，无法实现赢利，即使赢得了再多的口碑也是失败的。如果承认利益最大化是生产的主要目的，那么秀川的诸多行为就有了合理性。比如虽然富宽叔有恩于自己，但是小木匠出于劳动能力的考虑没有给前者提供一个谋生的岗位；对于乡邻的一些小的木工活，小木匠也是明码标价，照常收取报酬。以黄志亮的眼光来看，秀川这些“忘恩负义”“见利忘义”的行为是绝对错误的，然而，以商业社会规则来看，小木匠的行为再正常不过了。

商业化是一个不可阻挡的潮流，商品经济取代自然经济只是一个进程快慢的问题，就像暖锋与冷锋相遇必然会使天气异常一样，两种经济形态的更迭，也势必引发观念领域的风暴，这是社会转型期特有的景观。“经济活动是人类社会活动的主要构成部分。如何看待经济活动，如何看待经济利益，这对一个社会的文明，不仅不是无足轻重的，而且是整个价值观

① 王润滋：《鲁班的子孙》，《文汇月刊》1983年第8期。

念系统的一个核心问题。”[①] 老木匠与小木匠之间的父子冲突，是两种社会形态甚至两种文明之间的冲突。王润滋并没有站在任何一边，在叙事中没有简单下判断，不论是老木匠还是小木匠都长短夹杂，这表明作家一直在理智与情感的冲突中挣扎。“在感情上，作者站在父亲黄志亮一边，同情他的不可排遣的苦闷，赞赏他的骨气和良心，胸怀和热肠；在理智上，作者又不得不承认儿子秀川的精明、算计，具有良好的发展前途。反之，在理智上，作者不得不怀着惋惜的复杂心情，指出老亮的日渐衰老和落伍；在感情上，又愤慨于秀川的见利忘义，失信于顾客，背弃乡邻的求援。”[②] 王润滋创作意识中的情感与理智的冲突，是转型期中国社会斑驳复杂现实的浓重投影，也是民族整体心理的写照。作家选择以父子冲突的形式来表达对改革的认知，其实他的理想恰恰是父与子的融合，既保持讲求道德良心的传统取向，又要以现代来促动发展；既要摒弃保守落后的故步自封，又要使人的罔顾诚信的贪欲得以约束。这种理想的实现不可能一蹴而就，它是一个系统工程，法律、制度，以及理想、信仰等，都是必不可少的配套要素。重新思考王润滋提出的问题，在商品生产与交易中诚信危机日益加剧的今天，更具现实意义。

父子冲突模式，因为契合了改革文学的叙事指向而被作家纷纷采用，成为隐喻改革的一种主要方式。父子冲突表述内容的不断丰富，是改革文学走向深入的一个表征，父子对应的价值内涵，冲突的焦点、方式，以及作家的情感偏向，都标示了社会转型与改革文学的进程。从张锲的《改革者》到王润滋的《鲁班的子孙》，从父子冲突内涵容量与矛盾由简单到复杂的角度来看，改革文学也与社会转型一样走着一条变革发展之路。当改革成为社会共识之后，那种以父子矛盾简单表述保守与改革冲突的叙事，就被作家所抛弃了；当改革遇到体制的障碍，权力便成了父子冲突的焦点，否定保守派的权力，赋予改革派以权力是呈现这种冲突的基本方式；而一旦作家意识到即使赋予改革者以权力，似乎也无法解决所有阻碍改革的沉疴，父子冲突便深入

① 宇文华生：《论新时期小说中的经济意识》，《齐鲁学刊》1988 年第 4 期。

② 雷达：《〈鲁班的子孙〉的沉思》，《当代文坛》1981 年第 4 期。

到精神心理、思维观念的层面；当改革在现代化轨道上的推进，越来越表现出割裂传统，有人在盈利的刺激下泯灭良心违背道德，《鲁班的子孙》这样的作品也就应时而生。对于转型社会来说，改革是一个永恒的话题，而对于改革文学来说，父子冲突也是永远有效的表达模式。曾经叛逆父辈的子一代，在战胜父辈之后也会成为新的父辈，去接受新的子一代的挑战，每一代人都有自己的局限性，父子冲突便永远都不可避免。

附录　重读贾平凹的《腊月·正月》

在已有的研究文章中，贾平凹 1984 年发表的《腊月·正月》被一致认为是反映乡村改革的代表性作品，与作家同一时期发表的《小月前本》《鸡窝洼人家》等并置。“如果说《小月前本》和《鸡窝洼人家》集中地表述了人们所具有的新的素质对于改革的重要，那么《腊月·正月》则着重强调了只有破除旧的保守习惯势力，改革才能向前迈进。”[①] 张韧也从改革文学的角度肯定过这部作品——“超越了前几年写改革矛盾过程的台阶，进入了更深的层次，它们更注意描写改革所引起的灵魂的骚动和各种价值观念的变化。”[②] 这种主题与题材的归类，一方面与小说发表的年代有关，1984 年正是改革文学风起云涌的时期，而且之前的《小月前本》《鸡窝洼人家》等小说的改革书写意图比较明晰，《腊月·正月》自然被归入其类；另一方面，《腊月·正月》确实写到了韩玄子的保守与王才的求新求变发展个体经济，这样的二元对立表述模式暗合了改革文学的一般性特征，而且王才所致力的食品加工是超越农业经济的商品生产，更确证了这部小说的改革文学“属性”。但是从整部作品来看，《腊月·正月》并不是典型的改革小说，或者说它所体现出来的乡村改革书写意图并不明显。

一　王才是改革者吗？

1980 年前后的改革小说致力于塑造改革者形象，乔光朴（《乔厂长上任记》）、李向南（《新星》）、傅连山（《祸起萧墙》）等人物深入人心，在

① 唐先田：《充满浓郁诗意和改革精神的农村画卷——评贾平凹的三部中篇小说》，《江淮论坛》1984 年第 5 期。

② 张韧：《多样性·历史感·风格化》，《人民日报》1985 年 5 月 13 日第 7 版。

新时期文学画廊里具有经典价值。对于人物的倾心与注重，一方面是时代的呼唤，需要乔光朴一样有能力有奉献精神的改革者来推动社会变革与经济建设；另一方面也可以看出改革小说受到同时代以改革者为书写中心的报告文学的深刻影响。改革者与保守派、顽固派、个人主义者之间的冲突与较量，构成了改革小说的叙事张力。即使没有明确表述改革者取得成功，也会有一个预示胜利的结尾，作家意在展现出改革不可阻挡的潮流趋势。按照改革文学的一般性特征来看《腊月·正月》，那么王才无疑是改革者，韩玄子代表阻挠破坏改革的势力，王才冲破韩玄子设置的障碍，发展了经济并获得了认可，也是非常符合改革小说的改革与保守力量强弱转化走势的叙事。在这样的情况下，《腊月·正月》被认为是改革文学作品，也就自然而然了。然而，从王才的性格心理与才智能力，以及他所经营的产业等综合来看，他的改革者身份就非常值得怀疑了。

王才并非能力超群、天赋异禀之人，也不是才能受到压抑的怀才不遇者。王才曾在油坊做雇工，二贝看他身体单薄力气不足，靠出体力谋生不是长久之计，建议他重寻赚钱门路。但是王才却一筹莫展，认为除了干体力活养家糊口之外别无他路，在二贝面前“王才一脸哭相，说地分了，粮够吃了，可一家几口人，没有一个挣钱的，只出不入，他又没本事，只有这么干了”[①]。但凡改革者首先要有信心，即一旦政策宽松，自己就有能力把握并改变生存境遇与外在世界。然而，王才却并不具有这一特质，他似乎是被苦难的日子耗尽了信心。越是困境就越能检验出改革者的“成色”，王才与其他改革者形象相比显得“底气”不足。王才的发迹，或者说他的第一桶金的获取，完全是在二贝的建议、帮助与扶持下实现的。在这一过程中，王才没有眼光、没有胆略的特点暴露无遗。二贝建议王才收购商州特产商芝并包装运到城里出售，他没有“眼前一亮”的感觉，也没有马上同意，而是畏首畏尾非常犹豫，“这商芝是山里人的野菜，谁要这玩意儿？”对于如何发家致富，对于市场的供需，他没有认知，也没有判断，

① 贾平凹:《腊月·正月》,《十月》1984年第4期。本文引用该小说皆出自此版本，不另标出。

甚至连一点变革的欲望都没有。

在二贝的劝说与帮助下，王才干起了贩卖商芝的生意，这促成了他命运的转折。但是，在韩玄子限制二贝帮助王才之后，这个“改革者”很快就陷入了困境，此时的王才缺乏冷静的思考与积极的应对，而是意气用事，把生意当成了发泄怨气的途径——“一股气憋着，春天收了几麻袋商芝拿到省城去卖。结果，大折其本，可怜地坐在城墙根呜呜地哭。”即使王才找到生财之路，也初步了解市场赚到了钱，但是他的应变能力与开拓精神非常缺乏，一旦少了二贝的支持，稍有起色的生意很快便垮掉了。改革者应该具有一种不服输的精神，面对“大折其本”的困境，王才却选择了哭泣，虽然这是符合农民性格心理的表达，但是过于柔弱的神经使他很难在风云变幻的市场中自立。

贩卖商芝是王才命运的转折点，在这个过程中他开阔了视野、增长了见识，也为他从事食品加工行当铺垫了基础。正是因为经营商芝赔本，王才才被迫进入城市的食品加工厂，一边打工赚钱，一边学习经验，“在城里一家街道食品加工厂干了两个月临时工，回来就又闹腾着也办食品加工厂”。随着食品加工厂经营规模的扩大，王才在乡村的地位慢慢地确立了起来。对于王才“改革者”身份的确认，也完全是因为这个带有商业性质的食品加工厂，这显然是不同于农业生产的经济形式与经营方式，它在20世纪80年代初的农村带有创新性特征。但是，贾平凹对于王才迅速转产到加工食品的叙述却语焉不详。王才卖商芝“大折其本”损失惨重后进城里的食品加工厂，虽然两个月可以学会食品加工的流程，但是只靠两个月的工作是无法积攒下办工厂的资金的，而且王才曾经是乡村中经济状况最差的人，那么这笔投资来自于哪里呢，难道王才也像阿Q一样在城里“发”了财吗？小说中只是一笔带过，这使我们不免对这个食品加工厂顺理成章的出现产生怀疑。同时，从王才的食品加工厂可以想到制作油绳到城里兜售的陈奂生，虽然两者规模有异但性质相同，似乎农民除了贩卖土特产品之外，就只有食品加工销售这唯一的赚钱出路了。所以王才从事食品加工看似带有改革创新性质，其实只不过是任何寻求出路的农民都会想到的经济形式，其技术水平门槛低，原料供应直接，市场需求量大，易于经营。食品这种附加值小的低端商品，也反映出了农民在商品经济浪潮中的无力与尴尬。王才的食品加工厂虽然不断扩大规模、日益红火，甚至得到了县委书记的认可，但其未必会有一个可预期的广阔前景。王才发展起来的只不过是手工作坊，只要不“割资本主义尾巴”，这是任何时代、任何人都能够做出来的事情。人的天性里都有一种致富的欲望，既然经营庄稼已经没有太大的赚钱希望，那么发展其他行业也就势在必行了。随着城市食品加工行业的兴起，王才的家庭作坊式的生产必然要面临剧烈的冲击，后者无论是生产效率、品种花样、口感质量，还是卫生条件都不具备优势。所以，王才的加工厂能够存活并有一定的市场，只能是暂时的现象，没有生命力可言。改革是推陈出新的变革，用新事物代替旧事物，并体现出新的经济形式的强大发展潜力。以此来看，王才的食品加工显然不属于创新，王才也算不上一个真正意义的改革者。

王才面对处处为难自己的韩玄子，并没有做出针锋相对的斗争，而是选择了一味地顺从与忍让。虽然王才的态度有出于维护乡邻关系，以及照顾二贝情面的考虑，但主要是他把自己放在了低人一等的位置上。“在这个镇上，韩玄子就是韩玄子，他王才是没有权势同他抗衡的；他还得极力靠近他，争取他的同情、谅解和支持。所以，无论如何，他也不会当面锣对面鼓地与韩玄子争辩是非曲直的。”这种性格是长期的困窘卑微的生活境况造成的，是中国人奴性心理的典型表现。王才办食品加工厂富裕起来了，但是物质生活的改变并没有使王才在人格上得以自立，他的卑怯心理依然严重。“他是多么盼望天天有人到他家去，尤其是那些出人头地的角色。”王才也觉得要有所改变有所行动，“我王才以前是什么模样，难道让我永远是那个模样吗？”但他还是选择了从外在世界寻找途径拯救自己的卑微，比如花钱包一场电影，花钱请外地的舞狮队，以及花钱赞助四皓镇的社火等。在小说的高潮部分，也就是县委书记来给王才拜年的场景中，王才那种卑怯的、不自立的人格一览无余，当他听说马书记要来给自己拜年时惊喜得发了狂。

王才大叫一声：“啊，马书记支持我了！马书记来给我拜年了！”

边叫边往出跑，跑到大场上，场上没人，自觉失态，又走回来，张罗家里的人放下手里的活，扫门院，烧茶水，自个又进屋戴了一顶新帽子。

他对韩玄子家的高朋满座异常羡慕，他把与县委书记的合影虔诚地高挂在堂屋以彰显自我，这都表现出了王才在文化、权力面前的不自信。因袭历史重负的农民不可能瞬间摆脱旧有的思维观念，王才的自立需要一个过程，然而当一个人无法确认自我价值的时候，他不可能成时代潮流的引领者，也不可能成为时代需要的改革者。

二　二贝的存在价值

二贝在《腊月·正月》中身份非常特殊，他既是韩玄子的儿子，也是王才的朋友与支持者。这个人物的“戏份”不多，但非常重要，他在一定程度上起到了推动故事情节发展的作用。既往的评论往往围绕韩玄子与王才来谈小说，对于二贝很少提及，这个人物的叙事功能与性格心理被忽视了，重新打量二贝有助于更好地理解文本。

二贝给穷困的王才出主意让后者收购商芝到城里贩卖，并说：“你是没力气，可你一肚子精明，这事只能你干，谁也干不了。”纵观王才的发迹过程，我们能够得出这样的一个结论，真正有见识、有视野、有能力、有“一肚子精明”的恰恰是二贝，而不是王才。二贝给王才的建议并不是凭空而来，而是有着充分的市场调研与分析，“现在的城里人大鱼大肉吃腻了，就想吃一口山货土产的滋味，又都讲究营养”，营养价值极高的商芝自然有广阔的市场前景。二贝考虑问题周密而极具商业头脑，“要经营，每袋附两份说明，一份讲清它的营养价值，一份说明食用方法。袋子上的名字我已经想好了，就叫‘商字山四皓商芝’。”二贝的销售方式已经告别了传统的土特产买卖的老路，分袋包装、附置说明书，而且有品牌意识，这些都具备了现代商业营销的特色，全面地迎合了消费者心理。二贝支持帮助王才从事商芝买卖并不是解决后者经济困顿的权宜之计，而是有着经营品牌追求的长远谋划。如果说《腊月·正月》中有改革者，那么具备改革者素质的人也只能是二贝。

可以肯定地说，没有二贝，王才就无法实现命运的转折。二贝不仅给王才出了主意，而且代他到县塑料厂订购包装袋子，又帮助他写商芝的说明书。二贝的重要性在韩玄子阻挠他继续帮助王才做生意之后，更彰显无遗。“二贝的行动受到了限制，王才自然搞不来塑料袋，也写不了说明书”，于是就有了王才按照传统销售方式所带来的“大折其本”的惨败。没有二贝，王才是“玩不转”的，但是二贝为什么选择王才而不是其他人？小说中没有交待二贝与王才的交往与情谊，只用二贝认为王才“一肚子精明”来解释。这里还有另外一个问题，那就是为什么二贝不自己去做这桩生意，而且包装袋、说明书，都是二贝一手包办的，那么也就意味着只有商芝的收购和销售是王才做的。当然，二贝难以抽身自己去经营这一生意，他是有公职的人，即使有发财的机会，他依然不会轻易辞职。这是20世纪80年代初的社会风气使然，个体户的前景不明朗，社会地位也不高，而有公职的人即使赚钱不多，也依然被人羡慕、受人尊重。但是，按照正常的商业思维来说，二贝完全可以和王才共同经营，利润均分也合情合理。但是在贾平凹的书写中二贝对王才的生意完全属于帮忙，文中从未提及王才给二贝任何形式的报酬。即使可以认为质朴的乡邻关系还未被商业化所侵蚀，不计报酬的互助风气尚存，那么二贝的出发点，或者说作家对二贝这种行为的表述意图，也需要进一步探究。

二贝是个孝顺的人，在父亲韩玄子面前很听话，小说中基本没有他与父亲发生冲突的场面，而唯一的一次是因为韩玄子觉得二贝在修整照壁的事情上拖沓不热心，于是提出了与二贝分家另过。正是这个乖顺听话的儿子，给韩玄子“制造”了一个让他最为头疼的、几乎耗去他所有精力的问题——帮助王才改变命运富裕了起来。作为小说的高潮，县委书记给王才拜年，进而导致来韩玄子家吃饭的客人迅速散去的事件，究其根本依然可以溯源到二贝这里——二贝建议并代王才给县委书记写的信，引起了后者对王才这个专业户的重视，才有了让韩玄子彻底感到灰心丧气的事情发生。父子矛盾是具有普遍性的，两代人在价值观念、思维方式与行为习惯等诸多方面都会存在差异，冲突也就不可避免。《腊月·正月》对父子冲突的表达是通过王才这个中介来实现的。

二贝的见识、视野通过王才的行为得以外化，后者的富裕也直接刺激了韩玄子的神经，现代的商业思维与传统的权威意识在此交锋，构成了小说中最为本质的冲突。我们能够感觉到贾平凹对二贝这个人物的情有独钟，文本中但凡出场的乡村人物基本上都会有或是性格上或是行为上的缺陷与不足，韩玄子的狭隘、王才的卑怯、巩德胜的谄媚、秃子的势利等等，而唯独在二贝身上找不出任何的缺点。二贝孝顺父母，没有任何忤逆父母的言行；善待乡邻，无偿帮助王才发家致富，他的观念意识已然超越了农民身份的局限，具有了现代视野，且德才兼备。所以只能由王才代替二贝的角色站到韩玄子的“对立面”上，构成父子冲突的表述模式。王才的成功，最终印证了二贝对韩玄子所说的“王才是个能人”的判断，也宣告了新老一代的冲突以韩玄子的失败而告终。

三　韩玄子：狭隘的“庄园主”

贾平凹把大幅笔墨都倾注在了韩玄子身上。韩玄子是整个故事的核心人物，小说的叙事是随着他的情绪心理变化展开的，甚至可以这样认为，发掘展现韩玄子的精神世界才是作家的目的。已有的研究文章都对韩玄子给予了特别关注，但往往是在认定《腊月·正月》为改革文学的前提下，给韩玄子戴上了“落后顽固”的帽子，“他是普遍存在于社会各个角落的习惯势力的化身。”[①] 韩玄子确实阻碍了王才发家致富，然而他只是阻挠王才的富裕，他并不反对具有整体意义的社会变革。所以简单地把韩玄子定位为改革的反对派，无法认清这个具有独特审美价值的人物形象。

退休教师韩玄子自认为是文化人，素以“商山五皓”自居；文化站站长虽然算不得什么官位，却与公社干部关系密切，能办一些让乡邻羡慕的事情；家庭和睦，子女孝顺，这一切使韩玄子成为乡村社会有身份地位、受人尊重的人，他完全可以不问世事、心平气和地颐养天年。但是，这个

① 夏刚:《折射的历史之光——〈腊月·正月〉纵横谈》,《当代作家评论》1985 年第 1 期。

一直处于乡村舞台中心的老人却庸人自扰，将一幅本可以描绘得很悦目的“归园田居”画卷涂抹的乱七八糟，甚至使自己的精神心理陷入崩溃的境地。是什么激发了一向以有文化教养自居的韩玄子的争强好胜心理，使他置自我利益与乡村伦理于不顾，一而再，再而三地为难王才呢？我认为，致使韩玄子心理近乎变态的原因不外乎两个，一是他的身份——退休之人，二是他要保持自己在乡村社会的中心地位。

小说从介绍韩玄子的心理开始，“去年春天以来，村里、社里许许多多的人和事，使他不能称心如意，情绪很不安静。”并不是家庭联产承包责任制的改革政策使韩玄子心态失衡，而是因为他退休了。一个没了工作的六十岁的老头，恰逢外在世界也在悄然地发生着一些变化，他产生了对于子女、家庭，乃至整个乡村的无力掌控的恐惧，由此，人本性中的愤世嫉俗、心胸狭隘等特性猛然地爆发了出来。韩玄子由“商山五皓”回归了“原形”——退休的小老头。在这种心态下，韩玄子异常敏感、喜怒无常，鸡毛蒜皮的小事都可以使他大为光火。他支使二贝整修照壁，后者稍显拖沓就招来了父亲的“疾言厉色”，甚至“当着二贝两口的面，自己打自己耳光”，声称“好好一个家，全叫你们弄散了！”并决定与二贝分家另过。他越感到自己无从把握，就越是要控制住子女家庭，于是二贝成了他“彰显”权威的对象，他觉得自己提前退休让二贝有了工作，但是二贝却不顺自己的意，愤怒之下“他居然打了二贝一个耳光”。“当他一天天在村里有了不顺心的事”，他觉得家庭可以“安慰”自己，但是家庭并不能如自己所愿。不是儿子、家庭氛围变了，而是韩玄子的要求更为苛刻了，内心的空虚使他拼命地向外在索取，扩大了与家庭成员间的矛盾。退休前的平静生活完全被打乱了，“他开始没心思呆在院子里养花植草，抬头悠悠见了商字山，嗜上了酒，在公社大院里找那些干部，一喝就是半天；有时还到家中来喝，一喝便醉，一醉就怨天怨地，臧否人物。”韩玄子的内心世界波涛汹涌，借酒消愁，在酒精麻醉中寻找过去的幻象。

在韩玄子的世界中，与退休一起到来的，还有农村经济政策的变革。既往的研究认为韩玄子是反对改革的保守派，然而这一判断显然不符合小说本身，“对于土地承包耕种的政策，韩玄子是直道英明的，他不是那种大锅饭的既得利益者。”再者，土地政策的变革对韩玄子几乎没有什么经济影响，他的两个儿子，一个是省城的记者，一个是做教师的，与此基本没有直接关系。韩玄子并不是一个乡村经济改革的反对者，而且他认为“如果那种大锅饭继续下去，国穷民困，天下大乱，怕是不可避免的。”他的见识与现实利益使他不至于成为改革的阻力。所以，韩玄子只反对王才，不反对改革，而既往的解读刻意强调了他反对改革的保守性。虽然韩玄子并不反对向善的改革政策，但是新政策却使他陷入到了一种恐慌之中。在原有的政策下，个人发家的经济形式是被禁止的，政治文化资源的重要性与稀缺性就体现了出来，作为教师、文化站站长的韩玄子是乡村社会绝对的权威，甚至村领导都要惟其马首是瞻，他俨然是一个庄园主般的人物。韩玄子曾对巩德胜抱怨：“世道变得快呀，变得不中眼啊！现在你看看，谁能管了谁？老子管不了儿女，队长管不了社员；地一到户，经济独立，各自为政，公社那么一个大院里，书记、干部六七人，也只是能抓个计划生育。”韩玄子迷恋的是“管”，以及封建家长最喜欢的等级有序、尊卑有别等传统观念。在这样的秩序中，他是最受尊重与关注的人。然而，新政策鼓励支持各种形式的发家，任何农民都可以通过合法致富成为整个乡村所瞩目的人，都可以成为乡村舞台上的主角。习惯了“唱独角戏”的韩玄子，唯恐自己的“戏份”被别人抢去哪怕只是一星半点，所以“新政策的颁发，却使他愈来愈看不惯许多人、许多事”，“轻狂的人，碗里饭稠了，腰里有了几个钱，就得意忘形。”当然，“许多人、许多事”，真能让韩玄子“在乎”的，归根结底也只有王才这样快速致富的一个人而已。

王才与韩玄子之间素无恩怨，而且他还是韩玄子的学生。对韩玄子，王才像其他村民一样尊重有加。况且“无论从哪个方面来看，韩玄子和王才都并非处在一个等级上，他们之间并不存在着直接的经济联系。也就是说，王才的致富实际上并不可能对韩玄子构成直接的物质利益的威胁。”①

① 蔡翔：《行为冲突与观念的演变——读贾平凹的〈腊月·正月〉》，《读书》1985年第4期。

但是韩玄子出于维护自己“庄园主”权威和地位的狭隘心理，处处为难王才，甚至无所不用其极，整部小说围绕着韩玄子对王才的“打击”来铺陈叙事。在王才贩卖商芝阶段，韩玄子就阻挠二贝为其提供帮助，当王才的食品加工厂兴办起来之后，韩玄子的仇视心理也随之高炽。“王才的影响越来越大，几乎成了这个镇上的头号新闻人物！人人都在提说他，又几乎时时在威胁着、抗争着他韩家的影响，他就心里愤愤不平。”韩玄子仇视的不是作为新兴事物的食品加工厂，他厌恨的是有了钱的王才，他开始感觉到，或者预见到如果王才发展起来，那么自己的“主角”身份将受到威胁。韩玄子极力阻挠这样的场景出现，因为那无疑会动摇自己“唯我独尊”的庄园主地位，于是他就做出了许多有违身份地位、甚至有违乡村伦理的事情来。

小说中还有一个从事商业经营的人——巩德胜。他的生意也是比较有规模的，“三间房的杂货店，各式各样的百货，还有专门供人吃酒的方桌，卖杂货兼卖酒。”韩玄子对这个也可能富裕起来的人，采取了与对待王才截然相反的态度，他处处给巩德胜以关照，甚至巩德胜的代销点的营业执照都是韩玄子帮他办来的。帮助巩德胜这一行为，也能证明韩玄子并不是反对乡村经济发展的顽固派。为什么韩玄子对王才的个体经济全力打击，对于巩德胜的同样行为则提供帮助呢？从根本上来说，这是因为在韩玄子看来，巩德胜构不成对他地位的任何威胁，反而可以衬托出韩玄子急公好义、有能力的高大形象来。巩德胜即使再富有，也依然是一个驼背的残疾、娶了带个傻儿子的女人做媳妇、在脸面上永远都翻不了身的人，根本成不了乡村舞台的“主角”。对于巩德胜，韩玄子虽然多有扶持，而且常与后者喝酒聊天，但是从来没有把巩德胜当成一个能与自己分庭抗礼的人物来看待。作家薛宝新说：“中国的热心人，帮助没办法的人是一种享受。可一旦困顿的人突然交了好运，他又不自觉地会产生一点点微妙的忌妒心理。”[①] 韩玄子帮助生活无着落的巩德胜，虽非享受但也积极主动，而对于曾经困顿的王才忽然发家，韩玄子便生发出了强烈的嫉妒心。

① 薛宝新：《生活的笑容》，《当代》1985年第4期。

韩玄子对王才的百般刁难，除了恐惧富裕后的王才会威胁自己的地位外，再有就是他对王才这种曾经困顿之人发迹的嫉妒。韩玄子一直看不起王才，而且那种蔑视深刻到了骨子里，“从心底来说，王才这人我是看不上眼的”，这种情感态度莫不是因为王才低下的社会地位与曾经赤贫的生活状况。王才年少时“又瘦又小，家里守一个瞎眼老娘，日子惜惶得是什么模样？冬天里，穿不上袜子，麻秆子细腿，垢甲多厚，又尿床，一条被子总是晒在学校的后墙头上”。王才姐姐出嫁的时候“家里要的财物很重，甚至向男方要求为瞎娘买一口寿棺。这事传到学校，好不让人耻笑，结果王才就抬不起头，秋天里偷偷卷了被子回家，再也不来上学了”。“当了农民，王才个子还是不长。犁地，他不会，撒种，他不会，工分就一直是六分。直到瞎眼娘下世、新媳妇过门，他依旧什么都没有。”在韩玄子的意识中，这个人应该永远都是那副模样，不配成为一个体面的人，他认定王才必须不如他，“是龙的还在天上，是虫的还得在地上”。然而，“就是这么个不如人的人，土地承包以后，竟然暴发了！”一旦王才富裕起来，韩玄子的精神世界随之失衡，“哼，什么人也要富起来了！”韩玄子自己的“显贵”，需要以别人的卑微来映衬，如果王才这样生存窘迫的“奴隶”翻身，那么自己将失去“庄园主”的地位与荣耀。狭隘的视野、退休的心态与被“惯坏”了的骄纵，令心理病态的韩玄子在乡村舞台上，上演了一出出“为老不尊”的闹剧。

四　嫉妒：小说的叙事动力

对王才的恐惧与轻蔑掺杂在一起，韩玄子心里生成了强烈的嫉妒感，这种情感使韩玄子的世界再大也无法容下王才的存在。他眼中的外在世界似乎被简化成了王才一个人，他的喜怒哀乐各种情绪都与王才相关。在这样的情况下，这篇小说就可以看成是韩玄子与王才两个人之间的故事，一方出招，一方拆招，但是两者的身份、地位与能量在此过程中不停转换。韩玄子像一个老拳师，有傲视王才的资本，而王才身处低位，闪转腾挪疲于应付中不断积累气力。虽然是两个人的博弈，但是如果没有韩玄子不断地“挑起争端”，那么这个故事将无以为继。纵观《腊月·正月》，小说波澜起伏层层深入的动力是韩玄子“提供”的，也就是说韩玄子的嫉妒心理与外化的行为才是情节发展的动力。

嫉妒是因为他人在见识、才能等某方面优越于自己，而自己又不甘心在他人的这种优越性对比下处于劣势，“从而产生一种由羞愧、愤怒、怨恨等组成的复合的情绪态度。”[①] 嫉妒心是人的天性中所固有的东西，虽然与生俱来不可彻底清理掉，但是个体间表现程度上存在差异。嫉妒心理会外化为嫉妒行为，而嫉妒行为往往具有“指向性、对抗性、发泄性”，“嫉妒者会在企图使别人永远不如自己的基础上导致在行为上损害他人。”[②] 王才的发迹激发了韩玄子的嫉妒，使自认为有文化有教养的韩玄子难以平静，他要“有所作为”以缓解嫉妒心理的重压。

《腊月·正月》的主要线索是出于嫉妒的韩玄子对王才“一招不成，再施一计”的刁难与压制，“在许多时候，人们的不理智行为，不合逻辑的言行表现，都与嫉妒心理作祟有很大关系。”[③] 韩玄子阻挠王才买公房扩大生产规模，即使他确认自己买不了公房，也不能让王才如愿以偿，“这公房咱不买了，但咱转让也要转让给别人，万不能让王才得去!”韩玄子偶然听说王才把三亩地租给了别人，他觉得“机会”又来了，不管王才的做法是否符合政策就急不可耐地给后者扣上了“雇佣”“剥削”的大帽子；他拿不存在的土地政策和莫须有的“风声”来吓唬王才；他还试图以行政手段来“收拾”王才，在向公社领导汇报王才转让土地事件时加入个人的情感与判断——“气呼呼地说”“资本主义那一套”。“韩玄子在腊月里没有办成一件可心的事，情绪自然沮丧”，在“整治”王才方面，确实不尽如人意，所以情绪自然不好，但是韩玄子并不可能就此“认输”，偃旗息鼓，接连的失败反而激起了他嫉妒的火焰。镇上办社火，每家均摊费用，王才提议自己出全部办社火的钱，韩玄子的干涉使王才的计划落空；正月里的社火表演，韩玄子阻止狮子队去王才家，“别到他家去了，他仗着自己有钱……他要一再摆阔，就会压了别的人家，倒引起不团结呢?”王才

① 寒心编著:《嫉妒心理学》，大众文艺出版社 2001 年版，第 21 页。

② 同上书，第 48 页。

③ 同上书，第 238 页。

包了一场电影，韩玄子就鼓动巩德胜也包一场更好看的争取观众，给王才难堪。

最能反映韩玄子被嫉妒折磨得心理扭曲的，是他嫁女儿请客这件事。王才在韩玄子面前一直谨慎有礼，无言语得罪，年节时还给韩玄子送了烟酒等礼物。韩玄子把王才排除在请客范围是没有理由的，而且按照乡村伦理来说，韩玄子的行为也无疑是犯忌的。“虽然中国人的交换行为中包含着理性的成分，但从偏向性上看，中国人似乎更重视情或情面。”① 注重人情和脸面是适合中国人所追求的人际关系稳定与和谐的目标的，敢于不顾人情、撕破脸面需要勇气，毕竟可能面临被乡邻指责、被集体排斥的下场。从这个角度看，韩玄子请客把王才排除在外，绝对是意气用事，不是深思熟虑的结果。以此能看出韩玄子对王才的“恨之入骨”，一切能难为王才的事情他都不会放过，即使这样做有违身份、有违人情、有违伦理也在所不惜。“存有妒嫉心理的人有时为了在行为上胜过对方而丧失理智。不管是好是坏，凡是自己有而别人没有的，都用以作为压倒对方的一种资本或是安慰。”② 这个时候的韩玄子像一个输红眼了的赌徒一样，在与王才的“较量”中孤注一掷。韩玄子在最后这个回合中使出了“绝招”，当意识到自己确实无法改变王才的“崛起”之后，他再也无计可施，只能归于沉默，不再制造事端。

韩玄子的情绪变化是小说的另一条线索，当然韩玄子的所有喜怒哀乐、得意与懊恼、兴奋与沮丧，都与王才相关，对王才关注的“热切”体现出了韩玄子对其嫉妒情感的强烈。“一旦出现了嫉妒行为，就又要反过来加深嫉妒心理的层次。就这样，嫉妒心理的恶魔就会千百次地纠缠着你，使你无法解脱。”③ 韩玄子可以随意贬损王才，但是家人是不能提起这个名字的，一旦犯禁韩玄子就会发作，“大大小小整天在家里提王才，和我赌气，那就赌吧，赌得这个家败了，破了，就让王才那些人捂了嘴巴用沟子笑话吧！”然而，韩玄子不管情绪低落还是愉快，都要提到王才，在

① 孟学伟：《面子·人情·关系网》，河南人民出版社1994年版，第169页。

② 寒心编著：《嫉妒心理学》，大众文艺出版社2001年版，第72页。

③ 同上书，第6页。

受到巩德胜恭维后，他马上把王才拿出来贬低一番，以实现急切的对比，期望自己获得点滴心理上的优势。“就说王才那个小个子吧，别瞧他现在武武张张，他把他前几年的辛酸忘记了，那活得像个人?”贬低王才能使韩玄子优越感提升，能使嫉妒心理得以缓解，只要与王才的对比中不落下风，那么做什么事、说什么话都是值得的，比如看到王才的烟比自己的好，他会毫不犹豫拿钱去买更贵的。韩玄子拿不存在的土地政策和莫须有的“风声”来吓唬王才，后者的恐惧让他心里感到十分舒服，但却因为妻子说起修照壁“王才家有白灰的事”而大发雷霆，“说是丢人了”，“宁可这照壁塌了，倒了，也不去求乞他王才!”骂完妻子骂儿子二贝，“这照壁你要修，你就修，你不修就推倒，要成心败这个家，我也就一把火把这一院子全烧了!”刚刚建立起来的得意迅速土崩瓦解，转瞬陷入怒不可遏的灰暗情绪之中，这种变换莫不是因为自家人有向王才“投降”的倾向。再穷也不能用王才的白灰，即使说说也是禁止的，因为那样无疑会“提高”王才的地位。

“韩玄子在腊月里没有办成一件可心的事，情绪自然沮丧”，没有能够成功地压制王才，他自然情绪不好，而这种出于嫉妒的沮丧累加到一定程度便会出现身体上的不适。“伴随嫉妒的身体症状可能包括血液上冲到头顶、手心出汗、手颤抖、气短、胃痉挛、感觉到晕眩、心跳加速和苦痛麻痹。”[①] 当韩玄子得知王才买公房的谋划得逞，立刻就“急了”，甚至“脑子‘嗡’地一下大起来，只觉得眼前的房呀、树呀、狗呀、都在旋转，便踉踉跄跄走回家去。”在韩玄子看来，王才得逞就是对自己最大的打击，所以在这一事件的刺激下，他的情绪恶劣到了极点，甚至“急火攻心”危及健康。“韩玄子气得睡在炕上，一睡就两天没起来。”他的症状非常符合心理学对嫉妒心强之人的情绪与疾病关联的判断，当嫉妒心理受到压抑，尤其是嫉妒对象“得势”，“妒火中烧而得不到适宜的发泄时，内分泌系统会功能失调，导致心血管或神经系统功能紊乱而影响身心健康”。[②] 情绪的极

---

① 寒心编著:《嫉妒心理学》，大众文艺出版社 2001 年版，第 162 页。

② 同上书，第 240 页。

端恶劣以身体健康问题为表征，而韩玄子“在镇街上走几趟就累得厉害，额上直冒虚汗”的状况，体现了王才成功买房对他的巨大“打击”。

“他王才那种人，值得你伤了这身子？你要一口气窝在肚里，让那王才知道了，人家不是越发笑话吗？”大女儿“对症下药”，瞬间就治愈了韩玄子的心病，乡邻对他的热情依旧，这“又使他有些得意”，重新找回了优越感。这个时候自然又想到王才，“王才，你要是有能耐，你也出来走走试一试，看有几个人招呼你？”心病还需心药医，处理了巩德胜杂货店的闹事事件后，韩玄子彻底从“阴影”中走了出来，心情上十分惬意。把韩玄子从极度失意情绪中拯救出来的，还是与嫉妒对象王才对比所获取的心理优势。韩玄子腊月中没办成一件“可心事”的郁闷在正月里一扫而光，春节期间，“最最快活的是韩玄子”。在这个中国社会人际交往最频繁的节日里，韩玄子重新体验到了被包围、处在中心的感觉，他又成了“封建家长”“庄园的主人”。如果能在这种良好的感觉中寻机“收拾”一下王才，那就更“完满”了，而王才也给了韩玄子一个机会。王才到韩玄子家拜年并试图请其代为协商原料供应问题，韩玄子先入为主地认定这个申请是违法的，并且用认购国库券这样的事情来吓唬王才。看着陷入惶恐不安之中的王才，韩玄子觉得一切都“有滋有味”了。

在县里的社火会上，韩玄子看清了“政策让一部分人先富起来”的社会大趋势后，“一回到家，就感觉头很疼，便睡下了。”他意识到了王才因为富裕起来而被承认社会地位的可怕事实，情绪无比低落，所以身体感到不适。与此相应的是，韩玄子听说县委马书记要去王才家拜年时，“霎时间耳鸣得厉害，视力也模糊起来，好久才清醒过来。”对于韩玄子，如果说意识到王才发家符合政策路线还可以忍受的话，那么县委书记给王才拜年则是“致命一击”，这一行为直接宣告了他的“失败”与王才的“胜利”。在与王才的“较量”中，任何失败都会使韩玄子的精神世界崩溃。得知儿媳妇到王才的加工厂打工后，韩玄子更是遭遇到了无以复加的打击。

> 韩玄子看着老伴，眼睛瞪得直直的，末了，就坐下去，坐在灶

火口的木墩上……韩玄子去了堂屋，咕咕嘟嘟喝起酒来，酒流了一下巴，流湿了心口的衣服，他一步一步走出去了。

在那四皓墓地中，一株古柏下，一个坟丘顶上，韩玄子痴呆呆地坐着，看见了她，憋了好大的劲，终于说："他娘，我不服啊，我到死不服啊！等着瞧吧，他王才不会有好落脚的！"

刻骨铭心的嫉妒与无力改变的事实，心如枯木却又不甘"失败"的冲突，使韩玄子的情绪心理会永远处于"破损"状态。

嫉妒不仅改变了韩玄子退休后的人生轨迹，也彻底打乱了他的精神世界，由此成就了文学史上一个典型的满腹哀怨的小老头形象；嫉妒是小说叙事的动力，如果抽掉韩玄子的嫉妒心，那么《腊月·正月》的故事情节无疑会重复改革小说的保守与改革的斗争模式，从而失去对人心人性展现的深度。从这个意义上看，贾平凹在《腊月·正月》中以韩玄子为对象透视并展现出来的人难以克服掉的、本能的嫉妒心理，在中国文学史上具有独特的意义。